UN ORIZZONTE DISTANTE

LIBRO 1

SERIE DISTANTE

ANNEMARIE BREAR

BREAR

Ai miei antenati irlandesi

CAPITOLO 1

ettembre 1851. Louisburgh, Contea di Mayo, Irlanda.

ELLEN KITTRICK STAVA RACCOGLIENDO il bucato, quando il vento iniziò a levarsi, soffiando dritto dalla costa della Baia di Clew, attraversando i campi verdi e ondulati, fino a raggiungere il crinale delle basse montagne alle sue spalle. La bufera minacciava di ridurre in brandelli i pochi abiti rimasti alla sua famiglia.

Una volta riposto tutto il bucato nel cesto ormai logoro e dai manici rotti, Ellen lo appoggiò su uno dei fianchi e si fermò per un attimo a osservare il paesaggio di giada, che si abbassava e fluiva come una coperta di smeraldo verso la baia agitata dal vento. Aldilà della baia era situata l'Isola di Clare, l'ultimo lembo di terra prima che il paesaggio si aprisse verso l'ampia e selvaggia distesa blu scuro dell'oceano Atlantico Settentrionale.

Muri di pietra separavano i campi come quella trapunta che, molto tempo addietro, aveva visto nei negozi di Westport. Quegli stessi campi che, durante periodi più rigogliosi, erano ricoperti da file su file di patate o puntellati dal bianco delle pecore.

Sembrava trascorsa una vita dall'ultima volta che aveva visto i loro campi ricolmi di colture di patate e le pecore pascolare di fianco alle due mucche che possedevano. L'unica mucca rimasta, Fiocco di Neve, a cui sua figlia Bridget aveva dato il nome, era l'unica bestia ancora presente sulla loro terra e erano costretti a chiuderla al sicuro ogni sera, per evitare che i ladri della zona la rubassero. Le pecore erano scomparse ormai da tempo, vendute per poter pagare l'affitto, dopo che la malattia delle patate aveva raso al suolo i loro campi. Di anno in anno, la perdita dei raccolti di patate aveva distrutto vite, rovinato famiglie una volta felici e cancellato paesaggi che lei aveva sempre e solo conosciuto come rigogliosi, abbondanti e affollati da amici e vicini.

Ellen fece un respiro profondo, alzando il viso verso il cielo blu, chiazzato da nuvole piatte e pallide. Anche quest'anno, le coltivazioni di patate non avevano dato i loro frutti e la devastazione di un altro inverno buio, che di nuovo li avrebbe privati della loro principale fonte di guadagno, la lasciava senza parole.

Com'era mai potuto accadere?

In soli sei anni, la prosperità della loro fattoria e le loro vite felici e appagate si erano trasformate in un incubo dal quale non sembrava in grado di risvegliarsi. I suoi quattro figli, una volta gioiosi e vivaci, avevano preso le sembianze di tormentati spettri erranti senza meta, ben lontani dai bambini che erano un tempo.

Nel corso delle loro brevi vite, avevano assistito a troppo orrore, troppa sofferenza. Il tragitto che portava dalla loro casa alla fattoria dei suoi genitori era cosparso di abitazioni vuote e in completa rovina. Tutti i vicini erano da tempo morti, emigrati o avevano cercato di trovare riparo in qualche casa di accoglienza per indigenti, troppo affamati o devastati dalla febbre per poter rimanere nelle loro case.

Ora le strade erano ricolme solo di sconosciuti che vagavano alla ricerca di un lavoro, così emaciati che a volte si accucciavano sotto una siepe per non risvegliarsi mai più. Erano queste le immagini a cui i suoi figli assistevano, immagini da cui lei non poteva proteggerli, perché ovunque si rivolgesse lo sguardo, la desolazione fioriva più veloce dell'erba incolta.

Sei anni prima, quando il primo raccolto di patate non portò frutti, si diffuse un allarmismo generale, perché una pestilenza che aveva colpito le patate si era già verificata qualche anno addietro, con la differenza che al tempo, quasi tutti avevano abbastanza riserve di patate dai raccolti precedenti per poter sopravvivere l'inverno e ricominciare con una nuova semina la primavera successiva. Eppure, quando lo stesso fenomeno si verificò qualche anno dopo, con la pestilenza che aveva trasformato delle patate perfettamente coltivate in una poltiglia marcia e puzzolente, il panico generale esplose tra la popolazione. Gli agricoltori non avevano riserve di patate da semina abbastanza cospicue da poter piantare per la stagione successiva; di conseguenza, per il terzo anno di fila, le patate non rappresentarono fonte né di cibo, né di guadagno. Fame e disperazione si facevano largo a braccetto attraverso la campagna. Tutto il cibo che veniva coltivato veniva poi esportato dalle coste dell'Irlanda, mentre la popolazione locale si consumava di giorno in giorno.

Lo sguardo di Ellen si svuotò, perso in quello stupendo paesaggio che nascondeva dentro sé la triste realtà della morte. Il vento la fece rabbrividire, penetrando attraverso lo scialle logoro e il vestito sottile, scompigliandole i capelli raccolti in un nastro nero. Sfilò prontamente il nastro dai capelli e lo infilò nella manica dell'abito. Era l'ultimo nastro che possedeva e non poteva permettersi di perderlo al vento. Era troppo orgogliosa per ridursi a utilizzare fili di spago per raccogliere i capelli. Erano poveri, ma non si erano ancora ridotti a vivere come totali indigenti in dei fossi lungo la strada… o almeno non ancora…

'Ellen!'

La donna si voltò al richiamo del suo nome e alzò la mano in segno di saluto a Padre Kilcoyne, suo zio e sacerdote della parrocchia, che approcciava scendendo lungo il pendio che fiancheggiava la casa.

'Che Dio ti benedica,' Disse il Padre in saluto, mentre lei gli si avvicinava.

'Che Dio e Maria la benedicano,' Rispose lei in gaelico, conducendolo verso la casa in pietra grigia, con lo stomaco che brontolava per la fame.

'È molto silenzioso qui dentro.' Padre Kilcoyne si guardò intorno nella stanza spoglia.

'I ragazzi sono andati giù in spiaggia a raccogliere alghe e ovviamente, Bridget ha voluto seguirli.'

'Dovrebbero stare attenti. Ci sono inglesi dappertutto. Radunare gruppetti di ragazzi per farli rinchiudere in qualche orfanatrofio o spedirli in Canada richiede loro davvero poco sforzo.' Padre Kilcoyne si sedette sullo sgabello di fronte al focolare, che emetteva fumo all'interno della stanza, finché Ellen non ne chiuse lo sportello in legno.

'Dobbiamo mangiare, Padre,' Si difese Ellen.

'Dov'è Malachy?'

Ellen si affrettò a versare un bicchiere di latte a suo zio, incerta su come avrebbe dovuto rispondere alla sua domanda. Provava un forte senso di vergogna nell'ammettere che suo marito stesse trascorrendo le sue giornate sperperando in alcol quel poco denaro che era rimasto. Non era più l'uomo affidabile che aveva sposato dodici anni prima, quando lei era ancora una sedicenne determinata, indipendente e con la testa colma di sogni.

'Ellen?' Insistette lui, per poi lasciarsi andare a un sospiro che sapeva di consapevolezza. 'Dimmi che non è di nuovo andato a Westport.'

'E invece è proprio così.'

'Per cercare lavoro?'

'Spero di sì, Padre.' Era quello il massimo della positività che poteva infondere nelle sue parole, perché entrambi sapevano che suo marito stava probabilmente sprecando in birra quelle poche monete che gli erano rimaste in tasca.

'Non può continuare così, Ellen.'

'No…' Cercò di trattenere le lacrime – lacrime che si rifiutava categoricamente di versare. Piangere richiedeva troppe energie, mentre lei doveva rimanere forte per i suoi figli.

'Ho sentito dire che il sistema dei lavori pubblici sta aiutando molte famiglie. Malachy lo già provato per trovare lavoro?'

'Credo di sì. Me l'ha accennato l'ultima volta che è venuto in visita qui a casa. Ma il problema è che lavorare uno o due giorni di tanto in tanto non porta abbastanza soldi. A volte riceve solo un po' di zuppa come paga.'

'Non proverà a seminare di nuovo in primavera?'

'Intende patate?' Ellen si lasciò scappare una risata ironica. 'No, Padre. Oramai ne abbiamo abbastanza delle patate. La carestia ha totalmente distrutto Malachy. Cinque anni trascorsi a piantare per poi trovarsi in mano mesi dopo una melma nera e puzzolente al posto del raccolto. No, con quello ha chiuso. E inoltre, non abbiamo più soldi per comprare patate da semina.'

'E cosa ha intenzione di fare? Pregare?'

Ellen scrollò le spalle. 'Beh, non lo so, Padre. Qualsiasi cosa. O almeno qualcosa. Io ci sto mantenendo in vita con i soldi che guadagno lavorando quei pochi giorni alla tenuta. Papà ci porta del pesce quando gli capita di avere una giornata di pesca più ricca, ma questo è tutto.'

La porta si spalancò, facendo penetrare una folata di vento e i bambini, con voci acute per la soddisfazione, fecero irruzione in casa.

'Guarda cosa siamo riusciti a prendere, Mami!' Austin, suo figlio maggiore, sollevò una borsa a rete ricolma di alghe bagnate. Aveva compiuto dodici anni appena due giorni prima e per festeggiare, Ellen era riuscita a dargli solo un po' di latte e un tortino di mais.

'E anche queste!' Patrick, che aveva dieci anni, non sopportava l'idea che il fratello maggiore fosse considerato più bravo di lui e mise in bella mostra due piccoli granchi.

Ellen prese i prodotti del mare che avevano portato. 'Che ragazzi svegli che siete.'

'Anch'io sono un ragazzo sveglio!' Il sorriso bucherellato di Thomas le sciolse il cuore. Essendo l'ultimo figlio, cercava di fare sempre del suo meglio per stare al passo con i suoi fratelli.

'Sveglissimo.' Ellen gli scostò dalla fronte i capelli scuri e decisamente troppo lunghi, per poi rivolgersi alla sua unica figlia, Bridget. 'Hai fatto la brava con i tuoi fratelli?'

Bridget annuì, sgattaiolando dietro la gonna di Ellen, con gli occhi grandi, incavati in un viso sottile che fissavano Padre Kilcoyne. Di solito, sua figlia parlava senza sosta. A soli sei anni, era già una ragazzina sveglia e dal temperamento piuttosto peperino.

'Allora, figli miei,' Padre Kilcoyne richiamò l'attenzione su di sé. 'Avete detto le vostre preghiere?'

Austin si irrigidì all'istante. Un'aria ribelle sembrò comparire nei sui occhi grigio-azzurri, mentre i suoi fratelli annuirono devotamente. Ellen osservò il suo primogenito, preoccupata per la velocità con cui stesse crescendo. Ultimamente, convincere il ragazzo ad andare in chiesa si stava rivelando una sfida sempre più ardua. Molto spesso, Austin non era in grado di tenere a freno la lingua, soprattutto con suo padre, che non esitava mai a tirargli uno schiaffo per rimetterlo in riga. Quanto in fretta sarebbe arrivato il momento in cui Austin sarebbe diventato troppo grande per i rimproveri del padre, un uomo che, era a malapena presente in casa? Molto spesso, nell'ultimo anno, Malachy aveva insistito per portare i ragazzi con sé in cerca di lavoro, ma Ellen si era sempre opposta. I loro corpi magri e denutriti e gli abiti logori non li avrebbero tenuti in vita, se avessero dovuto dedicarsi a lavori pesanti all'aria aperta, nelle più imprevedibili condizioni metereologiche.

'Mi racconti una storia, Padre?' Chiese Thomas, seduto davanti al fuoco.

'Mi spiace, figliuolo, ma oggi non ho tempo. Ho molte persone da visitare.'

'Posso accarezzare Blaze?' I grandi occhi di Bridget lo implorarono.

'Certo che puoi, piccola mia.' Sorrise il sacerdote.

'Stai attenta,' La avvertì Ellen, mentre la sua giovane figlia si avviava fuori per accarezzare l'anziano cavallo che il Padre cavalcava in giro per il distretto. Bridget adorava gli animali e, nonostante la sua statura, non sembrava mai spaventata dalle bestie grandi. In famiglia si diceva spesso di lei che fosse dotata di una capacità innata di capirsi con gli animali e mentre con le persone poteva essere spesso brusca e scontrosa, con le bestie aveva sempre un atteggiamento tollerante e paziente.

'Vado a tenerla d'occhio.' Austin seguì la sorella fuori.

Il sacerdote lo fermò. 'Austin, non sei venuto al catechismo per due domeniche di fila.'

Austin scrollò le spalle. 'So distinguere le lettere. So leggere. Non sarebbe meglio che usassi il mio tempo in modo più utile, Padre?'

'Il sapere appartiene ai saggi, figlio mio,' Lo rimproverò il sacerdote.

'Ma non aiuta a mettere il cibo sulla tavola, giusto?'

'Austin!' Lo riprese Ellen, vergognandosi dell'atteggiamento del figlio.

Il sacerdote alzò la mano in segno di pace, mentre Austin usciva. 'Il ragazzo sta crescendo, Ellen.'

'Sì e sta soffrendo molto per la perdita dei raccolti e del bestiame. Vede e sente fin troppo. I suoi amici sono tutti morti o chiusi in orfanatrofio…'

'Austin porta dentro di sé i ricordi di questa fattoria come un luogo prospero, dove suo padre trascorreva le giornate a prendersi cura della terra.'

'Ha anche visto l'intera famiglia e i vicini perdere tutto e è preoccupato, ecco tutto.' Ellen cercò di ignorare la frecciatina su Malachy. Sentendo il bisogno di impegnare le mani, iniziò a piegare il bucato. 'Ieri abbiamo detto addio ai Riordan. Sono partiti per il Canada. Quanti altri amici e vicini dovranno ancora lasciare la loro terra natia per chissà quale destinazione, o andranno a finire in una casa di accoglienza per poveri e scompariranno dalla circolazione?'

'Se serve a tenere vivi anima e corpo, allora è ciò che va fatto.' Il sacerdote scosse la testa.

'Ma la parrocchia non sarà mai più la stessa. Sono sempre meno le persone che siedono nella mia chiesa. Alcuni partono verso terre lontane, altri finiscono nelle case di accoglienza, altri ancora vivono per strada o incontrano il loro salvatore. Mi sorprende che Malachy non abbia ancora menzionato di voler andar via.'

'No, non l'ha ancora fatto.'

'E se te lo chiedesse, tu andresti?'

'E abbandonare Mamma e Papà? Mi spezzerebbe il cuore.'

'Però, rimanere qui potrebbe finire con lo spezzare te.' Il sacerdote finì il suo latte e porse un pacchetto a Ellen. 'Vendi questo per pagare l'affitto,' Disse sottovoce. 'Il tuo Papà e la tua Mamma ti mandano i loro saluti. Li ho visti stamattina.'

'Come stanno? È da qualche giorno che non li vedo. Ho avuto molto lavoro da sbrigare alla tenuta.' Afferrò il pacchetto che le aveva porto, sapendo bene che lui non avrebbe voluto che lei lo aprisse finché non fosse andato via. Non sapeva cosa avrebbe fatto senza l'aiuto di suo zio negli ultimi anni, o senza quel posto di donna delle pulizie alla tenuta Wilton.

Abbassò lo sguardo, avvicinandosi a lei; la sua voce si abbassò di qualche tono. 'Non stanno bene. La settimana prossima non saranno in grado di pagare l'affitto. Non ci sono più pesci nella rete di tuo padre. Ho fatto del mio meglio, ma mio cognato è troppo orgoglioso e rifiuta ogni mia offerta di aiuto. Sono riuscito a dare qualche soldo a tua sorella, ma Riona deve sempre affrettarsi a nasconderli, prima che Fionn se ne accorga.'

Lei annuì. Il suo Papà, Fionn, stava lottando ancor più strenuamente di quanto non stesse facendo lei, per proteggere la sua famiglia dall'evizione, ma di stagione in stagione, anche i suoi raccolti di patate cessarono di dare frutti e lui si era trovato costretto a vendere tutti gli animali che possedeva per poter pagare l'affitto nel corso degli anni. Essendo pescatore, ciò che riusciva a pescare li aiutava a sfuggire dalla fame. Ellen sapeva bene che non sarebbero sopravvissuti a lungo, senza il suo lavoro e la barca del papà, con quei pochi pesci che di tanto in tanto riusciva a pescare.

'Farò loro visita domani,' Disse.

'Ho fatto ciò che è in mio potere per i miei adorati parrocchiani, ma le mie risorse sono limitate.' Il sacerdote sospirò. 'Odio vedere la mia famiglia ridotta in questo stato. Fionn è sempre andato molto fiero del fatto che fosse sempre riuscito a pagare l'affitto e provvedere alla sua famiglia.'

'Come noi tutti.' Ellen guardò Patrick e Thomas, accoccolati tranquilli davanti al focolare, che quel giorno sembrava emanare più fumo che fuoco.

Il sacerdote la baciò sulla fronte. 'Dio ti benedica, figlia mia. Ci vediamo in chiesa domenica. Porta Malachy con te.'

'Ci proverò…' Non c'era bisogno che descrivesse allo zio i comportamenti di suo marito. Ne era ben consapevole. Tutta la famiglia sapeva bene che Malachy avesse un debole per il bere.

'Che Dio vi benedica tutti.' Padre Kilcoyne si fece il segno della croce e uscì di casa.

Quando la porta si richiuse, Ellen scartò il pacchetto. All'interno c'era un bellissimo taglio di pizzo, il colletto di un vestito, che però non avrebbe tenuto per sé. Sarebbe andata a Louisburgh e avrebbe provato a venderlo e qualora non fosse stata fortunata, avrebbe continuato a piedi altre quattro ore verso Westport.

Molti dei parrocchiani di suo zio non avevano più soldi per

pagarlo per i suoi servigi, quindi i più davano in cambio qualche oggetto che avevano realizzato da sé, prodotti della terra, bestiame, o qualsiasi altra cosa fossero riusciti a mettere da parte. Da quando i raccolti avevano iniziato a scarseggiare, anche quelle offerte si erano ridotte. Ora, i parrocchiani riuscivano a stento a sfamarsi, eppure la loro fede era più forte che mai e spesso regalare qualcosa a Padre Kilcoyne dava loro tanto conforto quanto le sue stesse preghiere.

Ellen mescolò nella padella un po' di farina di mais imbevuta nel latte e iniziò a comporre delle tortine da dar da mangiare ai bambini. I tempi in cui potevano concedersi tre pasti abbondanti al giorno erano ormai andati. Ora si limitavano a un pasto a mezzogiorno, che dipendeva perlopiù da se fossero riusciti a trovare qualcosa nella natura selvaggia o lei avesse ricevuto alla tenuta un po' di cibo da poter portare a casa.

Quantomeno, le sempre più frequenti sparizioni di Malachy significavano che aveva più cibo a disposizione da spartire tra i bambini. Quella detestata farina di mais non era mai stata parte della loro dieta, fino al periodo dei raccolti rovinosi. Il governo britannico era convinto che limitarsi a spedire mais indiano avrebbe soddisfatto la popolazione irlandese, ma ci volle un bel po' prima che la gente si abituasse a quel gusto e imparasse a cucinarla abbastanza bene da evitare strazianti dolori di stomaco.

Ma almeno poteva dare ai suoi figli qualcosa da mangiare e la farina di mais concedeva loro un po' di tregua dai piatti a base di ortiche bollite, trovate lungo la strada, o alghe marine.

L'attività particolarmente ripetitiva a cui si stava dedicando le diede modo di riflettere su dove potesse trovarsi il marito in quel momento. Stavolta, era via da già due giorni e lei implorava Dio affinché trovasse un lavoro. Ogni notte, pregava perché fosse abbastanza fortunato da guadagnare soldi a sufficienza da mantenere un tetto sulle loro teste. Forse, se ci fosse riuscito, l'uomo gioioso e amorevole che aveva sposato un tempo avrebbe fatto ritorno, sostituendo quel tormentato sconosciuto con cui si era ritrova a vivere.

Il cambiamento che Malachy aveva attraversato negli ultimi anni la terrorizzava. Quell'uomo giovane, allegro e spiritoso che si prendeva cura della sua famiglia e che le aveva rubato il cuore a quindici anni era oramai scomparso. Si erano sposati nel giorno del suo sedicesimo compleanno, quando lei era ancora la piccola e graziosa Ellen O'Mara e appena nove mesi dopo, Austin nacque proprio in quel cottage, che erano riusciti ad affittare grazie al duro lavoro di Malachy.

Credevano di essere stati graziati da quell'amore reciproco così profondo e anche se i primi anni erano stati duri, tra il lavoro nella terra, l'allevamento del bestiame e i bambini, Ellen guardava indietro a quel periodo iniziale del suo matrimonio provando profonda gratitudine per aver potuto godere di quel costante senso di felicità che riempiva le loro giornate.

La famiglia di Malachy, I Kittrick, erano tra i più grandi mezzadri del distretto. Entrambi i suoi genitori erano morti di febbre l'anno precedente, lasciando la fattoria nelle mani del fratello maggiore, Colm, mentre a Malachy erano già stati affidati, in occasione del matrimonio, una discreta quantità di acri da coltivare. Ellen, che proveniva dalla fattoria di suo padre, ne fu molto contenta. Avevano lavorato sodo perché la fattoria fruttasse. Piantarono le patate, avevano qualche pecora al pascolo, una mucca da latte, dei polli, un maiale e un paio d'oche.

Ben presto, Malachy iniziò a lamentarsi del fatto che gli acri affidatigli non fossero abbastanza. Colm avrebbe dovuto concedergliene di più, ma si rifiutava. La tensione tra i fratelli crebbe, ma presto arrivò la malattia delle patate a far degenerare la situazione. Ora non potevano più coltivare la terra e l'unico reddito della casa consisteva nello stipendio che lei riceveva lavorando come donna delle pulizie tre volte alla settimana e nella paga per quei piccoli impieghi di qualche giornata che Malachy riusciva a trovare sporadicamente come bracciante.

Ellen friggeva le tortine che aveva finito di comporre, con lo stomaco che continuava a brontolare per la fame. Austin e Bridget rientrano in casa e la figlia aiutò ad apparecchiare il tavolo in legno con i piatti di latta.

'Prendo il latte, mamma?' Chiese Austin, sollevando il volto.

'Sì, ce n'è abbastanza per tutti fino a domani.'

Fiocco di Neve veniva munta tutte le mattine e tutte le sere e Ellen ringraziava Dio ogni notte per quella benedizione che rappresentava la loro mucca. Ma per quanto ancora avrebbero potuto tenerla? Il fienile era ormai svuotato dalle scorte di patate o di qualsiasi altra verdura che erano riusciti a raccogliere alla fine dell'estate. Davanti a loro si palesava solo un lungo inverno fatto di scaffali vuoti. Ellen pregava affinché Malachy trovasse un qualsiasi lavoro che permettesse loro di tirare avanti finché giorni migliori non fossero arrivati.

Guardò gli scaffali di legno spogli e fece una smorfia. Un tempo, quegli stessi scaffali erano colmi di tè, zucchero, farina, sale, avena, pancetta e prosciutto stagionato. Patate, cipolle e carote non mancavano mai. Ora quel periodo di abbondanza era così lontano da essere persino difficile da ricordare. Quella tanto detestata farina di mais era economica e saziava tutti, se inzuppata nel latte e lei sapeva di dover essere grata di averne, perché migliaia di persone avevano molto meno o persino nulla.

Non riusciva mai a raggiungere Louisburgh senza evitare la vista dei mendicanti ai lati della strada, troppo deboli persino per muoversi, scheletri lungo la via, abbandonati lì dove morivano; o senza costeggiare cottage silenziosi, perlopiù ridotti in macerie, quando gli uomini incaricati dai padroni di casa li demolivano a causa degli affitti non pagati. Per anni, aveva guardato la morte dritta negli occhi e di notte riviveva sottoforma di incubi quelle scene devastanti di gente disperata che pregava per del cibo, di case rase al suolo o di corpi senza vita lungo la strada

In qualche modo, lei e la sua famiglia erano riusciti a lottare, ma ora aveva smesso di aspettarsi che un giorno i loro campi avrebbero ricominciato a fiorire di patate bianche e succose. Così tirava avanti giorno dopo giorno, ora dopo ora, pregando di non perdere il suo posto di lavoro alla tenuta Wilton. Quel lavoro le permetteva di avere un pasto a mezzogiorno e di tanto in tanto, persino un cesto di avanzi da portare a casa per i suoi figli affamati.

Un bussare alla porta anticipò l'entrata di Colm. 'Dio benedica tutti in questa casa.' Si fece il segno della croce. La sua figura alta e robusta faceva sembrare la stanza minuscola. Colm Kittrick non aveva decisamente l'aspetto di qualcuno che stava morendo di inedia.

Ellen mormorò una risposta, alzandosi dal suo posto davanti al fuoco per porzionare tra i bambini piccole quantità di farina di mais. 'Stai bene, fratello?' Chiese, senza rivolgergli lo sguardo.

La presenza del cognato la rendeva sempre nervosa. Celibe, scherzava continuamente sul fatto che non si sarebbe mai sposato, sottolineando come Malachy avesse sposato l'unica donna rispettabile in tutto il distretto. Le sue battute la mettevano a disagio, così come i suoi sguardi invadenti e i contatti fisici un po' troppo prolungati. Per dodici anni, lo aveva notato osservarla, sorridere e scherzare con lei; eppure, sotto quella simpatia fraterna si nascondeva qualcosa di più recondito che lei non gradiva per niente.

'Dov'è Malachy?' Chiese, sedendosi al tavolo e afferrando gli ultimi biscotti, che Ellen aveva conservato perché i bambini li condividessero prima di andare a letto.

'È a Westport a cercare lavoro.'

'Uh, come no, certo.' Colm continuò con una risata, non credendo alle sue parole. 'Probabilmente starà spendendo gli ultimi soldi che gli sono rimasti in un'osteria di qualche stradina nascosta, ci scommetto.'

'Troverà un lavoro.'

Colm si gettò il cibo in bocca. 'Sei davvero ancora convinta che mio fratello si convincerà a fare la cosa giusta? Crederci è da folli.'

'È mio marito, naturalmente farà la cosa giusta per il nostro bene, ne sono sicura.'

Colm versò gli ultimi sorsi di latte in una tazza. 'Che sciocca che sei. Mio fratello ha perso la strada. Non merita né la tua fiducia, né il dono di una famiglia così splendida. Hai scelto il fratello sbagliato, Ellen.'

Ellen si voltò dall'altro lato, lottando contro la rabbia che le stava crescendo dentro. Afferrò il secchio e uscì, incamminandosi verso il pozzo per raccogliere dell'acqua. Il vento la schiaffeggiò, ma lei ne accolse le note fredde sul suo viso accaldato. Dannato Colm. Il fratello sbagliato, senza dubbio. Sarebbe rimasta zitella, piuttosto che unirsi a un uomo del genere.

'Ellen.' Colm le comparve improvvisamente accanto, le mani sulle spalle, stringendola delicatamente. 'Perdonami se sono stato troppo esplicito. È solo che io voglio davvero il meglio per te.'

'E essere espliciti significa parlar male di tuo fratello, nonché mio marito e padre dei miei figli?' Prese le distanze da lui, detestandone il tocco, che si faceva sempre più sensuale.

Colm si passò una mano nella folta chioma nera. 'Trovo estremamente frustrante il fatto che credi ciecamente in lui. Negli ultimi anni, non ha fatto nulla per meritare questo trattamento.'

'Giudicare spetta solo a Dio e a me!' Tirò il coperchio di legno sulla bocca del pozzo, richiudendolo.

Colm le prese il secchio pieno dalle mani. 'Io sono solo preoccupato per voi. Mi prenderò io cura di voi, se me lo permetterai. Per favore, concedimi questa possibilità. Venite a vivere da me.'

'Malachy si prenderà cura di noi.'

'Malachy non ne è più in grado. Mio fratello non è più l'uomo di cui ti sei innamorata da ragazza. È cambiato. Quando è stata l'ultima volta che l'hai visto lavorare?' Si guardò intorno, osservando la trascuratezza in cui ormai versava la fattoria. 'Cosa ti è rimasto in mano? Finirai in una casa di accoglienza per poveri prima di quanto pensi.'

Ellen sollevò il mento stizzita. 'Noi ce la passiamo meglio di molti altri. Ho un posto di lavoro alla tenuta Wilton e mio padre ha ancora la sua barca.'

'Lavorare per un inglese?' Ribatté lui con disprezzo. 'Wilton è un vecchio cretino. Non gli importa né di te, né di nessuno di noi. Gli inglesi ci vogliono solo seppelliti per poi coltivare la stessa terra in cui giacciamo. Persino le bestie sono apprezzate più degli irlandesi. I proprietari terrieri inglesi sono costretti a pagare tasse, se hanno affittuari sulle loro terre. Perché credi che stiano abbattendo le case e lasciando morire di fame le persone che vivono sulle loro terre?'

'Il signor Wilton è un brav'uomo, anche se è inglese. Io ho bisogno di soldi e questa è l'unica cosa che mi interessa, quindi tieni a bada la lingua!'

'Sai che per tutto il paese ci sono magazzini pieni di grano e mais? Tutto viene spedito in Inghilterra. Non può più andare avanti così. Dobbiamo metterci un freno.'

'Quante stupidaggini stai dicendo. Opporci agli inglesi significa finire a marcire in una prigione o fuggire in esilio, come molti hanno già fatto.'

'E sono stati uomini di valore per aver cercato di liberarci! Combattere per l'Irlanda è tutto ciò che ci resta!' Le sue guance si arrossarono per la rabbia.

'Non voglio più starti a sentire, Colm. E tieni a freno la lingua quando i bambini sono intorno. Di certo non voglio che i miei figli imparino un linguaggio così ribelle.'

Colm sospirò profondamente. 'Vieni a vivere con me, Ellen, ti prego. Vieni a stare alla mia fattoria. Sarà magnifico. La mia casa è grande il doppio della tua e ho bestiame e pollo in abbondanza per poter sfamare i bambini. Mi duole il cuore a vedere quanto sono magri. Temo che possano ammalarsi, o persino peggio.'

'Sono perfettamente in grado di prendermi cura dei miei figli.'

Quelle parole la fecero sentire in colpa, come se stesse prendendo volontariamente la decisione di far morire di fame i propri figli. Era quello che stava facendo? Doveva forse mettere da parte l'orgoglio e andare a vivere con Colm?

'Vivendo di farina di mais come i poveracci in una casa d'accoglienza?' La provocò lui.

Ellen si irrigidì, sentendosi insultata. 'Non mangiamo sempre farina di mais. Per cena, avremo granchi e alghe. E abbiamo anche latte in abbondanza.'

'E cosa succederà, quando la mucca smetterà di produrre latte?'

'Me ne preoccuperò quando succederà.'

Le afferrò il braccio, le dita di lui che le massaggiavano la carne. 'Voglio solo ciò che è meglio per te. Non riesco più a sopportare di vederti ridotta in questo stato,' Sussurrò con tono passionale. 'Saresti più felice con me alla fattoria. Ti tratterei come una principessa. Non ti farei mancare nulla.'

'Non sono tua moglie, Colm.'

'No, ma dovresti. E potresti esserlo in segreto.' Si chinò verso di lei, il respiro di lui che le soffiava nell'orecchio. 'Ti amerei come si deve, Ellen. È la tua bellezza che mi costringe a parlare così apertamente. Ti voglio con me. Devi dimenticarti di Malachy.'

Lei rise, sbeffeggiandolo. 'Ma come puoi dire una cosa del genere? Dimenticare Malachy? È mio marito! Tuo fratello.'

Si liberò dalla sua presa e corse verso il cottage, desiderando con tutta sé stessa che se ne andasse e che Malachy fosse lì. Che fosse lui a occuparsi di suo fratello. Ma sapeva bene che Colm si sarebbe comportato diversamente in presenza di Malachy. Quando lui era in casa, Colm teneva indosso la sua maschera dello zio premuroso con i bambini, sempre sereno e scherzoso. Ma quando si trovava da sola con lui, era in quei momenti che si comportava in modo del tutto inappropriato, oltrepassando limiti che un cognato non dovrebbe mai oltrepassare.

Lui la seguì. 'Ci tengo davvero a te, Ellen. Promettimi solo che se la situazione diventa troppo difficile da gestire, verrai da me.'

'Sarà mio marito a decidere.'

'Oh, Ellen.' Abbassò il capo.

'Buona serata, Colm.'

Fece un passo, poi si fermò. 'Prima che vada, un avvertimento. Non parlare l'irlandese quando vai al villaggio. I soldati inglesi esigono che si parli solo l'inglese.'

'Parlo la nostra lingua solo quando sono a casa. So che è meglio parlare inglese, quando si va fuori. Ho occhi e orecchie, Colm, e il padrone per il quale lavoro è inglese. Non sono una stupida.'

'Dillo anche ai bambini. Solo l'inglese. Il Maggiore Sturgess è sempre alla ricerca di pretesti per punirci, ma i suoi soldati sono uomini di queste parti. Conosco alcuni di loro e mi raccontano molte cose.'

'Forse sai un po' troppo?' Sbottò lei. 'Faresti meglio a startene in casa davanti al tuo focolare, piuttosto che andartene in giro per il distretto ad ascoltare fatti che non ti riguardano, no?'

'Tutto quello che vengo a sapere serve solo ad aiutare noi tutti. Austin ha ora l'età per essere reclutato da gang di strada, e finire in catene, se viene pescato a fare qualcosa di male. Sturgess non ha bisogno di dare tante spiegazioni, per rinchiudervi tutti anche per il più piccolo dei reati.'

Ellen sapeva del Maggiore Sturgess e della sua banda di soldati che perlustravano la zona per conto del proprietario terriero inglese che possedeva quelle terre e che non era sul posto. Si era imbattuta in prove tangibili del suo operato. Le case distrutte, le persone prese a frustrate per strada, i cani abbattuti, gli uomini perseguitati per il più insignificante dei reati. Sturgess era il diavolo in persona.

'Terrò i ragazzi lontani dal villaggio.'

Colm annuì. 'Mandami Austin. Può ammazzare uno dei polli.'

'Lo farò.'

'E pensa alla mia offerta. Che Dio ti benedica e ti protegga.' Colm scomparve dietro il cottage e subito dopo, lei udì i nitriti del suo cavallo rimbombare lungo il sentiero che attraversava la terra.

Il fatto che Colm possedesse ancora un cavallo la infastidiva. Come aveva fatto quell'uomo a cavarsela così bene, nonostante tutti gli anni di catastrofi che si erano susseguiti? Erano vere quelle voci che lo volevano trafficante d'armi in segreto? O peggio, era forse una spia degli inglesi? Faceva bella mostra del suo odio per gli inglesi, ma circolavano troppe voci di persone che lo avevano visto bere con i soldati che sorvegliavano le campagne. O forse stava solo raccogliendo informazioni per i Giovani Irlandesi? Il gruppo di ribelli aveva uomini disseminati per tutto il Paese, nonostante avessero recentemente fallito nei loro tentativi di rivolta e i leader fossero fuggiti dall'Irlanda.

Sospirò esausta. Colm era un tipo pericoloso, e conosceva troppe persone, sia buone che cattive, ma era innegabile che amasse i bambini. Desiderava solo che non amasse *lei* così tanto.

Cercando di scrollarsi la tensione di dosso, Ellen rientrò in casa. I bambini erano seduti davanti al fuoco, ad ascoltare Austin che raccontava loro una storia su un mostro che viveva nella palude ai margini delle loro terre.

Prendendo Bridget in grembo, Ellen rivolse un sorriso ad Austin. La sua casa e la sua terra erano state spogliate di tutti i loro averi, ma quantomeno aveva attorno a sé quattro volti pieni di speranza che la guardavano con amore, e per il momento, era ancora in grado di nutrirli e assicurare loro un tetto sulla testa. Loro avevano molto più di tanti altri.

Quando il sole si immerse nell'Atlantico, Ellen portò i bambini nell'altra stanza per metterli a letto. Malachy aveva costruito un letto grande per tutti e quattro i bambini, mentre il loro letto era in soffitta, accanto alla dispensa delle verdure. Li ascoltò recitare le preghiere serali e poi diede loro il bacio della buonanotte.

Ellen stava aggiungendo più torba al fuoco, per assicurarsi che rimanesse acceso durante la notte, quando la porta si aprì e Malachy entrò barcollando.

'Shh!' Inclinando la testa, lei indicò la stanza accanto dove i bambini stavano dormendo.

Malachy sorrise, esagerando la sua camminata in punta di piedi attraverso la stanza. La strinse forte a sé.

'Il mio amore.'

'Non sono io il tuo amore, Malachy Kittrick, ma l'alcol!' Scostò il capo dalle sue labbra in cerca di baci. Puzzava di birra andata a male e chissà cos'altro.

'Non incominciare, donna. Ho camminato fino a casa solo per vederti.'

'Sei riuscito a guadagnare qualche soldo?'

'Sì, qualcosa.'

'Abbastanza per l'affitto?'

Lui si accigliò, e il suo bellissimo volto perse quel tono allegro. 'Non ancora.'

'Ma abbastanza per ubriacarti?' In quel momento, lo stava detestando.

'Riuscirò a guadagnare qualche soldo in più…' Vacillava, gli occhi semichiusi. 'È difficile trovare lavoro. Uomini, donne e bambini sono disposti a lavorare anche solo per un pezzo di pane. Non posso competere con loro.'

'La scadenza per pagare l'affitto è la prossima settimana.'

'Lo so bene quand'è la scadenza. Alla fine di ogni marzo e settembre, non c'è bisogno che me lo ricordi.' Immerse una tazza nel secchio d'acqua e bevve a gran sorsi.

'E cosa faremo se non avremo abbastanza soldi per pagare? Dovrò vendere Fiocco di Neve. Ma cosa faremo poi alla prossima scadenza?'

'Troverò un modo. Te lo prometto.'

'Malachy, devi smettere di bere. Non possiamo permettercelo.'

Gli si avvicinò, alla ricerca di un po' di rassicurazione, tenerezza, sostegno. 'Per favore, smettila.'

Lui la tenne stretta a sé e la baciò sulla testa. 'Ci proverò, ma ho perso tutto, fanciulla mia. Bere mi aiuta a dimenticare…'

'Ma non hai perso la tua famiglia, non ancora.'

Uno sguardo inquieto rabbuiò i suoi occhi grigi. 'È solo una questione di tempo.'

Lei si allontanò di scatto. 'Perché dici una cosa simile? Davvero, non ti riconosco più. Siamo riusciti a tirare avanti finora, e possiamo continuare, se ti impegni abbastanza!'

'Non iniziare con la ramanzina. Sono esausto. Ho camminato per chilometri. Me ne vado a letto.'

Dalla panca, Ellen gli tirò una coperta cucita insieme alla meno peggio, che gli colpì il petto, prima di cadere in terra. 'Dormi qui. Non sei in grado di salire su per le scale. L'ultima cosa che ci serve è che cadi e ti rompi una gamba.'

Brontolando, lui si chinò per raccogliere la coperta, perdendo l'equilibrio e cadendo sul pavimento in pietra.

Ellen rimase in piedi sopra di lui, sentendo l'amore per quell'uomo svanire lentamente dal suo cuore, come stava oramai accadendo da mesi. 'Dove sei finito, Malachy Kittrick?'

Ricevette in risposta il brontolio del suo russare.

Si tolse di dosso lo scialle, lo ripose a mo' di cuscino sotto il suo capo, e lo avvolse con la coperta. Rimase lì a guardarlo, l'uomo che un tempo aveva amato così profondamente e che le aveva promesso che non le avrebbe mai dato preoccupazioni.

La colpa non era di certo sua, se la carestia aveva colpito il Paese e distrutto i raccolti di patate, ma lui non aveva fatto abbastanza per tenere al sicuro lei e i bambini. L'aveva abbandonata in uno stato di ansia costante, e per questo non poteva perdonarlo.

Nella luce debole del fuoco, Ellen salì su per le scale, fino al materasso di paglia situato al piano superiore.

Dopo aver recitato le sue preghiere, che si facevano sempre più supplichevoli, notte dopo notte, indossò la sua camicia da notte logora, scivolò sotto una coperta sottile e si accoccolò sul materasso sfondato, che aveva decisamente bisogno di essere riempito con della nuova paglia. Il vento ululava tutt'intorno alla casa, infilandosi nelle crepe del tetto in paglia, accarezzandole il viso come dita ghiacciate.

Giorno dopo giorno, ora dopo ora…

Un fiume di parole le vorticavano in testa. Avrebbe superato anche questo terribile periodo, proprio come aveva fatto in passato, e se non poteva contare su Malachy, avrebbe continuato a contare solo su sé stessa.

CAPITOLO 2

Il mattino seguente, furono delle grida a svegliare Ellen. Si accigliò, irritata per il rumore che i bambini stavano facendo e si vestì frettolosamente. Cercò lo scialle, per poi ricordarsi di averlo adagiato sotto la testa di Malachy la sera precedente. Il suo nervosismo crebbe ulteriormente. Scese rapidamente al piano inferiore, e si accorse che le grida provenivano dall'esterno. I bambini avrebbero avuto un assaggio del dorso della sua mano, senza ombra di dubbio.

Afferrando lo scialle dalla sedia su cui era poggiato, Ellen si preparò a fare loro una bella ramanzina. Ma una volta aperta la porta, la vista che si trovò davanti la fece bloccare sul posto.

Sotto la pioggia, tre uomini chiaramente incolleriti stavano litigando con i suoi figli. Uno di loro stringeva in mano una fune agganciata al collo di Fiocco di Neve.

'Cosa diavolo sta succedendo?' Ellen domandò, avanzando verso gli uomini, mentre i bambini indietreggiavano, ansimando e con i visi arrossati. Bridget era aggrappata alla fune legata intorno al collo di Fiocco di Neve, mentre uno degli uomini cercava di liberarsi della stretta delle sue piccole mani.

'Signora, richiami a raccolta i suoi mocciosi!' Gridò uno degli uomini, il cui cappello si era riversato nel fango.

'Lasciate andare la nostra mucca.' Ellen si guardò intorno, alla ricerca di qualcosa che potesse servire come arma. I furti non erano cosa rara nella zona.

'Questa mucca non è più di sua proprietà!' L'uomo tirò la fune e Fiocco di Neve fu bruscamente strattonata di lato, spingendo Bridget dritta dentro una pozzanghera.

Ellen si affrettò a raccogliere la figlia, mentre Austin, con una mossa improvvisa, sferrò un pugno all'uomo, che lo parò facilmente, spingendo indietro il ragazzo. Austin raccolse Bridget tra le braccia, col volto scarno ricolmo di rabbia.

'Vi denuncerò!' Ellen si aggrappò a Thomas, che era corso a nascondersi dietro la sua gonna. 'È un furto!'

'No, signora. Questa mucca è nostra. È stata vinta del tutto onestamente a una partita di carte. Suo marito è Malachy Kittrick, giusto? Ci ha detto di venire a prelevare la mucca stamattina.'

Ellen scosse la testa, incredula. 'Una partita a carte? No. State mentendo. Non vi credo!'

'E invece sì, signora. L'abbiamo vinta onestamente. C'erano testimoni presenti. Il padrone del Dog & Duck è tra questi. Chieda a lui.'

'Non mi fido della vostra parola. Devo prima parlare con mio marito. Lasciate andare la nostra mucca!' Ellen si affrettò ad afferrare la fune, ma l'uomo la respinse con facilità.

'Sto dicendo il vero. C'erano anche dei soldati. Vada al Dog & Duck, troverete degli uomini che potranno confermare. Suo marito ha perso la partita e ha detto che suo fratello Colm si sarebbe fatto carico del resto del debito. E proprio ora stiamo per andare da lui.'

Ellen barcollò, sopraffatta dall'enormità di ciò che stava accadendo. 'Ma questa mucca produce il latte con cui nutro i miei figli. Ci servirà per pagare l'affitto...'

'Sì, signora, e anche noi tre abbiamo dieci mocciosi.'

'Non potete portarla via, bastardi!' Ringhiò Austin, coi pugni stretti lungo i fianchi.

'Scusami, ragazzo, ma è nostra. Dite a vostro parte che le carte non sono il suo forte.' I tre uomini si voltarono e si incamminarono via, tirandosi dietro una placida Fiocco di Neve.

Ellen sentì un'ira intensa bruciarle dentro. 'Dov'è tuo padre?' Gridò rivolgendosi a Austin, mentre la pioggia iniziò a scrociare più forte.

'È andato via presto,' Disse Patrick con voce flebile. 'Prima che arrivassero quegli uomini.'

'Hanno anche rovesciato il secchio di latte,' Piagnucolò Thomas.

'Non ne abbiamo più per fare colazione.'

'Fiocco di Neve…' Le guance di Bridget si rigarono di lacrime.

Anche Ellen avrebbe voluto sfogarsi in un pianto, ma la sua gola era chiusa in un enorme groviglio di emozioni che sembravano soffocarla. Fiocco di Neve non era semplicemente la loro fonte di latte, ma anche la sicurezza che avrebbero potuto pagare l'affitto, qualora Malachy non fosse stato in grado di accumulare il denaro necessario. Per quanto detestasse l'idea di vendere Fiocco di Neve, avrebbe potuto quantomeno guadagnare altri sei mesi con un tetto sopra la testa.

E ora, cosa avrebbero fatto?

Negli anni, aveva venduto tutto ciò che possedevano di valore per pagare l'affitto. Le pecore, di cui Malachy era sempre andato così fiero, erano state messe all'asta due anni prima. Tutti i begli oggetti di cui aveva riempito la casa durante periodi più floridi erano ormai un ricordo lontano, ora di proprietà di estranei. Le bellissime stoffe che sua suocera aveva realizzato per lei, vendute, insieme all'orologio da parete che avevano ricevuto da Padre Kilcoyne in occasione delle loro nozze. Così come la cristalleria verde che Malachy aveva vinto come premio durante il match di box alla fiera di Louisburgh, o la croce dorata, il suo secondo paio di stivali, i vestiti che i bambini avevano indossato da neonati, la loro culla, le pentole e le padelle di riserva, il suo cappotto migliore, il fucile da caccia che Malachy aveva sin da ragazzo, l'orologio da taschino del padre… tutto andato. Tutti gli oggetti che portavano loro gioia, che facevano della loro casetta un vero focolare domestico, erano stati venduti o impegnati per pagare l'affitto semestrale.

Sì, erano stati fortunati perché avevano molte cose da vendere, mentre molti dei loro vicini non avevano nulla aldilà di qualche animale e dei vestiti che avevano indosso. Ma sia i Malachy che gli O'Mara erano state famiglie di agricoltori benestanti, finché la malattia delle patate non aveva distrutto i raccolti. Se non avessero avuto alle spalle il passato florido di quegli anni ormai andati, avrebbero subito lo stesso destino crudele che aveva colpito tante altre famiglie della zona. Aveva visto amici e vicini morire, o andare a vivere in uno dei centri di accoglienza locali per indigenti, ma per la maggior parte erano fuggiti verso gli angoli più remoti della terra. Tuttavia, i Kittrick erano sopravvissuti.

Almeno fino a quel momento. Ora Ellen viveva nel terrore che la loro fortuna si fosse del tutto esaurita.

Un uomo in sella a un cavallo si avvicinò trottando lungo la strada, fiancheggiato da due soldati, anch'essi a cavallo. Ellen sospirò interiormente. Il Maggiore Sturgess era il procuratore del loro proprietario terriero e Ellen non aveva mai visto in vita sua un rospo più viscido di lui.

'Signora Kittrick,' La salutò, fermando il cavallo di fronte a loro.

'Maggiore.' Concedeva all'odiato uomo sempre lo stretto necessario in termini di cordialità.

'Era vostra la mucca che ho appena visto passare?' La sua ingente stazza tendeva il tessuto di cui erano fatti i suoi abiti e gonfiava il mantello come un'enorme vela nera. Ellen provava sempre compassione per il suo cavallo, che doveva trasportare così tanto peso.

'Sì, era lei.' La pioggia le appiccicava i capelli alla testa e le colava lungo il viso, ma lei la ignorava, troppo attanagliata da un senso di ansia.

'L'ha venduta?' Chiese incredulo e a buona ragione.

'I debiti vanno pagati, Maggiore.'

'E per l'affitto? Il Marchese di Sligo è un gentiluomo molto comprensivo, ma ha i suoi limiti, come molti dei suoi vicini hanno scoperto a proprie spese.'

'Non siamo mai stati in ritardo col pagamento, no?'

'E lo sarete la prossima volta?' La pioggia gli gocciolava dal cappello.

'No.' Mentire a un uomo così inutile come il Maggiore Sturgess le veniva facile.

'Detesterei l'idea di vedere lei e i suoi figli per strada, signora Kittrick.'

'E di grazia, chi ha detto che arriveremo a un punto tale?'

Lui strizzò gli occhi e si voltò a osservare lo stato logoro in cui riversavano i bambini, per poi rivolgere nuovamente lo sguardo verso Ellen. 'Ci sono tanti modi per guadagnare, signora Kittrick. Forse dovremmo entrare a discuterne?' Indicò i bambini che stavano in piedi sulla soglia di casa, al riparo dalla pioggia. 'Mandate via i bambini, ho una proposta.'

Lei sollevò il mento stizzita, sapendo perfettamente cosa volesse da lei, e non lo avrebbe ottenuto. Troppo spesso in passato, il Maggiore l'aveva guardata come una mucca da mungere. 'Non è il caso, Maggiore. E mio marito dovrebbe tornare da un momento all'altro.'

Il Maggiore sorrise consapevole. 'Come preferisce. Tuttavia, se cambia idea, saprà dove trovarmi.'

Lei lo fissò senza ribattere.

Lui sorrise beffardo, girò il cavallo e si allontanò al trotto, con i suoi uomini al seguito.

'Andiamocene dalla nonna,' Decise Ellen. Non poteva rimanere a casa. La perdita di Fiocco di Neve era troppo dura da accettare e temeva che se Malachy fosse tornato, gli avrebbe fatto del male. I due chilometri di cammino fino a casa dei suoi genitori, situata nei pressi della spiaggia, le avrebbero dato un po' di tempo per sbollire la rabbia. Aveva bisogno di parlare con loro.

In passato, lungo quel percorso, i bambini erano soliti correre e sghignazzare, ma la debolezza causata dalla fame aveva rallentato i loro passi. I quattro ragazzini erano sottotono, le spalle pesanti. Nessuno parlava. Thomas non correva in giro alla ricerca di conigli, Bridget non cantava, Patrick non parlava in continuazione del suo desiderio di avere un cane, e Austin non raccontava di quali fossero i posti migliori sulla spiaggia per andare a pesca. Non c'era più nulla di tutto ciò. Si limitavano a procedere sotto la pioggia grigia, infreddoliti, bagnati e completamente privi di speranza.

Più avanti, lungo il sentiero, nel cavo di un dirupo, una famiglia di estranei stava costruendo un rifugio con bastoni, rocce e alghe secche. Una donna vestita di stracci sedeva all'ingresso di quella struttura di fortuna, stringendo in braccio un neonato che sembrava spaventosamente prossimo alla morte. Dietro di lei, un uomo lavorava con una bambina più grande, cercando di accendere il fuoco con una zolla di torba.

Ellen avrebbe voluto aiutarli, ma non ne aveva l'energia necessaria e, inoltre, quelle persone potevano avere la febbre e lei non voleva rischiare che i bambini si infettassero.

Tutt'intorno a loro, la terra era ricoperta di tombe e rifugi in costruzione, che crollavano col maltempo. Cani rachitici scavavano nelle fosse dove giacevano scheletri non sepolti e usurati dal battere del sole e dalle intemperie. Spesso, Ellen trovava qui e lì parti di scheletri umani lungo la strada, dove i cani avevano scavato tombe poco profonde o rosicchiato i corpi di chi era morto nei campi.

I bambini non erano più turbati da quelle immagini, ormai abituati alla vista della devastazione e della morte.

La pioggia si fermò e le nuvole si diradarono, permettendo a un debole raggio di sole di penetrare fino alla terra sottostante. Il cottage in pietra e paglia dei genitori di Ellen era identico al suo, anche se si trovava su una lieve sopraelevazione a quasi un chilometro da Louisburgh, più vicino alla spiaggia. La pesca era lì fonte di reddito e un mezzo per nutrire la famiglia sin da quando Ellen era piccola. Ma poiché suo padre, inverno dopo inverno, sentiva sempre più il peso dell'età, la fattoria e la pesca stavano diventando troppo impegnative per lui, e il nonno era persino più vecchio e più debole di lui.

Mentre approcciavano la collina, sua sorella minore, Riona, stava portando un secchio d'acqua dentro a casa. Tese le braccia, con lacrime fresche ad impregnarle le ciglia, quando Bridget iniziò a correrle incontro.

'Allora, che sta succedendo?' Chiese Riona a Ellen quando la raggiunse. 'Bridget dice che la tua mucca è stata portata via?'

Ellen annuì, mentre i bambini parlavano tutti insieme dei tre uomini che avevano preso la loro amata Fiocco di Neve.

'Entrate dentro.' Riona li guidò dentro casa, ma si fermò sbarrando a Ellen il passaggio. 'Dov'è Malachy?'

'E chi lo sa. È andato via di nuovo questa mattina, prima che mi svegliassi. Speriamo che sia andato a cercare lavoro, prega perché sia così.'

'Papà ha sentito dire che l'hanno visto giocare a carte in una taverna a Westport. Non ci ha creduto, ma ora sappiamo per certo che è così.'

'Sì.' Ellen entrò in casa e diede un bacio al suo anziano nonno Ronan O'Mara, prima di rivolgere a sua madre un pallido sorriso.

Bridget era già seduta sulle ginocchia di sua Nonna Bridie, mentre i ragazzi stavano attorno al bisnonno Ronan, guardandolo mentre riparava una rete da pesca, piegando le mani artritiche. Ronan, troppo anziano per poter vivere da solo, si era trasferito da suo figlio Fionn e sua nuora Bridie, quando Ellen aveva sposato Malachy.

'Dov'è papà?' Chiese Ellen.

Sua madre si irrigidì immediatamente. 'A Louisburgh per il processo.'

'È oggi? Me ne sono completamente dimenticata con tutto quello che è successo con Fiocco di Neve.'

'Non sarebbe proprio una fortuna sfacciata se tuo padre venisse multato di nuovo?' La Mamma sollevò Bridget dal suo grembo e riattizzò il fuoco. 'Non è in grado di pescare abbastanza pesce da poter pagare le sue multe. Quell'uomo è proprio un testone!'

'Papà deve proprio smetterla di litigare con Martin Joyce.'

'È una faida che va avanti da quando erano ragazzi.' La Mamma sospirò. 'Non abbiamo davvero i soldi per poter pagare le multe, ora che è il momento dell'affitto. Santa Maria Madre di Dio, tuo padre mi manderà alla tomba.'

Riona prese le tazze e vi versò dentro del tè nero del tutto insapore.

'Papà dice che stavolta il signor Joyce ha esagerato. L'ha aggredito per l'ultima volta!'

'Ma non è successo tutto perché papà è stato visto nei campi del signor Joyce? Stava trasportando qualcosa in un sacco e improvvisamente il signor Joyce si è trovato con un maialino in meno nel suo porcile?' Ellen scrollò le spalle, ben consapevole della lunga storia di animosità tra suo padre e il signor Joyce. Purtroppo, erano vicini, e entrambi trovavano sempre il minimo pretesto per accusarsi a vicenda, sperando che l'altro finisse in prigione.

'Non ha prove che sia stato Fionn. Quindi può dirsi davvero un motivo valido per chiamare un poliziotto?' Brontolò la Mamma.

'Padre Kilcoyne si è stancato di essere coinvolto in queste faccende e di provare a farli ragionare.' Riona porse due piccole tazze piene d'acqua ai bambini.

'Non la smetteranno mai,' Disse la Mamma. 'Trascorrere un po' di tempo in prigione potrebbe far bene a entrambi. Sono davvero due vecchi sciocchi.'

'Stai zitta, non parlare di prigione,' Disse Ronan. 'Non posso gestire la barca da solo.'

La Mamma guardò Ellen. 'Chiudiamo l'argomento. Cos'è successo con la tua mucca?'

'È sparita.'

La Mamma si fece il segno della croce. 'Santa Vergine Madre. Come farai adesso? Era tutto ciò che ti era rimasto.'

'Non riesco nemmeno a pensarci, Mamma. Mi spezza il cuore.'

'E Malachy gioca d'azzardo?'

Ellen si limitò ad annuire.

'Gesù, Giuseppe e Maria.' La Mamma si fece di nuovo il segno della croce. 'Ma a che stava pensando?'

'Credimi, pensare è qualcosa che fa davvero poco in questi giorni.'

Sorseggiò il tè, insapore e incolore, per via dell'uso ripetuto delle stesse foglie.

'Dovrai abbandonare la tua terra e venire a vivere qui con noi.'

'Altre cinque persone in questo posto?' Si guardò intorno, osservando la casa stretta e buia in cui era cresciuta. 'Ciò significherebbe vivere in nove in sole due stanze, Mamma.'

'L'abbiamo già fatto in passato.'

'Mi inventerò qualcosa,' Mormorò Ellen. 'Ho ancora il mio lavoro alla tenuta Wilton.'

'Allora prega la Santa Vergine affinché Malachy trovi un lavoro e speriamo che le tue preghiere vengano ascoltate.' La Mamma si rivolse ad Austin, prendendolo alla sprovvista. 'E tu, ragazzo mio, dov'eri la scorsa domenica? Perché non eri alla Santa Messa?'

'Ero a cerca di conigli, Nonnina. Qualcuno dovrà pur mettere del cibo sulla tavola.'

La Mamma sollevò le sopracciglia. 'Guarda un po', adesso è diventato proprio un uomo. Fai attenzione con quella lingua affilata, ragazzo mio, o sarà proprio lei a ferirti.'

Ellen guardava sua madre e suo figlio, consapevole che l'amore tra loro fosse troppo forte perché potessero fiorire sentimenti di astio. Austin era il preferito di sua madre e per lei, era impossibile che il ragazzo facesse qualcosa di sbagliato.

'Possiamo venire con te stasera, Nonno Ronan?' Chiese improvvisamente Patrick, mentre il Nonno piegava la rete da pesca.

'Certo, ma non posso portarvi tutti. La mia barchetta si capovolgerebbe!' Sorrise, col viso rugoso logorato dal tempo come del vecchio cuoio. Una pipa di argilla gli sporgeva dalla bocca, spenta perché non c'era abbastanza denaro per il tabacco.

'Di chi è il turno?' Chiese Ellen.

'È il mio!' Disse Patrick.

'No, è il mio!' Lo spintonò il fratello Thomas.

'Smettetela tutti e due! Se continuate così, nessuno dei due andrà!' La Mamma aggrottò le sopracciglia, gesto che calmò i ragazzi all'istante.

'Austin, a chi tocca?' Chiese la Mamma.

'A Thomas.' Austin non avrebbe mai mentito alla sua Nonnina.

'Allora è deciso.' La Mamma ravvivò di nuovo il fuoco. 'Thomas uscirà in mare stasera e, tenete a mente queste parole, torneranno con un bottino così grande che Gesù stesso ne sarebbe orgoglioso.' Poi si rivolse a Ellen. 'Ti ratterrai per la notte?'

Ellen annuì. Non aveva nulla ad aspettarla a casa.

* * *

L'ULULATO del vento che si infrangeva contro la casa svegliò Ellen, infiltrandosi tra le persiane malandate e respingendo le nuvole di fumo giù per il camino.

Si rigirò sul materasso in paglia, facendo attenzione a non cadere, visto che lei e Riona giacevano sui bordi, con Patrick nel mezzo. Austin e Bridget dormivano con la loro Nonna.

Per un po', rimase in ascolto del vento, sperando che in mare il tempo non fosse così selvaggio. Poco prima, suo padre aveva fatto rientro a casa, urlando e imprecando perché aveva ricevuto una multa di due scellini per violazione di proprietà privata, ma quantomeno non era stato condannato per il furto del porcellino, dato che non c'erano prove. L'odio per il signor Joyce si faceva più intenso con ogni sua imprecazione. I suoi passi pesanti in giro per casa davano sui nervi a tutti i presenti, che si sentirono sollevati quando al tramonto lui, Nonno e Thomas si diressero per la pesca notturna verso la spiaggia, uscendo in mare con la loro barchetta. Il Nonno aveva detto che il tempo non sarebbe stato un problema, e tutta la famiglia si era fidata di lui, ma allora perché non aveva mai pescato nella baia di Clew in tutti i suoi settant'anni di vita?

Mentre le persiane sbattevano, Ellen, ancora vestita, si alzò e si avvicinò alla finestra, aprendola. Rabbrividì, quando fu raggiunta dall'aria fredda. Una sottile luce grigia poteva intravedersi all'orizzonte, ma rivolgendo lo sguardo verso la spiaggia, vide solo buio.

'Chiudi la persiana, non lasciar entrare l'aria fredda,' Disse la Mamma, entrando nella stanza principale e facendo sobbalzare Ellen.

'Sta soffiando un vento forte.' Obbedì all'ordine della Mamma, che rastrellava le ceneri del fuoco e aggiungeva piccoli blocchi di torba.

'Sì, è tutta opera del diavolo.' Con le fiamme che si ravvivavano, la Mamma ripose la pentola sul fuoco per scaldare l'acqua.

'Ho messo a bagno della farina di mais per i bambini, ma noi non avremo niente fin quando non torneranno con il pescato.'

'No mamma, conservala per voi. Papà e Nonno saranno affamati quando torneranno. Porterò i bambini a casa quando il sole sorgerà di nuovo. Lì ho ancora della farina di mais.'

'No, la darò ai bambini.' La Mamma era irremovibile. 'E sono sicura che grazie a Dio torneranno con un ottimo pescato e potrai portarne un po' con te.'

Ellen osservava le fiamme, incapace di sopportare la vista del tanto amato viso di sua madre segnato dalla stanchezza. La Mamma era considerata la donna più bella del distretto, durante i suoi giorni migliori; un ruolo che Ellen, crescendo, aveva iniziato a ricoprire. Ma ora che il grigio aveva sbiadito i capelli di sua madre, un tempo neri, e rughe profonde le rigavano il viso pallido e magro, quell'immagine apparteneva ormai al passato.

'I nostri parenti, gli O'Malley di Killeen, sono partiti due giorni fa per l'America, che la Santa Madre li protegga,' Mormorò la Mamma.

Ellen alzò gli occhi. 'Non me l'hai detto. Sarei venuta a salutarli.'

'Non volevano fare troppo scalpore, Dio li benedica.' La Mamma deglutì e si fece il segno della croce. 'Sono gli ultimi parenti che mi erano rimasti dal lato di mia madre. Quelli che non sono sepolti al cimitero si trovano tutti oltreoceano. Non sono molti i Kilcoyne rimasti.'

Silenziosa, Ellen pensò ai suoi cugini O'Malley. Dozzine di volti che aveva conosciuto crescendo, e che non avrebbe mai più visto. Centinaia di famiglie erano state sfollate o cancellate del tutto. Non vedeva più i suoi parenti alla lontana. Gli O'Malley si unirono alle famiglie degli O'Mara, Kilcoyne, Farrel e tanti altri che sarebbero scomparsi per sempre.

Il vento fece sbattere le uniche due piccole finestre della casa.

All'improvviso, la Mamma si alzò, aggrottando la fronte.

Prese il suo rosario dalla piccola scatola sulla mensola del camino, dove lo conservava da sempre.

'Mamma?' Ellen rabbrividì.

'Prega con me!' La Mamma cadde in ginocchio, trascinando giù Ellen di fianco a lei.

'Mamma?' Chiese Ellen, spaventata.

'Prega la Santa Madre con tutte le tue forze, altrimenti rischieremo un giorno di orrore.'

Ellen rimase in ginocchio, pregando accanto a sua madre, finché i bambini e Riona non si svegliarono. La luce del mattino filtrava attraverso le fessure delle persiane.

Quando un forte bussare alla porta le fece sobbalzare, la Mamma si rialzò dalla posizione che aveva assunto. Si fermò per un attimo e poi rivolse lo sguardo verso Ellen; il viso contratto.

'Non è bastato.' Si fece il segno della croce.

'Che intendi dire?' Ellen la seguì verso la porta.

Fuori c'era Paddy McLoughlin, piegato su sé stesso e ansimante. 'Dovete venire!'

'Cos'è successo, Paddy?' Chiese Ellen. Il giovane era stato amico di suo fratello Tommy, finché la febbre non lo aveva portato via a soli quattordici anni. Era in suo onore che lei aveva chiamato suo figlio Thomas.

'Le barche sono affondate. Almeno cinque.' Paddy si fece il segno della croce. 'Dicono che quella di tuo padre sia una di queste.'

Sentendosi come se qualcuno le avesse appena gettato un secchio d'acqua fredda addosso, Ellen sobbalzò, indietreggiando e scuotendo la testa. No. Non poteva essere vero. Non avrebbe permesso che fosse vero. Thomas!

'Vieni!' La Mamma la afferrò per il gomito e la tirò.

Come fosse in trance, Ellen seguì sua madre fino alla spiaggia, dove un assembramento di persone si estendeva sulla distesa di sabbia, mentre il sole saliva alto in un cielo grigio e rosa scosso dal vento. Gente proveniente da Louisburgh e dalle terre agricole ai remoti angoli a est di Mayo stava accorrendo per aiutare o per assistere a quello che sarebbe stato l'ennesimo disastro per la loro comunità.

Rifiutandosi di credere che qualcosa fosse accaduto alla barca del padre, Ellen, correndo, scrutò le acque agitate del mare. Le onde si infrangevano sulla spiaggia, scuotendo l'acqua e alzando una schiuma che il vento soffiava negli occhi dei presenti.

I suoi passi sprofondavano nella sabbia fredda, i volti di chi la conosceva la guardavano con pietà, molte mani mimavano il segno della croce al suo passaggio. Col cuore che le martellava nel petto, Ellen seguiva obbediente sua madre, fin dove i relitti delle barche distrutte venivano respinti a riva. I detriti e l'attrezzatura da pesca ondeggiavano avanti e indietro nelle onde basse.

Scorse il mantello nero di Padre Kilcoyne, inginocchiato accanto al corpo di un ragazzino…

qualcuno stava urlando. Un suono lamentoso che le faceva dolere le orecchie.

Ellen corse, inciampando nella sabbia e nella sua lunga gonna. Provò a riprendere fiato, ma non aveva più aria nei polmoni. Doveva raggiungere quel ragazzino.

'Cara bambina mia.' Padre Kilcoyne la afferrò per le braccia. 'Mi dispiace tanto.'

Lei fissò il suo adorato figlio disteso sulla sabbia umida, accanto a suo Nonno. Entrambi avevano il viso pallido e spettrale della morte.

Cadde in ginocchio di fianco alla testa di suo figlio. Con delicatezza, ne sollevò il corpo bagnato e lo strinse forte tra le braccia. Era bianco, freddo, inerte. 'Sono qui, Thomas. La mamma è qui, tesoro mio.'

Il mondo intorno a lei cessò di esistere, mentre lei cullava suo figlio tra le braccia. Con la mente offuscata, sentiva la presenza della sua Mamma accanto a lei, che sistemava gli abiti del padre, cercando di renderlo presentabile, mentre Padre Kilcoyne pregava sui corpi loro e degli altri uomini che erano annegati durante la tempesta notturna. Il corpo di nonno Ronan non era stato riportato verso la riva.

CAPITOLO 3

*L*e voci soffocate dei bambini avvertirono Ellen della loro presenza, mentre rientrava in casa. Fissò le fiamme deboli del fuoco, poi si voltò verso di loro, cercando di concentrarsi su ciò che stavano dicendo.

'Mamma?' Austin le si accovacciò davanti e le prese le mani. 'Porto Patrick con me a caccia di conigli, perché non abbiamo niente da mangiare.'

'Voglio andare anch'io!' Bridget esclamò.

'No!' Sbottò Ellen. Austin indietreggiò di fronte alla sua asprezza.

'Dovete rimanere qui. Che nessuno esca di casa.' Non sarebbe stata in grado di proteggerli, se non li avesse tenuti a vista. Aveva fallito con Thomas, ma non avrebbe fatto lo stesso con i figli che le erano rimasti.

'Ma non abbiamo cibo, mamma.' Austin si alzò e Bridget gli prese la mano, i suoi occhi spaventati che fissavano Ellen. Patrick era seduto al tavolo, le ossa sporgenti, mentre il suo corpo continuava a consumarsi per la mancanza di cibo.

Ellen iniziò a tremare. Dio avrebbe chiamato a sé anche

Patrick? Era così magro. Erano tutti troppo magri! Avrebbe perso tutti i suoi figli? Perché Dio continuava a punirli in quel modo?

'Troverò io del cibo per tutti noi.' Si alzò dalla sedia e vacillò. Fu sopraffatta da un capogiro. Quand'era stata l'ultima volta che aveva mangiato? Non lo ricordava nemmeno. Ieri? L'altro ieri? Non sapeva nemmeno che giorno fosse.

'Mamma?' Austin le toccò la spalla. 'Mamma, lasciami andare. Troverò qualcosa per tutti noi.'

Confusa, si guardò intorno. Non riusciva a ricordare nulla da quando avevano seppellito Thomas e suo padre tre giorni prima. E Nonno Ronan non aveva nemmeno avuto un luogo in cui riposare per sempre. Il suo corpo, insieme a quelli di molti altri, non era ancora stato ritrovato e era stato catalogato come disperso in mare. Nonostante ciò, avevano aggiunto anche il suo nome a quello di suo padre e suo figlio, incisi sulla croce di legno nel cimitero.

Ronan O'Mara
Fionn O'Mara
Thomas Kittrick
Morti il 21 settembre 1851
Che Dio li tenga stretti tra le Sue braccia

ERANO a corto di zolle di torba per il fuoco, ma il secchio era pieno d'acqua. Gli scaffali ai lati del camino erano ancora vuoti. Gesù, Giuseppe e Maria, cos'avrebbe dovuto fare?

Austin aggiunse al fuoco l'ultima zolla di torba. 'Papà è tornato ieri mentre dormivi, ma è andato via subito dopo. Ci ha dato un piccolo sacco di farina di granturco, ma l'ho già usata tutta.'

Lei annuì, non ricordando nemmeno di aver dormito, così

come non ricordava gran parte degli ultimi tre giorni e certamente nemmeno di Malachy che entrava e usciva di casa. Tutto ciò che sentiva era il dolore ardente della morte di Thomas. Quel sentimento di miseria la consumava dall'interno, bloccando qualsiasi sua abilità di pensare o agire. Il suo bambino era stato riversato nelle nere acque gelate e era annegato. Aveva forse chiamato il suo nome? Doveva essere così spaventato, col suo piccolo corpo che affondava sotto le ruvide onde nere, annaspando alla ricerca di aria, chiamando il nome della sua mamma.

Era tormentata dagli incubi dei suoi ultimi momenti di vita. Dopo il funerale, Padre Kilcoyne le aveva dato da bere del brandy e era sicura che anche Riona le avesse dato qualcosa, qualche erba per aiutarla a dormire, perché non riusciva a fermare le lacrime e dal quel momento, non ricordava più nulla.

Ma quando si risvegliò, il dolore iniziò a tormentarla. Tutto ciò che desiderava fare era raggomitolarsi nel letto e nascondersi dalla realtà che il suo adorato figlio non respirava più. Non avrebbe più sentito la sua dolce risata, la sua voce gentile, mentre supplicava di uscire in barca con suo nonno. Come avrebbe mai potuto sopportare di trascorrere una vita intera senza di lui?

Un colpo alla porta la fece sobbalzare.

Colm entrò con un'espressione solenne in volto. 'Dio benedica tutti in questa casa,' Mormorò.

'Dio ti benedica,' Rispose Ellen, seguita dai bambini.

Colm ripose un pollo spennato sul tavolo. 'Austin, mettilo in pentola a cucinare.'

Ellen si irrigidì. Nel corso degli anni, aveva sempre rifiutato i regali di Colm, determinata a non essere mai in debito con lui. Aveva un marito che poteva provvedere a loro. Era convinta che i suoi regali avessero un prezzo. Un prezzo che non voleva riconoscere.

'Non dirmi che non vuoi accettarlo, Ellen.' Colm alzò le mani. 'Non anche stavolta, proprio ora che state tutti soffrendo una tale perdita. Non te lo permetterò, capito? È solo un pollo, tutto qui.'

Solo un pollo. Avrebbe potuto ridere a quelle parole. Non vedeva un pollo bollire nella sua pentola da oltre un anno, o forse più. 'Grazie, Colm'.

'Dov'è mio fratello?'

Lei scrollò le spalle. 'Non lo vedo da quando… abbiamo perso Thomas…'

'Quella notte si è ubriacato con me, ma credevo che sarebbe tornato a casa e ci sarebbe rimasto.'

'È rimasto per un po',' Intervenne Austin, impegnato nel suo compito di rastrellare la cenere nel fuoco per creare più calore. 'Ieri è andato via di nuovo.'

'Devi venire a stare da me, Ellen. Posso occuparmi di te e dei bambini.'

Lei scosse il capo. 'Andrò dalla mia famiglia. Austin, non mettere il pollo nella pentola. Lo porteremo dalla nonna.' Si coprì il capo con lo scialle, prese per mano Bridget e condusse i bambini fuori.

'Ellen, per favore.' Colm la seguì. 'Malachy vorrebbe che mi prendessi cura di tutti voi.'

Lei si voltò, sentendo un senso di rabbia che le ribolliva nel petto. 'Malachy? Quel marito che non vedo mai? Non mi importa più di ciò che vuole lui. Che il diavolo se lo porti via, per quanto mi riguarda.'

'Lascia che ti aiuti. Ho molti amici che potranno darvi da mangiare. Porterò Austin e Patrick con me. Ho bisogno di loro.'

Ellen esplose in un impeto di rabbia. 'Hai bisogno dei miei figli? Davvero? E in che modo? Perché vuoi qualcuno che lavori nelle tue terre mentre tu ti pavoneggi in giro per la campagna a sbrigare chissà quali affari segreti? È questo che vuoi dai miei figli? Che ti aiutino coi tuoi incontri clandestini?'

'Non capisco cosa intendi dire.' Aveva un'aria sorpresa, ma al contempo colpevole.

'Non sono stupida, Colm. Stai lontano da me e dai miei ragazzi!'

Ellen si incamminò lungo il terreno dissestato, diretta verso la curva della spiaggia e fino al cottage dei suoi genitori. Procedeva in silenzio, un silenzio ricolmo di rabbia, che i bambini non osavano interrompere.

Entrando nel cottage, fu accolta da un'aria fredda. Il fuoco fumante non emanava calore, ma nonostante ciò, Riona e sua madre vi erano rannicchiate intorno, con la Mamma che stringeva tra le mani le perline del suo rosario.

Riona si alzò e abbracciò Ellen. 'Sono contenta che tu sia venuta.' Si rivolse ad Austin. 'Cosa c'è nel cesto?'

'Un pollo dello zio Colm.'

'Un pollo.' Gli occhi di Riona si spalancarono. 'Dio mio. Dobbiamo cucinarlo per cena, vero? Andiamo giù in spiaggia a prendere anche un po' di alghe?'

Austin annuì entusiasta. 'Nel cesto dovrebbero esserci anche un paio di granchi. Li ho presi stamattina.'

La Mamma sollevò il capo, mentre Riona accompagnava i bambini fuori. 'State attenti!' Sospirò, mentre la porta si chiudeva alle loro spalle. 'Siediti, figlia mia. Sei fortunata ad avere dei parenti così generosi.'

'I suoi regali hanno un prezzo, Mamma.'

'Sembra che Colm Kittrick se la stia cavando proprio bene.'

Ellen la guardò di sbieco. 'Non so come faccia. Sembra diventare sempre più ricco, mentre noi diventiamo sempre più poveri.' Ellen si sedette sulla panca accanto alla Mamma e la prese per mano.

'Hai sposato il fratello sbagliato, ragazza mia.'

'Non dire così. Colm me lo ripete già abbastanza spesso.'

'Beh, ne ha tutte le ragioni. Malachy era tutto bellezza e fascino, quando eravate giovani e inizialmente lavorava sodo, ma dov'è finito ora che ne hai più bisogno?'

'Non so come risponderti, ma Colm non mi è mai piaciuto.' Ellen rivolse lo sguardo verso la sedia di suo padre e si sentì avvolta da un dolore pungente. Non avrebbe mai più rivisto il sorriso amorevole di suo padre, né sentito il suo delicato tocco di conforto sulla spalla.

'Malachy è il capo di questa famiglia adesso,' disse la Mamma. 'E ce n'è bisogno qui, non in qualche posto dimenticato da Dio.'

'Pensa che stia facendo del bene, standosene lì fuori in cerca di lavoro.' Ellen abbassò lo sguardo verso il pavimento. 'Certo, e che bene starà mai facendo se spende in una taverna tutto quello che guadagna?'

'L'affitto scade la settimana prossima, e non abbiamo i soldi per pagarlo.' La Mamma sospirò.

Ellen impallidì. L'affitto. Nemmeno lei aveva i soldi. Non ci aveva pensato per giorni. Non aveva neanche più nulla da vendere. 'Devi venire a stare da me, mamma. È più facile trovare i soldi per pagare un affitto che due.'

'Stare da te?' La Mamma sembrò offesa. 'E abbandonare la mia casa? Il solo pensiero è una maledizione.'

'Tu e Riona non potete restare qui da sole. L'affitto sta per scadere. Lascia il tuo cottage e vieni da me. Riona potrebbe trovare lavoro a Westport e col mio posto alla tenuta Wilton, più quel poco che Malachy porta a casa, ce la caveremo.'

'Tu lavori solo quando ci sono degli ospiti alla tenuta. Non voglio essere un ulteriore peso.' La Mamma si guardò intorno, quasi fosse in ascolto di voci del passato, ricordando i tempi in cui quella stanza era ricolma di persone e risate. 'Questo posto custodisce così tanti ricordi. Ho vissuto qui per quasi quarant'anni. È qui che sono venuta a vivere, quando ero appena una giova sposa.' I suoi occhi blu, così simili a quelli di Ellen, si offuscarono. 'Qui ho dato alla luce dieci figli e tu e tua sorella siete le uniche rimaste. Abbandonare questo posto significherebbe abbandonare tutti gli altri.'

'No, Mamma. Li porterai nel cuore. Saranno per sempre al sicuro dentro di te e non ti lasceranno mai, dovunque tu sia.'

'Sono così stanca, ragazza mia. Così stanca di seppellire coloro che amo o di dire addio a chi è andato oltreoceano per iniziare una nuova vita altrove. È questa la mia casa. È qui che voglio morire.'

'Sì, ma senza i mezzi necessari per poter pagare l'affitto, dovrai comunque andartene.'

La Mamma annuì, voltandosi verso il suo filatoio dall'altro lato della stanza. 'Dovrò venderlo per pagare l'affitto. Padre Kilcoyne ha detto che potrà venderlo a buon prezzo a Westport. Ma non sarà abbastanza.'

'Oh no, Mamma, non il filatoio.'

'Non l'ho già tenuto più a lungo di quanto ci saremmo aspettati? L'unico motivo per cui è ancora qui è perché tuo padre riusciva ancora a portare a casa del pesce. Ora che anche questa entrata è venuta meno... il filatoio è l'unico oggetto di valore rimastoci. Servirà a salvarci dal finire in una delle case di accoglienza per poveri.'

'E cosa succederà a marzo, quando dovrà di nuovo pagarsi l'affitto? Non puoi più permetterti di sprecare denaro per questa casa, Mamma. Devi venire da me, te ne prego.' Ellen si alzò e iniziò a camminare in giro per la stanza. 'Sono tua figlia, è mio dovere prendermi cura di te.'

'Sei una figlia devota.' La Mamma si asciugò gli occhi con un brandello di pizzo che un tempo ornava un fazzoletto di lino. Realizzare merletti era un talento speciale della Mamma e che le sue figlie non avevano mai padroneggiato come lei si aspettava. 'In tutta verità, questo posto è troppo silenzioso senza tuo padre e tuo nonno.'

'Allora, tu e Riona verrete?'

La Mamma annuì, sconfitta dalla consapevolezza che la sua vita fosse ormai cambiata. 'Farò in modo che Padre Kilcoyne venda il filatoio per aiutarci con l'affitto.'

'Mamma...'

'Non cambierò idea, scordatelo. Consideralo fatto. Allora, facciamo le valigie? Possiamo tornare a casa con te stasera stessa, dopo aver mangiato.'

'Domani mattina sarò via per lavoro,' Mormorò Ellen, prendendo dei cesti da una mensola nella stanza accanto, quella che era una volta la camera da letto sua e delle sue sorelle, quando Ellen viveva ancora con loro. I suoi fratelli dormivano in mansarda, mentre i genitori su un letto nell'angolo della stanza principale.

'Sì, almeno hai quello.' La Mamma riempì i cesti con quella misera quantità di utensili da cucina rimasti in casa, mentre Ellen impacchettava i pochi capi di abbigliamento e delle coperte sottili.

Ellen pensò al vecchio signor Wilton, il proprietario della tenuta, che, nonostante fosse un ricco inglese protestante in mezzo a una terra di irlandesi cattolici, si rivelò essere un uomo premuroso con i suoi dipendenti. Sapeva che Austin era corso alla tenuta per raccontare loro di Thomas e sperava che il signor Wilton fosse comprensivo e capisse il perché non si fosse presentata al lavoro quella settimana.

'Cosa dirà Malachy della nostra presenza?' Chiese la Mamma.

Ellen scrollò le spalle e infilò nel cesto un vecchio cuscino imbottito di piume d'anatra. 'Malachy dovrebbe essere a casa, per poter accorgersene.'

* * *

Il mattino seguente, al sorgere del sole, Ellen entrò silenziosamente nella cucina della tenuta Wilton.

'Ehi, Ellen.' La signora O'Reilly, la cuoca della tenuta, rivolse a Ellen uno sguardo pieno di empatia. 'È bello vederti. Hai passato davvero un periodo difficile. Siamo rimasti tutti sconvolti dalla notizia delle perdite che la tempesta ti ha causato. Tu e la tua famiglia siete stati quelli più colpiti dalla disgrazia.'

'Grazie, signora O'Reilly'. Ellen deglutì, non volendo soffermarsi a parlare di Thomas, perché le lacrime erano sempre in agguato e quella mattina, non poteva lasciarsi andare. 'Il signor Wilton ha detto qualcosa su di me? Ho ancora il mio lavoro?'

'Sì, ha parlato col signor Israel, ha espresso il suo dispiacere per la tragedia e ha detto che il tuo posto qui è al sicuro in questo periodo di cordoglio.'

Ellen si sentì sollevata e si tolse lo scialle. 'È davvero un uomo gentile. Mi metto subito al lavoro.'

'Sì, accendi prima il fuoco nella sala da pranzo e nello studio. Poi torna qui a bere una tazza di tè. L'ultimo ospite del signor Wilton è partito proprio ieri, e Kathleen si è occupata di pulire la camera da letto, visto che tu non c'eri.'

Ellen indossò un largo grembiule sopra il suo abito nero, che si faceva sempre più logoro giorno dopo giorno, e raccolse la scatola con gli strumenti per le pulizie, insieme a un secchio pieno di carta e legna da ardere.

Uscita dalla cucina, proseguì lungo uno stretto corridoio che fiancheggiava le scale e, imboccando la prima porta sulla sinistra, entrò nella sala da pranzo, dove si trovava un lungo tavolo di mogano, così lucido da riflettere il contenuto della stanza. Tirò le pesanti tende di damasco rosso, lasciando penetrare un debole sole.

Mettendosi subito al lavoro, Ellen spazzò via dal cammino piastrellato di verde le ceneri della sera precedente, ripose nuova carta e legna ad ardere nella griglia, accendendole con un fiammifero. Aggiunse qualche ramoscello, per alimentare il fuoco. Mentre aspettava, prese un panno umido per pulire le piastrelle e ripose altra legna nel contenitore in ottone accanto al camino.

Soddisfatta che il fuoco avesse iniziato ad ardere, Ellen vi sistemò attorno il parafuoco e cominciò a lucidare le superfici. Rimosse gli ornamenti dal camino e li pulì, prima di riporli nuovamente al loro posto. Poi scosse le tende e si assicurò che fossero appese in pieghe ordinate. Se fosse stata estate, avrebbe aperto la finestra per ascoltare il canto degli uccelli, ma con una giornata fredda come quella, decise di tenerle chiuse.

'Eccoti qui,' Si annunciò Kathleen, l'altra cameriera, entrando con una scopa e una scatola di strumenti per la pulizia. Strinse Ellen in un timido abbraccio e indietreggiò. 'Il tuo povero cuore sarà in frantumi.'

'Già.' Ellen annuì, raccogliendo il suo secchio e la scatola.

'Povero piccolo Thomas, un bambino così dolce.' Ellen chiuse fugacemente gli occhi, mentre l'immagine di suo figlio le offuscava la mente. 'Meglio che la smetta. Tenersi occupati aiuta.'

'Tra poco possiamo andare a bere una tazza di tè insieme.'

Una volta nello studio, Ellen chiuse la porta e vi si appoggiò. Sentiva il suo petto contorcersi dal dolore, ogni volta che pensava a Thomas. Quando i bambini si riunivano intorno al tavolo, cercava Thomas con lo sguardo, per poi accorgersi della sua assenza. La sera precedente, li aveva fatti sedere davanti al fuoco e li aveva lavati con una pezza calda, che aveva precedentemente messo a bollire. Poi li accompagnò a letto. Aveva baciato tre visi invece di quattro, e aveva provato un dolore intollerabile. Per fortuna, aveva lì la Mamma e Riona per sfogarsi un po', prima di arrampicarsi su per la scala che portava al suo letto, che condivideva con Riona, mentre Malachy era via.

Malachy.

Allontanandosi dalla porta, Ellen si inginocchiò davanti al camino e cominciò a pulire la cenere.

Cosa avrebbe fatto con Malachy? Non potevano andare avanti così. Questi brevi andirivieni dovevano finire. Doveva trovare un posto di lavoro sicuro. Forse avrebbe potuto chiedere al signor Wilton se avesse un impiego per lui alla tenuta. Quando in passato lo aveva accennato a Malachy, lui si era categoricamente rifiutato anche solo di considerare la possibilità. Voleva ricostruire la loro fattoria, ma come avrebbe mai fatto, senza i soldi per comprare il bestiame o i semi per il raccolto? Non ne aveva idea. E ora che il bere aveva preso il sopravvento, non era rimasto più nulla dell'uomo che era un tempo.

Una volta acceso il fuoco, Ellen iniziò a sistemare lo studio.

Aprì le tende, pulì la cenere del sigaro dal posacenere di cristallo sulla scrivania e raccolse i giornali dal pavimento, impilandoli su una sedia nell'angolo.

La porta si aprì e il signor Wilton entrò, fermandosi di colpo alla vista di Ellen.

'Signora Kittrick. Che piacevole sorpresa. Non mi aspettavo di vederla tornare così presto.'

'Mi perdoni, signore, per non essere venuta negli ultimi giorni…'

'Sciocchezze, non c'è nulla da perdonare, cara signora. Ha perso suo figlio, suo padre e suo nonno in una sola notte traditrice. Non immagino in che stato si trovi.' Si avvicinò alla scrivania e la guardò. 'Spero non avrà pensato che l'avrei licenziata per non essere venuta?'

'Speravo che non l'avrebbe fatto. So che lei è una persona gentile e onesta.'

Lui sorrise. 'Posso dire lo stesso di lei, signora Kittrick. È una donna laboriosa e puntuale, indipendentemente dalle condizioni climatiche. Un vero dono per la sua famiglia.'

'Grazie.' Ellen raccolse i suoi strumenti. 'Vuole che pulisca la stanza ora, signore?'

Il signor Wilton si passò una mano tra i capelli grigi. 'No, signora Kittrick. A giudicare dal suo aspetto, credo sia meglio che vada in cucina a mangiare qualcosa. Non può permettersi di ammalarsi. I suoi figli hanno bisogno di lei.'

'Sto bene, davvero, signore.'

Alzò le sopracciglia, non credendole.

Ellen si attorcigliò lo strofinaccio tra le dita. 'Signore, mi stavo domandando se potessi permettermi di chiederle un posto per mio Marito Malachy in una delle sue strutture.'

L'espressione del signor Wilton era piena di compassione. 'Mi dispiace, signora Kittrick, ma ho già assunto quanta più gente del posto ho potuto, anzi più di quanti avrei dovuto. Ho cercato di fare del mio meglio per mantenere in vita la gente in questi tempi difficili.'

'Sì, capisco perfettamente.' Era ben consapevole del suo spirito generoso. Erano molte le persone a cui aveva dato un impiego nella sua fattoria a pochi chilometri di distanza o nella piccola fabbrica di sua proprietà a Westport.

All'improvviso, sembrò terrorizzato. 'Non starete pensando di andare in una casa di accoglienza, vero?'

'Oh, no. No, signore, non siamo ancora arrivati a quel punto.' Tremava al solo pensiero. Vedere la sua famiglia finire in un posto del genere sarebbe stata la sua rovina.

'Quindi, suo marito è ancora senza un lavoro?'

'Riesce a trovare qualcosa qua e là, signore.'

'Ma non sarà sufficiente, e con l'avvicinarsi dell'inverno, potrebbe trovare anche meno?'

Lei annuì. 'Malachy si è un po' smarrito. Vorrebbe il meglio per noi, ma...' Odiava il fatto di essersi ridotta a implorare per un lavoro per suo marito, quello stesso uomo che era un tempo stato la sua roccia, il suo punto di riferimento, e che aveva lavorato fino allo sfinimento, per migliorare le condizioni in cui versavano.

'Vedrò cosa potrò fare, signora Kittrick.'

'Grazie.' Si fermò, non volendo forzare la mano.

'C'è qualcos'altro che vorrebbe dirmi?'

'Solo se non è di troppo disturbo, se sentisse in giro di qualche posto di lavoro per mia sorella Riona, sarebbe fantastico.'

'Se sentirò qualcosa, le farò sapere. Vada pure in cucina. Le pulizie possono aspettare. Io sarò via per il resto della giornata e il signor Israel è fuori a sbrigare delle commissioni per me, quindi lei e Kathleen potrete avere la tenuta tutta per voi e fare ciò che deve esser fatto. Ora, vada a mangiare qualcosa. Sembra uno scheletro ambulante.'

'Grazie, signore.' Ellen fece ritorno in cucina e vi trovò la signora O'Reilly e la sua aiutante, Patsy, che impiattavano uova e pancetta in delle scodelle d'argento, per poi portale nella sala da pranzo.

Fiutando quel delizioso profumo, Ellen sentì lo stomaco brontolare.

'Hai finito, per ora?' Chiese la signora O'Reilly, aggiungendo un portapane al vassoio.

'Il signor Wilton mi ha detto di andare in cucina.' Ellen alzò lo sguardo, quando il signor Israel fece il suo ingresso dagli uffici del maggiordomo. 'Buongiorno.'

'Come sta, signora Kittrick?' Chiese rigidamente il maggiordomo, non essendo particolarmente incline alla cordialità.

'Bene, grazie, signor Israel.' Ellen aiutò Patsy a comporre il vassoio, in attesa che il signor Israel lo portasse nella sala da pranzo, quando Kathleen entrò, canticchiando una melodia. S'interruppe alla vista di Ellen. 'Scusa, Ellen. Non ho pensato al tuo lutto.'

'Non devi scusarti. Hai tutto il diritto di cantare, Kathleen. È giusto essere allegri.'

'E cos'hai da essere felice, Kathleen?' Chiese la signora O'Reilly, versando del tè nelle tazze per tutte loro.

'Niente.'

'Stai mentendo.' Sorrise Patsy. 'Ti ho vista passeggiare con Jamie Curry ieri sera.'

'E allora? Di certo non è un crimine passeggiare con un uomo, cara Patsy Donnelly.'

'State zitte voi due.' La signora O'Reilly le fulminò con lo sguardo. 'Fai attenzione, Kathleen. Jamie Curry è ben noto per le sue avventure con ragazze giovani, lo è davvero.'

'Kathleen fece una smorfia di disapprovazione. 'Non con me, non lo farà. Non finché non ci saremo scambiati i nostri voti davanti a Padre Kilcoyne.'

'Vuole sposarti adesso?' La derise Patsy. 'Di certo non se la sua mammina avrà voce in capitolo.'

'Ebbene, non ne avrà!' Sbuffò Kathleen.

'Ragazze, smettetela. Esci a prendere un po' d'acqua, Patsy. Kathleen, tu svuota quei secchi di cenere.' La signora O'Reilly si sedette di fronte a Ellen. 'Non si può mai avere un momento di pace con quelle due.'

'Infondo, è piacevole sentire una chiacchierata normale. A casa parliamo tutti sottovoce, tremando al pensiero di cosa il futuro ha in serbo per noi.'

'È un periodo difficile, ragazza mia. Come sta tuo marito? Ha trovato lavoro?'

Lo stomaco di Ellen brontolò di nuovo per la fame. 'No. Ma non è mai a casa.'

'Riuscirai a rimanere nella tua fattoria?'

'Non credo proprio. Se Malachy tornerà con qualche soldo, forse riusciremo a pagare questa rata di affitto, ma non so come faremo con la prossima. Malachy si rifiuta di piantare di nuovo le patate. Dice che è uno spreco di soldi. Ma come faremo a sopravvivere? La malattia delle patate non può protrarsi all'infinito, vero?'

'E chi può dirlo?' La signora O'Reilly sorseggiò il suo tè e diede a Ellen un paio di minuti per finire il suo porridge. 'Hai considerato la possibilità di emigrare?'

'Emigrare?' Ellen alzò gli occhi da quel delizioso porridge, desiderando con tutta sé stessa di poter portare a casa l'intera pentola per i suoi bambini. Erano i pasti che mangiava alla tenuta ad averla mantenuta in vita negli ultimi anni e erano quegli stessi pasti a permetterle di dare ai suoi bambini tutto il resto del cibo che riusciva a coltivare o recuperare qui è lì. A volte, la signora O'Reilly la mandava a casa con un cesto di avanzi, ma non sempre, perché il signor Wilton voleva che tutto il cibo in eccesso fosse distribuito a coloro che erano in fin di vita e bussavano alla porta sul retro per chiedere l'elemosina.

La signora O'Reilly si riempì di nuovo la tazza di tè. 'Mio cugino e la sua famiglia sono in Canada. Sono partiti l'anno scorso, mentre un altro ramo della famiglia è andato in America tre anni fa. Se la stanno cavando bene. Hanno una fattoria e si sono stabiliti in una piccola comunità. Sembra che i bambini vadano a scuola e crescano bene. Dovresti pensarci.'

'Non ho alcun interesse ad andare in America.'

'Potrebbe essere il nuovo inizio di cui tutti avete bisogno. Se non avessi questo buon posto di lavoro, mi unirei ai miei cugini, perché, in fin dei conti, cosa ci resta qui? I proprietari delle terre stanno buttando via gli inquilini dalle loro case più velocemente di quanto la malattia delle patate non abbia distrutto interi raccolti. Intorno a noi abbiamo solo l'eredità di anni di distruzione, perdite e cimiteri pieni di lapidi e croci. Cos'è rimasto per cui valga la pena rimanere?'

Ellen raschiò il fondo della ciotola, mentre le ragazze, tornando, riempirono di nuovo la stanza di chiacchiere. Alzandosi in piedi, Ellen prese il suo scatolone con gli strumenti per le pulizie e dei nuovi strofinacci, mentre le parole della signora O'Reilly continuavano a vorticarle in testa. Cos'è rimasto per cui valga la pena rimanere?

CAPITOLO 4

Rigirandosi nel letto, Ellen rinunciò a dormire solo quando il sole sorse la mattina seguente. Si vestì silenziosamente, per non disturbare Riona, e scese giù per la scala.

Sua madre dormiva ancora. Lei attizzò delicatamente il fuoco e aggiunse altra torba, prima di uscire fuori per fare i suoi bisogni.

Il gelido freddo mattutino la svegliò del tutto, facendola rabbrividire. Tornò dentro, bevve un sorso d'acqua dal secchio e si infilò gli stivali neri e polverosi che non vedevano suole nuove o lucidatura da diversi anni ormai. Sospirò, guardando gli altri stivali vicino alla porta. Anche le calzature dei suoi bambini erano in uno stato pietoso. I piedi di Austin non entravano più nelle scarpe e aveva bisogno di un nuovo paio. Dove avrebbe trovato i soldi per comprarle? A Patrick era toccato il vecchio paio di Austin, ma la suola si stava staccando e era ora legata al corpo dello stivale con della corda, mentre la povera Bridget non aveva mai avuto degli stivali. Indossava invece degli zoccoli in legno che il Papà aveva realizzato per lei.

Il freddo li avrebbe presto congelati e lei non sapeva come li avrebbe tenuti in vita. L'inverno precedente, i bambini avevano trascorso intere giornate accanto al fuoco, mentre la neve si accumulava intorno al cottage, isolandoli dal mondo.

Una volta rientrato a casa, Malachy li aveva liberati scavando, e aveva portato con sé un sacco di farina di mais e dei pesci che il Papà gli aveva dato. Ma l'odore di brandy nel suo alito aveva presto rovinato la sensazione di gioia che Ellen aveva provato per il ritorno del marito. Col tempo, la situazione era solo peggiorata, con Malachy che diventava sempre più inaffidabile.

Come avrebbero fatto a sopravvivere un altro inverno?

Avvolgendosi ancora più stretto lo scialle attorno alle spalle, Ellen uscì e iniziò la sua lunga camminata verso la tenuta Wilton. Lungo la strada, sperava sempre di vedere Malachy tornare a casa, ma rimaneva puntualmente delusa. Aveva bisogno facesse ritorno e che portasse i soldi per l'affitto.

Sarebbe forse stato meglio non vederlo in giro? Dubitava che sarebbe riuscita a rivolgersi a lui in modo civile, tanta era la rabbia che provava nei suoi confronti. L'aveva abbandonata quando aveva più bisogno di lui. Loro figlio era morto e lui se n'era andato. Non si erano confortati a vicenda, non avevano condiviso quel dolore, come avrebbero dovuto fare da genitori. No, era andato via non appena le sue mani avevano lasciato cadere la terra che ora copriva la tomba di Thomas – una tomba in legno semplice, che aveva pagato Colm.

L'unica salvezza per Malachy sarebbe stata se fosse tornato con le tasche piene di monete. Se così non fosse stato, temeva che gli avrebbe fatto del male.

Il sole sorse sopra le montagne, trafiggendo il paesaggio con frecce dorate. Un coniglio, sbandierando al vento la sua coda bianca, corse al riparo, mentre lei svoltava, imboccando una curva lungo la strada. A eccezione di quel coniglio, Ellen era completamente sola. La campagna in cui era cresciuta, una volta piena di pecore, mucche e cottage con comignoli fumanti, non esisteva più. Ora si ritrovava circondata da campi abbandonati, case in rovina, tombe fatte di pietre accatastate e odore di morte.

Per quanto ancora sarebbe riuscita a mantenere la fattoria?

La scadenza per pagare l'affitto era l'indomani. Il mattino seguente, si sarebbe dovuta recare a Louisburgh per dichiarare di non poter pagare. Come avrebbe mai sopportato quell'umiliazione?

Il dover prendersi cura anche di Riona e della Mamma rappresentava ora un ulteriore peso. Riona doveva assolutamente trovare un lavoro. Con il Papà ora assente e senza pesci da poter vendere, Riona avrebbe dovuto trovare un posto da domestica come Ellen. Le avrebbe parlato quella sera, che le piacesse o meno.

Nella cucina della tenuta, la signora O'Reilly era impegnata a stendere la pasta sul tavolo, mentre Patsy e Kathleen si davano da fare a preparare la colazione con un'espressione particolarmente concentrata sui loro volti. L'odore delle costolette di maiale che friggevano fece venire a Ellen l'acquolina in bocca. Non aveva più toccato cibo dal porridge che aveva mangiato il giorno prima, nel tentativo di far durare il più possibile quel poco che la Mamma era riuscita a portare per i bambini.

'Oh, brava, sei qui,' Disse la signora O'Reilly. 'C'è una tazza di tè laggiù per te.'

'Grazie.' Ellen sorseggiò il tè dolce con aggiunta di latte, desiderando di avere più tempo per poter godere di ogni sorso; ma sapeva che avrebbe dovuto sbrigarsi.

'Il signor Wilton ha fatto rientro ieri sera con un ospite inatteso che si tratterrà alcuni giorni. Inizierai dalla sala da pranzo? Il signor Israel ha detto che il salotto di fronte deve essere aperto. Oggi potresti dover rimanere un po' più a lungo.'

'Inizio subito.' A malincuore, Ellen finì di bere il resto del tè.

'Oh, e Ellen...'

'Sì?'

'Forse è il caso che andassi nel lavatoio a rinfrescarti un po'. Hai una macchia sul viso.'

Imbarazzata, Ellen si affrettò verso il lavatoio e si guardò nello specchio che era stato posizionato lì perché le serve potessero assicurarsi di avere un aspetto dignitoso, prima di entrare nell'edificio principale.

I suoi capelli castano ramati erano appiattiti e avevano bisogno di una lavata. Li legò, poi prese un panno e si sciacquò il viso. Fissò il suo riflesso nello specchio, i suoi occhi blu e le ombre scure che li contornavano, e le sue guance sporgenti. Un tempo era una vera bellezza, lo dicevano tutti. Come sua madre, aveva fatto perdere la testa a tanti uomini, quando aveva raggiunto l'età del matrimonio. Ora, a malapena riconosceva la donna che la guardava dal riflesso dello specchio.

Ellen indossò il grembiule, prese la scatola di strumenti per le pulizie e si diresse verso la sala da pranzo. Lavorò rapidamente, pulendo il camino e riaccendendolo, prima di lucidare la mensola, mentre il signor Israel era impegnato ad apparecchiare la tavola per la colazione.

'La signora O'Reilly ha accennato al fatto che oggi dovrà rimanere un po' più a lungo, signora Kittrick?' Chiese, riponendo coltelli e forchette sul tavolo.

'Sì, signor Israel, e sono ben felice di farlo, naturalmente. Mia madre e mia sorella sono al mio cottage e potranno prendersi cura dei bambini.'

Lui ripose i piatti e le ciotole nella credenza. 'Bene. L'ospite del signor Wilton, un certo signor Rafferty Hamilton è qui, quindi il salotto deve essere preparato. Tutti sappiamo quanto al signor Wilton piaccia chiudere tutte le stanze, quando è solo in casa.'

'Sì, me ne occuperò io.'

'Occupatene prima dello studio, perché potrebbero andare a sedersi lì dopo colazione, prima di uscire. Oh, e Kathleen avrà bisogno di aiuto anche al piano superiore. Ha dovuto preparare in fretta il letto per il signor Hamilton, per via dell'ora tarda in cui è arrivato, ma non è stato fatto nient'altro. Quindi, è necessario che la stanza venga pulita e che il camino venga acceso.'

'Certamente, signor Israel.'

Lui annuì e la lasciò andare a recuperare gli scaldapiatti per il cibo.

Dopo aver terminato nella sala da pranzo, Ellen si affrettò verso il salotto. Quella stanza della casa le piaceva più di tutte le altre. Il signor Wilton era un appassionato viaggiatore e aveva riempito la stanza di libri e di ricordi dei suoi viaggi.

Aprendo le tende pesanti, la luce inondò la stanza, riscaldando la carta da parati e mettendo in risalto i mobili. Un divano in damasco crema era posizionato davanti al fuoco. Ellen lo spolverò e diede una sistemata ai cuscini.

Lucidò i due tavolini, maneggiando con cura le suppellettili in porcellana rappresentanti uccelli e cavalli. Portò la lampada nella dispensa del maggiordomo perché il signor Israel potesse riempirla e pulirla, prima di fare ritorno nella stanza, per accendere la carta e la paglia nella griglia del fuoco.

Mentre le fiamme prendevano vita, sistemò i cuscini sulla seduta imbottita che fiancheggiava la finestra, poi spazzò il grande tappeto orientale rosso e blu e il pavimento in legno lucido. La piccola scrivania, che non veniva mai usata dal signor Wilton, ma messa a disposizione dei suoi ospiti, fu anche lucidata. Ellen non poté fare a meno di fermarsi a fissare il mappamondo poggiatovi sopra.

Lo fece roteare col dito, leggendo i nomi dei paesi di cui Padre Kilcoyne le aveva raccontato, luoghi sconosciuti a migliaia di chilometri di distanza. Il suo dito si fermò sulla parte inferiore del mappamondo. Terra Australis. Australia.

Nelle rare occasioni in cui, in passato, aveva studiato il mappamondo, mentre puliva quella stanza, si era spesso interrogata sul paese di cui la gente parlava sempre e solo sussurrando. Quel luogo verso il quale i connazionali venivano spediti in catene. Una colonia britannica dall'altra parte del globo, da cui nessun condannato faceva mai ritorno, o quantomeno nessuno che lei conoscesse. Come se la cavavano, così lontani dall'Irlanda e dalla loro casa?

'Buongiorno.'

Ellen si voltò di scatto, allarmata dall'essere stata sorpresa mentre guardava il mappamondo. Si chinò leggermente, abbassando il capo. 'Buongiorno a lei, signore.'

'Stavo cercando il signor Wilton.' Il sorriso dell'uomo si sollevò fino a raggiungere gli occhi azzurro chiaro, del colore di un cielo di mezza estate, e incorniciati da lunghe ciglia nere.

'Oh, sarà qui a breve, signore.' Fissò l'uomo alto e dai capelli nervini, vestito di un elegante completo grigio piombo, un colore che non veniva mai indossato in quella zona, dove imperavano solo il nero e il marrone. 'Andrà direttamente nella sala da pranzo,' Aggiunse, accorgendosi subito di aver detto una sciocchezza.

'E dove si troverebbe?' Il suo sorriso affascinante apparve di nuovo.

'In fondo al corridoio, la prima porta sulla sinistra.'

L'uomo la studiò. 'Stava guardando il mappamondo?'

'Sì,' Ammise.

'Il mondo è un posto affascinante, vero?'

Si avvicinò e fece roteare il mappamondo. 'È difficile immaginare che ci siano paesi così lontani da noi, abitati da persone che parlano lingue diverse e che hanno una pelle di un colore diverso dal nostro.'

Lei annuì, osservando lui invece del mappamondo. Era alto e aveva dei lineamenti marcati. C'era qualcosa in lui che catturava la sua attenzione. Erano molti gli ospiti del signor Wilton che aveva incontrato in passato, ma non aveva mai parlato a lungo con nessuno di loro.

'Dove le piacerebbe andare, se potesse scegliere?' Le chiese.

'Non lo so. Padre Kilcoyne dice che non esiste posto migliore dell'Irlanda.'

'Padre Kilcoyne ha mai viaggiato?'

'Da giovane è stato a Roma e in Inghilterra.'

Il signor Hamilton la guardò. 'Forse Padre Kilcoyne ha ragione. Perché l'Irlanda ha delle campagne incredibilmente belle.'

'Ma crede che esistano posti migliori?' Osò chiedere lei. Perché quell'uomo si stava rivolgendo a lei come se fosse una sua pari?

Lui riassunse una postura diritta, mantenendo lo sguardo su di lei. 'Ho viaggiato in molti paesi europei e sì, ci sono molti posti stupendi da vedere.'

Per un lungo momento, rimasero semplicemente a guardarsi.

'Dovrei andare a colazione.' Chinò il capo e lasciò la stanza.

Con le guance arrossate, Ellen ispirò profondamente, come se si fosse appena resa conto di non aver preso aria per tutto il tempo. Quello doveva essere il signor Rafferty Hamilton. Era inglese, il suo accento era chiaro, e i suoi occhi le comunicavano una bellezza che non aveva mai visto prima in vita sua.

Uno sguardo allo specchio posizionato sopra al camino le fece scappare un gemito. I suoi capelli unti e appiattiti erano sfuggiti al nastro che li raccoglieva. Il suo grembiule bianco era ricoperto di macchie di ogni genere, e i suoi stivali logori sporgevano dalla gonna nera consumata.

Sospirando, lasciò la stanza e entrò in cucina, per prendere degli strofinacci puliti e un secchio vuoto.

'Che tipo di uomo è, signor Israel?' Chiese Kathleen.

Il signor Israel diede una lucidata alla scintillante teiera in argento, con il suo speciale panno per quel materiale. 'È inglese. Il signor Wilton lo ha incontrato durante una delle sue visite a Londra l'anno scorso. Sono in affari insieme, hanno azioni nella stessa compagnia, credo sia un'azienda di spedizioni.' Il signor Israel ispezionò la teiera d'argento e, soddisfatto, ne rimose il coperchio e lo riscaldò con dell'acqua calda, poi concesse alla signora O'Reilly di versare del tè nell'umile teiera di terracotta marrone, che veniva usata per il personale della cucina.

'L'ho incontrato proprio adesso,' Disse Ellen, dirigendosi verso la porta.

'Davvero? È sceso così presto?' Il signor Israel ripose rapidamente la teiera sul vassoio e lo portò nella sala da pranzo. 'Non mi ha chiamato per chiedere aiuto per vestirsi.'

'Com'è? Giovane o vecchio?' Chiese Kathleen, afferrando il pane.

'Sui trent'anni, forse.' Ellen pensò al sorriso amichevole dell'uomo e non poté fare a meno di percepire un senso di serenità. Vedere un sorriso genuino in quel periodo era cosa rara.

'Andate, dunque. Abbiamo molto da fare oggi,' La signora O'Reilly le spronò affinché si rimettessero al lavoro.

Ellen si diresse verso lo studio e iniziò a pulire la stanza, col pensiero rivolto all'inglese seduto nella stanza accanto, che stava godendo della sua colazione a base di salsicce, costolette di maiale, aringhe affumicate e uova. Sentì lo stomaco brontolare al solo pensiero.

Sapeva delle difficoltà che la gente stava attraversando in quella parte dell'Irlanda? Gliene importava? Certo che no, e perché doveva? Era inglese e agli inglesi importava solo di sé stessi. Ignoravano la povertà e le problematiche degli irlandesi, specialmente di quelli così poveri come Ellen e la sua famiglia.

Lei non era coinvolta negli affari politici che riempivano gli uomini del posto di rabbia e di odio. Aveva già abbastanza preoccupazioni, dovendosi occupare di nutrire e tenere al caldo i suoi figli, per potersi permettere di trascorrere il tempo a dibattere della situazione politica irlandese. In passato, ne aveva sentite abbastanza da Colm. Non era stupida, e sapeva di essere tra quelli che erano stati dimenticati dall'Impero britannico. Sapeva leggere e capiva gli articoli di giornale sparsi per lo studio del signor Wilton. Aveva letto delle tasse che gravavano sui proprietari terrieri e che queste erano il motivo per il quale volevano sfrattare gli affittuari e sostituirli con pecore. Ogni edificio situato su un terreno era tassabile, mentre le pecore no.

Sapeva che il mondo non fosse un luogo giusto e equo, ma preferiva lasciare che a combattere fossero coloro che potevano permettersi di farlo, che avevano una voce. Mentre lei, Ellen Kittrick nata O'Mara, moglie e madre, doveva combattere le sue battaglie in casa. Il denaro per l'affitto e il cibo erano tutto ciò che le interessava.

Malachy era a casa?

Il pensiero che potesse aver guadagnato qualche soldo le diede una ventata di energia per terminare in tempo record i compiti assegnateli.

Una volta finito, tornò in cucina, si sedette stancamente al tavolo con gli altri e mangiò pane tostato e aringhe affumicate per colazione, cercando di non ingurgitare il cibo troppo velocemente, ma gustandone ogni boccone. Restare più a lungo per pulire anche il piano superiore avrebbe significato avere un pasto assicurato anche a mezzogiorno. Forse avrebbe potuto conservarlo per portarlo a casa dai bambini, come aveva fatto in altre occasioni. Apprezzavano molto le prelibatezze che riusciva a portare a casa.

Mentre pulivano il piano di sopra, Kathleen parlottava e Ellen sapeva che non fosse necessario aggiungere nulla alla conversazione. Col passare delle ore, stava esaurendo le energie. Rimossero insieme le lenzuola dal letto del signor Wilton e lo rifecero, prima di pulire la stanza e preparare il fuoco per la sera.

Nella camera degli ospiti, Ellen notò che il signor Hamilton era un uomo ordinato. Le coperte erano sistemate, ma lei si occupò comunque di rifare il letto, mentre Kathleen spolverava la stanza. Non aveva lasciato esposto alcun effetto personale, e Ellen uscì dalla stanza senza aver scoperto nulla di più sul signor Hamilton.

Al piano inferiore, la signora O'Reilly stava tagliando un prosciutto da accompagnare al cavolo bollito e alle carote.

'Posso portare il mio pasto a casa, signora O'Reilly?' Chiese Ellen, lavandosi le mani, mentre l'orologio a muro rintoccava l'una.

'Certamente. Per i bambini?'

'Sì.' Ellen sorseggiò una tazza di tè, non concedendosi altro.

Nella lavanderia, si tolse il grembiule e si avvolse nello scialle. Dalla finestra vide gli alberi ondeggiare al vento e sospirò. La pioggia sembrava in procinto di scrociare da un momento all'altro.

'Riporterai il cesto domani?' La signora O'Reilly consegnò a Ellen un paniere, con un panno che faceva da coperchio.

'Domani? È sabato. Solitamente, non vengo di sabato.'

'Sì, lo so, ma dopo la colazione, il signor Wilton è venuto da me e ha richiesto che tu venga, perché ha alcuni amici a cena e con il signor Hamilton che soggiorna qui, avrà bisogno di un aiuto extra in cucina.'

'È fantastico.' Ellen sbirciò sotto il panno e vide una generosa quantità di fette di prosciutto, metà pagnotta di pane, qualche uovo, carote e l'altra metà del cavolo. 'Lei è molto generosa, signora O'Reilly. Che Dio la benedica.'

'Hai dei figli adorabili, Ellen. Non posso permettere che restino senza cibo. Abbiamo perso troppi giovani. Ho sentito stamattina stessa da Billy O'Hara, quando ha consegnato la posta, che la famiglia Hastings di Louisburgh ha perso due bambini durante la notte a causa della febbre. Da quando hanno perso la fattoria, la famiglia dormiva all'aperto. Mia nonna era una Hastings.' La signora O'Reilly si fece il segno della croce e Ellen fece altrettanto.

'Dio benedica la sua famiglia. Grazie per il cesto. Ci vediamo domattina.' Ellen annuì, il petto ricolmo di gratitudine.

Anche se il cesto era pesante, Ellen non ne era disturbata.

Ne spostò il peso da un braccio all'altro, mentre tornava stanca verso casa, accompagnata da un vento selvaggio che le spostava i capelli negli occhi e le faceva svolazzare la gonna tra le gambe. I bambini sarebbero stati eccitatissimi alla vista del contenuto del cesto, e ce n'era abbastanza anche per la Mamma e Riona.

Una coppia di uomini a cavallo si avvicinò galoppando lungo la strada battuta alle sue spalle, e lei si scostò per lasciare libero il passaggio.

Quello davanti rallentò, e Ellen si lasciò scappare un gemito, quando il Maggiore Sturgess le sorrise dall'alto. L'uomo diede un colpo di tacco al cavallo per avvicinarsi, tanto che Ellen dovette indietreggiare nella fossa fangosa lungo la strada, per evitare di essere calpestata.

'Che il diavolo la prenda con sé, Maggiore!' Gridò lei, penandosi al contatto con il fango freddo, che le penetrava nei buchi degli stivali.

Il Maggiore rise di lei. 'Signora Kittrick, perché se ne sta in piedi in una fossa?'

Lei si affrettò a uscirne, e lui avanzò col cavallo verso di lei. Ellen indietreggiò, perdendo l'equilibrio, e atterrò nella fossa con un tonfo della schiena. Lo shock della caduta le fece morire le parole in gola. Il cesto le giaceva di fianco, col contenuto riversato nel fango.

Sturgess rise rumorosamente, come fece anche l'altro uomo a cavallo. Ellen li fulminò entrambi con lo sguardo, e poi, accorgendosi che il prosciutto era ricoperto di fango, urlò dalla rabbia. Raccolse in fretta il cibo, riponendolo nel cesto, compreso il prosciutto ormai rovinato. 'La diverte vedere i miei figli morire di fame, vero?'

'Ha i soldi dell'affitto per domani?' La schernì lui. 'O avrò la soddisfazione di abbattere un altro cottage? Da domani, la casa dei tuoi genitori sarà ridotta in rovine. E la sua sarà la prossima.'

Senza rialzarsi dalla fossa, Ellen sollevò il mento con aria di sfida. 'La maledico, Maggiore Sturgess. Che lei non abbia mai l'amore e il conforto di una prole.' Si fece il segno della croce.

Lui indietreggiò sulla sella. 'Non credo alle sue maledizioni religiose da contadina, puttana cattolica!' Girò il cavallo e si chinò per sputarle addosso. 'Presto finirà in una casa di accoglienza per poveri e allora, riderò sonoramente.'

Lei lo guardò allontanarsi al trotto, col vento che le tagliava il viso. Sturgess aveva rovinato quella piccola gioia che stava provando nel portare del cibo ai bambini. Guardò la sua gonna sporca di fango, storcendo il naso alla sensazione del freddo umido sul suo posteriore.

Lentamente, fece ritorno verso casa.

Giunta al cottage, trovò Riona china sul fuoco che mescolava qualcosa in un pentolone. Ellen cercò un qualsiasi segnale che Malachy fosse in casa.

Riona le rivolse un sorriso. 'Sto bollendo delle ortiche per cena. Ne ho trovate durante una passeggiata... guardati, che pasticcio che sei. Cos'è successo?'

'Il Maggiore Sturgess, la progenie del diavolo.' Ellen posò il cesto sul pavimento. 'C'è del cibo lì dentro. Dovrai dargli una sistemata. Mi ha fatto cadere in una fossa e si è rovinato.'

La Mamma fece il suo ingresso dalla camera da letto. Emise un brontolio alla vista di Ellen.

'Spogliati da quei vestiti bagnati, bambina mia.'

'Tieni.' Riona versò un po' d'acqua in una ciotola e porse a Ellen un panno pulito. 'Datti una lavata.'

'I bambini?'

'Colm li ha portati per qualche ora alla sua fattoria.'

Ellen si irrigidì. 'Non voglio che vadano lì.'

'Dannazione, perché no?' La Mamma aggrottò la fronte. 'È loro zio e può dar loro un pasto decente. Se avessi avuto un briciolo di senno, avresti accettato anni fa la sua proposta di trasferivi da lui.'

'E dover stare sempre in guardia dai suoi sguardi e dal suo tocco?'

'Potrebbero mai farti male?'

'Mamma! Se vivessi sotto il suo tetto, non si limiterebbe mai a guardarmi e toccarmi. Mi vorrebbe nel suo letto.'

Riona ansimò. 'Sei la moglie di suo fratello.'

'Certo, e perché mai ciò dovrebbe ostacolarlo?' Replicò bruscamente Ellen.

'Sarebbe così terribile, se ciò ti permettesse di tenere in vita i tuoi figli? Sono ridotti a pelle e ossa,' Disse la Mamma con rabbia. 'Vuoi vederli morire?'

'Stai suggerendo che mi prostituisca, Mamma?' Ellen non poteva credere a quelle parole.

'Sto suggerendo che sopravviviate.'

'Non mi venderò a Colm Kittrick per un pezzo di pane.'

'Allora finiremo tutti per strada entro domani sera, giusto? Perché non ho visto tuo marito tornare coi soldi dell'affitto.'

Con la rabbia che le bruciava in petto, Ellen salì su per la scala con una mano, tenendo stretta la ciotola d'acqua nell'altra. Si tolse i vestiti sporchi e si lavò, lottando contro le lacrime che minacciavano di scorrere. Per favore, Malachy, torna a casa. Erano le parole che le vorticavano senza sosta nella mente.

CAPITOLO 5

In piedi fuori all'Hotel McDermott, sotto la pioggia leggera che gettava una luce grigia sui palazzi di Louisburgh, Ellen si strinse nello scialle, in attesa del suo turno per entrare nell'edificio. Era in fila da oltre un'ora per incontrare il cassiere, il signor Harris, che riscuoteva l'affitto e annotava i nomi e le somme sul suo registro.

Ellen trascorse il tempo chiacchierando con le persone che conosceva, che erano ora amaramente poche. La carestia si era portata con sé così tante vite, lasciando il distretto pieno di fantasmi di volti passati, case vuote e strade deserte.

L'assistente del cassiere le si avvicinò, il suo sguardo incapace di incontrare quello di lei. 'La signora Kittrick, giusto?'

'Sì.' Con la coda dell'occhio, vide il Maggiore Sturgess uscire dall'hotel, sghignazzando.

'Mi dispiace, signora, ma ci è stato comunicato che non avete i soldi dell'affitto. Il signor Harris dice che annoterà che non avete pagato. Avrete due giorni di proroga per poter pagare.'

'Due giorni.' Deglutì. 'Certamente, ma non è abbastanza. Ho bisogno di almeno un mese o forse più. Sto mettendo da parte lo stipendio, Dio è mio testimone.'

L'uomo trasalì. 'Sto solo comunicando ciò che mi è stato detto. Perdonatemi.' Fece un inchino e tornò indietro.

Ellen fulminò il Maggiore con lo sguardo. Indubbiamente, era stato lui a parlare col signor Harris. Le ribollì il sangue nelle vene. Girò i tacchi e si incamminò verso la tenuta Wilton.

'Due giorni, signora Kittrick,' La schernì Sturgess.

Ellen serrò la mascella, rifiutandosi di rispondere a tono e dare spettacolo di sé nel bel mezzo della città.

Arrivò alla tenuta e si mise subito al lavoro, aiutando la signora O'Reilly a sbucciare le verdure, mentre Patsy condiva i polli arrosto.

'Ai bambini è piaciuto il prosciutto?' Chiese la signora O'Reilly.

'Sì,' Mentì Ellen. Non ebbe il coraggio di raccontarle cosa fosse successo con il Maggiore. Riona e sua madre avevano lavato le fette di prosciutto e le avevano gustate avidamente. Colm aveva riportato a casa i bambini con la pancia piena di stufato di montone e la testa piena dei racconti di passeggiate lungo il fiume Bunowen insieme allo zio. I tre si erano addormentati appena li aveva messi a letto. Le venne un nodo alla gola al pensiero che Colm avesse dato ai loro figli ciò che il padre gli stava facendo mancare. Quantomeno, aveva ancora le verdure per la cena, quindi quella sera non li avrebbe delusi.

Ma cosa sarebbe successo il giorno seguente e quello ancora? Si stava comportando da egoista, tenendoli lontani da Colm e negando loro tutto ciò che poteva offrire?

'Ellen?' Sentendo chiamare il suo nome, fu catapultata di nuovo alla realtà.

'Scusami.'

'Te n'eri andata chissà dove?' Scherzò Kathleen.

'Dovrebbe farlo davvero, se avesse un minimo di senno,' Mormorò la signora O'Reilly.

'Comunque, stavo dicendo, potresti portare il vassoio col caffè al signor Wilton nel salotto? Il signor Israel è andato a Louisburgh per sbrigare una commissione, quindi oggi dovremo occuparcene noi.'

'Sì, certo.' Ellen controllò se il grembiule fosse sporco e si lavò le mani. Sistemò la sua logora gonna nera, che aveva lavato e asciugato accanto al fuoco la sera precedente. Si sistemò i capelli alla meno peggio.

Sentì lo stomaco agitarsi leggermente alla vista del vassoio allestito per due persone. Nello studio, ci sarebbe stato anche il signor Hamilton. Doveva sforzarsi di non fissare lui e il suo sorriso affascinante.

Bilanciando il vassoio, bussò e aprì la porta. Il fuoco scoppiettava, illuminando la stanza in modo accogliente, in contrasto con la cupezza della giornata grigia e piovosa all'esterno.

'Ah, signora Kittrick. Il caffè. Eccellente.'

Ellen sorrise e adagiò il vassoio sul tavolino. 'Posso versarlo, signore?'

'Sì, per favore. E quali prelibatezze ci ha preparato la signora O'Reilly?'

'Le sue preferite, signore. Tartellette di mele e panna, rotolini di datteri e torta al limone.'

'Che magnificenza.' Ma la luce svanì improvvisamente dagli occhi del signor Wilton. 'È una vera tragedia, giusto, Rafe? Riguardo a ciò di cui stavamo discutendo sullo stato in cui stanno versando i poveri del distretto. La ricchezza che abbiamo di fronte mi sconvolge sempre, quando fuori alla mia porta c'è gente che muore di fame.'

'Sì, fa mettere molte cose in prospettiva. Ma non possiamo fare miracoli. Facciamo ciò che possiamo, azioni che credo stiano aiutando centinaia di persone disperate. Quando tornerò in Inghilterra, farò un po' di leva per migliorare la situazione di questo distretto.'

Il signor Wilton annuì e sorseggiò il caffè che Ellen gli aveva porto. 'Ma sento che ciò che stiamo facendo non è abbastanza. Fornisco beni di prima necessità a due mense dei poveri, ma il cibo non è mai abbastanza per tutti gli sventurati che fanno la fila.'

'L'emigrazione è una componente chiave della sopravvivenza.' Il signor Hamilton accettò la tazza e il piattino portogli da Ellen, regalandole uno dei suoi affascinanti sorrisi.

'È un'enorme impresa. Molti di quelli che decidono di emigrare verso un nuovo mondo devono sopravvivere a dei viaggi davvero miserabili. Molti non ce la fanno. Le chiamano navi bara.'

Ellen rabbrividì sentendo quel nome.

Il signor Hamilton si picchiettava la gamba con le dita. 'Possiamo fare meglio di così con le nostre navi. Possiamo trasportare merce e passeggeri fuori dall'Irlanda. L'Australia necessita di molte importazioni. Dobbiamo entrare a far parte di quella catena di approvvigionamento. E nei viaggi di ritorno dall'Australia, possiamo trasportare carichi di grano e lana. Il mio socio a Sydney, il signor Emmerson, sta coordinando tutto. Sydney ha un disperato bisogno di bravi lavoratori e merce.'

'Esatto.' Il signor Wilton annuì, prendendo un rotolino di datteri. 'Altre compagnie stanno facendo lo stesso. Perché non dovremmo farlo anche noi?'

'Ne guadagneremmo molto. Ma mi fa anche sentire apposto con la coscienza sapere di aver fatto qualcosa di buono per queste persone in tempi così duri. Questa mattina, visitare la casa di accoglienza di Westport è stato atroce. Vedere le fattorie vuote, le persone affamate che vivono in fossi e campi come fossero animali, che si nutrono di ortiche e erba, o bambini troppo deboli persino per piangere...' Il signor Hamilton scosse il capo. 'Dobbiamo metterci subito al lavoro. Aiutare la gente a iniziare una nuova vita, espandendo al contempo l'attività commerciale, è il minimo che possiamo fare. L'Australia è la chiave, non l'America, perché la concorrenza è troppo feroce sul mercato americano.'

Presa dal discorso del signor Hamilton, Ellen dimenticò di

tagliare in fette la torta di limone. Le sue parole piene di passione le riempirono la testa. Non tutti gli inglesi erano malvagi come il Maggiore Sturgess. Alcuni di loro, come il signor Wilton e ora anche il signor Hamilton, volevano aiutare la sua gente. Indietreggiò.

'Posso fare altro per lei, signore?'

'Va bene così, grazie.' La congedò il signor Wilton.

Ellen uscì dalla stanza, desiderando di poter ascoltare oltre il discorso dei due uomini su quell'impresa commerciale. L'ultima cosa che riuscì a sentire fu che il signor Hamilton aveva acquistato una nave.

Prima di fare ritorno a casa, si diresse verso il cottage dei suoi genitori. In piedi sulla bassa collina, sotto la pioggia agitata dal vento, guardava gli operai che, su ordine del Maggiore Sturgess, accendevano torce e incendiavano il tetto in paglia. Il vento agitava il fuoco, e la paglia secca iniziò presto a emanare fiamme che divampavano alte verso le nuvole grigie sopra di loro. Alcuni soldati rimasero in groppa ai loro cavalli a chiacchierare, come se distruggere la casa di qualcuno fosse un'inconvenienza di poco conto nella loro giornata.

Guardando il tetto collassare e la porta d'ingresso emettere una nuvola di fumo, a Ellen tornarono alla mente tutti i bei momenti trascorsi in quella che era un tempo stata la sua casa. I balli, i canti, il suo matrimonio, le giornate estive trascorse al sole ad aiutare il suo Papà a riparare le reti da pesca...

Si voltò, incapace di guardare oltre. Gli uomini di Sturgess avrebbero abbattuto anche le pareti, per evitare che i vagabondi vi trovassero riparo, e lei non poteva sopportarne la vista.

Una volta tornata al suo cottage, Ellen diede il bacio della buonanotte a Austin, Patrick e Bridget. Per cena, avevano consumato un pasto a base di verdure bollite e tutti e tre sembravano avere un aspetto migliore, avendo potuto godere di un po' di cibo nutriente negli ultimi due giorni. Riusciva ancora a intravederne le ossa al di sotto della pelle, ma sembravano avere un po' di energia in più e non se ne stavano sempre seduti con quell'aria sinistra davanti al fuoco.

La Mamma e Riona erano sedute ai due lati del focolare, e Ellen si unì a loro. Condivisero una tazza dell'acqua aromatizzata in cui avevano bollito le verdure, perché nulla andava sprecato. Raccontò loro della sua giornata e di come il signor Harris avesse dato loro due giorni di proroga per pagare l'affitto.

'E il tuo cottage è andato, Mamma,' Sussurrò Ellen. 'Il Maggiore Sturgess gli ha dato fuoco.'

La Mamma chiuse gli occhi. 'Mi spezza davvero il cuore.'

'Spero bruci all'inferno,' Mormorò Riona.

'Se una giustizia esiste davvero, accadrà,' Disse Ellen.

Il silenzio si fece spazio tra loro, mentre ognuna era assorta nei propri pensieri.

'Quindi abbiamo due giorni di proroga, giusto?' Chiese la Mamma rivolta verso le fiamme.

Ellen distese le gambe verso l'aria calda del camino. Era tornata del tutto fradicia dalla camminata sotto la pioggia. 'Il signor Wilton mi pagherà lo stipendio lunedì. Non è abbastanza, ma potrebbe tenerli a bada per qualche settimana.'

'E come faremo a mangiare?' La Mamma non alzò lo sguardo. 'I bambini sono così magri che una folata di vento basterebbe a spazzarli via.'

'Non c'è bisogno che me lo dici, Mamma. Ce li ho gli occhi per vedere.'

Riona sospirò. 'Ho camminato per chilometri oggi cercando lavoro. Domani andrò a Westport e vedrò se riesco a trovare qualcosa.'

La Mamma sbuffò. 'Camminare fino a Westport? Sei impazzita? Sei riuscita a malapena a fare ritorno dal villaggio, figuriamoci camminare quattro ore fino a Westport. Pensi davvero di poter lavorare tutto il giorno e poi camminare di nuovo altre quattro ore a stomaco vuoto?'

'Devo darmi da fare, Mamma!' gridò Riona, con le lacrime agli occhi. 'Ellen non può farcela da sola.'

All'improvviso, la porta si aprì e le tre donne guardarono Malachy esterrefatte. Lui si chiuse la porta alle spalle e inciampò, sporco e trasandato, così smunto da sembrare un cadavere.

Ellen si alzò e gli si avvicinò. 'Malachy?'

Le sue labbra tremavano, mentre la baciava. 'Non avevo altro posto dove andare.'

Lei sentì il sapore di brandy sulle sue labbra. 'Che vuoi dire? Questa è casa tua. Dove altro dovresti andare?'

'Ci ho provato, Ellen.' Si lasciò cadere su uno sgabello che Ellen aveva sgomberato. Le mani gli penzolavano in mezzo alle ginocchia, spuntando dal cappotto bagnato e logoro, le ossa delle spalle sporgevano come se la camicia fosse appesa a una gruccia.

'Quindi non hai i soldi?' La Mamma gli rivolse uno sguardo tagliente. 'O sono nel borsello del tuo locandiere?'

'Mamma,' La rimproverò Riona.

'Beh, non vorrai di certo dirmi che non ha bevuto, mentre mia figlia va a lavorare per un inglese nella sua casa di lusso piena di cibo?'

'Mamma.' Riona tirò su la madre dalla sedia e la trascinò nella stanza coi bambini.

Rimasta sola, Ellen fissò l'uomo che aveva sposato quando era solo una ragazzina sciocca e follemente innamorata. 'Dobbiamo fare qualcosa, Malachy,' Mormorò. 'L'affitto scade tra due giorni. Questo è tutto il tempo che ci hanno dato. Dietro c'è lo zampino del Maggiore Sturgess, ne sono certa. Non ho nemmeno potuto parlare col signor Harris.'

Malachy sospirò, chinando la testa.

Ellen notò dei capelli grigi che gli chiazzavano il capo. Aveva solo trent'anni, ma sembrava molto più vecchio, molto più vicino ai quaranta.

'Mi dispiace, Ellen,' Sussurrò, senza alzare la testa. 'Non so cosa fare. Ho camminato per centinaia di chilometri alla ricerca di lavoro. Ho trovato qualcosa alla giornata, ma niente di più. Ho scavato fosse e costruito strade. Ho lavorato in locande e magazzini.'

'Se questa è la verità, dov'è il denaro che hai guadagnato?'

'Erano solo briciole, a volte non sono stato pagato e ho lavorato solo per cibo e alloggio. Nessuno vuole pagare salari decenti. Ci sono troppi uomini disposti a lavorare per una ciotola di porridge. Come posso competere con loro?'

'Credo che dovremo emigrare.' Quelle parole le uscirono di bocca prima ancora che potesse accorgersene.

Lui sobbalzò. 'No.'

'Perché?'

'Ho detto di no. Non mi costringerai a salire su una nave bara.'

Quella frase le fece pensare alla discussione tra il signor Hamilton e il signor Wilton a cui aveva assistito. 'Malachy, ascoltami, per favore. Credo che possiamo farcela. Padre Kilcoyne ci aiuterà—'

'Ho detto di no.'

'E cosa abbiamo da perdere? Rimanere qui significa morire di fame o finire per strada entro un mese. Vuoi questo per i tuoi figli? Per me?'

'Non attraverserò l'oceano. No.'

'Gesù, Giuseppe e Maria!' Esclamò Ellen. 'Non abbiamo scelta.'

'E di grazia, come dovremmo pagare per il viaggio?' Gridò lui.

'C'è un programma governativo di assistenza. La signora O'Reilly me ne ha parlato. Da oltre un anno, parla di emigrazione a ogni occasione utile.'

Malachy alzò le mani. 'E diciamo che arriviamo in America, e poi? Dove vivremo? Ci daranno una casa appena scesi dalla nave?' Il suo sarcasmo le diede sui nervi.

Furiosa, lo fissò con le mani piantate sui fianchi. 'Non lo so, ma vale la pena tentare. Preferisco morire provandoci, piuttosto che sotto un cespuglio nel bel mezzo dell'inverno a guardare i miei figli spegnersi tra le mie braccia!'

'Andremo a vivere da Colm,' Il tono perentorio di Malachy la infastidì ancora di più.

'Non andrò a vivere da Colm.'

'E perché mai? Se la sta cavando bene. Non ho idea di come faccia, ma sta affrontando questo periodo meglio di tutti gli altri.'

'Perché sta facendo qualcosa di losco, contro la legge.'

'Contro la legge inglese? E chi se ne importa?'

'Malachy, non parlare come quegli uomini che inneggiano alla libertà dal dominio inglese.'

'Perché non dovrei? È la verità. Ai britannici non importa se moriamo di fame o nei campi come le bestie. Vogliono solo liberare la terra per far pascolare greggi di pecore e mandrie di bovini, e fare più soldi di quanti ne possano spendere.'

'Non tutti gli inglesi sono così. Il signor Wilton è stato gentile con noi. Quando abbiamo perso i raccolti, mi ha dato un impiego nella sua tenuta. Si dà da fare in questa e altre parrocchie per sfamare i bisognosi.'

'Noi siamo bisognosi. Perché non ci sfama lui?'

'Lo ha fatto. Ha sfamato me. Sono riuscita a fare un pasto lì per poter risparmiare il poco cibo che abbiamo per i bambini. Ha fatto per noi più di quanto non abbia fatto tu.'

'Oh, davvero? Quindi sono ancora una volta un fallimento, eh?'

Ellen trattenne le lacrime. Il dolore le stringeva il petto. 'Sei sempre in giro in cerca di lavoro, eppure non porti mai soldi a casa. Sei andato via dopo che Thomas… avevo bisogno di te qui.'

'Colm ha detto che si sarebbe preso cura di voi.'

'Non voglio che sia Colm a prendersi cura di noi. È compito tuo, non suo!'

'Saremmo dovuti andare a stare da Colm mesi fa. Avrei potuto aiutarlo coi suoi affari, di qualsiasi cosa si tratti, ma non volevo farmi coinvolgere.'

'No, perché potresti finire in prigione.'

Lui la fissò. 'Ce ne andremo domattina. Lasceremo questo cottage e vivremo con lui. Tu ti prenderai cura della casa. È deciso.'

'No.'

'È deciso, Ellen.'

'E prenderà con sé anche Mama e Riona?'

Malachy scrollò le spalle. 'Glielo chiederemo. Gli sono sempre state simpatiche. Tu, Riona e i bambini potrete lavorare nella sua fattoria, e io e lui continueremo a occuparci dei suoi affari.'

Scuotendo la testa, Ellen si avvicinò al fuoco. 'È implicato con degli uomini loschi e lo sai. Eppure, non finisce mai nei guai, non è mai stato arrestato. A Louisburgh girano voci che sia un informatore per i britannici. Gioca su due fronti, Malachy. È schierato coi Giovani Irlandesi, ma si vede segretamente coi britannici e racconta loro tutto quello che sa.'

'Sciocchezze.' Malachy non riusciva a guardarla negli occhi.

Ellen sbuffò. 'Lo sapevi da tempo, vero?'

'Sono tutte sciocchezze e lo sai.' Malachy fissava il fuoco. 'È fedele alla causa irlandese.'

'Non andrò lì. Non con lui.'

Malachy si sbattete i pugni sulle gambe. 'Diavolo! Perché no? A chi importa cosa fa lui, se i bambini possono avere un tetto sulla testa e del cibo?'

'Sono cose che possiamo dar loro, trasferendoci altrove.'

'Resterò qui. Questa è casa mia. L'Irlanda.'

'Te ne prego, Malachy, per favore, ascoltami. Possiamo ricominciare e dandoci da fare, potremo costruirci una vita migliore di questa.'

'Possiamo costruirci una vita migliore con Colm. È mio fratello.'

'E non ti sei accorto che tuo fratello mi vuole nel suo letto? Vuoi vivere sotto lo stesso tetto con un uomo che desidera tua moglie?'

Malachy indietreggiò. 'Stai mentendo! Non mi farebbe mai una cosa del genere. Sono suo fratello.'

'E non sei mai qui! Non hai mai visto lo sguardo nei suoi occhi. Mi ha chiesto di andare da lui mille volte, ma mi sono sempre rifiutata, perché so che vuole di più da me. Colm mi ha sempre voluta. Si è ubriacato il giorno del nostro matrimonio e piangendo disperato, ha detto a mia sorella che, sposando te, gli avevo spezzato il cuore.'

Scostandosi i capelli unti dal viso, Malachy si accasciò sullo sgabello. 'Sapevo che provava qualcosa per te. Ma pensavo si fosse tolto questa storia dalla testa anni fa.'

'Perché negli ultimi anni non sei mai stato a casa. Non sei qui quando viene. Non lo vedi quando mi rivolge sguardi lussuriosi, quando mi tocca la mano o la spalla e mi fa promesse su promesse con un tono suadente.'

'Ma se fossi con voi, non si permetterebbe di farlo.'

'Vuoi dire che rimarresti a casa tutto il tempo, se andassimo a vivere con Colm?'

'Beh… dovrò lavorare per prendermi cura di voi…'

'Eh già, e finora ci sei riuscito alla grande.' Ora toccava a lei essere sarcastica.

'Ci sto provando, Ellen.'

'Non ci stai provando abbastanza!' Si diresse verso la scala. 'Hai fallito come marito, come padre, come genero e come cognato. Vai a stare da Colm, se è quello che vuoi. Ma noi on ti seguiremo.'

'Ellen!'

Lei lo ignorò e salì furiosamente su per la scala fino al soppalco. Strisciò fino al letto, ma piena di rabbia, non riuscì a sdraiarsi. Si sedette per terra. Le lacrime le bagnavano le ciglia, e lei le lasciò scorrere lungo il volto. Con o senza Malachy, avrebbe creato una nuova vita per lei e per i suoi figli.

Al piano sottostante, la porta del cottage sbattete e lei rabbrividì. Malachy era andato via, di nuovo.

CAPITOLO 6

In ginocchio sul pavimento, Ellen raccolse la cenere dentro un secchio. Fuori scrosciava la pioggia, picchiettando a ritmo regolare sulla finestra dello studio. L'alba illuminava leggermente il cielo grigio, mentre Ellen desiderava speranzosa le calde giornate estive. Ottobre aveva portato con sé solo pioggia e venti freddi.

Una volta riacceso il fuoco, pulì la stanza e sistemò la scrivania del signor Wilton, che era spesso completamente disseminata di carte e libri. Sistemando i giornali dei giorni precedenti, si fermò quando un titolo attirò la sua attenzione.

'C'È ampia e urgente richiesta in questa colonia [Nuovo Galles del Sud] di Tecnici Sposati – in particolare Falegnami, Serramentisti, Scalpellini, Tagliapietre, Muratori, Stuccatori, Fabbri, Carrozzieri, Vetrai… Servitori Agricoli, Pastori (soprattutto persone esperte nella gestione del bestiame), e Giardinieri. UN NUMERO LIMITATO di persone di comprovata competenza… dallo spirito laborioso e di buon costume, e non oltre i 30 anni.'

. . .

'Hai persino tempo di guardare il giornale, eh?' Kathleen rise, entrando nella stanza per spazzare il tappeto. 'Cosa c'è di così interessante?'

Ellen le porse il giornale. 'Leggi qui.'

Kathleen si ritrasse, come se fosse stata ripresa. 'Non so leggere, Ellen. Mio zio non era Padre Kilcoyne e non ho potuto godere dei suoi insegnamenti.'

Con la mente che vorticava, Ellen aggrottò la fronte. 'Scusami, mi sono dimenticata.'

'Cosa dice?'

'È un annuncio riguardante il Nuovo Galles del Sud, in cerca di persone che vadano a lavorare lì.'

'Nuovo Galles del Sud? È nella colonia australiana.' Gli occhi di Kathleen si spalancarono. 'È lì che hanno mandato mio cugino. O quello, o sarebbe stato impiccato per aver rubato una pecora.'

'Vogliono che dei coloni vadano laggiù.' Ellen studiò di nuovo il giornale.

'Per stare con i carcerati? E perché?'

'C'è abbondanza di lavoro, questo dicono.'

'Non andrei mai così lontano.' Kathleen iniziò a spazzare. 'La signora O'Reilly parla sempre dell'America o del Canada. Detesto il solo pensiero di lasciare la mia casa.'

'Non può di certo dirsi che abbiamo ancora una casa,' Sussurrò Ellen, con la mente volta al pensiero dell'emigrazione. Forse avrebbe potuto parlarne con il signor Wilton e Padre Kilcoyne?

Per il resto della mattinata, Ellen riuscì a concentrarsi sul suo lavoro solo a metà, mentre rifletteva sulla prospettiva di lasciare l'Irlanda. Avrebbe potuto farcela? Era davvero possibile? Padre Kilcoyne sarebbe stato in grado di aiutarla?

'Porteresti questo vassoio in salotto, Ellen?' Chiese la signora O'Reilly, preparando il vassoio del tè. 'Il signor Israel è andato ad aprire la porta a qualcuno.'

Ellen si asciugò le mani e si assicurò che il grembiule fosse pulito, prima di prendere il vassoio e incamminarsi lungo il corridoio, verso il salotto. Davanti alla porta d'ingresso, il signor Israel stava parlando con un poliziotto, che fu poi invitato a entrare.

Voltandosi, il signor Israel la guardò. 'Signora Kittrick.'

'Devo riportare il vassoio in cucina?' Chiese, non volendosi intromettere negli affari dei due uomini.

'Aspetti lì,' Ordinò il signor Israel, per poi scomparire in salotto con il poliziotto.

Ellen rimase in piedi, stringendo tra le mani il pesante vassoio, incollerita nei confronti del signor Israel. Come se non avesse già abbastanza da fare, senza che le chiedesse di starsene in piedi in corridoio.

'Si accomodi, signora Kittrick.' Fu convocata e, borbottando qualcosa tra sé e sé, entrò nel salotto, sorridendo al signor Wilton, mentre posava il vassoio sul tavolino. Tutti e quattro gli uomini erano in piedi. Dopo aver lanciato uno sguardo al signor Hamilton, che sembrava stranamente preoccupato, tenne gli occhi bassi.

'Signora Kittrick, si trattenga un attimo, per favore,' Disse il signor Wilton, mentre si incamminava fuori.

Stupita, aggrottò la fronte, mentre il suo sguardo si spostò sul signor Hamilton, che se ne stava in piedi davanti al fuoco con gli occhi pieni di preoccupazione.

'Sì, signore?'

'Questo è il sergente Gordon, viene dalla stazione di polizia di Westport.' Il signor Wilton aveva un'aria piuttosto sconvolta. 'È venuto per parlare con lei, signora Kittrick. Ha fatto visita al suo cottage e gli è stato riferito che lei era qui.'

'Io?' Ellen sentì il cuore batterle in petto all'impazzata. Cosa aveva fatto mai per ricevere una visita della polizia? Si trattava forse di uno degli affari loschi di Colm? O del pagamento dell'affitto? I due giorni di proroga erano trascorsi, ed era passata più di una settimana dalla scadenza del pagamento. Sarebbe stata arrestata per non aver pagato l'affitto? Una miriade di pensieri le frullavano per la testa, fino a farle venire il capogiro.

Il sergente, col cappello tra le mani, si fece avanti. 'Signora Kittrick, mi è stato riferito che lei è sposata con Malachy Kittrick, che è originario di questo distretto?'

'Sì,' Mormorò, rimanendo in attesa della notizia che Malachy fosse stato arrestato.

'Mi dispiace darle questa notizia, ma abbiamo motivo di credere che suo marito sia stato ucciso in una rissa alla taverna Red Star a Westport, nelle prime ore del mattino. Vorrei chiederle gentilmente di venire a Westport per identificarlo.'

Ellen fissò il sergente come se non capisse cosa stesse accadendo. 'Malachy? Credete si tratti di lui?'

'Abbiamo bisogno di un'identificazione formale, signora Kittrick, da parte sua o di un qualsiasi parente stretto. Ci è stato riferito da testimoni attendibili che l'uomo che è stato ucciso è Malachy Kittrick, originario di questo distretto.'

'È stato ucciso...' Non riusciva a pensare lucidamente.

'Mia cara signora Kittrick.' Il signor Wilton la afferrò per il gomito. 'Si sieda, per favore. Immagino sia uno shock enorme.'

Tutti gli uomini iniziarono a parlare contemporaneamente, mentre lei se ne stava seduta al margine del divano. Ellen serrò le mani sulle ginocchia. Non poteva essere vero. No, si stavano sbagliando.

Il signor Hamilton si chinò di fronte a lei e le porse un bicchiere di brandy. 'Beva questo.'

Lei sorseggiò il liquido dorato, che le bruciò la gola e accese un fuoco nel suo stomaco vuoto.

'Potrei aiutarla. Posso e venire a Westport con lei?' Chiese il signor Hamilton. Il signor Wilton diede una pacca sulla spalla al signor Hamilton. 'Ottima idea. Rafe. Accompagneremo la signora Kittrick a Westport. Israel, chiama la carrozza e informa la famiglia della signora Kittrick. Sai dove abitano?'

'Sì. Me ne occuperò io, signore.'

Kathleen porse lo scialle a Ellen che, poco dopo, fu accompagnata alla carrozza del signor Wilton, munita internamente di sedili imbottiti verde scuro.

Durante il viaggio, la pioggia smise di scorrere e il sole fece capolino tra le nuvole grigio chiaro. Ellen era troppo stordita per fare conversazione e i due uomini, comprensivi, capirono la situazione e chiacchierarono con fare tranquillo, mentre procedevano lungo le strade fangose e solcate da profondi fossi.

Ellen fissava il paesaggio che le scorreva davanti, i muri in pietra, i campi spogli, gli accampamenti fatti di rami e canne che ospitavano famiglie dagli sguardi pallidi e affamati. La vista delle infinite distese di tombe disseminate lungo la strada, dove i morti venivano sepolti nello stesso punto in cui erano caduti, non suscitò in lei alcuna emozione. Era come morta dentro.

In tutta la sua vita, solo una volta era andata a Westport su un veicolo. Quando si era appena sposata con Malachy, lui la portò per una giornata in quella città frenetica e avevano preso in prestito la carrozza di Colm per arrivare fin lì.

Da allora, aveva sempre camminato per quattro ore di fila per arrivarci, quando doveva vendere qualcosa di valore, per poi percorrere a piedi anche la via del ritorno. A volte, Riona l'accompagnava, ma il più delle volte affrontava il viaggio da sola. Si godeva quel tempo per avere un po' di pace dai bambini. Quantomeno, quella volta non avrebbe dovuto camminare quattro ore. Una carrozza di lusso l'avrebbe portata a destinazione nella metà del tempo... l'avrebbe portata a vedere suo marito morto...

Entrarono in città, mentre il sole calava nell'Oceano Atlantico settentrionale. Voltarono le spalle al tramonto, quando il conducente diresse i cavalli lontano da High Street e lungo delle vie più strette, prima di fermarsi davanti a un edificio in pietra vicino alla caserma della fanteria.

Il signor Hamilton aiutò Ellen a scendere dalla carrozza e a entrare nell'imponente edificio. Lei non si guardò attorno e non fece domande; lasciò che fosse il signor Wilton a farle per lei.

Furono condotti al piano inferiore che, essendo situato in profondità al di sotto dell'edificio, era freddo e umido. Un ufficiale aprì una porta e li guidò in un'ampia stanza piena di tavoli su cui giacevano cadaveri ricoperti da lenzuoli. L'acqua gocciolava lungo le pareti, battendo un ritmo sinistro all'interno della stanza spoglia e gelida.

Senza troppi preamboli, l'ufficiale tirò su un logoro lenzuolo color crema, per rivelare uno degli uomini.

Ellen si preparò a guardare, grata per quella stretta forte del signor Hamilton attorno al suo gomito. Lasciò scivolare il suo sguardo dal torso su fino alla gola, per poi raggiungere il mento e spostarsi infine sul volto dell'uomo.

Sentì le ginocchia cedere. Nella morte, Malachy sembrava di nuovo giovane e bello.

A parte i lividi alla tempia e un piccolo taglio al labbro, sembrava proprio il ragazzo che aveva sposato. L'uomo indiavolato, gioioso e allegro che le aveva rubato il suo cuore da ragazza, quando persino lei conosceva a stento sé stessa.

'È suo marito, signora Kittrick?' Chiese l'ufficiale sotto voce.

Lei annuì severamente, una volta sola. 'Sì.'

'Malachy Kittrick?' Domandò lui.

'Sì.'

'Grazie, signora.'

Ellen si voltò e fissò il signor Hamilton.

'Ben fatto,' Disse lui. I suoi occhi blu erano gentili e pieni di tenerezza, mentre le stingeva il gomito in segno di supporto.

Prima di essere condotta fuori, Ellen si voltò ancora una volta e si chinò per baciare velocemente le labbra fredde di Malachy, dicendogli un'ultima frase nella loro lingua madre, l'irlandese. 'Vai e stai con nostro figlio. Addio.'

* * *

ELLEN SEDEVA DAVANTI AL FUOCO, con Bridget sulle sue ginocchia e Patrick seduto ai suoi piedi. Solo poche ore prima, avevano preso parte al funerale di Malachy, con padre Kilcoyne che celebrava la messa. Per la prima volta, la famiglia non avrebbe tenuto la veglia funebre, perché non ci sarebbe stato nessuno da invitare, tranne Colm, di cui a Ellen non interessava. Ne detestava la semplice vista. Aveva l'impressione che Colm non stesse piangendo per la morte di suo fratello, ma che fosse invece contento per il fatto che lui fosse ancora vivo.

Austin stava aiutando Riona a comporre un cesto di giunchi, mentre la Mamma era seduta al tavolo con le corde del suo rosario che le scivolavano tra le dita, mentre pregava. Colm era seduto su uno sgabello vicino alla porta, intagliando per Bridget un uccello da un pezzo di legno. Si stava tenendo lontano da Ellen, da quando, al cimitero, aveva fatto l'errore di dirle che dal quel momento in poi, si sarebbe preso cura di loro. Lei gli aveva urlato contro di tutto, per la maggior parte lasciando intendere che era stato il fratello sbagliato a morire.

Quando un colpo alla porta precedette Padre Kilcoyne, Ellen si sforzò di accoglierlo in casa, anche se il suo cuore e la sua mente erano del tutto annebbiati.

'Dio benedica tutti in questa casa,' Disse il Padre, entrando e togliendosi il cappello nero.

'Vieni a sederti vicino al fuoco, fratello,' Disse la Mamma. 'Sarai sicuramente congelato fino alle ossa.'

'sto bene, Bridie.' Accarezzò la spalla della Mamma. 'Avete mangiato?'

'Colm è stato così gentile da portare del latticello e una pentola di stufato,' Rispose Riona.

'Che benedizione.' Il Padre si rivolse a Colm e gli strinse la mano. 'Bravo, ragazzo.'

Colm chinò il capo. 'Sono la mia famiglia, Padre.'

Sospirando profondamente, Padre Kilcoyne prese lo sgabello

che Riona gli aveva porto, mentre lei si sedette per terra con Austin.

Padre Kilcoyne strinse la mano di Ellen. 'Ora, figlia mia, cosa dobbiamo fare?'

Ellen deglutì, debole per via della fame, non avendo mangiato nulla da quando aveva assistito all'immagine del corpo senza vita di Malachy. Per due giorni, aveva solo bevuto tè di ortica, dato che il suo corpo si ribellava a qualsiasi altra cosa. Il signor Wilton aveva mandato loro un cesto di cibo, ma lei aveva perso del tutto l'appetito. Il futuro le pesava sulle spalle come un mantello troppo pesante. Come avrebbe potuto tenerli tutti in vita e al sicuro? Era Colm l'unica soluzione? Per quanto tempo avrebbe ancora potuto impedirgli di impossessarsi del suo corpo?

'Devi mangiare, Ellen. Bridie mi ha detto che stai rifiutando il cibo,' Mormorò lui. 'I tuoi figli hanno bisogno di te.'

'Ho seppellito mio marito oggi, Padre.'

'Lo so. Ero lì, bambina mia.' Lui accennò un sorriso. 'Se non mangi, non avrai energia per lavorare. Se non lavorerai, non sarai in grado di pagare l'affitto.'

'Non potrò pagarlo comunque. Era dovuto giorni fa.' Fece spallucce, del tutto disinteressata. Era stanca di dover combattere per rimanere in vita, per sopravvivere, e per cosa? Per morire in mezzo a una strada o prostituirsi a Colm, per poter sfamare i suoi figli? Entrambi gli scenari sembravano rappresentare un destino egualmente funesto.

'Allora, dobbiamo trovare una soluzione a questo problema.' Padre Kilcoyne guardò tutti i presenti. 'Potrò trovarvi una stanza dove stare a Westport. Ellen e Riona potrebbero avere più possibilità di trovare lavoro lì. In caso contrario, dirigetevi a sud verso Galway.'

Colm raddrizzò le spalle. 'Non ce n'è bisogno, Padre. Posso provvedere io a loro. La mia casa è la loro casa.'

'Ellen?' Padre Kilcoyne la interrogò per ricevere una risposta.

Lei ignorò Colm e, prendendo una decisione, fissò Padre Kilcoyne.

'Ho bisogno del suo aiuto, Padre.'

'Certo, bambina mia. Di cosa hai bisogno?'

'Di informazioni.'

'Informazioni? Su cosa, bambina mia?'

'Su come andare in Australia.'

Un sussulto collettivo riempì la stanza.

'Santa Madre di Dio.' Padre Kilcoyne si fece il segno della croce. 'È un viaggio pericoloso, Ellen. Le persone che sopravvivono, solitamente, non fanno più ritorno nella loro terra natia.'

'Non avrò alcun desiderio di tornare, quindi non lo farò. Cosa ci è rimasto qui, se non le pance vuote e le tombe dei nostri cari defunti?'

'Non andrò via,' Dichiarò la Mamma, stringendosi le corde del rosario al petto.

Ellen la fissò. 'Certo che sì, Mamma, o finirai in una casa di accoglienza. È questo ciò che vuoi?'

Colm si grattò il capo. 'Stai scherzando. Australia? Sei impazzita?'

Lei si voltò verso di lui. 'Non ti riguarda, Colm Kittrick.'

'Siete la mia famiglia.'

'Non più per scelta.' Ellen indicò la porta. 'Vai a casa. Questa discussione non ti compete.'

'Ho voce in capitolo su ciò che accade ai miei familiari!' Urlò.

'Sono i miei figli e sarò io a decidere del loro futuro.'

Riona si mise in piedi accanto a Ellen e le afferrò la mano. 'Ce ne andremo come una famiglia. Non lasciarmi indietro.'

'Come se potessi mai farlo,' Mormorò Ellen.

'Allora, se dobbiamo partire, dobbiamo essere forti. Mangerai dello stufato e non si discute. Ti ho messo da parte qualche boccone.'

Mentre Riona riscaldava sul fuoco lo stufato congelato, Ellen si inginocchiò davanti a Padre Kilcoyne. 'Ci aiuterà?'

Lui le posò la mano sul capo. 'Certo, ragazza mia. Farò tutto ciò che è in mio potere.'

'E me, fratello,' Disse la Mamma. 'Ti prenderai cura di tua sorella quando sarò sola al mondo?'

'Mamma, per favore,' Mormorò Ellen esasperata. 'Tu verrai con noi.'

'No, non verrò e non puoi costringermi. Vivrò con mio fratello o persino in una casa di accoglienza, qualsiasi alternativa sarebbe meglio che morire su una nave in mezzo al mare. Il mare si è preso mio marito, mio suocero e uno dei miei nipoti. Non reclamerà anche me. Io morirò e sarò sepolta nel mio Paese, potete starne certi.'

'Ne parleremo più tardi,' Disse Ellen, rivolgendo l'attenzione al Padre. 'È fornita una sorta di assistenza alle persone interessate. Il governo paga per il viaggio, giusto?'

'Sì, ma devi soddisfare determinati criteri.'

'So qualcosa al riguardo.' Ellen tirò fuori dal corpetto un pezzo di giornale strappato e glielo mostrò. 'Ho visto questo sul giornale alla tenuta.'

Il Padre lesse il pezzo di carta. 'Fammi indagare. Da alcuni anni, ci sono programmi per aiutare la gente a lasciare le nostre coste. Sono stati interrotti di recente, perché nell'ultimo decennio, l'Australia ha vissuto un depauperamento del valore della terra e degli animali, ma alcuni aggiornamenti recenti sono più positivi. La colonia ha bisogno di persone per crescere e prosperare.'

'Sì, è ciò che ho letto. Sui giornali del signor Wilton ci sono molti articoli sull'Australia e sull'emigrazione. Vogliono lavoratori.'

'È vero, figlia mia. Credo che per imbarcarti fino all'Australia dovrai prima navigare fino a Liverpool, in Inghilterra. Io, noi,' Rivolse lo sguardo a Birdie, 'abbiamo cugini alla lontana a Liverpool. Stavano provando ad andare in America, ma alla fine sono rimasti a Liverpool. Vuoi prima tentare la fortuna in Inghilterra? Potresti restare coi cugini?'

Ellen scosse la testa, ignorando Colm che sbuffava e grugniva furioso vicino alla porta. 'No, non in Inghilterra. Noi navighiamo verso il Nuovo Galles del Sud, dove c'è richiesta di persone.'

'Beh, non credo che sarà troppo difficile farti selezionare. Le colonie stanno richiedendo a gran voce donne nubili, perché ci sono troppi uomini da quelle parti.'

'Allora mi troverò un marito.' Riona sorrise, passando a Ellen una tazza scheggiata mezza piena di stufato acquoso. 'Quando possiamo partire?'

'Chiederò in giro.' Il Padre si alzò e indossò il cappello. 'Vi chiamerò quando avrò notizie.'

'La prego di agire velocemente, Padre, perché il Maggiore ci spedirà a vivere in una fossa entro la fine della settimana, ne sono certa.'

'Per prima cosa domani mattina andrò a Westport. Dio vi benedica tutti.'

Col volto cupo, Colm fissò Ellen, quando il Padre andò via. 'Siete disposte a rischiare le vostre vite attraversando l'oceano ma non a spostarvi di un chilometro per venire a vivere con me? Avete delle pietre al posto del cervello?'

Sollevando il mento, Ellen fece un respiro profondo. 'Rischierei di attraversare i mari in qualunque momento, piuttosto che diventare la tua puttana.'

'Ellen!' Gridò la Mamma.

'Tornatene a casa, Colm.' Ellen non gli tolse gli occhi di dosso. 'Porterò i bambini da te per salutarci, quando partiremo.'

'Malachy non avrebbe voluto questo.'

'Malachy non è qui,' La voce di lei si spezzò in gola. 'Ho sprecato abbastanza tempo, aspettando che Malachy tornasse a essere l'uomo che era una volta, e ora è certo che non lo sarà mai più. Quindi, sarò io a prendere le decisioni.'

'Te ne pentirai, Ellen.' Si sbattette la porta alle spalle.

Indebolita dall'esplosione di emozioni di quella giornata, Ellen sorseggiò il suo brodo di stufato insipido e riuscì a finirlo per compiacere Riona. Mise i bambini a letto, dopo aver ascoltato le loro preghiere e poi, impulsivamente, vi si infilò dentro con loro.

Stesa schiacciata tra i loro corpi esili, con le braccia di Bridget avvolte intorno al suo collo, Ellen chiuse gli occhi, ansiosa di addormentarsi e di vedere la giornata finire.

'Mamma?' sussurrò Austin.

'Sì, tesoro?'

'Voglio andare nel Nuovo Galles del Sud.'

Nel buio, lei allungò la mano, per trovare quella di lui e stringerla forte. 'Avremo una nuova vita lì, Austin, te lo prometto. Una vita in cui tutti crescerete forti come alberi, col sole sulle spalle e cibo in pancia.'

'Ci credo, Mamma.'

Ellen si addormentò, pensando ai rigogliosi campi verdi e ai fiumi pieni di pesci di una terra che aveva visto solo sul mappamondo del signor Wilton.

CAPITOLO 7

Mentre puliva i mobili del salotto, Ellen era assorta nei suoi pensieri, quando il signor Hamilton entrò. Lei fece un piccolo inchino.

'Come va, signora Kittrick?' Chiese.

'Bene, grazie, signore. Vorrei ringraziarla per la sua gentilezza della settimana scorsa con mio marito…'

'Sono lieto di poter essere stato d'aiuto. In momenti così difficili, è facile per una persona fare o dire la cosa sbagliata.'

'Lei non l'ha fatto.'

Il signor Hamilton la fissò per un momento, poi si guardò intorno. 'Sto cercando il mio diario. L'ha visto? Ero certo di averlo portato al piano superiore la scorsa notte, ma non è nella mia stanza e non posso andare via senza.'

'È qui, signore.' Ellen prese dalle mensole accanto al camino il libro di cuoio marrone, che portava le iniziali REBH incise in oro. 'L'ho visto mentre spolveravo, e ho pensato che fosse del signor Wilton.'

'Oh, bene. Devo averlo poggiato lì, mentre cercavo un libro da leggere.'

'Sta per partire?'

'Sì, domani.' Si avvicinò per prendere il diario dalle sue mani, e le loro dita si sfiorarono. L'impatto del suo tocco le fece stringere lo stomaco per la consapevolezza. Lei fissò lui e lui fissò lei.

Ellen giunse le mani, il respiro improvvisamente corto.

'Ha deciso un posto sul mappamondo che le piacerebbe visitare?' Chiese lui.

'L'Australia.' Gli rivolse un sorriso timido. 'Porterò la mia famiglia lì, non appena riuscirò a organizzare tutto.'

Gli occhi di lui si spalancarono. 'Sta emigrando? Dio mio. È una decisione importante.'

'Lo è, ed è grazie a lei e il signor Wilton e a un articolo di giornale che ho letto.'

'Come l'abbiamo aiutata noi?'

'Vi ho sentito parlare di affari… ma non stavo origliando,' Aggiunse rapidamente.

Hamilton alzò la mano. 'Non l'ho pensato.'

Ellen si rilassò. L'uomo aveva un fare calmo che allentava la tensione dentro di lei. Da quando aveva annunciato il suo desiderio di lasciare l'Irlanda, la Mamma era stata infuriata con lei, rifiutandosi di partire. 'Se riusciremo a ottenere assistenza dal governo britannico, allora potremo partire. Non posso permettermi di pagare i biglietti.'

'È proprio ciò di cui io e il signor Wilton stavamo parlando. L'Australia ha un disperato bisogno di brava gente.'

'Sì, ho letto la stessa cosa sui vecchi giornali che il signor Wilton getta via.'

'Il signor Wilton mi ha detto che sa leggere. Le sarà sicuramente utile nella colonia.'

Il fatto che avesse parlato di lei col signor Wilton la entusiasmava. 'Lei è stato in Australia, signore?'

'Non ancora, ma intendo andarci. Come lei, anch'io desidero vedere la grande terra meridionale. Siamo destinati a essere avventurieri, lei e io.'

Lei rise piano. 'Sono disposta a correre il rischio di avventurarmi al di là dell'Irlanda, lontano dalla morte e dal dolore passati.' Pensò al suo dolce bambino Thomas, a suo padre, a suo nonno, a tutti i fratelli e le sorelle che aveva perso lungo il cammino, e a Malachy.

Uno sguardo di ammirazione gli splendeva negli occhi blu. 'Credo che lei abbia la forza di carattere necessaria per realizzare qualsiasi cosa desideri, signora Kittrick.'

Sentendo quel complimento, il petto le si gonfiò e sentì il cuore battere forte. Perché quel gentiluomo aveva un tale effetto su di lei?

Il signor Wilton entrò nella stanza, sorridendo a entrambi. 'Ah, Rafe, sei pronto per visitare la Green Park Hall? Ci stanno aspettando.'

'Certamente. La signora Kittrick ha trovato il mio diario.' Sollevò il librò come prova. 'Mi stava anche raccontando dei suoi piani di viaggio verso il Nuovo Galles del Sud.'

Gli occhi del signor Wilton quasi saltarono fuori dalle orbite. 'Davvero?'

'Sì, signore'.

'Bene. Questa è una vera sorpresa, davvero.' Prese la mano di Ellen e la strinse vigorosamente. 'Ottima notizia, signora. Sarà la soluzione migliore per lei e la sua famiglia.'

'Lo spero, signore.'

'Lo sarà. Glielo prometto.' Sorridendo felice, il signor Wilton lasciò andare la sua mano e si voltò verso la porta. 'Scriverò a degli amici. Saranno ben lieti di aiutarla. Avere contatti in Australia è vitale, signora Kittrick, vitale.'

'È così gentile da parte sua, signore. Ma dipenderà tutto da se riuscirò a ottenere il supporto governativo e a essere messa sulla lista d'attesa. Padre Kilcoyne sta andando a Portland a investigare per me.'

'Lista d'attesa per il supporto governativo? No, no.' Il signor Wilton sembrò orripilato alla sola idea.

'Stavo per fartene parola, Jonas.' Il signor Hamilton rise.

'In privato, mi chiedevo cosa potessimo fare per la signora Kittrick e la sua famiglia. Siamo fortemente votati alla missione di aiutare le famiglie, signora Kittrick,' Spiegò il signor Hamilton. 'Proprio stamattina ho ricevuto novità dal mio amico, il signor Emmerson di Sydney, il quale mi ha scritto che il governo ha accettato che la nostra azienda mandi della gente abile in Australia.'

Il signor Wilton giunse le mani dietro la schiena. 'Il signor Hamilton tornerà a Liverpool domani e inizierà a pianificare il viaggio che trasporterà i migranti, insieme alla merce.'

'Sono felice per entrambi voi, signore.' Ellen accennò un sorriso.

'Ci permetta di aiutarla, signora Kittrick,' La supplicò il signor Hamilton. 'Abbiamo tempo di parlarne prima di andare alla Green Park Hall, Jonas?'

Il signor Wilton aggrottò la fronte. 'Temo di no, purtroppo. Siamo già in ritardo.'

'Allora più tardi, questo pomeriggio, signora Kittrick?'

'Grazie, signore.' Ellen raccolse i suoi strumenti per la pulizia e si diresse verso la porta.

Più felice di quanto non si sentisse da molto tempo, Ellen entrò in cucina.

'Tutto bene, signora Kittrick?' le chiese il signor Israel dal suo posto attorno al tavolo.

'Sì,' Annuì lei. 'Il signor Wilton aiuterà me e la mai famiglia a emigrare verso il Nuovo Galles del Sud.'

La signora O'Reilly lasciò cadere il mestolo di legno che stava utilizzando per mescolare una pastella. 'Dio nei cieli! Australia?'

Ellen annuì, lei stessa credendoci a stento.

'Oh, Ellen, questa è una notizia enorme,' Piagnucolò la signora O'Reilly, diffondendo velocemente la novità tra Kathleen e Patsy, quando fecero ingresso dalla lavanderia.

Il pasto di mezzogiorno fu un momento felice in cui chiacchierarono di paesi lontani e misteriosi, mangiando pasticcio di carne e rognone, e mele stufate come dessert.

Per il resto della giornata, Ellen lavorò con la mente rivolta al pensiero di stabilirsi in un nuovo paese, di ricominciare lontano dalla disperazione e dal dolore che la tormentavano.

Quando nel pomeriggio fu convocata nello studio, si era lavata e sistemata. Il signor Hamilton le aprì la porta. 'Entri pure, signora Kittrick.' Il suo sorriso radioso le comunicò tanta fiducia.

'Il signor Wilton non c'è?'

'Ha mal di testa ed è andato a riposare, ma manda le sue scuse. La visita alla Green Park Hall è stata piuttosto faticosa per lui. Il nostro ospite ha insistito per portarci in giro per i suoi giardini e al lago, che si estende per chilometri. Il signor Wilton è un po' stanco.'

'Beh, grazie per avermi ricevuto, signor Hamilton.'

'Allora, passiamo agli affari?' La guidò verso una delle sedie e lui prese posto dietro alla scrivania. 'Avrò bisogno che mi fornisca alcuni dettagli per i documenti ufficiali. Cominciamo con il suo nome e procediamo da lì? Mi serviranno i dati di tutti i componenti della famiglia che la accompagneranno.'

Ellen iniziò col nome e l'età della Mamma, di Riona, poi il suo e quelli dei bambini.

Mentre scriveva, il signor Hamilton alzava spesso lo sguardo verso di lei e sorrideva, per metterla a suo agio. 'E lei fa la domestica…'

'Prima di lavorare qui, mi occupavo della nostra terra. Se è possibile, lavorare nella terra è ciò che vorrei fare in Australia. So come coltivare e occuparmi degli animali.'

Il signor Hamilton continuava a prendere appunti. 'So che sa leggere e scrivere in inglese.'

'E anche in irlandese,' Aggiunse lei.

'Bene. E la sua famiglia?'

'Sanno tutti leggere e scrivere. Padre Kilcoyne ha insegnato a tutti.'

'È una grande prerogativa, signora Kittrick. Un'abilità che le permetterà di ottenere una buona posizione nella colonia.'

'È vero che c'è molto lavoro lì, signor Hamilton? Sto facendo la scelta giusta, vero?'

Lui si rilassò sulla sedia. 'Posso dirle quello che so, signora Kittrick, e cioè che l'Australia necessita di aumentare la sua popolazione. Il signor Emmerson mi ha detto che ci sono molti vantaggi nell'andare laggiù. Lui ha avuto successo, ma mi ha detto che le persone con un'eccellente etica lavorativa e volontà di riuscirci davvero, solitamente ce la fanno.'

'Io so lavorare duro.'

'Non ho dubbi al riguardo.' Il suo tono era morbido, fiducioso.

Ellen deglutì, intensamente consapevole della sua presenza. 'Tutto ciò che voglio è che i miei figli siano al sicuro e felici. Ho solo bisogno della giusta possibilità perché possa farcela.'

'E io voglio aiutarla a farne una realtà.' Il suo sguardo si soffermò sul volto di lei. 'In questa vita, non abbiamo spesso l'opportunità di aiutare le persone a cambiare la loro vita in modo così drastico. Mi rallegra molto sapere che sto facendo qualcosa che beneficerà lei e i suoi figli.'

'Come potrò mai sdebitarmi?' Mormorò lei, combattendo contro l'emozione. Per così tanto tempo, aveva lottato da sola per sopravvivere, e ora ecco apparire un uomo che conosceva da così poco tempo, ma che voleva aiutarla.

'Non sono sposato, né ho figli. Ma se ne avessi, vorrei solo il meglio per loro. Questa visita alla Contea di Mayo mi ha nauseato, con tutte quelle vite perdute e una tale evidenza di devastazione. Migliaia di persone non esistono più. Nulla di tutto ciò è giusto. Oggi, in carrozza, siamo passati di fianco a due bambini piccoli seduti sul ciglio della strada, troppo deboli per camminare. E il loro padre era del tutto impotente. Abbiamo gettato loro delle monete, ma non è sufficiente. Non sarà mai sufficiente.' Hamilton sospirò. 'Lei potrà ripagarmi dando ai suoi figli la migliore opportunità possibile per diventare brave persone.'

Lei unì le mani in grembo, commossa dalle sue parole. 'Farò del mio meglio perché accada.'

'Partirò domattina. Sono rimasto più a lungo del previsto…' I suoi occhi blu fissarono quelli di lei. 'È stato un piacere incontrarla, signora Kittrick. Sono felice che ci incontreremo di nuovo a Liverpool.' Le rivolse uno dei suoi sconvolgenti sorrisi che le stringevano il petto.

'Sono felice anch'io che la rivedrò, signor Hamilton.' Era la verità.

Qualcosa in lui la faceva sentire di nuovo una donna.

Da una tasca interna della giacca, lui tirò fuori un cartoncino con dei rilievi dorati.

'L'indirizzo del mio ufficio a Liverpool. Venga a trovarmi non appena arriva. Il signor Wilton la assisterà fino a quel momento.'

Ellen strinse quel pezzo di carta come se fosse un talismano magico. 'Grazie.'

* * *

UNA SETTIMANA PIÙ TARDI, mentre faceva rientro a casa dalla tenuta, Ellen camminava con un leggero balzo nel passo, nonostante le fredde temperature ottobrine. Il signor Wilton le aveva appena dato la migliore che potesse desiderare.

'Salve, Ellen,' La chiamò Padre Kilcoyne, approcciandola sul suo vecchio cavallo.

'Dio la benedica e la protegga, Padre.'

'E anche a te, bambina mia.' Sembrava stanco, mentre scendeva dal cavallo e le camminava accanto nella luce che calava. 'Lascia che lo porti io.'

'No, non è pesante.' Portava un cesto che la signora O'Reilly aveva riempito con avanzi di pollo bollito e cipolle e qualche fetta di torta alla frutta. Da quando Ellen aveva annunciato la sua decisione di emigrare, la signora O'Reilly l'aveva inondata di consigli e buone notizie. 'Mi dispiace di non essere venuto prima. Sono stato impegnato col lavoro. Ho seppellito ieri gli ultimi due figli dei Finlay. La febbre ha spazzato via l'intera famiglia, lasciando solo il signor Finlay. È finito in una casa di accoglienza.'

'Sì, Riona ne ha sentito parlare a Louisburgh. Il signor Finlay starà soffrendo molto per aver perso sua moglie durante e il parto e poi i suoi quattro figli per la febbre nel giro appena una settimana. Pover'uomo.'

'Che faccenda triste. Sono riuscito a cavalcare fino a Westport l'altro giorno, ma temo di non avere buone notizie. Per ottenere l'assistenza governativa, dovremo rivolgerci all'ufficio britannico a Dublino. Naturalmente, posso fornire un'eccellente lettera di referenze per tutti voi, ma fare domanda richiederà tempo. Sono sommersi dalle richieste. Sarebbe più facile se voleste andare in America o Canada, perché potrei trovare i soldi per pagare per tutti voi, dato che la tariffa è molto più bassa, rispetto all'Australia.'

'Grazie per averci provato, Padre. Fortunatamente, il signor Wilton mi sta aiutando. Lui e il suo amico, il signor Hamilton, fanno parte di un comitato che aiuta coloro che desiderano emigrare in Australia. Il signor Wilton mi ha detto oggi che il signor Hamilton gli ha scritto da Liverpool e abbiamo un posto sulla nave. Volevo dirglielo domenica durante la messa.'

'Che brave persone.' Il Padre si grattò il capo, pensieroso. 'Forse dovrei fare visita al signor Wilton, visto che sono a conoscenza ci molte altre famiglie che desiderano tentare con l'Australia, piuttosto che con l'America.'

'Certo, e li aiuterà. È un uomo così gentile.'

'Sì, concordo, anche se è un inglese protestante.' Sorrise sommessamente. 'Gli farò visita questa settimana.'

Camminarono in silenzio per un po', gli unici rumori che si sentivano erano lo starnazzare degli uccelli marini e il tintinnio del morso del cavallo.

'Allora, sei convinta che questa sia l'unica strada che puoi prendere, bambina?' Chiese tranquillamente il Padre.

'Lo è, Padre. Credo che potremo costruirci una bella vita al di là dei mari. Non c'è più niente qui per noi. Devo tentare, per il bene dei bambini. Sono eccitata, Padre. I miei figli avranno la possibilità di invecchiare laggiù.'

'E allora queste sono ottime notizie, mia cara ragazza. Un nuovo inizio in un Paese che necessita di lavoratori sembra la soluzione perfetta. Sei coraggiosa, Ellen.'

'Non più coraggiosa di quelli che sono andati prima di me.' Si interruppe per annusare, sentendo odore di fumo nell'aria fredda. 'Sarà difficile lasciare questa terra, perché la amo, davvero, ma non possiamo continuare così, Padre. Il mio stipendio alla tenuta non è sufficiente per mantenere in vita corpo e anima. Finiremmo presto in una casa di accoglienza.'

'Non permetterei mai che accadesse.' La sua espressione seria le fece sentire un senso di gratitudine per il suo perdurante sostegno.

'Non possiamo continuare a essere un peso per lei, Padre. Siamo in sei.'

Lui alzò lo sguardo, mentre un bagliore arancione appariva in lontananza.

Ellen fissò lo stesso punto, sentendo il cuore caderle negli stivali rattoppati. 'Quello è…?'

'Non può essere il vostro cottage, vero?' Chiese il Padre, come se stesse cercando di orientarsi nel paesaggio.

'Oh, che il cielo ci aiuti!' Ellen cominciò a correre, col cesto che dondolava veementemente, mentre sollevava con una mano la gonna, precipitandosi verso il crescente bagliore dorato.

I suoi piedi rallentarono, mentre si avvicinava al cottage. La paura e il terrore di vederlo in fiamme non erano nulla rispetto all'angoscia del dover cercare i bambini. Erano intrappolati dentro?

'Austin! Patrick! Bridget!' Gridò i loro nomi.

Col respiro sospeso, corse intorno al cottage per raggiungerne la facciata retrostante e si abbandonò a un sospiro di sollievo, vedendo i bambini stretti attorno alla Mamma e a Riona.

'Mamma!' Bridget corse verso di lei, facendola barcollare, mentre i ragazzi su unirono a lei in un abbraccio muto.

Padre Kilcoyne cavalcò intorno al cottage per raggiungerli, il suo cavallo nervoso al ruggito del fuoco che divorava avidamente il tetto in paglia.

'Com'è successo?' Chiese il Padre, avvicinandosi a loro.

'Il Maggiore Sturgess e i suoi uomini,' disse Riona con voce fioca, mentre il calore li respingeva indietro di qualche metro. Sua sorella si voltò e indicò il gruppo di uomini lontani nell'ombra. Ellen sentì una forte rabbia bruciarle dentro, ardente come le fiamme che stavano devastando la sua casa.

'Abbiamo recuperato alcune cose, ma non molto,' La Mamma stringeva le perle del suo rosario.

'Non la mia zampetta di coniglio,' Piagnucolò Bridget, nascondendo il viso nella gonna di Ellen.

'Ti prenderò un'altra zampetta di coniglio, prometto,' Sussurrò Austin, accarezzando la sorella sulla schiena.

Alcuni anni prima, Austin aveva regalato a Bridget una zampetta tagliata dal primo coniglio che aveva catturato, e dopo averla seccata, lei aveva iniziato a tenerla sempre con sé per addormentarsi. Era l'unico oggetto che amava, l'unico che fosse del tutto suo.

'Che il diavolo arda la tua anima per il resto dell'eternità,' Sbottò Ellen, fissando le ombre tremolanti nel punto in cui il Maggiore e i suoi uomini stavano chiacchierando.

Padre Kilcoyne si fece il segno della croce, ma rimase in silenzio. La sua rabbia trapelava dalla rigidità delle spalle e dagli occhi socchiusi.

Le travi del tetto scricchiolarono come colpi di pistola e crollarono verso l'interno. Il cottage brillava di rosso e arancione nel cielo notturno, mentre le fiamme, sempre più fameliche, demolivano gli oggetti al suo interno.

Il Maggiore Sturgess si avvicinò lentamente. 'Non avete nessuno da incolpare, se non voi stessi. Eravate in ritardo con l'affitto da settimane.'

I pugni di Ellen si serrarono lungo i suoi fianchi. 'Centinaia di persone sono in ritardo con l'affitto per mesi. Perché prendere di mira il nostro cottage?'

'Probabilmente, perché tu sei troppo arrogante, Kittrick. Da anni, i tuoi vicini muoiono di fame e hanno abbandonato la loro terra per cercare lavoro, solo per poi morire lungo la strada. Ma non tu. In qualche modo, sei riuscita a mantenere un tetto sopra la testa e i tuoi figli in vita. Come?'

'Pensi che sia stato facile per me? Pensi che non abbiamo trascorso giorni interi senza cibo?'

'So che tuo cognato se la sta passando ancor meglio di voi. Come mai?'

'Non lo so, né mi interessa cosa faccia Colm. Ma avete appena rovinato tutto quello che avevamo. Avete distrutto la casa dei miei figli.'

'Forse lei e Colm Kittrick avete qualche tipo di accordo speciale?' Sorrise.

'Forse avete lo stesso accordo con il signor Wilton e qualche altro uomo? Perché sei andata a Westport in carrozza col signor Wilton, quando tuo marito è morto? Come altro si spiega il fatto che la tua famiglia è ancora in vita? Qual è il tuo prezzo?'

'Sudicio porco malvagio!' Sopraffatta da una foschia rossa che le annebbiava i sensi, Ellen si scaraventò contro di lui, pronta a strappargli gli occhi dalle orbite.

Colto di sorpresa, Sturgess fece un passo indietro, ma non prima che lei riuscisse a graffiargli il viso. 'Puttana! Ti farò impiccare!'

Ellen lottò, incurante di mantenere decoro e buon senso.

'Basta! Basta!' Padre Kilcoyne cercò di separarli. 'Per l'amor di Dio, fermatevi!'

'Ti ucciderò!' Urlò Ellen, sfogando la rabbia e il dolore su Sturgess e ignorando i tentativi del Padre di intervenire.

Uno sparo risuonò nell'aria, echeggiando attraverso i campi.

Padre Kilcoyne cadde al suolo come una pietra.

Ellen, stordita e confusa, si allontanò da Sturgess.

'Gesù, Maria!' Gridò la Mamma, correndo verso Padre Kilcoyne. 'L'avete ucciso!'

'Metti via quella pistola, idiota!' Il Maggiore abbaiò contro l'uomo che stringeva la pistola fumante. 'Avresti potuto uccidere me!'

Ellen si chinò accanto alla Mamma e, nella luce tremolante del fuoco, controllò il corpo del Padre, in cerca di eventuali lesioni. Il sangue colava da una ferita sul lato della testa. Cervello e materia grigia si mescolavano ai capelli. Lui la fissava con gli occhi spalancati e privi di vita, come fosse in shock.

A Ellen scappò un gemito, indietreggiando. Poi vomitò.

I lamenti di Riona e della Mamma, il pianto dei ragazzi e di Bridget le riempivano la testa, mentre continuava a vomitare.

Il Maggiore Sturgess la afferrò per un braccio e la tirò in piedi. 'È tutta colpa tua! Hai fatto tu questa sceneggiata. Hai ucciso un uomo di chiesa.'

Barcollando, stordita, Ellen non riusciva a concentrarsi sulle sue parole, mentre scuoteva il capo così veementemente che il collo le scricchiolò.

'Ti farò mettere dentro per omicidio, hai capito?' Ringhiò, sputandole in faccia.

Fronteggiandolo, non capendo cosa intendesse dire, Ellen cercò di concentrarsi su quelle parole.

'Omicidio?'

'Sì, omicidio! Sei stata tu.'

'Non avevo una pistola…' Tremava così tanto per lo shock che i denti le battevano.

'Pensi che qualcuno crederà più a te che a me e ai miei uomini?'

'Ma come avrei potuto…'

La tirò a sé. 'Vattene. Vattene e non tornare più, capito? Non dirò nulla, inventerò una storia per salvarti il collo, ma tu non dovrai menzionare a nessuno né me, né quello che è successo qui stanotte. Capito?'

Ellen annuì, mentre lui continuava a scuoterla.

'Se lo farai, testimonierò in un tribunale inglese che hai preso la pistola e hai sparato me, ma hai mancato e colpito Padre Kilcoyne. I miei uomini diranno lo stesso. Ti impiccheranno. E i tuoi figli finiranno in una casa di accoglienza.'

Guardando il suo volto ombroso, Ellen pensò al diavolo e che Sturgess fosse la sua immagine in terra. Si ritrasse, sconfitta. 'Non dirò una parola.'

'Giura su tutto ciò che è sacro.'

'Giuro su Dio e la Vergine Madre che non dirò una parola.'

'Bene. Assicurati di non farlo.' La spinse in terra e lei cadde pesantemente sul fianco. Lui e i suoi uomini montarono a cavallo e nel giro di pochi istanti, si allontanarono nella notte nera.

Patrick corse da lei e le avvolse le braccia intorno alla vita, mentre Austin fissava gli uomini a cavallo che scomparivano, con uno sguardo di estremo odio in volto.

Singhiozzando, Riona si sedette a terra cullando Bridget, mentre la Mamma era ancora inginocchiata di fianco a suo fratello morto, gemendo.

Lentamente e dolorosamente, Ellen si alzò in piedi, con Patrick aggrappatole intorno alla vita. Non sapeva cosa pensare o come agire. Un muro del cottage crollò, risuonando come un tuono, e fumo e cenere fluttuarono in un'onda.

'Dobbiamo portare il nostro amato fratello a Louisburgh,' Disse la Mamma, con la voce rauca per i lamenti.

'Non possiamo.' Ellen si mise al suo fianco per guardare quell'uomo che amava e rispettava profondamente. 'Sturgess mi farà impiccare per omicidio.'

'Tu?' Sbottò la mamma. 'Sei fuori di testa, ragazza mia? Non hai fatto nulla di male.'

'Sturgess mi ha detto che non devo dire nulla a nessuno, o andrà in tribunale e racconterà che ho rubato la pistola al suo uomo e ho cercato di spargli, ma ho mancato e ho colpito il Padre.' Le parole le uscirono di bocca con un tono spento, privo di emozione.

'Ma non è vero. Abbiamo visto cosa è successo.'

'Il tribunale è composto da inglesi protestanti. Pensi che crederanno più a me e te che a un ufficiale e i suoi uomini? Non valiamo nulla per quell'autorità, Mamma. Nulla. Feccia cattolica. Senzatetto che vivono nelle fosse, mangiatori di erbacce in cerca di vendetta perché li abbiamo visti bruciare il nostro cottage.'

Lacrime scendevano sulle guance scavate della mamma. 'Gesù salvaci. Cosa faremo con lui?'

'Lo seppelliremo.'

'No!' La Mamma si alzò in piedi, barcollando.

'Non possiamo.'

'Non abbiamo scelta.'

'Santa Vergine Madre. Dovrà avere un funerale decente, una veglia, una messa. Oh, Ellen, no… Santa Madre, proteggici tu…' La Mamma iniziò a pregare, gemendo per l'angoscia.

Il cuore di Ellen si indurì di fronte al dolore della Mamma. Si rivolse verso Riona. 'Aiutami a scavare una fossa.'

Riona spinse delicatamente Bridget verso i suoi fratelli, prima di seguire Ellen oltre il pozzo dove, anni prima, la terra rigogliosa ospitava file di patate bianche.

Si inginocchiarono fianco a fianco e, usando le mani, iniziarono a scavare via il terreno soffice e scuro. Dopo pochi istanti, Austin, Patrick e Bridget si inginocchiarono con loro e tutti insieme scavarono una fossa per quello che era stato il loro zio e guida spirituale.

CAPITOLO 8

Nella notte gelida, Ellen guidò i suoi familiari sconvolti verso la tenuta. Era l'unico posto dove poteva immaginare di andare. Rimasero in silenzio, mentre scivolavano fuori dalla strada, scavalcavano il muretto in pietra e attraversavano i terreni della tenuta. Ellen conosceva bene la struttura e si allontanò dal palazzo principale, per dirigersi invece verso il cortile di servizio.

La lavanderia era raramente chiusa a chiave, dato che all'interno non c'era nulla da rubare. Le tinozze di rame erano incastonate nel pavimento, quindi solo distruggendo tutto e facendo un gran rumore, si potevano portare via. Perciò, la lavanderia era protetta solo da una porta chiusa che dava sul cortile. Silenziosamente, Ellen la aprì e fece strada ai suoi familiari all'interno della stanza, che fortunatamente aveva trattenuto ancora un po' di calore, dopo che le lavandaie avevano lavorato durante il giorno. I fuochi al di sotto delle tinozze di rame erano spenti, ma i mattoni ai lati avevano trattenuto il calore. Lei face raccogliere la sua famiglia attorno a essi perché potessero riscaldarsi.

I bambini si addormentarono all'istante. La Mamma, esausta dopo aver seppellito suo fratello e recitato preghiere sulla sua tomba coperta di pietre nel mezzo di un campo di patate, si limitò ad annuire assonnata, con i rosari intrecciati tra le dita.

'A cosa stai pensando?' Sussurrò Riona a Ellen.

Ellen si sedette con la schiena contro i mattoni, appoggiando la testa di Bridget sulle sue ginocchia. 'Parlerò con il signor Wilton domani mattina, se riuscirò, e gli chiederò consiglio sul viaggio verso l'Inghilterra. Dobbiamo partire subito e arrivare a Liverpool.'

'Come faremo ad andare in Inghilterra senza soldi, scusa?'

'Cammineremo fino a Dublino. Se il signor Wilton non potrà aiutarci, chiederò l'elemosina e ruberò qualcosa lungo la strada, per trovare i soldi della nave che ci porterà sull'altra sponda.'

'Ci vorranno settimane. Come faremo?'

La testa di Ellen pulsava dolorosamente per il mal di testa. 'Non lo so ancora, Riona. Non ho ancora una soluzione. Abbiamo appena seppellito nostro zio. Non riesco a pensare lucidamente.'

'Scusa.' Nell'oscurità, Riona si sporse sopra Patrick e cercò la mano di Ellen. 'Saremo insieme e questo è tutto ciò che conta. Dopo quello che è accaduto oggi, possiamo affrontare ogni cosa.'

Non avendo l'energia per rispondere, Ellen sospirò e chiuse gli occhi. Le mani le facevano male per aver scavato e il suo corpo protestava per il troppo esercizio fatto senza mangiare.

Mentre il sogno la reclamava, il suo ultimo pensiero andò a cosa avrebbe fatto, se il Maggiore Sturgess avesse mentito e l'avesse denunciata al magistrato. Doveva andar via prima che i soldati venissero a cercarla.

Quando il gallo della tenuta cantò e l'alba filtrò una luce grigia attraverso la finestra della lavanderia, Ellen si svegliò. Guardò la sua famiglia, il cuore che le si stringeva in petto per la paura di ciò che il futuro potesse riservare loro.

Nella luce fioca, notò un secchio d'acqua sotto la finestra e bevve avidamente. Poi ne prese un po' per lavarsi il viso e le mani, cercando di rimuovere la sporcizia e il fango della notte precedente, che le avevano rovinato il vestito. Come poteva presentarsi al signor Wilton per chiedere aiuto, se sembrava appena uscita da una palude?

Austin si mosse e si sedette. 'Mamma?'

'Shh. Stai zitto,' Sussurrò. 'Ora vado in casa. C'è dell'acqua qui per voi, ma non lasciate questa stanza finché non torno.'

Lui annuì, mentre lei aprì lentamente la porta e uscì. Un vento freddo soffiava attraverso il cortile, sollevando in piccoli vortici le foglie cadute. Ellen rabbrividì e si affrettò attraverso i ciottoli, fino all'ingresso posteriore della casa. Entrando nel retrocucina, fu sollevata dal constatare che non ci fosse nessuno, ma in cucina, la signora O'Reilly stava rimestando il fuoco nella stufa.

'Signora O'Reilly,' Sussurrò Ellen.

L'anziana donna sobbalzò e si portò una mano al petto. 'Mio Dio, Ellen, mi hai fatto prendere un colpo. Cosa ci fai qui così presto?'

'Il nostro cottage è stato bruciato ieri notte.'

'Gesù, Giuseppe e Maria.' La cuoca si fece il segno della croce. 'Mi dispiace tanto per voi, davvero.'

'Devo parlare con il signor Wilton. Il signor Israel potrebbe chiedergli se può dedicarmi un minuto del suo tempo, per favore?'

'Certo, e anche se dirà di no, lo farò io.' Sorrise e riempì la teiera con dell'acqua. 'Ma non puoi incontrarlo vestita così. Sembra tu abbia dormito in un fossato.'

'No, la mia famiglia è nella lavanderia.'

Gli occhi della signora O'Reilly si spalancarono per la sorpresa. 'Santo cielo! Non possiamo permettere una cosa del genere. Portali qui. Metterò su del tè.'

Pochi minuti dopo, la Mamma, Riona e i bambini erano seduti al tavolo della sala da pranzo del personale in un angolo della cucina. La signora O'Reilly versò loro del tè, e il primo compito di Patsy, appena arrivata, fu tagliare del pane e imburrarlo per loro.

Il signor Israel entrò nella stanza e si fermò di colpo, vedendo i componenti di quella famiglia, completamente sudici, seduti al tavolo. 'Cosa sta succedendo qui?' Guardò Ellen con rabbia. 'È opera sua, signora Kittrick?'

'Sì, signor Israel. Mi dispiace, ma non avevamo altro posto dove andare.'

'Sì, ce l'avete, la casa di accoglienza! Non in questa tenuta. È molto irrispettoso da parte sua portare i suoi problemi alla porta del signor Wilton.'

La signora O'Reilly agitò la forchetta contro il maggiordomo. 'Questo lo deciderà il signor Wilton, non tu, Samuel Israel. Ellen è una di noi e ha bisogno del nostro aiuto.'

'Questa è un'aberrazione.' Il signor Israel si girò sui tacchi e lasciò la cucina.

Ellen ribollì dentro per la mancanza di compassione dell'uomo e sperava che non riempisse la testa del signor Wilton con parole di discredito su di lei.

'Vieni, Ellen, troviamoti una delle mie vecchie gonne.' La signora O'Reilly condusse Ellen lungo il corridoio posteriore, fino alla sua camera da letto e salottino privati. Un grande armadio in noce dominava la stanza e la signora O'Reilly ne estrasse una gonna e un corpetto nero. 'Il bordo del corpetto si sta staccando, è c'è una macchia sull'orlo della gonna che non va via.'

La signora O'Reilly posò gli abiti sul letto. 'Ti staranno larghi, ma Kathleen è brava con ago e filo e può stringere la vita con qualche piega. Il corpetto, beh…'

'Andrà benissimo, davvero.' Ellen sorrise e si sbottonò la gonna sporca. 'Non indosso altro che questa gonna e questo corpetto da oltre un anno, da quando ho dovuto vendere il mio altro abito l'estate scorsa.'

'Beh, questo è meglio degli stracci che hai indosso.'

Sopra la sottoveste sudicia, Ellen si infilò rapidamente la gonna, che quasi le cadde di dosso.

'Chiederemo a Kathleen di sistemarla. Non hai un bustino?' La signora O'Reilly teneva su la gonna, mentre Ellen indossava il corpetto. Aveva perso così tanto peso, che le si potevano contare le costole.

'No. Ho dovuto vendere anche quello.' Il corpetto la avvolgeva come un cappotto, più che come un indumento aderente, ma a Ellen non importava.

'Mio Dio. Togli quel bustino. Puoi prenderne uno mio vecchio. Hai un aspetto assolutamente indecente.' La signora O'Reilly scosse il capo e, scavando in un cassetto dell'armadio, ne tirò fuori un bustino con delle stecche color crema. Il pizzo era strappato e c'era un buco, da dove spuntava una delle stecche.

'Grazie.' Ellen se lo avvolse attorno e offrì la schiena alla signora O'Reilly affinché tirasse i lacci, fino a dare una forma al suo corpo. Con il corpetto nero indosso, aveva un aspetto quasi decente. I vestiti, sebbene usati e logori, erano migliori di qualsiasi indumento Ellen possedesse da anni. Si sentì immediatamente più forte nella mente e nello spirito, anche se una parte di lei si vergognava profondamente per le sue condizioni trasandate. Vedova, senzatetto, vestita di abiti presi in prestito e in fuga… poteva la sua vita andare peggio di così?

'Ora, finiamo di preparare la colazione e poi potrai parlare col signor Wilton.' La signora O'Reilly uscì dalla camera da letto.

Ellen si affrettò dopo di lei. 'Inizio dalla sala da pranzo.'

'No, ci penserà Kathleen. Dopo la notte che avete trascorso, avete bisogno di riposare. Tua madre sembra bianca come un cadavere.'

'Ce la caveremo.'

Due ore dopo, Ellen aveva completato i suoi compiti principali nella sala da pranzo, nello studio e nel salotto. Riona aveva aiutato in cucina, mentre i bambini rimasero seduti al tavolo con la loro nonna, come se potessero percepire il suo bisogno di averli vicini. La Mamma non aveva detto una parola per tutta la mattinata.

Il campanello dello studio suonò sulla parete della cucina. Il signor Israel, che aveva appena riordinato la posta, guardò Ellen. 'È per te. Seguimi.'

Togliendosi il grembiule, Ellen lanciò un'occhiata a Riona e poi alla signora O'Reilly, prima di dirigersi verso lo studio.

Il signor Wilton era seduto alla sua scrivania. Accettò la posta che il signor Israel gli aveva porto su un vassoio d'argento e poi lo congedò. 'Prego, si sieda, signora Kittrick.'

Ellen si accovacciò sul bordo della poltrona in cuoio marrone di fronte alla scrivania.

'Allora, il signor Israel mi ha informato che le è capitata una disgrazia durante la notte? Che lei e la sua famiglia siete tutti nella cucina della tenuta?'

'Sì. Il nostro cottage è stato bruciato.'

'Scioccante. Scioccante. I tuoi familiari sono incolumi?'

'Sono riusciti a scappare illesi.' Non poteva menzionare Padre Kilcoyne. Doveva mantenere il segreto per la sua sicurezza.

'Ora siete senzatetto.'

'Sì, signore, ed è per questo che volevo parlare con lei. Dobbiamo partire oggi stesso per raggiungere Dublino e da lì Liverpool, dove si trova il signor Hamilton.'

'Impieghereste una settimana a camminare fino a Dublino, soprattutto con dei bambini.' Il signor Wilton si alzò e cominciò a camminare per la stanza. 'Lei è stata per me una buona lavoratrice e ha incontrato tanta sofferenza in tempi estremamente ardui. È riuscita a tenere in vita la sua famiglia, nonostante il fallimento dei raccolti. Ha vissuto tragedie come la perdita di suo padre, di suo figlio e di suo marito. Naturalmente, da buon cristiano e gentiluomo, la aiuterei in quanto membro del mio personale.'

Ellen si sedette con le mani intrecciate in grembo, trattenendo il respiro mentre lui parlava.

'Io e il signor Hamilton abbiamo discusso della sua situazione, prima che partisse. Pertanto, sarà felice di sapere che c'è un piccolo fondo qui per lei, creato da me e dal signor Hamilton, per assicurarle di poter arrivare sana e salva a Liverpool.'

Una forte sensazione di sollievo la stordì. 'Grazie, signore.'

'Ora, devo scrivere delle lettere per voi, referenze e così via. Qual è il nome di sua sorella?'

'Riona O'Mara.'

'Ed è una lavoratrice diligente e di buon carattere come lei, dato che non la conosco e devo scrivere una lettera di referenze.'

'Lo è, signore. Può contare sulla mia parola.'

'Molto bene. Ora inizio.'

'Grazie, signor Wilton.' L'emozione attraversava Ellen, mescolandosi al dolore per Padre Kilcoyne e alla paura del Maggiore Sturgess, fino a farla sentire sul punto dello svenimento.

'Signora Kittrick?' Il signor Wilton si precipitò al suo fianco, mentre lei vacillava.

'Dio mio, signora Kittrick.' Le sventolò una lettera in faccia per farle aria. 'Stia con me, signora Kittrick. So che è uno shock, dopo l'odissea di ieri notte.'

Pochi istanti dopo, il capogiro si placò e Ellen riacquistò il controllo di sé. Il signor Wilton le versò del brandy.

'Lei è troppo gentile, signor Wilton.'

'Mio padre mi ha cresciuto da gentiluomo. Era un ministro della chiesa. Le sue buone azioni erano leggendarie nella sua parrocchia in Inghilterra e io posso solo cercare di mantenere i suoi standard.' Tornò alla scrivania. 'Ora le suggerisco di tornare in cucina e di parlare con la sua famiglia, mentre io mi occupo dell'organizzazione. Farò in modo che la mia carrozza vi porti tutti a Westport, dove prenderete la diligenza per Dublino. Pagherò io. Vi darò anche i soldi per acquistare i biglietti della nave che vi porterà a Liverpool. E scriverò al signor Hamilton, che vi guiderà e aiuterà da lì in poi. Va bene?'

L'emozione rese Ellen del tutto incapace di parlare. Lottò contro le lacrime, che le bruciavano dentro agli occhi, e annuì. 'Grazie,' Riuscì a dire con voce roca.

'Bene. Ora vai.'

Tornata in cucina, Ellen raccontò la sorprendente notizia a Riona e alla Mamma, mentre gli altri ascoltavano con stupore.

La Mamma non disse nulla, mentre Riona sorrise con le lacrime agli occhi. 'Che uomo onesto e generoso è il signor Wilton. E anche il signor Hamilton.'

'Vieni a prendere un po' di tè, Ellen,' Disse la signora O'Reilly. 'Che mattinata che è stata.'

Alle tre del pomeriggio, Ellen e la sua famiglia erano nel cortile delle stalle della tenuta, per salutare il personale.

'Ecco qui,' Disse la signor O'Reilly, sollevando un grande cesto nella carrozza dei Wilton. 'C'è abbastanza cibo lì dentro per farcela finché non arriverete a Dublino, così eviterete di pagare i prezzi delle locande. Con quello che chiedono, è un vero furto.'

'Lei è troppo gentile.' Ellen abbracciò la signora O'Reilly. 'È stata una vera amica per me.'

La signora O'Reilly si asciugò le lacrime. 'Scrivi quando puoi. Tutti saremo ansiosi di sapere come te la cavi, davvero.'

Ellen annuì e abbracciò Kathleen e Patsy. Il signor Israel non si era unito a loro.

Mentre i bambini parlottavano eccitati e Riona aiutava la Mamma a salire in carrozza, Ellen si voltò verso il signor Wilton, che stava attraversando l'arco per entrare in cortile.

'Tutto pronto?' Chiese, porgendo a Ellen un portafoglio in pelle.

'Sì, signore.'

'Bene. Le lettere di referenze sono nel portafoglio, insieme ai soldi che le ho promesso per il viaggio a Dublino e per la nave verso Liverpool. Contratti sul prezzo dei biglietti, se può. Sia saggia e tenga sempre il portafoglio vicino.'

'Lo farò, signore.'

'Dia i miei saluti al signor Hamilton e che Dio la protegga, signora Kittrick.'

Ellen gli porse la mano e, dopo un momento di esitazione, il signor Wilton la strinse. 'Grazie di tutto, signore. Ha onorato la memoria di suo padre, perché negli ultimi anni ha salvato me e la mia famiglia da un destino in una delle case di accoglienza e probabilmente anche dalla morte. Sarà sempre nelle nostre preghiere, davvero.'

Imbarazzato, il signor Hamilton tossì leggermente. 'Faccia il miglior uso possibile della nuova vita che le è stata data, signora Kittrick, è tutto ciò che chiedo.' Fece un inchino e si allontanò.

CAPITOLO 9

Chiudendo la porta dell'ufficio, Rafe Hamilton si diresse verso la finestra che affacciava sul torbido e frenetico fiume Mersey, un corso d'acqua che non era mai privo di navi e barche che attraccavano al porto più trafficato del mondo – quello di Liverpool.

Tra gli alti alberi che dominavano il cielo blu limpido di un mattino di ottobre, da qualche parte verso ovest, c'era ancora il suo veliero, il Blue Maid. Era ridicolo essere tanto orgogliosi di una nave che possedeva solo in parte. Ma lui lo era, non poteva negarlo. Il Blue Maid era solo l'inizio del suo impero, e lui era determinato a creare così tanta ricchezza, che non avrebbe più battuto ciglio, quando i membri della sua famiglia avrebbero suscitato pettegolezzi nei salotti delle case nobili.

Rafe si voltò, quando la porta si aprì e suo fratello minore, Drew, entrò nella stanza senza bussare. Ingoiando l'irritazione causata dalla mancanza di buone maniere del fratello, Rafe si sedette dietro la sua scrivania. Aveva saltato la colazione e era uscito presto di casa per evitare di incontrare suo fratello e suo padre. 'Sì?'

Sorridendo, Drew prese il posto di Rafe vicino alla finestra e fissò fuori. 'Nostro padre sta salendo. Non è affatto contento di te.'

Lo stomaco di Rafe si contrasse e le sue mani strinsero i braccioli della sedia in cuoio. Fissò Drew, una versione più giovane e snella di sé. Ma le somiglianze finivano lì. Drew non aveva una bussola morale, nessuna etica o considerazione di come la ricchezza della loro famiglia fosse stata creata, e cosa ancor peggiore, non aveva alcuna intenzione di scoprirlo. Tutto ciò a cui era interessato era spendere denaro, proprio come faceva loro padre.

Drew si avvicinò all'armadietto sulla parete opposta della stanza e si versò un bicchiere del costoso whisky scozzese di Rafe, nonostante fossero solo le dieci del mattino. 'Sta minacciando di fare ritorno a Londra. Detesta Liverpool.'

'Non detesta però le locande e le bische della città,' Mormorò Rafe, cercando di concentrarsi sulle fatture che aveva davanti.

Sentirono Barnabas Hamilton salire le scale a grandi passi, sbuffando, borbottando e inveendo contro il mondo, senza un motivo apparente. Si fermò sulla soglia, un uomo che si vantava di essere una volta tanto affascinante quanto i suoi figli, ma che era ora grasso e flaccido, per via dell'abuso di cibo e alcol. Sudato per aver salito le scale, si appoggiò allo stipite della porta e si asciugò la fronte con un fazzoletto. Il suo soprabito era bagnato per la pioggia e non si era preso la briga di toglierlo nell'atrio dove, senza dubbio, i maggiordomi di Rafe erano ancora sotto shock per gli insulti che suo padre aveva rivolto a chiunque avesse incrociato lungo il tragitto.

'È intollerabile!' Dichiarò Barnabas, fissando Rafe. 'Essere trattato in questo modo dal proprio figlio. Mi stai rendendo ridicolo. Non lo permetterò più, mi hai capito?'

Rafe mischiò le carte che aveva in mano, consapevole che lo sfogo del padre sarebbe durato alcuni minuti.

Barnabas si avvicinò a una sedia. 'Versami da bere, Drew, per l'amor di Dio. Di questo passo sarà l'unico drink della mia vita.'

Di nuovo, fissò Rafe. 'Tagliarmi fuori, eh? Ma chi credi di essere?'

Rafe si alzò lentamente lo sguardo verso suo padre, un uomo che non rispettava né amava più. 'Sono colui che cerca di tenere questa famiglia fuori di prigione e lontano dai debitori, ecco chi sono.'

'Oh, hai sentito, Drew? Abbiamo un santo in famiglia. San Rafferty Hamilton, che ne pensi?' Lo schernì il padre, prendendo il bicchiere da Drew e tracannando il drink in un solo sorso, nonostante fosse trascorso davvero poco tempo dalla colazione. 'Hai soldi e non dire il contrario, perché so che ne hai.'

'Tutto il denaro che ho è destinato al mio business, padre, e ad assicurare un tetto sulla testa mia, di mia madre e di mia sorella, visto che tu sembri incapace di farlo.'

'Ti credi tanto intelligente, vero?'

'Uno di noi dovrà pur esserlo. Tu non sei affidabile, così come Drew, quindi, in quanto figlio maggiore, tocca a me provvedere.'

'E chi ha pagato per i tuoi studi e per il tuo stile di vita durante gli anni a Oxford? Io.' Barnabas consegnò il bicchiere vuoto a Drew perché lo riempisse di nuovo.

'Non sei stato tu a pagare nulla di tutto ciò, padre. È stato il nonno a pagare per la mia educazione. Hai mentito, complottato e contratto enormi debiti per mantenere le apparenze. Sempre a escogitare qualche sistema per fare soldi velocemente e salvare la tua reputazione. Oh, ci sono state volte in cui hai vinto somme considerevoli ai tavoli da gioco e per un po' la famiglia è riuscita a tenere lontani i creditori che bussavano alla porta, ma non durava mai a lungo, vero? Il nonno è morto stringendo in mano le fatture che avevi accumulato. E ciò che è peggio e che incoraggi Drew a essere proprio come te. Un ubriacone sprecone, un giocatore d'azzardo che non pensa a nessuno se non a sé stesso. Inoltre, ho ripagato tutti i tuoi debiti lavorando giorno e notte per creare un'impresa di importazione, un'impresa che ho perso due anni fa perché tu e Drew vivevate al di sopra delle vostre possibilità.' Rafe si alzò, la rabbia che gli scorreva nelle vene come acciaio fuso. 'Ho dovuto ricominciare daccapo, trascorrere tutte le mie giornate a ricostruire la mia reputazione, a mettere insieme disperatamente le finanze per creare di nuovo un'impresa di cui potermi vantare.'

'Ho detto che ti avrei ripagato, no?' Ribatté il padre, ingollando un altro bicchiere di whisky.

'Non hai i mezzi per ripagarmi.' La repulsione per il padre trapelava da ogni suo poro. Rafe fece una smorfia alla vista dell'uomo la cui posizione nella società era caduta così in basso che non era più il benvenuto in nessuna delle case dell'alta società londinese, a cui un tempo apparteneva. A cui tutti loro, un tempo, appartenevano. Fuggire verso nord, lontano dai pettegolezzi, era stata la loro unica possibilità. Rafe aveva portato con sé la madre malata, Olive, e la sorella, Iris, fuggendo a Liverpool per ricominciare daccapo. Aveva usato astuzia e intelligenza, e quel poco denaro del nonno che era rimasto, per creare un'impresa di import-export, chiamando tutti i suoi contatti e amici più stretti che potessero credere in lui e aiutarlo ad avere successo.

Nell'ultimo anno, l'impresa era cresciuta abbastanza da potergli permettere di espandersi e di sperare in un futuro più luminoso. Sfortunatamente, la madre lo supplicò di includere anche il padre e il fratello. Alla fine, il mese precedente, li aveva fatti chiamare, pagando ancora una volta i loro debiti, per liberarli dalla minaccia della prigione e della vergogna a Londra. Tuttavia, ora erano lì e lo stavano facendo impazzire, con la loro pigrizia e un'egoistica abilità di non considerare nessuno se non loro stessi, mentre spendevano i suoi soldi senza pensieri o preoccupazioni.

Suo padre ruttò. 'Voglio dei soldi, Rafe. Come credi che possa vivere senza?'

'Vai a guadagnarteli.' Rafe indicò la finestra con un braccio. 'Là fuori, gli uomini lavorano tutto il giorno per provvedere alle loro famiglie. Unisciti a loro.'

'Come osi?'

'Oh, oso eccome. Mi prenderò cura di mia madre e di mia sorella, entrambe senza colpe in questo disastro che hai creato, ma tu e Drew non riceverete più un centesimo da me.'

'Che cosa ho fatto io?' Drew si rimise in posizione composta, risollevando la schiena dall'armadietto a cui era appoggiato. 'Mi sono comportato al meglio, da quando sono arrivato in questa dannata città.'

'Non mi mentire così spudoratamente.' Rafe avrebbe voluto strozzare il fratello. 'Credi davvero che non sappia delle tue escursioni notturne alla locanda White Ship e dei tavoli da gioco giù in cantina?'

Drew impallidì e guardò il padre. 'Ho solo bevuto una birra.'

Rafe rispose con una risata sarcastica. 'Mentire non è uno dei tuoi più grandi talenti, fratello, ed è per questo che perdi così rovinosamente ai tavoli da gioco. Tuttavia, mi è stato riferito che ultimamente, o almeno nelle ultime due sere, stai vincendo, ragion per cui, in questo preciso momento, sei di buon umore e non stai strisciando e piagnucolando come nostro padre.'

Barnabas si alzò a fatica. 'Tu, razza di moccioso presuntuoso!' Agitò il suo dito grasso verso il figlio maggiore. 'Comandi me, tuo padre, e Andrew come se fossimo solo due schiavi ai tuoi ordini. Beh, lascia che ti dica, figlio, che ne ho abbastanza. Hai capito?'

'E quale alternativa hai, padre?' Lo provocò Rafe. 'Dimmi, perché sono curioso di saperlo.'

'Io… io… tu…'

'Stai per cadere in rovina di nuovo, padre. Non hai il capitale necessario per ricominciare, e qualunque tipo di entrata stia ancora fluendo nelle tue casse, non è sufficiente, vero? Ma a me non importa minimamente. Vai e porta Drew con te. Io provvederò a mia madre e a Iris senza il tuo aiuto.'

Un timido bussare alla porta li interruppe.

'Sì?' Abbaiò Rafe, infastidito con sé stesso per aver lasciato che le emozioni avessero la meglio su di lui, come accadeva sempre, quando si trattava della sua famiglia.

Pollard, il suo impiegato più anziano, mosse un passo nella stanza. 'Signor Hamilton, signore, c'è una certa signora Kittrick qui per lei.'

Sorpreso, Rafe imprecò sottovoce. Tra tutti i giorni in cui sarebbe potuta arrivare, doveva essere proprio il momento in cui stava discutendo con suo padre. 'Esco subito per accoglierla.'

'Chi è la signora Kittrick?' Sogghignò Drew.

Rafe lo fulminò con lo sguardo, mentre usciva dalla stanza.

Pollard aprì la porta di fronte, quella del suo piccolo ufficio. 'Signora Kittrick, il signor Hamilton.' Poi li lasciò soli.

Rafe tese la mano e sorrise con genuino calore alla donna che aveva conosciuto a casa di Wilton e a cui aveva pensato troppo spesso, da quando aveva lasciato l'Irlanda. 'Sono felice che sia venuta, signora Kittrick, anche se sono sorpreso che sia arrivata così presto.'

Lei gli strinse brevemente la mano, il suo dolce viso pieno di preoccupazione. 'Mi perdoni, signor Hamilton. La mia situazione è cambiata. Non abbiamo più una casa.'

'Questa è davvero una tragedia.' Il cuore gli si spezzò in petto per lei. Quella povera donna aveva sofferto davvero tanto.

'Il signor Wilton mi ha dato i soldi per venire a Liverpool e mi ha detto di venire per incontrarla, non appena arrivata. Ha detto che ha una nave pronta e che possiamo salpare verso il Nuovo Galles del Sud.'

'Sì, corretto, ma non partirà prima di un paio di settimane.' La franchezza della donna lo fece sorridere. Era così diversa da tutte le altre donne che aveva conosciuto in vita sua. Rafe la guardava, chiedendosi il perché la sua presenza lo assorbisse così tanto. Era una povera vedova irlandese con indosso abiti logori e troppo larghi per lei, e sembrava che un vento forte sarebbe bastato a buttarla giù, ma serbava dentro una forza che lui ammirava molto.

Stava per prendere parola, quando sentì delle voci chiassose provenire dal suo ufficio. Si concentrò sulla donna davanti a lui, ancora così magra, i suoi occhi azzurri tormentati, ma col mento sollevato, pronta per la prossima sfida che la vita le avrebbe messo davanti. 'Lei e la sua famiglia state tutti bene?'

'Sì, anche se mia madre non è più la stessa… lasciare casa è stato davvero uno strazio.'

'Infatti, deve essere davvero difficile. Tuttavia, deve pensare al futuro. Salperete sulla Blue Maid verso il Nuovo Galles del Sud tra circa dodici giorni, se l'allestimento sarà completato in tempo.'

Sembrò sconvolta. 'Dodici giorni?'

'Sì, è un problema?'

'Pensavo sarebbe stato prima… ma troveremo sicuramente un posto dove stare fino ad allora.'

Lui si accorse del tono forzatamente allegro che Ellen infuse nella sua voce, non riuscendo però a nascondere il panico nella sua espressione. Senza dubbio, era terrorizzata all'idea di essere in un Paese nuovo senza una casa e senza mezzi per sopravvivere. 'È tutto organizzato, signora Kittrick. Ho un accordo con la locanda Golden Lion. Altri passeggeri alloggeranno lì fino alla partenza della nave. Dica al locandiere il suo nome e che sta arrivando dal mio ufficio. Il Golden Lion è a circa trecento metri da qui, accanto ai cantieri navali Renkin e Smith.'

Lei si rilassò visibilmente. 'Grazie. È un sollievo sapere che abbiamo un posto dove dormire stanotte.'

Lui si rese conto troppo tardi che probabilmente non aveva denaro, se non quello che le aveva dato il signor Wilton. L'aveva finito? Voleva disperatamente aiutarla.

La signora Kittrick raddrizzò le spalle. 'Posso farle una domanda, signor Hamilton?'

'Certo.'

'Ho portato la mia famiglia qui e ho bisogno di sapere cosa ci attende. Ho capito che il viaggio è gratuito, ma devo sapere tutti gli altri dettagli.'

'Ho un socio in affari nel Nuovo Galles del Sud, il signor Emmerson. Credo di averglielo menzionato. Laggiù, ha contatti con il governo, i cui rappresentanti sono ansiosi di ricevere immigrati qualificati. Loro pagano lui, me e ora anche il signor Wilton, perché troviamo queste persone. La colonia ha un disperato bisogno di individui rispettabili, insieme ai traffici commerciali. Vogliono aumentare la popolazione del luogo. Il signor Emmerson mi ha chiesto di inviare persone come voi alla colonia, persone disposte a ricominciare e lavorare sodo in una nuova terra.'

'Quindi, voi lavorate per il governo australiano?'

'Veniamo pagati da loro, ma non lavoriamo per loro, non propriamente. Oltre ai passeggeri, la mia nave trasporterà anche merci, che il signor Emmerson venderà. Possiedo una compagnia di import-export. Il signor Wilton ha acquistato delle azioni. È tutto legale, ve lo assicuro.'

'Capisco.' Sembrava pensierosa, e a lui piaceva che fosse una donna intelligente. Nessun altro passeggero gli aveva posto domande del genere. Le persone che aveva incontrato fino a quel momento sembravano tutte apatiche e spente, ma forse giudicarle non sarebbe stato giusto. Avevano indubbiamente vissuto orrori durante la carestia e ora riuscivano a malapena a sopravvivere. C'era da stupirsi se non erano entusiasti e curiosi? Avevano sopportato abbastanza.

Avrebbe voluto prenderle la mano per rassicurarla, ma si trattenne.

'Questo accordo è del tutto legale, signora Kittrick. Non siete in pericolo. Il signor Emmerson vi aiuterà, una volta arrivati nella colonia.'

'Lo farà?' La speranza illuminò il suo bel viso.

'Sì. Assicurerà un posto dove stare ai passeggeri, finché tutti non troveranno un lavoro e una casa propria.'

'Sembra troppo bello per essere vero.'

Rafe si voltò, quando sentì suo fratello e suo padre litigare. 'Può aspettare qui un momento, per favore?'

Lei annuì e lui la lasciò per tornare nel suo ufficio. Suo padre era in piedi vicino alla scrivania e Drew dietro di lui. Entrambi avevano un'espressione colpevole in volto.

Rafe era furioso. 'È davvero impossibile per voi mostrare un po' di rispetto quando ho ospiti? Vi ho sentito litigare fin dall'altro ufficio.'

'Come osi lasciarci qui per accogliere qualcuno che non è della famiglia?' Gridò suo padre, marciando verso la porta. 'Drew e io non abbiamo bisogno di te. Inoltre, posso prendermi cura da solo di mia moglie e mia figlia.'

Perplesso, Rafe lanciò uno sguardo a Drew, che scrollò le spalle e seguì il padre giù per le scale.

Sospirando, Rafe tornò dalla signora Kittrick. 'Mi perdoni.'

'Dovrei andar via. Le ho già rubato abbastanza tempo e la mia famiglia mi sta aspettando.'

La guardò dall'alto, essendo lei oltre trenta centimetri più bassa di lui. 'Sì, certo. Verrò a trovarla questa sera per assicurarmi che si sia sistemata.'

'È molto gentile da parte sua, davvero.'

Quando l'incantevole signora Kittrick andò via, Rafe tornò nel suo ufficio e si sedette dietro la scrivania. Sia il litigio con suo padre che la vista della signora Kittrick lo avevano turbato. La vedova irlandese aveva catturato la sua attenzione già settimane prima in Irlanda, e non capiva il perché. Ellen Kittrick non somigliava a nessuna delle donne da cui era stato attratto in passato. Perché lei? Perché proprio ora che aveva così tanto altro su cui concentrarsi?

Scacciando via dalla testa gli eventi di quella mattina, aprì il cassetto superiore della scrivania. Aveva molto di cui occuparsi quel giorno, e rimuginare su suo padre o sulla signora Kittrick non lo avrebbe aiutato a portare a termine nulla.

Accigliandosi, notò che il contenuto del cassetto era stato mosso e che il suo portafoglio di pelle era sparito. Una miriade di pensieri gli vorticarono nella mente, tutti contemporaneamente. In quel portafoglio c'erano cento sterline, il denaro da usare per pagare i mercanti con cui aveva dei conti aperti, perché i passeggeri potessero comprare ciò di cui necessitavano, prima di salpare.

Ce l'aveva suo padre. Poco prima, era seduto vicino alla scrivania.

Quella botta lo colpì in pieno petto. Suo padre lo aveva derubato e, ancor peggio, aveva derubato della povera gente in condizioni disperate. Che razza di uomo era? Come avrebbe mai potuto perdonarlo?

Alzandosi, Rafe sapeva che avrebbe dovuto fare ritorno a casa e affrontare suo padre. Avrebbe anche dovuto chiedergli di andarsene. Si rifiutava di avere un ladro sotto il suo tetto, nonostante fosse suo padre.

Nel giro di un'ora, aveva attraversato le strade dell'intera città e raggiunto la casa bifamiliare che aveva comprato a poco prezzo, perché situata ai confini con la zona più povera di Liverpool. Era tutto ciò che poteva permettersi all'epoca, e una casa di lusso non era in cima alla sua lista delle priorità, dovendosi concentrare sul far crescere l'attività. Sua madre la odiava, ma Iris, quando non si prendeva cura della loro madre, cercava di renderla una casa accogliente. Faceva del suo meglio per ambientarsi e adattarsi a una vita molto diversa da quella che aveva prima. L'imbarazzo subito a Londra aveva creato un ostacolo alle sue possibilità di trovare un uomo adatto al matrimonio. Sperava che Liverpool le desse un'altra possibilità, ma Rafe temeva che ora le mancassero la fiducia e l'autostima necessarie.

Nel salotto non c'era nessuno. Un rapido sguardo nella piccola sala da pranzo rivelò che anche quella stanza era vuota. Imprecando, Rafe salì le scale a due a due, pensando che sua madre stava probabilmente riposando, con Iris a prendersi cura di lei, ma nella camera da letto principale non c'era traccia di vita. Stava per uscire dalla stanza, quando notò l'anta dell'armadio aperta. Prima di aprirla del tutto, sapeva già in cuor suo che sarebbe stato vuoto.

Attraversò il pianerottolo e entrò nella stanza che condivideva con Drew. I cassetti erano tutti aperti e vuoti. Anche la camera di Iris mostrava lo stesso scenario.

Scese le scale e entrò nella piccola cucina. La sua cuoca, la signora Flannery, e la cameriera, Susan, erano impegnate a lavare il pesce in un secchio.

'Oh, signor Hamilton, mi ha fatto prendere un colpo.'

'Mi perdoni. La mia famiglia, se ne sono andati?' Pose la domanda, già conoscendo la risposta.

'Sì, signore.' La signora Flannery si asciugò le mani, prese una lettera dal comò gallese e gliela porse. 'La signorina Hamilton mi ha chiesto di darle questa.

La aprì e lesse.

Caro fratello, perdona questo messaggio scritto in fretta, ma nostro padre insiste affinché andiamo via subito, e sto scrivendo mentre faccio le valigie. Non so dove siamo diretti, ma Drew ha lasciato intendere qualcosa riguardo alla Francia. Sai che nostro padre ha un cugino a Parigi. Sospetto che andremo lì. Nostro padre era furioso, quando è rientrato a casa, e nessun tentativo di persuasione, né da parte mia né di nostra Madre, è riuscito a convincerlo a restare. Dice che per lui sei morto, ma non lo sei per me, né per nostra Madre. Farò del mio meglio per prendermi cura di lei in questi tempi incerti e ti scriverò appena potrò.

Con affetto,
Tua sorella, Iris.

· · ·

Aprendo il cassetto della credenza, la signora Flannery indicò una scatola vuota. 'Suo padre ha preso i soldi per la gestione della casa, signore. Non sono riuscito a fermarlo. Avevo conservato un po' di sterline per pagare il macellaio e il fornaio questo pomeriggio. Ha anche preso il servizio di tè in argento che lei ha comprato lo scorso mese per sua madre, insieme ai candelabri d'argento.'

'Non è colpa sua, signora Flannery.' Dal taschino del cappotto, Rafe estrasse del denaro per coprire le spese.

'La signorina Iris e la sua cara madre sembravano molto turbate.'

'Credo che stiano andando in Francia.' Rafe forzò un sorriso. 'A visitare la famiglia a Parigi. A mia madre non piace fare la traversata in barca.'

'Non la biasimo, signore. Può rivelarsi davvero dura.'

Rafe lasciò la cucina e uscì di casa, incapace di articolare un discorso decente con la signora Flannery anche solo per un minuto in più, tanta era la rabbia che lo stava attraversando. Voleva solo colpire qualcosa di duro, preferibilmente proprio suo padre.

CAPITOLO 10

Chiudendo la finestra per tenere fuori la pioggia e il rumore proveniente dalle banchine e dalla strada sottostante, Ellen sorrise a Bridget, che sedeva accanto a lei davanti alla finestra.

'Sta piovendo anche a casa, Mamma?' Chiese sua figlia, osservando le barche sul fiume.

'Certo, e non piove sempre?' Ellen le sistemò una ciocca di capelli sfibrati dietro l'orecchio. Aveva bisogno di una bella lavata. Tutti ne avevano bisogno.

Riona finì di rifare il letto, che era poggiato sul pavimento. Il letto matrimoniale ospitava la Mamma, che dormiva, stremata dalle sue incessanti preghiere. Non aveva parlato con nessuno, da quando avevano lasciato la tenuta Wilton e si rifiutava di guardare Ellen in viso. Non c'era bisogno che parlasse, perché Ellen sapesse che la riteneva colpevole per la morte di Padre Kilcoyne e per la sepoltura indecorosa che aveva ricevuto, e che non gliel'avrebbe mai perdonato, così come non le sarebbe stata perdonata la fuga dall'Irlanda.

Austin e Patrick erano sul pianerottolo a parlare con dei ragazzi dell'altra famiglia irlandese che soggiornava nella stanza di fronte. L'osteria sembrava essere piena di famiglie irlandesi e scozzesi in attesa di imbarcarsi sulla Blue Maid.

'Cosa faremo per dodici giorni?' Chiese Riona, prendendo posto accanto a Ellen e Bridget.

'Stavo pensando di chiedere lavoro da qualche parte qui vicino, per una settimana o giù di lì.' Ellen aveva avuto quell'idea tornando dall'ufficio del signor Hamilton. Si aspettava di imbarcarsi sulla nave entro un giorno o due, non dodici. 'Se tu e io riuscissimo a trovare un lavoro, potremmo comprare ciò di cui abbiamo bisogno o mettere da parte un po' di denaro per quando arriveremo in Australia.'

'Pensavo avessi detto che il signor Hamilton ci avrebbe aiutati a comprare ciò di cui avremmo avuto bisogno sulla nave.'

'Lo farà. Ma il denaro non è mai abbastanza, Riona. Non voglio essere mai più povera in vita mia e farò di tutto per assicurarmi che non lo saremo.' Ellen si alzò e mosse la gonna, controllando se ci fossero eventuali macchie. 'Scenderò a chiedere al locandiere se c'è qualche lavoro che posso fare qui in osteria, e se non c'è, continuerò lungo la strada e chiederò in ogni posto che vedo. Non posso restarmene ferma in questa stanza per dodici giorni.'

'Lo so, ma hai visto i cartelli appesi su alcuni edifici lungo la strada? Dicevano Niente Irlandesi per chi è in cerca di lavoro o alloggio. Non ci vogliono qui.'

'Vuoi darti una calmata? Non resteremo qui per sempre. Proviamo a trovare un lavoro per una settimana, tutto qui. Farò qualsiasi cosa per guadagnare un paio di scellini, pulire, lavare pentole, qualsiasi cosa.'

Riona annuì. 'Allora anch'io andrò lungo il molo e chiederò nelle osterie.'

'Porta con te Austin e Patrick. Anche loro potrebbero trovare lavoro, e fareste meglio a restare insieme. Una donna che cammina da sola è una facile preda in una zona come questa.' Ellen prese la mano di Bridget. 'Tu rimani con la nonna. Non si sente bene e sarai la sua piccola aiutante, se avrà bisogno di qualcosa.'

Bridget si rimise composta. 'Vigilerò su di lei, Mamma.'

'Brava la mia ragazza.'

Al piano di sotto, Ellen si separò da Riona e dai ragazzi e percorse il corridoio stretto e buio verso il retro dell'osteria. Sentiva rumori di botte e grida. Si fermò alla porta della cucina e osservò la stanza viva e in piena attività. Diverse persone erano al lavoro, alcuni intorno a un grande tavolo a preparare cibo, altri a lavare i piatti. Un ragazzo alimentava il forno con del carbone, mentre una giovane ragazza spennava un pollo, che, a giudicare dalla pila di carcasse accanto a lei, non era il primo di cui si era occupata quel giorno.

'Posso aiutarla?' Le chiese un uomo con dei baffi grigi e con indosso un vecchio abito logoro, mentre passava portando un cesto di pesci.

'Sono venuta a chiedere lavoro per una settimana, giorno più, giorno meno. Alloggiamo di sopra.'

'Ehi, Edith,' L'uomo gridò, rivolgendosi a qualcuno alle sue spalle.

Una donna grassa e imponente si strizzò fuori da un armadio adibito a ufficio e si trascinò verso la cucina.

Ellen la fissò. Non aveva mai visto nessuno così grosso in vita sua. La donna stava sgranocchiando un tortino di maiale, la pasta sfoglia sgretolata sul suo corpetto marrone e troppo teso. Ellen pensò che i bottoni sarebbero potuti saltare da un momento all'altro e colpire qualcuno negli occhi.

'Vuole lavorare. Viene dal piano di sopra,' Disse l'uomo, dirigendosi di nuovo verso il bar.

'Beh, è la prima volta che uno degli ospiti irlandesi chiede di lavorare.' Disse la donna. 'Sono troppo deboli per salire le scale, figuriamoci per lavorare.'

'Parto sulla Blue Maid tra dodici giorni. Alla mia famiglia potrebbe fare comodo qualche soldo in più'

'Appartiene al gruppo del signor Hamilton, vero?'

'Sì.'

'Brav'uomo. Da dove viene?'

'Irlanda.'

'Sì, l'avevo capito. Ho occhi e orecchie. Ma da dove in Irlanda?'

'Contea di Mayo.'

'Mayo?' I piccoli occhi della donna si allargarono nel mezzo del suo volto paffuto.

'Louisburgh.'

'Allora conoscerà anche Westport.'

'Sì, sono partita da lì qualche giorno fa con la diligenza.'

Il viso della donna si aprì in un ampio sorriso. 'Quella è la mia vecchia casa.' Si asciugò le mani sulla gonna e ne allungò una. 'Edith O'Brian.'

'Ellen Kittrick.' Le strinse la mano.

'Sa come servire il cibo?'

'Sì, lo so fare.'

'Prendi quel vassoio laggiù e portalo agli ospiti seduti al tavolo vicino alla finestra, nella sala da pranzo.'

Prendendo un grembiule dal gancio dietro la porta, Ellen raccolse il vassoio carico di piatti di cibo e si mise in cerca dalla sala da pranzo.

Lavorò strenuamente per due ore, più duramente di quanto non avesse mai fatto alla tenuta. Ben presto, i giorni estenuanti che aveva trascorso da quando aveva lasciato casa, uniti alla mancanza di cibo decente, abbassarono i suoi livelli di energia, ma era ben determinata a continuare.

'Signora Kittrick?'

Ellen alzò lo sguardo, mentre puliva un tavolo. Il suo cuore fece un leggero balzo, alla vista dell'affascinante signor Hamilton che attraversava la sala, dirigendosi verso di lei. La sua presenza fece girare alcune teste, perché in pochi nell'osteria potevano dirsi al suo livello. Nessuno lo eguagliava in quanto ad aspetto, statura o eleganza.

'Sta lavorando?' Non nascose la sorpresa nel suo volto.

'Sì, signor Hamilton.'

'Ma è appena arrivata,' Disse incredulo.

'Ogni centesimo è d'aiuto.'

'Le ho detto che le sue spese sono coperte.'

'Capisco, ma avremo ancora bisogno di soldi, specialmente quando arriveremo nella colonia.'

'Certo, tuttavia ha molto da organizzare per il viaggio. Deve acquistare le provviste a fare una visita medica. Come può fare tutto, se deve lavorare?'

'Tra me e mia sorella, ce la faremo, senza dubbio.'

'Ha passato un periodo traumatico. Dovrebbe riposare.'

Lei gli lanciò uno sguardo interrogativo. 'Riposare?'

'Prendersela comoda… raccogliere le forze per il viaggio.'

'Certo, potrò farlo sulla nave.'

Lui estrasse un piccolo opuscolo da sotto al braccio e glielo porse. 'Legga questo. È un resoconto dei viaggiatori che l'hanno preceduta su cosa portare e ciò serve per rendere il viaggio in nave più confortevole. Pensavo potesse aiutarla, quando sceglierete gli articoli nei negozi.'

'Grazie.'

'Forse potrebbe condividere queste informazioni con chi alloggia qui all'osteria e non sa leggere?'

'Sì, lo farò.'

Lui si guardò attorno nella stanza buia e fumosa del bar. 'Preferirei che lei non lavorasse, signora Kittrick. Ha già dovuto sopportare abbastanza e dovrebbe concentrare le sue energie sulla sua famiglia e sul lungo viaggio che la attende.'

Ellen si irrigidì per il rimprovero ricevuto. 'La mia famiglia non ha bisogno che io resti in una stanza tutto il giorno, quando posso stare al piano di sotto a guadagnare qualcosa.'

'Per uno scellino o due? Non ne vale la pena.'

'Mi creda, signore, quando non si ha nulla, qualsiasi cosa vale la pena.'

'Mi perdoni.' Sembrò mortificato. 'Non intendevo dirle cosa fare. Sono semplicemente preoccupato per i miei passeggeri. Voglio che tutti siano in perfetta salute, prima di imbarcarsi. L'Australia ha bisogno di persone forti.'

'Farò in modo che la mia famiglia mangi bene, signor Hamilton. Grazie a lei, avranno un letto al caldo in cui dormire stanotte e del cibo nello stomaco. Ci sta regalando un nuovo inizio. Non la deluderemo.'

'Non ne ho mai dubitato, signora Kittrick.' Di nuovo, le rivolse quel sorriso affascinante che le faceva provare strane sensazioni. 'Sul retro dell'opuscolo è indicato uno dei negozi nelle vicinanze dove può acquistare a credito tutto ciò di cui ha bisogno. Invieranno il conto a me. Lì sanno cos'è necessario e la aiuteranno a scegliere.'

Lei annuì.

'Bene, devo andare…' Esitò lui, come se andarsene fosse l'ultima cosa che volesse fare.

'Forse tornerà?' Chiese lei speranzosa, sentendosi sciocca. Perché mai avrebbe dovuto farlo?

'Tornerò, sì, tra qualche giorno, ma se ha bisogno di me prima di allora, non esiti a venire al mio ufficio.'

'Grazie, signor Hamilton, di tutto.'

Quando andò via, Ellen terminò il suo lavoro con la mente rivolta all'attraente signor Hamilton, finché Patrick non entrò nella locanda.

'La zia Riona e Austin hanno trovato lavoro in una fabbrica di sigari,' Le disse. 'L'uomo non mi voleva. Ha detto che ero troppo piccolo.' Patrick mise il broncio per l'ingiustizia subita. 'Gli ho detto che avevo dieci anni, ma non mi ha creduto. Ha detto che aveva solo due posti.'

Ellen tirò Patrick a sé e lo abbracciò. 'Certo, e non importa, cuore mio. Vuoi aiutarmi?'

Imbronciato, Patrick fece spallucce. 'Posso andare alle stalle, invece? Stanno cambiando i cavalli della carrozza.'

'Sì, ma non essere d'intralcio.' Ellen lo seguì lungo il corridoio e, mentre lui usciva nel cortile dell'osteria, lei si girò ed entrò nella cucina piena di vapore. Il personale era seduto attorno a un piccolo tavolo, mangiando. L'odore del cibo le fece brontolare lo stomaco così forte che gli altri si fermarono per guardarla.

'Non hai mangiato tutto il giorno, vero?' Chiese Edith, alzandosi a fatica e avviandosi verso la cucina. 'Hai perso il pasto di mezzogiorno.'

'Non sono qui per mangiare, ma per guadagnare dei soldi per la mia famiglia.'

'Sciocchezze. Come puoi farlo se non mangi, donna?' Edith fece una smorfia e versò un po' di stufato denso in delle ciotole. 'Quanti siete?'

'Sei, ma mio figlio maggiore e mia sorella sono fuori a lavorare.'

Edith si fermò. 'Non siete come gli altri che sono passati di qui, e questa è la verità.' Mise quattro ciotole piene su un vassoio, insieme a delle spesse fette di pane imburrato. 'Portale su. Mangiate insieme e poi sarai pronta per la ressa serale.'

'Grazie.' Ellen non riusciva a credere a quella gentilezza. Dopo anni di lotte per trovare abbastanza cibo per nutrire tutti i suoi figli, a mangiare qualsiasi cosa riuscissero a trovare a terra o lungo la riva del mare, o gli avanzi della signora O'Reilly al maniero, ora le venivano date delle ciotole di stufato denso, come se non fossero nulla di speciale. Eppure, per Ellen erano preziose come l'oro. Quella sera, i suoi figli sarebbero stati al caldo, ben nutriti e comodi. Sentì gli occhi bruciare, ma lei sbattete le palpebre per trattenere l'emozione. Non poteva indebolirsi piangendo. Se avesse iniziato a piangere, non avrebbe più smesso, perché il ricordo di aver appena seppellito Thomas, Malachy e ora anche Padre Kilcoyne, era difficile da processare.

Al piano di sopra, diede una ciotola a Bridget, poi alla Mamma che però si voltò dall'altra parte. Ellen aprì la finestra e chiamò Patrick perché salisse.

Mentre mangiavano, Ellen continuava a guardare la Mamma, che giaceva sul letto col viso rivolto dall'altra parte, pregando silenziosamente. Il tintinnio delle perline del suo rosario imitava quello dei cucchiai nelle loro ciotole. Forse la Mamma avrebbe mangiato più tardi con Riona e Austin.

Ellen lavorò fino a tarda sera, mentre l'osteria si riempiva di uomini provenienti dal porto, in cerca di una ciotola di cibo caldo e di una pinta di birra. Quando finalmente tornò su per andare a letto, trovò in camera Riona e Austin, così sporchi che sembrava avessero lavorato in una miniera di carbone.

'Com'è andata?' sussurrò Ellen, togliendosi gli stivali logori e massaggiandosi i piedi doloranti. Condivideva il letto con Riona e la Mamma, mentre i bambini dormivano sul materasso adagiato a terra.

'Bene.' Riona finì di pregare e sbadigliò, poi si infilò nel mezzo del letto. 'Era da molto tempo che non lavoravo così duramente. Non riesco nemmeno a pensare, per quanto sono stanca.'

'Vogliono che torniate anche domani?' Ellen recitò una preghiera velocissima e si stese accanto a lei.

'Sì, sia io che Austin. Anche se nessuno ci ha rivolto la parola. Odiano gli irlandesi e specialmente gli irlandesi cattolici. Una donna mi ha sputato sui piedi, quando l'ha scoperto. Un altro uomo ci ha chiamati irlandesi della palude che rubano il lavoro agli inglesi. Temevo che Austin gli tirasse un pugno.'

Ellen si irrigidì. 'Non possiamo permettere che Austin si metta nei guai. Gli parlerò.'

'Non è colpa sua. È difficile essere circondati da persone che ti guardano con odio negli occhi.'

'Avete mangiato?'

'Ci hanno dato una pappa d'avena acquosa. Era disgustosa, ma l'abbiamo mangiata. Abbiamo mangiato di peggio in passato.'

'Domani vi metterò da parte un po' di cibo per quando tornerete.'

Riona si rannicchiò contro Ellen. 'Come sta la Mamma?'

Sussurrò.

'Non si è mossa da questo letto per tutto il giorno, né ha mangiato. Così mi ha detto Bridget.'

'Sono preoccupata.'

'Anch'io, ma presto salperemo verso una nuova vita.'

'Ringraziamo Gesù per questo. Spero solo che l'Australia apprezzi gli irlandesi. Ho pregato la Santa Vergine che sia così.' Riona si fece il segno della croce, poi guardò Ellen di sbieco, quando non fece lo stesso.

Anche Ellen si fece rapidamente il segno della croce, ma non ci mise il cuore. Nell'ultimo periodo, aveva sentito la sua fede vacillare. Non che l'avrebbe mai confessato ad anima viva, ma con tutte le tragedie che aveva vissuto, si chiedeva ce ci fosse davvero un Dio a vegliare su di lei. A volte, sembrava che non fosse così. Non riusciva ad avere una fede cieca, come la Mamma, Riona e Padre Kilcoyne. Essere cattolici poteva andare a loro discapito, una volta arrivati nel Nuovo Galles del Sud. Avrebbe dovuto avvertire la famiglia di non essere così religiosi in pubblico, per salvarsi dal ridicolo.

'Detesto quella fabbrica,' Mormorò Riona, mezza addormentata.

'Resisti solo una settimana o giù di lì, nient'altro. Avremo qualche scellino da portare a bordo della nave.' Quel pensiero piacevole fece cadere Ellen in un sonno profondo nel giro di pochi minuti.

* * *

Prima dell'alba, Ellen era in cucina, pronta per lavorare, prima ancora che alcuni degli altri membri dello staff arrivassero. Edith le versò una tazza di tè e le disse di portare il vassoio alla sua famiglia, prima di iniziare ad aiutare col trambusto della colazione per i viaggiatori in arrivo e in partenza.

Come una regina che dispensa doni, Ellen portò su le ciotole di porridge e una teiera. Riona e Austin mangiarono rapidamente, prima di avviarsi verso la fabbrica. La Mamma rifiutò il cibo e tornò a dormire.

'La nonna è malata?' Chiese Bridget.

'È solo stanca,' Rispose Ellen, impilando le ciotole vuote su un vassoio. 'Sarò giù a lavorare tutto il giorno. Patrick, dì alle altre famiglie che viaggiano sulla Blue Maid che possono venire da me per avere la lista delle cose da dover portare a bordo.'

'Posso leggerglielo io, mamma.' Patrick prese l'opuscolo e lo studiò. Lesse alcune righe. 'Il regolamento riguardante i bagagli dei passeggeri è che solo una scatola o una borsa è consentita in ogni cuccetta, suff… suff… iciente a contenere il guardaroba di due settimane, terminate le quali, si potrà avere accesso ai bauli nella stiva, per sostituire i vestiti usati con quelli puliti. Ogni em… emigrante deve essere provvisto di due bauli, uno grande e uno piccolo, o di una borsa di tela, col loro nome chiaramente marcato sopra. Una borsa da viaggio è molto più utile di una scatola.' Le sorrise per il successo della sua lettura. 'Ora sono bravo quanto Austin a leggere.'

Gli scompigliò affettuosamente i capelli. 'Lo sei, tesoro mio. Padre Kilcoyne sarebbe così orgoglioso. Tutte quelle ore che ha passato a leggere con te hanno dato i loro frutti.'

Mentre si affrettava a scendere, Ellen pensava all'opuscolo e alla lista delle cose che doveva comprare e organizzare per la nave. Stava facendo la cosa giusta continuando a lavorare, quando c'era così tanto da fare? Desiderava che la sua Mamma tornasse quella di prima, perché aveva bisogno di lei. Mamma, con l'aiuto di Patrick e di Bridget, avrebbe potuto facilmente iniziare a rinvenire le cose necessarie nei negozi indicati dal signor Hamilton.

Per un fugace momento, si chiese se lo avrebbe visto presto di nuovo, ma poi scacciò il pensiero dalla mente. Non aveva tempo per pensare al signor Hamilton. Un gentiluomo come lui non l'avrebbe degnata di uno sguardo e, inoltre, anche se l'avesse fatto, a cosa sarebbe servito? Sarebbe partita agli inizi di novembre.

L'odore della birra stantia le fece arricciare il naso, mentre puliva i tavoli e spazzava via i detriti della notte precedente.

Con il passare delle ore, l'osteria si affollò sempre più di clienti, portuali senza lavoro, marinai in licenza sulla terraferma e stranieri in attesa di imbarcarsi sulle loro navi. Arrivarono altre persone, principalmente irlandesi, in attesa della partenza della Blue Maid, e Ellen parlò con loro, guadagnandosi rapidamente la loro fiducia parlando in lingua irlandese, invece che in inglese, il che li aiutò a calmare un po' i nervi.

Per il resto della settimana, Edith diede piccoli compiti a Patrick, che consistevano principalmente nel portare vassoi di cibo nelle camere, dove si accollò la grande responsabilità di leggere l'opuscolo per coloro che non sapevano farlo da soli.

La sera del suo quinto giorno di lavoro, Ellen fu esonerata dai suoi doveri e piena di gratitudine, salì al piano di sopra con un vassoio di cibo che Riona e Austin avrebbero mangiato più tardi. Patrick e Bridget erano sul pianerottolo a parlare con gli altri bambini, ma la Mamma era ancora sdraiata sul letto, occhi chiusi, e rosario stretto tra le mani.

'Vuoi che ti porti qualcosa da mangiare, Mamma, o da bere?' Chiese Ellen, in piedi accanto al letto, guardando giù verso la sua genitrice che stava deperendo.

La Mamma si rifiutò di risponderle.

In segreto, Bridget disse a Ellen che, quando erano sole, la nonna beveva tè freddo e masticava un po' di pane, ma niente di più, e a malapena pronunciava parole che non fossero preghiere.

'Mamma, abbiamo del cibo. Devi mangiare.' Ellen cercò di incoraggiarla di nuovo.

La Mamma si girò dall'altra parte, a fronteggiare la parete. 'Non devo far altro che morire e essere accolta tra le braccia della Santa Madre.'

'Non dire una cosa del genere!' Sospirando frustrata e preoccupata, Ellen versò dell'acqua dalla brocca nel catino e si lavò il viso. 'Forse te la sentirai di scendere domani?' Si rivolse alle sue spalle. 'Possiamo iniziare a comprare ciò che ci serve per il viaggio, sì. Un abito nuovo per te?'

Non ricevendo risposta, si asciugò il viso e guardò fuori dalla stretta finestra che affacciava sopra i tetti. Il sole era tramontato da un'ora. Avrebbe dovuto parlare con Riona, perché persuadesse la Mamma ad alzarsi dal letto.

Austin entrò, visibilmente stanco e coi vestiti sudici. 'Zia Rona è stata costretta a rimanere.'

'Perché?'

'Il signor Lester ha detto che le sue scatole non rispettavano i suoi standard.'

'Tu datti una lavata e poi mangia.'

Austin fece come gli fu detto. 'Il signor Lester è strano, mamma, lo è davvero.'

'Beh, non è irlandese, vero? Quindi è di certo strano.' Sorrise.

Ellen lo osservava mangiare la sua cotoletta di maiale col pane, mentre ascoltava le storie delle persone che lavoravano in fabbrica.

'Sono contento che domani sia il nostro ultimo giorno,' Concluse Austin. 'Non mi piace quel posto e ci odiano tutti.'

'Il vostro ultimo giorno? Non lo sapevo. Riona non me l'ha detto. Avete lavorato solo cinque giorni.' Ellen lo fissò.

'L'abbiamo saputo solo oggi e sono contento di non tornarci. Perché odiano gli irlandesi cattolici, mamma?'

'Non lo so, tesoro.' Il fatto di essere irlandesi e cattolici si stava dimostrando essere un qualcosa di cui vergognarsi e a Ellen non piaceva che fossero isolati. Avrebbero incontrato gli stessi pregiudizi nella colonia?

Austin estrasse alcune monete dalla tasca e le porse a Ellen. 'Sono stato pagato. Riusciremo a comprare degli stivali nuovi per me?' Sollevò un piede, mostrando la suola del suo stivale che si era staccata, esponendo il piede nudo.

'Il signor Hamilton ha detto che dobbiamo comprare ciò di cui abbiamo bisogno, nei limiti del ragionevole. Avrai degli stivali nuovi.' Gli baciò la testa, mentre si stendeva sul materasso. Presto, si addormentò.

Ellen chiamò Patrick e Bridget e, mentre recitavano le loro preghiere, lei continuò a guardare dalla finestra e dentro la notte, che si faceva sempre più buia. La Mamma non si mosse dal letto, né aprì gli occhi, ma Ellen percepì che era ben consapevole della conversazione intorno a lei.

Non avendo un orologio nella stanza, Ellen ascoltò le campane della chiesa rintoccare otto volte. Non le piaceva il fatto che Riona fosse fuori così tardi. Quando i bambini e la Mamma si addormentarono, Ellen indossò il suo scialle e scivolò fuori dalla stanza.

Al piano di sotto, l'osteria era affollata da uomini, quindi uscì dalla porta sul retro e corse giù per il vicolo buio e umido che fiancheggiava l'osteria. Una nebbia fitta era salita dal fiume e l'aria fredda della notte la fece rabbrividire.

Scandagliò la strada, riconoscendo le sagome nella luce fioca dei lampioni a gas. Un uomo stava facendo i suoi bisogni dietro un muro basso, un cane frugava tra i rifiuti nel canale di scolo, una carrozza a due ruote passava rombando, la sirena nautica di una nave echeggiava lungo il fiume e l'odore del mare si diffondeva nella brezza fredda.

Ellen aveva una vaga idea di dove si trovasse la fabbrica di sigari, grazie alle descrizioni di Austin, ma non era entusiasta del dover vagare al buio per delle strade sconosciute, specialmente nei pressi dei moli, dove gironzolavano le donne della notte, rischiando di essere scambiata per una di loro.

Tirandosi lo scialle sulla testa, Ellen si avventurò più avanti per la strada, in direzione del percorso che Riona avrebbe dovuto seguire, per tornare all'osteria. Sentì un neonato piangere da dentro a una casa. Ombre danzavano nelle luci soffuse che si riversavano dalle finestre. Due uomini le passarono accanto, guardandola con curiosità. Ellen abbassò la testa e alzò il passo. Un gatto saltò fuori da un vicolo, facendola sobbalzare per la sorpresa.

Esitò ad addentrarsi oltre l'angolo della strada successiva. Doveva aspettare lì o tornare indietro? Infreddolita e inumidita dalla nebbia, titubò per un secondo e decise aspettare qualche minuto in più. Riona sarebbe stata contenta di vederla, dopo una giornata così lunga.

Quando le campane della chiesa risuonarono una volta, segnalando la mezz'ora, Ellen si indispettì nei confronti del signor Lester per aver trattenuto Riona così a lungo. Poi, mentre se ne stava in piedi stretta nelle braccia per riscaldarsi, notò una figura ricurva che inciampava fuori dall'ombra e verso di lei. Un brivido di paura percorse la schiena di Ellen. Che cos'era?

Indecisa sul se scappare o avvicinarsi per dare un'occhiata più da vicino, Ellen esitò, finché la figura non emise un gemito sommesso. Ellen si precipitò verso quella persona. 'Posso aiutarti? Sei ferita?'

'Ellen…' Lo scialle scivolò dalla testa della donna.

'Riona!' Ellen abbracciò sua sorella, che le crollò tra le braccia. 'Buon Dio, cos'è successo?'

'Portami… dentro,' Mormorò Riona.

Sostenendo il peso di Riona, Ellen la trascinò lungo la strada e fino all'osteria. Riona non emise alcun suono, mentre Ellen la guidava lungo il vicolo, affiancando una coppia che si baciava nel cortile, fino a raggiungere l'ingresso posteriore.

'Non su. Non ancora,' Pianse Riona. 'Santa Madre, non posso salire dalla Mamma.'

'Allora in cucina.' Ellen entrò nella cucina buia, perché il personale era andato a casa e il cibo era stato chiuso al sicuro per la notte.

Ellen accese una lampada e la posizionò al centro del tavolo, per studiare le ferite della sorella. 'Chi ti ha fatto questo?'

Con delicatezza, Ellen tolse lo scialle a cui Riona era aggrappata, esponendo il suo corpetto strappato. Uno degli occhi di Riona si era gonfiato tanto da sembrare chiuso, e il sangue secco incrostava il labbro spaccato. Aveva lividi intorno alla gola e al collo.

'Erano in cerca di soldi?' Chiese Ellen, versando dell'acqua dal bollitore in una ciotola che trovò su uno scaffale.

'No...'

Una porta si aprì e ancor più luce si riversò da una lampada tenuta da qualcuno all'altezza della testa. 'Cosa sta succedendo qui?' Gridò Edith, con la mano che stringeva un attizzatoio di ferro.

'Sono io, Ellen.'

'Che diamine state facendo?' Edith si avvicinò alla cucina.

'Mia sorella è stata aggredita.'

'Dio ci salvi.' Edith posò la sua lampada su una credenza e appoggiò l'attizzatoio contro il muro. 'Hai bisogno di un medico?'

'No!' Abbaiò Riona dal posto intorno al tavolo dov'era seduta, il viso girato dal lato opposto.

'Ho un unguento nella credenza in alto, vicino alla porta, Ellen. Prendilo, mentre io metto il bollitore sul fuoco.' Edith, vestita di solo una camicia da notte, si affaccendava in cucina, rimestando le braci del fuoco, facendo salire un po' di calore per far bollire l'acqua nel bollitore.

Ellen si sedette di fronte a Riona e, intingendo un panno nell'acqua, le pulì delicatamente il sangue dal labbro, facendola sussultare. 'Chi ti ha fatto questo?'

'Non importa,' Sussurrò Riona, con la voce piena di lacrime.

'Eccome se importa!' Ellen trattenne la rabbia nei confronti dell'aggressore sconosciuto. 'Bisogna denunciarlo.'

'Ha ragione,' Disse Edith dalla credenza da cui estrasse tre tazze. 'Non possiamo permettere che degli uomini se ne vadano in giro ad assalire le donne in questo modo.'

'Partiamo la settimana prossima,' Mormorò Riona. 'Non

andrò dalla polizia.'

'Che mondo è mai questo, dove una donna rispettabile non può camminare per strada di notte, tornando verso casa,' Borbotto Edith. 'È una vergogna, davvero.'

Ellen si concentrò sul lavare il viso e il collo di Riona, notando i graffi e i lividi che le coprivano la pelle. Il corpetto strappato e lo sguardo vuoto nei suoi occhi le fecero temere il peggio. 'Tesoro, ti ha… lui ti ha…?'

'Non voglio parlarne, Ellen.' Riona si rivolse a Edith. 'Posso fare un bagno?'

'Un bagno?' Edith la guardò come se le avesse chiesto una sterlina d'oro. 'Beh, sì… intendo dire, ho un semicupio nel capanno vicino alle stalle.'

'Vado a prenderlo.' Ellen si alzò, ansiosa di fare qualsiasi cosa per poter alleviare il dolore di Riona. 'Vai a letto, Edith. Riempirò io la vasca.'

'Metto a bollire qualche altra pentola d'acqua, prima di andare. I secchi sono pieni. Ho chiesto al tuo piccolo Patrick di riempirli per me questo pomeriggio.' Edith armeggiò rumorosamente con le pentole, e aggiunse altro carbone alla stufa.

Un'ora dopo, Riona sedeva in pochi centimetri di acqua tiepida. Edith era andata a letto, dopo aver preparato una teiera e tagliato per loro alcune fette di torta all'uvetta.

Con delicatezza, Ellen passò il panno sulla schiena pallida di Riona, i nodi della sua colonna vertebrale sporgevano come la cresta di una montagna. Ellen riusciva a contare le costole della sorella con estrema facilità, così come le proprie e quelle dei suoi figli. La carestia e la fame li avevano ridotti in scheletri ambulanti, ma continuavano a vivere, a lavorare, a sopravvivere… a malapena.

I singhiozzi silenziosi di Riona spezzavano il cuore di Ellen, consapevole che la sorella avesse solo bisogno di piangere e che, per ora, non volesse essere confortata.

Ellen continuò a lavarla. Usando il sapone della cucina, le lavò i capelli castani, di una tonalità più scura dei suoi e privi delle sfumature rossastre che Ellen aveva.

Alla fine, con l'acqua che si stava raffreddando, Ellen incoraggiò Riona a uscire e asciugarsi col piccolo asciugamano che Edith aveva fornito loro, mentre Ellen lavava i vestiti della sorella. Sentì il cuore capovolgersi in petto, quando iniziò a lavar via le macchie di sangue dalla sottoveste sottile. Aveva notato del sangue tra le cosce di Riona, quando era entrata nella vasa.

Sua sorella era stata violentata.

CAPITOLO 11

Circondato da una pioggia leggera, Rafe se ne stava sul ponte principale della Blue Maid, accogliendo i passeggeri che salivano a bordo. Aveva trascorso un'ora col capitano Leonards, assicurandosi che tutto corrispondesse alle sue richieste. Il carico, principalmente composto da mobili pregiati, servizi da tè e piatti in porcellana inglese, imballati in dei bauli imbottiti con della paglia, casse di vino, scotch e whisky irlandesi, porto, oltre a rotoli di lino e lana prodotti nelle fabbriche di Manchester, era stato caricato nel corso della settimana e messo al sicuro nella stiva. La colonia aveva un disperato bisogno di prodotti di buona qualità che il Paese non aveva ancora iniziato a produrre, e Rafe era determinato a ottenere una fetta del business di importazione ed esportazione coloniale.

Numerose casse e barili di provviste necessarie per il lungo viaggio erano stati messi in stiva, poiché non erano previste fermate intermedie. Come scimmie che scalano alberi, alcuni membri dell'equipaggio si arrampicavano in alto tra le sartie, controllando che tutto fosse in ordine per la partenza, mentre altri marinai caricavano bagagli e provviste. Il dottor Williams, il medico che Rafe aveva assunto per il viaggio, stava in piedi al parapetto, controllando gli ultimi documenti consegnatigli dall'ufficiale sanitario di terra.

La Blue Maid sarebbe salpata con la corrente serale e ai passeggeri era stata data istruzione di salire a bordo e sistemarsi prima del tramonto. Essendo già trascorso mezzogiorno, con la fila per l'imbarco in crescita sul molo, Rafe si congedò dal capitano e da Donaldson, il primo ufficiale, dicendo che avrebbe cercato di accelerare l'imbarco dei passeggeri.

In fondo alla prima passerella, due marinai controllavano i passaporti e i certificati medici. Rafe strinse la mano a diverse famiglie che si stavano imbarcando sulla prima classe, chiedendo di affrettarsi e augurando loro di godersi il viaggio e di trovare fortuna nel Nuovo Galles del Sud.

I passeggeri di seconda classe erano facili da individuare, perché non indossavano gli abiti di alta qualità della classe superiore, ma non avevano quello sguardo condannato e tormentato dei passeggeri di terza classe. Intimò loro di mettersi in fila dietro i passeggeri di prima classe e augurò loro ogni bene.

Più in fondo sul molo, i passeggeri di terza classe attendevano silenziosamente che i loro documenti fossero controllati, prima di salire lentamente sull'altra passerella, da dove sarebbero stati accompagnati al ponte di terza classe. Alcune donne piangevano sommessamente, mentre i padri nervosi tenevano per mano bambini piccoli e sovraeccitati. Le donne sole si raggruppavano insieme, spaventate per essere le prime a salire a bordo. Rafe porse loro i suoi saluti, mentre la pioggia leggera cessava e, dopo un po' di incoraggiamento, salirono rapidamente sulla passerella.

Rafe cercò la signora Kittrick tra la folla e quando finalmente la vide, i suoi occhi si spalancarono per la sorpresa. Sebbene terribilmente magra, indossava un vestito a strisce smeraldo e nere e un semplice cappello nero. Il suo cuore ebbe un sussulto. Anche se non apparteneva alla sua classe sociale, ai suoi occhi era una donna che non aveva pari. Accanto a lei stavano due ragazzini vestiti con abiti in serge grigio e stivali lucidi, e tenevano per mano una bambina che indossava un abito blu scuro e un nastro rosso nei capelli. La signora Kittrick aveva chiaramente utilizzato l'indennità che aveva ricevuto per comprare nuovi abiti alla sua famiglia.

Osservandola, Rafe si accigliò, quando notò che stava discutendo con una donna più anziana, vestita interamente di nero, che supponeva essere sua madre. Si avvicinò per chiedere se potesse offrire assistenza.

'Ti dico che non partirò e nemmeno Riona!' Urlò la donna più anziana. 'Non puoi costringerci, non puoi.'

'Mamma, è già tutto organizzato. Dobbiamo andare alla colonia e costruirci una nuova vita.'

'Santa Madre di Dio, voglio indietro la mia vecchia vita.'

'Non esiste più! È andata, ridotta in polvere come il nostro cottage, come le persone che amavamo e che sono ora sepolte in delle tombe!'

'Bene, l'Irlanda è ancora la nostra casa e lì staremo meglio che altrove.'

'È troppo tardi.'

'Gesù e tutti i santi! Non voglio più sentirne parlare. Torneremo a Dublino e troveremo lavoro lì, è deciso.'

'È impossibile. Non abbiamo i soldi per tornare, Mamma.'

'Ma ti ascolti quando parli e detti tutte le regole?'

'Sto cercando di fare del mio meglio per tutti noi, Mamma.'

'È colpa tua, Ellen, non ti perdonerò mai. La Vergine Madre è mia testimone, non lo farò. E non sei proprio tu la colpevole di tutto?'

'Mamma, non è giusto,' Disse la donna minuta, Riona, presunse lui, parlando da dietro ai ragazzi con la testa coperta da uno scialle nero.

'Zitta, bambina. Continuerò a parlare finché avrò fiato in corpo.' La Mamma agitò un dito verso Riona, prima di rivolgersi di nuovo a Ellen. 'Hai spinto tuo marito alla tomba precocemente, ci hai negato la possibilità di vivere con Colm, la tua lite col Maggiore ha ucciso mio fratello, l'unico uomo che avrebbe potuto salvarci, e ora siamo qui, in questa terra straniera, con Riona che è stata aggredita! Tu hai causato tutto!' La donna più anziana crollò su una grande borsa, annaspando alla ricerca di aria, la pelle grigia per la stanchezza.

'Basta, Mamma,' Disse Riona. 'Non è colpa di Ellen.'

'Lo è e giuro su tutto ciò che è sacro che non la perdonerò mai.'

Rafe incrociò lo sguardo della sorella prima che abbassasse la testa, abbastanza a lungo da notare il viso livido e contuso. Fece un passo avanti. 'Signora Kittrick.'

Lei si girò e per un secondo notò il sollievo nei suoi occhi, mentre gli rivolgeva un sorriso fugace. 'Signor Hamilton.'

Sentì il cuore stringersi per lei, essendo evidente che stesse lottando per convincere sua madre ad affrontare il viaggio. 'Posso essere d'aiuto?'

'No, grazie. Stiamo aspettando il nostro turno per salire a bordo.'

'Posso parlarle in privato?' Si allontanò un po', sicuro che lei lo avrebbe seguito.

'Sì, signor Hamilton?'

Lui si voltò indietro verso la famiglia di lei. 'Sua sorella... sembra che non stia bene?'

'È stata aggredita.' La rabbia lampeggiò nei suoi occhi azzurri.

'Avrebbe dovuto dirmelo. Dove? All'osteria?'

'No, non all'osteria. Non vuole dirmi chi sia stato o dove sia successo. Si rifiuta di parlare della questione. Stava lavorando per il signor Lester alla fabbrica di sigari, in un vicolo vicino al Waterloo Dock.'

'Lavorava?'

'Sì, lavorava. Ogni centesimo che abbiamo guadagnato è un centesimo in più che può aiutarci nel Nuovo Galles del Sud. È stato solo per pochi turni.'

'Mi sembra non ne sia valsa la pena.' Vedendo le labbra di lei serrarsi per la rabbia, desiderò non aver espresso la sua opinione. Non aveva bisogno di aggiungere altro alle sue preoccupazioni. 'Mi perdoni. Non la sto giudicando.'

Le sue spalle si afflosciarono. 'Quando non si hanno soldi, signor Hamilton, ogni centesimo guadagnato vale la pena. Certo, non mi aspettavo che mia sorella sarebbe stata aggredita.'

'Ovvio che non se lo aspettava. Nessuno se lo aspetterebbe. Crede che il signor Lester sia il colpevole?'

'L'ha trattenuta tardi l'altra notte, e l'ho ritrovata piena di ferite e… e…'

Lui si passò una mano sul viso, capendo all'istante cosa stesse cercando di dire. Si sentì malissimo. Erano sotto la sua protezione. 'Avrebbe dovuto venire da me subito.'

'Non mi ha permesso di farne parola con nessuno.' La signora Kittrick si sistemò la gonna. 'Edith, che gestisce l'osteria, è stata davvero gentile. Mi ha aiutata a trovare ciò di cui avevamo bisogno per il viaggio, poiché Riona non ha voluto lasciare la stanza fino a stamattina.'

'Vorrei averlo saputo.' Scosse la testa, dispiaciuto che quella brava donna e la sua famiglia avessero patito così tanto.

La signora Kittrick alzò il mento, un fare di determinazione ben chiaro nel suo sguardo. 'Farò di tutto per ovviare a tutte le disgrazie che ci sono capitate.'

'Non ne ho dubbi, signora Kittrick.' Sorrise lui, apprezzandola immensamente.

'Sono felice di essere riuscita a incontrarla prima di salpare, signor Hamilton, perché volevo ringraziarla dell'assegno che ci ha dato per comprare i vestiti. Per la prima volta da anni, abbiamo abiti e stivali nuovi. Bridget non aveva mai avuto degli stivali prima d'ora…'

Rafe fissò intensamente il suo bellissimo volto che, nonostante l'estrema magrezza, possedeva una bellezza eterea che risplendeva tra la folla. Con una dieta più sana e degli abiti più belli, sarebbe stata assolutamente splendida. Improvvisamente, desiderò essere lui l'uomo che poteva darle tutto ciò. Eppure, era troppo tardi. Sarebbe partita quel giorno stesso, salpando su una nave che l'avrebbe portata dall'altro lato del mondo. Che sciocco che era stato a sprecare tutto quel tempo con gli affari, quando proprio sotto il suo naso aveva la donna a cui si era affezionato e che voleva accudire. 'Mi scriverà, signora Kittrick?'

'Scriverle?' Gli occhi di lei si spalancarono per la sorpresa.

'Se non è di troppo disturbo. Sarei molto interessato a sapere come ha affrontato il viaggio e com'è Sydney, quando arriverà.'

'Certo, scriverle non sarà assolutamente di disturbo, signor Hamilton, dopo tutto quello che ha fatto per me e per la mia famiglia.' Si guardò intorno ansiosamente. 'Dovrò comprare della carta da lettere, quando arriveremo…'

Lui avrebbe voluto prenderle la mano, ma invece sorrise. 'Vado a comprargliene subito.'

'Oh.' La signora Kittrick lo fissò. 'Ora?'

'Mamma?'

La signora Kittrick guardò giù verso la bambina che le si avvicinava. 'Sto arrivando.'

'Chi è lei?' Chiese Rafe. La bambina assomigliava alla madre, eccetto per i capelli, che erano scuri come le ali di un corvo e non avevano i riflessi ramati della madre.

'Questa è mia figlia, Bridget. Bridget, questo è il signor Hamilton. Stiamo salpando sulla sua nave.'

Bridget lo fissò coi suoi occhi azzurro-grigi, prendendosi un attimo per esaminarlo e giudicarlo.

Rafe si accovacciò davanti a lei. 'Sono molto felice di conoscerti, signorina Bridget.'

'Vieni sulla nave?'

'No, ma vorrei farlo, ora che ti ho conosciuta.'

Lei inclinò la tesa e lo guardò. 'Sarò tua amica, se vuoi?'

'Davvero? Ne sono davvero onorato.'

'Hai un cavallo?'

'No, ora no, ma ce l'avevo qualche anno fa. Si chiamava Phoenix.'

'Quando sarò alta, avrò un cavallo, sì, e lo cavalcherò ogni giorno.'

Rafe sorrise a Ellen. 'Sua figlia ha un vero senso di determinazione.'

Ellen alzò le sopracciglia. 'Ha un vero senso di presunzione, quello sicuramente.'

Rimettendosi in piedi, Rafe notò che la fila si stava muovendo. 'Torno subito.'

Lei annuì e prendendo Bridget per mano, tornò dalla sua famiglia.

Rafe la guardò unirsi alla fila e parlare con sua sorella e poi coi suoi figli. L'istinto gli diceva che era una buona madre. Il ragazzo più grande aiutò la nonna ad alzarsi, mentre Ellen portava le borse sotto la pioggia, che stava ricominciando a scrociare.

Perché quella donna aveva iniziato a significare così tanto per lui? Era estremamente inopportuno. Tirò giù il bordo del cappello e si incamminò lungo le banchine.

* * *

SULLA NAVE, Ellen non sapeva cosa aspettarsi. La piccola imbarcazione che li aveva portati da Dublino a Liverpool si era rivelata angusta e fredda, con passeggeri seduti al buio su degli stretti banchi, mentre attraversavano il Mar d'Irlanda. Ma mentre scendeva i gradini che portavano dal ponte superiore fino alle viscere della nave, cominciò a sentire un senso di terrore crescerle dentro.

Il ponte della terza classe era pieno di letti a castello che si sviluppavano su tre livelli, posizionati su entrambi i lati dello scafo, e al centro era posizionato un lungo tavolo in legno. Gli uomini non accompagnati dormivano in fondo, le famiglie al centro e le donne sole nella parte anteriore.

Il rumore di centinaia di persone che si muovevano in uno spazio angusto e buio risuonava attraverso l'intera imbarcazione in legno. I neonati piangevano e i bambini litigavano, mentre le madri preoccupate cercavano di immaginare i mesi a seguire in quella reclusione.

Ellen e la sua famiglia erano stati collocati in un "gruppo" con i Duffy, un'altra famiglia di Mayo. Ogni gruppo era responsabile della pulizia e della preparazione dei pasti nella propria area. La famiglia Duffy era composta da Seamus, sua moglie Honor e le loro due figlie, Caroline e Aisling, di dieci e otto anni. Le due famiglie si erano incontrare alla locanda il giorno prima, quando l'ufficiale medico era venuto a ispezionarli per dare loro il via libera per l'imbarco.

Situati nella sezione per le famiglie, avevano letti a due piazze e Austin e Patrick erano subito saliti su quello superiore, con Ellen e Bridget su quello centrale, mentre il letto inferiore sarebbe stato per Riona e la Mamma. Tre sacche di tela erano stipate sotto l'ultimo letto e Ellen sapeva che nel giro di pochi giorni, tutti i nuovi articoli che avevano acquistato avrebbero preso l'odore dell'umidità e del mare. I vestiti di ricambio erano nella stiva e sarebbero stati tirati fuori solo due settimane dopo, quando sarebbe stato permesso loro di cambiare abiti.

Tirando fuori dalle borse lenzuola e coperte, cominciò a rifare i letti. Riona si offrì di aiutare, ma Ellen scosse il capo e la Mamma si limitò a ignorarla. Poca luce filtrava dal boccaporto fino alla terza classe e non c'erano finestre, dato che si trovavano sotto al livello del mare. Ellen sapeva che avrebbe passato più tempo possibile sul ponte e dopo le dure parole di sua madre, forse non sarebbe stato un male. Le accuse che la Mamma le aveva mosso contro le risuonavano nella mente. Il dolore era penetrato in profondità.

Avrebbe potuto fare diversamente? Era davvero colpa sua se Malachy e Padre Kilcoyne erano morti? Nel giro di poche settimane, aveva perso tutto, ma lo stesso destino era toccato alla mamma. Le tragiche morti di Nonno, Papà e Thomas erano state solo l'inizio. Senza il pescato del Papà, che li aveva nutriti durante gli anni di carestia, la fine di quelle che erano un tempo state le loro vite felici era arrivata veloce e inesorabile. Quanto del male causato dagli eventi che si erano susseguiti era colpa sua? Con sua madre che la detestava e Riona riluttante a discutere ciò che le era successo, Ellen si sentiva sola, nonostante la folla che la circondava.

Guardò sua sorella e la Mamma, che però non alzarono lo sguardo. Riona sedeva sul bordo del letto inferiore accanto alla Mamma, entrambe intente a pregare stingendo i loro rosari. Per Ellen, quella era solo un'altra fonte di risentimento. La Mamma pregava costantemente e la guardava di sbieco perché lei non faceva lo stesso, ma Ellen non ci riusciva. Il Dio in cui erano stati educati a credere aveva voltato loro le spalle, a tutti loro.

Come poteva permettere una tale devastazione, con le carestie che avevano causato tanto dolore, miseria e morte? Per lei, non aveva senso, e le sue domande fastidiose a volte inquietavano Padre Kilcoyne.

Vivere come un cristiano cattolico in Irlanda sembrava la via più naturale da intraprendere, ma Ellen, ascoltando le conversazioni alla tenuta Wilton e poi alla locanda, aveva scoperto che il mondo esterno considerava i poveri cattolici irlandesi come una sorta di flagello per la società. Non sapeva il perché, ma era determinata a non essere additata più in quel modo.

'Mi legge di nuovo le regole, signora Kittrick?' chiese Honor Duffy, mentre rifaceva i letti, come Ellen.

Ellen trattenne un sospiro. Da quando aveva incontrato la famiglia Duffy il giorno prima, aveva trovato la signora Duffy un po' fastidiosa, ma comunque gentile.

Prendendo l'opuscolo dalla borsa, Ellen lesse ancora una vola le regole che vi erano elencate. 'Numero uno. Ogni passeggero deve alzarsi alle 7 del mattino, a meno che non sia altrimenti permesso dal chirurgo o, se non c'è un chirurgo, dal comandante. Numero due. Colazione dalle 8 alle 9 del mattino, pranzo alle 13, cena alle 18. Numero tre. I passeggeri devono essere a letto entro le 22. Numero quattro. I fuochi devono essere accesi dal cuoco alle 6 del mattino e mantenuti accesi fino alle 19, poi devono essere spenti, a meno che non sia altrimenti indicato dal comandante o debbano essere utilizzati per assistere gli ammalati. Numero cinque. Il comandante deve determinare l'ordine in cui i passeggeri hanno diritto all'uso dei fuochi per cucinare. Numero sei. Tre lampade di sicurezza devono essere accese al crepuscolo, una deve rimanere accesa tutta la notte nel boccaporto principale, le altre due possono essere spente alle 22. Numero sette. Non è permesso in nessun momento e per nessuno motivo l'utilizzo di fiamme libere...'

'Ho comprato delle candele. Che spreco di denaro,' Borbottò la signora Duffy.

'Le conservi per quando arriverà nel Nuovo Galles del Sud', disse una donna dal letto a castello di fronte. 'Io sono la signora Moira O'Rourke, ma può chiamarmi Moira, visto che dovremo vivere insieme. Mio marito è già nella colonia. È andato sette anni fa in catene verso la Terra di Van Diemen, ma è stato graziato e ora è a Sydney. Beh, quantomeno è da lì che è stata spedita l'ultima lettera.'

Alcuni passeggeri vicini sussultarono, poi si allontanarono da Moira, ma Ellen era ben consapevole che alcuni detenuti fossero stati condannati per cose di poco conto, come l'aver rubato del pane per sfamare le loro famiglie. Dopo il matrimonio con Malachy, a causa dei suoi comportamenti dei tempi recenti, insieme al fatto che fosse in qualche modo connessa agli affari segreti di Colm, non poteva di certo scagliare pietre.

Ellen attese che le timide presentazioni nella sezione matrimoniale terminassero e poi continuò a leggere l'opuscolo. 'Numero otto. I passeggeri, una volta vestiti, devono rifare i letti, spazzare i ponti, incluso lo spazio al di sotto dei letti, e gettare la sporcizia in mare. Numero nove. La colazione non può avere inizio finché tutto ciò non sia portato a termine.'

'Gesù, Giuseppe e Maria, siamo in prigione?' ironizzò Moira.

'Numero dieci. Quelli che spazzano devono essere scelti a turno tra i maschi al di sopra dei quattordici anni e devono essere cinque ogni cento passeggeri.'

'Quindi, noi donne non spazziamo?' Chiese confusa la signora Duffy.

'Certo, non ha appena detto che saranno solo gli uomini?' Moira aggrottò la fronte.

Ellen guardò Austin e entrambi sorrisero. 'Numero undici. I letti devono essere ben sbattuti e arieggiati sul ponte e le e le doghe, se non fisse, devono essere rimosse e strofinate a secco e portate sul ponte almeno due volte a settimana.'

'Che mucchio di sciocchezze,' Borbottò Moira, incrociando le braccia sottili sotto il busto altrettanto esile. 'E chi farà tutto questo mentre siamo in mare, sballottati come tappi in un barile?'

'Signora O'Rourke, così spaventerà i bambini.' La signora Duffy sembrò impallidire al solo pensiero.

'Non sarà una passeggiata, signora Duffy. Ho ricevuto tre lettere in sette anni da mio marito e nella prima, diceva che il viaggio era stato un inferno in terra. Gli uomini morivano come mosche.'

'Signora O'Rourke!' La signora Duffy coprì le orecchie di Aisling.

Ellen proseguì rapidamente. 'Numero quattordici. Due giorni alla settimana saranno designati dal comandate per il lavaggio, ma nessun indumento potrà essere lavato o asciugato tra i ponti...'

La signora Duffy aggrottò le sopracciglia. 'Significa che dobbiamo lavare i vestiti sul ponte, davanti a tutti?'

'Sembra sia così, signora Duffy.' Ellen alzò lo sguardo e si stupì alla vista di un piccolo gruppo che si era avvicinato per ascoltarla leggere. In troppi, probabilmente, non sapevano leggere, e lei ringraziò silenziosamente Padre Kilcoyne per i suoi insegnamenti di quando era bambina. La signora Duffy abbassò la voce. 'E durante quel periodo del mese? Come faremo a tenerlo nascosto agli occhi degli uomini?'

'Troveremo un modo, signora Duffy.'

Moira rise. 'Tanto l'hanno già visto tutti.'

'Signora Kittrick.' Il signor Hamilton si fece strada tra la folla verso di lei.

Gli occhi di Moira si spalancarono. 'Oh, cos'hai fatto ora, Ellen, per far sì che il padrone venga fin qua giù a chiamarti?'

'Austin, finisci di leggere questo alla signora Duffy.' Ellen gli passò l'opuscolo con aria di gratitudine e si concentrò sul signor Hamilton, che aveva con sé una grande scatola. 'Allora ci ha trovati.'

Lui non sorrise. Anzi, sembrava arrabbiato. 'Ve la caverete qui giù? Non mi sono reso conto che gli spazi fossero così angusti. Quando ho visitato la nave, era vuota e sembrava grande e confortevole.'

Lei percepì il suo disagio. Un gentiluomo come lui non aveva probabilmente mai visto la terza classe prima di allora o nemmeno pensato in cosa consistesse, e lei si accorse che ciò gli stava causando un certo disagio interiore. Avrebbe voluto farlo sentire meglio, se solo fosse stata in grado. 'Abbiamo superato situazioni peggiori, signor Hamilton, mi creda. Almeno qui abbiamo un tetto sopra la testa e razioni di cibo giornaliere, cosa che non sempre abbiamo avuto la fortuna di avere a casa.'

Lui aggrottò la fronte. 'Non avrei voluto questo per voi.'

'Staremo bene.' Gli rivolse un largo sorrise per alleviare la sua preoccupazione, segretamente felice che fosse così preoccupato per lei.

'Vi ho portato delle cose,' Disse, mentre i ragazzi scendevano dal letto a castello superiore. Anche Riona alzò lo sguardo verso di lui, mentre la mamma teneva la testa bassa, con le preghiere che le fluivano dalle labbra come il fruscio dell'acqua che scorre sui sassi.

Il signor Hamilton posò la scatola sul tavolo. 'Cancelleria, signora Kittrick. Carta, inchiostro, penne e buste da lettere. Non vedo l'ora di leggere i suoi resoconti di viaggio,' Disse, abbastanza forte perché Moira e l'intera famiglia Duffy potessero sentirlo. 'I suoi resoconti personali saranno di grande beneficio per coloro che la seguiranno.' Guardò gli altri passeggeri. 'Se qualcuno di voi desidera scrivermi e raccontarmi del viaggio, sarei molto lieto di avere notizie.'

'Grazie.' Lei aveva capito cosa stesse facendo. Stava trattando quella situazione come una questione di affari, per risparmiarle le domande che avrebbero seguito. L'aveva fatta distinguere tra la folla e ciò avrebbe causato pettegolezzi sulla nave, ma a lei non importava.

Lui le passò gli articoli di cancelleria e lei notò subito la qualità della carta, pensando che avrebbe dovuto fare attenzione a non macchiarla d'inchiostro, mentre gli scriveva.

Voltandosi, tirò fuori altri oggetti. 'E ho pensato che questi invece potessero piacere ai ragazzi?' Consegnò ad Austin e Patrick una piccola borsa di cuoio marrone ciascuno, contenenti dei soldatini di latta, insieme a un piccolo set di vernici e a un pennellino. 'Per tenerli occupati.'

'Grazie, signore.' Austin annuì, mentre Patrick lo aveva lo sguardo pieno di stupore.

Ellen sentì la gola stringersi. Non avevano mai ricevuto un regalo simile in vita loro.

'E per la signorina Bridget.' Tirò fuori una bambola lunga circa trenta centimetri con indosso un vestito rosa e dei nastri gialli tra i capelli.

La bocca di Bridget si spalancò. Iniziò a cullare la bambola delicatamente, quasi fosse fragile come un neonato, poi abbracciò le gambe del signor Hamilton. 'Sapevo che saresti stato mio amico.'

Il signor Hamilton le strinse la spalla. 'Sono onorato di essere tuo amico.'

'È troppo, signor Hamilton,' Sussurrò Ellen, consapevole del pubblico di compagni di viaggio che si stavano chiedendo perché quell'uomo stesse facendo regali alla famiglia.

Come se percepisse il brusio, il signor Hamilton chiuse la scatola. 'Ci sono altre cose lì dentro per lei, sua sorella e sua madre.'

Ellen spinse la scatola sotto il letto inferiore. 'La accompagno al ponte.' Non attese la sua risposta e si fece strada tra le donne non accompagnate, alcune delle quali guardavano Rafe Hamilton con aperta ammirazione.

Una volta sul ponte, il freddo vento invernale e le gocce di pioggia rinfrescarono le guance roventi di Ellen. Non capiva il perché il signor Hamilton avesse comprato loro dei regali e non le piaceva il modo in cui il suo sciocco cuore avesse iniziato a batterle nel petto in risposta alla sua gentilezza.

Tra il trambusto dei marinai che preparavano la nave perché fosse pilotata lungo il fiume e la fretta dei passeggeri dell'ultimo minuto che salivano a bordo, Ellen si avvicinò alla ringhiera e guardò giù verso il molo gremito di merci, persone e trasporti per i cavalli.

'Mi perdoni se l'ho messa in imbarazzo, signora Kittrick,' Disse Rafe Hamilton, in piedi accanto a lei, osservando la scena sotto di loro.

'Non l'ha fatto. Non sono imbarazzata. La sua gentilezza è molto gradita.' Le veniva difficile respirare. Percepiva la sua altezza, la sua forma snella, il taglio e la qualità dei suoi abiti costosi. Un uomo così bello, con denti sani, pelle chiara e la mascella rasata di fresco.

'Volevo semplicemente darle un po' di conforto, dopo tutto quello che lei e la sua famiglia avete sofferto.'

'Non sono la sola a soffrire. Siamo circondati da gente che ha sofferto e continua a soffrire. Tra le persone a bordo, non sono molti coloro che stanno lasciando le loro case perché è ciò che vogliono. La maggior parte di noi non ha scelta, l'alternativa è tra partire per una nuova terra o morire in quella vecchia.'

'Per quanto tragico possa essere, credo che se la caverà nella colonia. Percepisco in lei forza d'animo e determinazione. Ha già superato numerose sfide, a riprova della mia opinione.'

'Creerò un successo dall'opportunità che ci è stata data. Lo devo alla mia famiglia, al signor Wilton e a lei.'

'E a lei stessa,' Aggiunse, guardandola. 'Attenderò con pazienza ogni lettera che mi invierà. Dovrà raccontarmi tutto, positivo e negativo, perché sono tutte informazioni inestimabili, per dare consiglio alle persone che la seguiranno laggiù.' Infilò la mano nella tasca della giacca e ne estrasse una busta. 'Ho scritto questa lettera di referenze per lei. Da consegnare ai futuri datori di lavoro. Presumo che anche il signor Wilton ne abbia scritta una?'

Ellen annuì.

Lui sorrise. 'Allora non dovrà preoccuparsi di non riuscire a trovare lavoro.'

Lei tenne stretta la busta, consapevole del potere che avevano le lettere di referenze. Senza averne, trovare un lavoro poteva rivelarsi quasi impossibile. 'Grazie, anche se queste parole sembrano davvero poco, considerando tutto quello che ha fatto per me e la mia famiglia.'

Un fischio risuonò e i marinai raddoppiarono i loro sforzi, mentre, ancora una volta, la pioggia iniziava a scendere dal cielo grigio.

'Purtroppo, penso sia ora per me di andare.' Il signor Hamilton non accennò una mossa per allontanarsi.

'Vorrei potesse venire con noi,' Sussurrò lei audacemente.

'Anch'io, con tutto il cuore,' Mormorò lui.

Lei lo guardò negli occhi azzurri, il suo stomaco che si contraeva per l'emozione e il terrore. 'Improvvisamente, ho paura.'

'Andrà tutto bene.' Lui prese nelle sue mani guantate quelle nude di lei, con un'espressione abbattuta impressa sul suo affascinante volto. 'Le auguro tutta la fortuna del mondo, signora Kittrick. Buon viaggio.'

Lei strinse le sue mani, desiderando di aver indossato i suoi nuovi guanti, per presentarsi come una vera signora; ma i guanti in pelle che aveva comprato erano stati messi via affinché non si rovinassero, prima di raggiungere la colonia.

Avvertendo la presenza di un legame tra loro, Ellen si sentii felice e triste allo stesso tempo. Avere un gentiluomo come lui per amico era una vera benedizione, eppure il sentimento dolceamaro di sapere che non lo avrebbe mai più visto le causava dolore.

'Grazie di tutto.' Disse dolcemente, incapace di distogliere lo sguardo.

Lui esitò per un lungo momento. 'Se avrà bisogno di me, mi scriva.' Sollevò una delle mani di lei fino a incontrare le sue labbra.

Il brivido del suo tocco le arrivò dritto al cuore. Gli strinse le mani, non volendo lasciarlo andare.

Un altro fischio li separò.

Nonostante la pioggia, Ellen rimase sul ponte e lo guardò stringere la mano al capitano e al primo ufficiale, prima di scendere dalla passerella. Sul molo, lui si voltò e le rivolse un cenno di saluto, che lei ricambiò. Lo seguì con lo sguardo, fin quando non fu fuori dal suo raggio visivo.

CAPITOLO 12

Asciugandosi il sudore dalla fronte, Ellen guardava Bridget giocare a rincorrersi sul ponte con Aisling, Caroline e Patrick. Di fianco a lei, Austin sedeva con un gruppo di ragazzi della sua età, uno dei quali aveva perso la sua sorellina per via della febbre solo il giorno prima e tutti avevano assistito al capitano recitare un breve discorso, mentre il corpo avvolto nella tela veniva gettato oltre il bordo della nave.

Quella scena aveva causato grande scompiglio tra i passeggeri della terza classe. La prima morte sulla nave era arrivata inaspettatamente. Le prime due settimane del viaggio si erano rivelate giornate intere di miseria per la maggior parte dei passeggeri. Il mal di mare aveva fatto ammalare molti, rendendoli incapaci di lasciare le loro cuccette.

Per giorni e giorni, sul ponte della terza classe illuminato a malapena, pieno di persone che gemevano e piangevano, Ellen e Riona avevano aiutato ad alleviare la sofferenza della famiglia Duffy, di Moira e di chiunque altro avesse bisogno di supporto.

Avendo vissuto vicino al mare per tutta la vita ed essendo cresciute navigando sulla barchetta del padre, il mal di mare non aveva colpito Ellen o la sua famiglia, e così avevano trascorso il tempo a prendersi cura degli altri.

Le prime due settimane avevano tenuto Ellen così occupata che non aveva avuto nemmeno il tempo di rimpiangere casa o dolersi per coloro che aveva perso. Compiti come svuotare secchi di vomito, lavare lenzuola e vestiti sporchi, e cercare si persuadere i suoi assistiti a bere qualche sorso d'acqua, la stavano tenendo in attività giorno e notte, lasciandole poco tempo per dormire o per i bambini.

Il dottor Williams si era complimentato molto con Ellen e Riona. Con loro grande sollievo, quando la marea si era calmata, tutti erano ancora vivi, anche se deboli. Moira era tornata ad essere la sua vecchia sé più velocemente degli altri, e poiché aveva lavorato nella cucina di una grande casa in Irlanda, si era offerta di farsi carico della preparazione delle loro razioni di cibo, mentre Riona e Ellen si riposavano.

Nel caldo soffocante, Ellen si sedette su una delle casse vicino alla cambusa, che forniva un piccolo punto d'ombra, e con penna e carta iniziò una lettera per il signor Hamilton.

Caro signor Hamilton,

Oggi l'equipaggio e i passeggeri della Blue Maid hanno celebrato un mese in mare. Per quattro settimane, abbiamo navigato attraverso l'Oceano Atlantico, sfiorando isole rocciose con nomi curiosi, come Tenerife e Capo Verde. Avrei voluto che potessimo fermarci e visitarle, ma so quanto il capitano ci tenga a rispettare i tempi di viaggio.

Tra qualche giorno, raggiungeremo l'equatore e i marinai hanno menzionato che si terrà una cerimonia in onore del suo attraversamento, qualcosa che tutti noi attendiamo con ansia.

Ieri a mezzogiorno, abbiamo incrociato una nave, ma il signor Donaldson, il Primo Ufficiale, ci ha detto che noi stavamo mantenendo una buona velocità, mentre loro stavano viaggiando troppo velocemente, perché potessimo mandare loro una barca. Invece, ha scritto su una lavagna i dettagli del nostro viaggio, per comunicarli all'altra nave. Dopo aver letto la lavagna esposta dall'altra nave, il capitano Leonards ha detto che quella era la Ira Grey e che era a settantanove giorni da Melbourne. Se avessimo potuto fermarci, avrei consegnato loro una nota che le avrebbero potuto spedire.

Avrei dovuto scrivere prima, ma per le prime due settimane, io e mia sorella siamo state occupate sottocoperta ad aiutare i tanti afflitti dal mal di mare. Il Dottor Williams ci è stato molto grato per il nostro supporto.

Mi ha chiesto di scriverle e raccontarle del viaggio. Finora, abbiamo avuto il vento a nostro favore e il tempo è stato buono, o almeno così mi ha detto il signor Donaldson, che ammetto essere una persona molto piacevole, come lo sono anche il capitano e il Dottor Williams. L'equipaggio è molto disponibile e in pochi sono meno disposti a essere gentili con noi, che non abbiamo mai affrontato questo viaggio prima d'ora. Saranno probabilmente stanchi di tutte le domande che facciamo.

Avrei una cosa da dire sui ponti inferiori e soprattutto sulla terza classe. C'è un gran bisogno di luce e aria fresca. Se si potesse creare un sistema per spingere l'aria giù dai boccaporti fino a noi, ciò renderebbe la vita sottocoperta molto più sopportabile.

Si fermò quando i bambini le corsero accanto. Guardando Bridget strillare, mentre Patrick la acchiappava, Ellen sorrise. A bordo, le razioni di cibo regolari avevano fatto crescere i suoi bambini in altezza e avevano aggiunto carne sotto la loro pelle. Erano ancora troppo magri, ma Ellen poteva notare la differenza. Non avevano più quel pallore da ammalati sui volti, gli occhi spenti o i capelli opachi. La vita sulla nave li aveva trasformati. Le giornate trascorse a giocare al sole e a dormire senza uno stomaco vuoto avevano sollevato il loro spirito.

Il cuore di Ellen si gonfiava d'amore per i suoi tre adorati bambini e lei sapeva che, qualsiasi cosa sarebbe accaduta nel Nuovo Galles del Sud, lei aveva fatto la cosa giusta, portandoli via da Mayo, dalla fame, dalla minaccia di una casa di accoglienza e dai fantasmi dei morti.

'Eccoti,' Disse piano Riona, avvicinandosi a lei. Si tenne stretta alla ringhiera, sebbene le vele della nave pendessero inerti nel caldo, senza un alito di vento a gonfiarle.

'Tutto bene?' Ellen si tirò su il suo colletto umido, desiderando di poter nuotare nell'oceano sotto di lei. Ripose i fogli di carta, la penna e l'inchiostro nella piccola borsa di tela che aveva cucito qualche giorno prima.

Gocce di sudore puntellavano la fronte di Riona, il suo sguardo distante, mentre fissava il mare. 'Mi è arrivato il mestruo.

'Anche a me. Tre giorni fa. Per la prima volta da anni. Il Dottor Williams ha parlato con alcune delle donne irlandesi nubili. Non mangiare abbastanza, o morire di fame, per lungo tempo, ferma il corpo dall'avere le menstruazioni. Ora che stiamo mangiando regolarmente, i nostri corpi torneranno alla normalità.'

'Grazie a Dio.' Riona guardò Ellen e si fece il segno della croce. 'Allora qualcosa di positivo è scaturito dai fallimenti dei raccolti e dagli anni trascorsi nella fame, a mangiare solo gli scarti che potevano raccogliere dalla terra e dal mare: mi ha salvata dal portare in grembo il figlio di Lester.'

La testa di Ellen si girò di scatto per la sorpresa. 'Cosa?'

'Non è forse possibile che avrei potuto portare in grembo il figlio di Lester, se il mio corpo fosse stato in condizioni normali e non affamato?'

'Buon Gesù,' Sussurrò Ellen.

Riona fissò di nuovo il mare. 'Dio o il destino, chiunque sia, ha deciso che c'è una giustizia, dopotutto.' Il tono della sua voce era piatto, ed Ellen desiderò essere in grado di cancellare la tristezza dal viso di sua sorella. Voleva vedere Riona sorridere e ridere di nuovo. Quand'era stata l'ultima volta che avevano riso?

'Allora c'è qualcosa per cui essere grati.'

Prendendo un respiro profondo, Riona alzò il viso verso il sole alto nel cielo. 'Ora che so che non c'è nessun bambino, sento di poter respirare di nuovo.'

Ellen prese la mano di Riona. 'Certo, e non hai anche tutta la vita davanti?'

'Mi è stata data una seconda possibilità.'

'A tutti noi è stata data un'altra possibilità, grazie al signor Hamilton.'

'Anche senza di lui, penso che avresti trovato un modo per farci continuare a sopravvivere, come hai fatto negli ultimi anni. Sono grata di averti come sorella.'

Ellen deglutì l'emozione che le parole di sua sorella le avevano suscitato. 'Nella colonia, non ho intenzione di sopravvivere semplicemente. Oh, no. Ho intenzione di farci prosperare. Non mi fermerò, finché non ci riusciremo.' Un nastro d'acciaio intriso di determinazione raddrizzò la schiena di Ellen.

'Se qualcuno può farlo, quella sei tu.'

Non parlarono più, mentre Bridget correva da Ellen per mostrarle un graffio al ginocchio su cui era caduta. Riona abbracciò Bridget e disse che sarebbero andate sottocoperta a pulire la ferita.

Ellen le guardò incamminarsi, prima di cercare i suoi ragazzi sul ponte. Austin era ancora seduto col suo gruppo di amici, mentre Patrick era steso a pancia in giù a giocare con i suoi soldatini di latta. Ogni volta che vedeva quei soldatini, pensava al signor Hamilton. Non che fossero l'unica cosa a ricordarle di lui.

La scatola che lui aveva donato loro conteneva anche saponi profumati, articoli che Ellen non aveva mai utilizzato in vita sua per lavarsi e così preziosi che si rifiutava di usarli, preferendo invece servirsi dei piccoli cubi di sapone che venivano forniti con le loro razioni.

Oltre al sapone, c'erano anche un piccolo kit da cucito e sei fazzoletti bianchi, sui quali Riona aveva iniziato a ricamare le iniziali di ogni membro della famiglia. In fondo alla scatola, c'erano tre libri, altri oggetti che Ellen non aveva mai posseduto. I libri erano oggetti di meraviglia, cose che solo i ricchi possedevano. Anche Padre Kilcoyne ne aveva posseduti solo pochi, oltre alla Bibbia.

Nella debole luce della sua prima notte sulla nave, Ellen aveva girato delicatamente, con reverenza e quasi timorosa di toccare quei fragili fogli, le pagine di Canto di Natale di Charles Dickens, Orgoglio e Pregiudizio di Jane Austen e Cime Tempestose di Emily Bronte. Ellen fece tesoro di quei libri come se fossero oro. Aveva chiesto a un marinaio un pezzo di tela e li aveva avvolti per proteggerli dall'umidità e dall'acqua che si infiltravano attraverso le assi di legno dello scafo.

La scatola di oggetti del signor Hamilton le dava un senso di sicurezza. Quei doni preziosi, la piccola somma di denaro che aveva guadagnato e i nuovi vestiti per tutta la famiglia significavano che non era più una donna disperata vestita di stracci.

Nel Nuovo Galles del Sud, avrebbe potuto vendere quegli oggetti per comprare del cibo, qualora fosse stato necessario, ma sperava di non doverlo fare. Avrebbe ricevuto sostegno e alloggio dal signor Emmerson, il che era già un ottimo inizio, e ogni giorno avrebbe camminato per le strade finché non avrebbe trovato lavoro. Niente l'avrebbe fermata. I suoi bambini non avrebbero mai più visto un giorno di fame.

* * *

TRE GIORNI DOPO, nonostante il caldo soffocante, la cerimonia per l'attraversamento dell'equatore si rivelò una giornata di ilarità e divertimento. Un marinaio di alto rango fu vestito da Re Nettuno e presiedette l'evento seduto su una botte. Poiché tutti i passeggeri erano alla loro prima traversata dell'equatore, bagnarli tutti con l'acqua di mare avrebbe preso troppo tempo, così fu deciso che solo alcuni sarebbero stati selezionati da ogni classe.

Con suo grande piacere, Austin fu scelto, e Ellen applaudì, mentre fu fatto sfilare in giro con gli altri tra gli applausi e le risate della folla. Austin sorrise, mentre il secchio d'acqua di mare gli veniva rovesciato sulla testa. Il capo cuoco nella cambusa preparò per l'occasione razioni extra di pane fresco a grana rossa e il capitano permise ai marinai di distribuire un piccolo sorso di rum a tutti.

Mentre le vele della nave si spiegavano in una brezza leggera, i passeggeri ballavano sul ponte al suono di flauti a fischietto e violini, che riproducevano allegre melodie.

Ellen rimase sul ponte tutto il giorno, godendosi i giochi e chiacchierando con gli altri passeggeri. Vedere i suoi figli ridere e giocare con altri bambini le regalava grande gioia. Con il passare dei giorni, i ragazzi diventavano più forti, i loro arti sottili si ispessivano, e Bridget era diventata più graziosa, con quel suo sorriso malizioso che usava su tutti, facendoli cadere sotto il suo incantesimo.

'Mamma si rifiuta di salire,' Disse Riona, prendendo posto di fianco a Ellen, che stava parlando con Moira e la signora Duffy.

Ellen si infastidì, ma cercò di non darlo a vedere. 'Che rimanga laggiù, allora.' Era stanca della testardaggine di sua madre e del suo rifiuto di partecipare a qualsiasi attività. I bambini avevano perso interesse per la loro nonna, che a mala-pena li guardava.

'È persa nei suoi dolori,' Mormorò Riona. 'Niente la tirerà su di morale.'

'Forse sarà più felice sulla terraferma,' Disse la signora Duffy con tono gentile. 'Siamo tutti ansiosi di scendere da questa nave.'

'Sì, è vero,' Concordò Moira, 'ma restare laggiù al caldo e senza aria è da sciocchi.'

'Devo provare a parlarle?' Chiese la signora Duffy. 'Ieri mi ha rivolto la parola.'

Moira ridacchiò. 'Ti ha detto di lasciarla in pace, Honor.'

La signora Duffy alzò le sopracciglia. 'Mi ha comunque parlato. È la frase più lunga che abbia pronunciato da quando abbiamo lasciato Liverpool.'

Ellen nascose un sorriso. Povera signora Duffy, cercava di essere amica di tutti, che lo volessero o meno. Chiacchierava con chiunque fosse a portata di orecchio, il che significava molti, considerati gli spazi angusti del ponte inferiore. Sebbene non intendesse fare del male a nessuno, il suo chiacchiericcio incessante metteva a dura prova i nervi, quando tutto ciò che si desiderava era un po' di silenzio, una merce davvero rara sottocoperta.

'Guarda quanto sono felici,' Disse Riona, indicando i bambini che correvano sul ponte, urlando mentre giocavano.

'Stanno sempre tra i piedi a tutti,' Rispose Ellen, ma le faceva piacere vederli avere l'energia anche solo per giocare. Non dovevano più lottare per sopravvivere. Austin poteva rilassarsi e godersi l'essere semplicemente un ragazzino, senza doversi assumere la responsabilità di procurare cibo per la sua famiglia.

'Lasciare l'Irlanda è stata la cosa migliore che abbiamo mai fatto,' Disse Moira.

'Parole più vere non sono mai state pronunciate' disse Ellen, credendoci con tutta se stessa.

'Cosa ci aspetterà in Australia, mi chiedo?' Mormorò la signora Duffy. 'Ho paura che soffriremo lo stesso destino di quando eravamo a casa e non riusciremo a trovare lavoro.'

Quel pensiero non aveva mai attraversato la mente di Ellen, tanta era la sua convinzione che la colonia fosse una terra promessa piena di abbondanza. 'Ci creeremo il destino che vogliamo, signora Duffy. Lavorate sodo e avrete successo, così sarà.'

'Vorrei avere la tua fede.'

Riona diede una pacca sul braccio alla signora Duffy. 'Stia con noi, signora Duffy, perché mia sorella ha abbastanza fede per tutti noi.'

Ellen diede una spintarella giocosa a Riona. 'Certo, non è meglio essere positivi?'

'Oh, guarda, c'è un marinaio con una bottiglia di rum.' Moira scomparve tra la folla, decisa a raggiungerlo.

Sconvolta, la signora Duffy la guardò allontanarsi. 'Abbiamo avuto la nostra parte.'

'Dopo aver vissuto con Moira per un mese, dovresti esserti resa conto che è una che coglie le opportunità, quando si presentano.' Ellen apprezzava Moira in questo. La donna aveva leggi tutte sue.

Il dottor Williams passò con una coppia della prima classe e si fermò accanto a Ellen. 'Ah, signora Kittrick, come sta sua madre?'

'Bene, dottore, grazie.'

'Ho provato a parlarle questa mattina, durante la mia ispezione al vostro ponte, ma mi ha ignorato.'

'Mi perdoni, signore. Ha preso molto male il dover lasciare casa.'

Lui annuì consapevole. 'La malinconia è una grande afflizione. È terribilmente magra. Deve recuperare le forze, altrimenti rischierà di ammalarsi.'

'Cerchiamo di farla mangiare, ma accetta davvero poco.'

'La visiterò di nuovo domattina e le parlerò.' Sollevò il cappello in segno di saluto e si allontanò.

Ellen serrò la mascella. Malinconia. La Mamma sarebbe stata furiosa a sentirsi descrivere in quel modo. Si girò verso Riona. 'Torno subito.'

Si affrettò lungo il ponte, accarezzando la testa di Bridget, mentre le passava accanto, per poi infilarsi in una botola per scendere al ponte intermedio, e poi in un'altra ancora, fino ai recessi bui e umidi della terza classe.

Alcuni passeggeri stavano approfittando del fatto che quasi tutti fossero sul ponte superiore, per dormire o sistemare i loro letti, senza il timore di inciampare su bagagli e corpi.

Ellen si diresse verso la sua area e si inginocchiò accanto a sua madre, che giaceva sulla cuccetta inferiore. 'Mamma.'

Nessuna risposta.

'Mamma. Non vuoi venire su con noi? I bambini si stanno divertendo un sacco. Austin è stato innaffiato con l'acqua del Dio Nettuno. Avresti dovuto vedere che spettacolo.'

Le palpebre della Mamma si contrassero nel suo viso magro e scarno.

'Mamma, davvero, non sei stufa di stare qui sotto? Vieni sul ponte e respira un po' di aria fresca. Fa un caldo infernale, ma è sempre meglio dell'aria soffocante in questa fossa oscura. Bridget sarebbe entusiasta di mostrarti tutto. Non vuoi muoverti un po' nemmeno per un'ora?'

La Mamma aprì gli occhi e fissò Ellen. 'Vattene,' Gracchiò.

'Stai male?'

'Vorrei essere morta.'

'Mamma!' Ellen balzò all'indietro sui talloni, allarmata. 'Non abbiamo già perso abbastanza membri della famiglia?'

'Tu, tu hai fatto tutto questo. Voglio tornare a casa.'

'Non c'è nessuno che possa prendersi cura di te a casa, Mamma. Il Nuovo Galles del Sud sarà un posto migliore per noi, te lo prometto. Lavorerò sodo e non ti mancherà mai più nulla.'

'È troppo tardi.' Chiuse gli occhi e tremando, si tirò lo scialle sopra la testa.

Sforzandosi di rimanere paziente, Ellen si alzò. 'Non avrei mai pensato che eri una codarda, mamma. Mi vergogno di te.'

Sospirando, marciò verso la botola e si diresse verso i ponti superiori.

Riona sedeva all'ombra di una tettoia in tela che l'equipaggio aveva eretto per dare un po' di comfort ai passeggeri. Bridget era accanto a lei, insieme ad Aisling, e mentre le due bambine chiacchieravano, Riona guardò Ellen che si chinava sotto la tettoia per unirsi a loro. 'Che stavi facendo?'

'Cercavo di convincere Mamma a venire su.' Il sole stava calando nel cielo, dando loro un po' di sollievo dal calore ardente.

'Sono preoccupata, Ellen. Non è forse troppo debole per sopravvivere al viaggio?'

'Non dire così. Sta mangiando un po' ogni giorno.'

Riona si girò verso le bambine. 'Ha persino smesso di pregare. Cosa faremo?'

'Non lo so, è questa la verità.' Ellen tenne gli occhi sull'orizzonte color arancio, pensando a come potesse migliorare l'umore della Mamma e annientarne lo sconforto.

'Moira dice che dovremmo semplicemente portarla qui su. Chiedere a qualche uomo di portarla su per la botola, perché pesa quasi nulla e venire qui potrebbe darle modo di convincersi che non è poi così male.'

'Mamma mi odierebbe ancora di più.' Ellen sollevò leggermente la gonna per rinfrescare le gambe, mentre un vento leggero si faceva più forte, facendo sbattere le vele sopra le loro teste. Alcuni membri dell'equipaggio erano in alto alle sartie, approfittando del vento per spiegare le vele.

'Vorrei poter dormire qui stanotte,' Disse Ellen piano, chiudendo gli occhi e desiderando di poter nuotare nel mare fresco, come faceva nelle calde giornate estive, quando era bambina.

'Ho sentito alcuni marinai parlare prima,' Disse Riona, mentre intrecciava i capelli di Bridget. 'Dicono che se i venti saranno favorevoli più a sud, potremmo raggiungere l'Australia in otto o nove settimane.'

'Tre mesi in totale, dunque?' Ellen rifletté. 'Arriveremo all'inizio di febbraio.' Pensò al mappamondo del signor Wilton. 'Tutta quella distanza, in poco più di tre mesi.'

'Non è stato così male come pensavo,' Disse Riona, lasciando che Bridget andasse a giocare con Aisling.

'No. Finora ce la siamo cavate bene. I nostri alloggi sono umidi e angusti, ma abbiamo cibo e siamo in salute.'

Riona si fece il segno della croce. 'E siamo insieme.'

CAPITOLO 13

Un tocco sulla spalla destò Ellen da un sonno privo di sogni. Si girò nel letto angusto, cercando di non disturbare Bridget, che si era rannicchiata contro di lei.

'Ellen!' Il brusco sussurrò si fece sentire di nuovo.

Strizzando gli occhi nella luce fioca della singola lampada a olio di balena posizionata vicino alla botola, Ellen si strofinò gli occhi e si svegliò del tutto. 'Riona?'

'Alzati. La Mamma non è a letto,' Il sussurro feroce di Riona le riempì l'orecchio. 'Mi sono svegliata e Mamma era sparita.'

'Probabilmente, sta facendo i suoi bisogni,' Sussurrò Ellen in risposta.

'Sono sveglia da un po' e non è ancora tornata. Durante la notte, usa il vaso sotto il nostro letto, quando tutti dormono.'

Ellen scese dal letto e si avvolse nello scialle, sopra la camicia da notte. Riona afferrò il braccio di Ellen. 'Sarà andata dal dottor Williams?'

'Non dire sciocchezze.'

'Allora, dove può essere?'

'Vestiamoci e andiamo a cercarla. Magari sta prendendo un po' d'aria, ora che non c'è nessuno in giro.'

Tenendo lo scialle ben aperto, Riona proteggeva la privacy di Ellen, mentre si vestiva, e quando ebbe finito, lei fece lo stesso per Riona, anche se a quell'ora del mattino non c'era nessuno sveglio.

Silenziosamente, scivolarono tra i ponti, facendo poco rumore, mentre si arrampicavano su per le scale verso il ponte superiore, dove il cielo blu scuro brillava di stelle che si affievolivano e la brezza era rinfrescante. Una sottile linea grigia all'orizzonte mostrava l'inizio dell'alba, mentre Ellen e Riona si misero alla ricerca sui ponti ombrosi.

'Ehilà,' Un marinaio, che Ellen sapeva chiamarsi Dick Floyd, le salutò uscendo dalla porta che conduceva alla cambusa. 'Perché vi siete alzate così presto?'

'Stiamo cercando la nostra Mamma,' Spiegò Ellen. 'Non è stata bene e pensiamo che sia venuta su a prendere un po' d'aria.'

'Sono stato di guardia nelle ultime quattro ore e non ho visto niente e nessuno,' Disse loro, spingendo indietro il berretto per grattarsi la testa. 'Non è qui.'

'Certo, ma non sarà un problema se diamo un'occhiata in giro, no?' Chiese Ellen, guardandosi intorno. La nave scricchiolava e gemeva, e le vele sbattevano al vento.

Lui si grattò il mento peloso, con aria dubbiosa. 'Beh, state attente, quando camminate. Potreste inciampare lungo il ponte al buio. Non me ne assumo la responsabilità.'

Per un'ora, Ellen e Riona cercarono in ogni angolo e fessura del ponte superiore, prima di decidere di provare su quello intermedio.

Con l'agitazione che cresceva, mentre il sole nascente annunciava un'altra splendida giornata, scesero di nuovo nei dormitori e cercarono tra le aree delle donne non accompagnate e quelle dei coniugati, mentre i passeggeri si risvegliavano e borbottavano.

Ellen svegliò Austin e Patrick, dicendo loro che la Nonna era scomparsa e dovevano cercarla. Assonnati, i ragazzi salirono e iniziarono la loro ricerca.

'Dovrai dirlo al capitano, questo è sicuro,' Disse la signora Duffy, spazzolandosi i capelli castani. 'E se fosse caduta in mare?'

'Non si butterebbe mai giù, giusto?' Chiese Moira, infilando le calze bucate alle estremità. 'Hai detto tu stessa che non si stava comportando in modo normale.'

Riona si girò verso di lei. 'Non sono cose da dirsi!'

Moira alzò le mani in segno di resa. 'Perdonami. Era solo un pensiero.'

'Beh, tieni per te i tuoi pensieri!' Ma quando si voltò di nuovo verso Ellen, gli occhi di Riona si stavano riempiendo di lacrime.

Ellen la abbracciò. 'La troveremo.' Tuttavia, in cuor suo, sapeva che era troppo tardi. Segretamente, i timori di Ellen crescevano, non che l'avrebbe mai ammesso a Riona. Avevano scandagliato la nave per due ore. Com'era possibile che una donna così indebolita dal continuo rifiutare cibo non fosse stata ritrovata ancora?

Ellen trascinò Riona di nuovo sul ponte superiore, mentre la signora Duffy si offrì di occuparsi di Bridget.

Sul ponte, Ellen guardò le vele rigonfie che catturavano la brezza. Gli uomini dell'equipaggio si stavano arrampicando tra le sartie e, mentre la nave si risvegliava, gli odori della colazione si diffondevano nella cambusa.

Le parole di Moira riecheggiavano nella mente di Ellen, mentre si appoggiava alla ringhiera per guardare verso il mare grigio sottostante. Oh, Mamma. Come hai potuto.

'Non si sarebbe mai buttata. Togliersi la vita è peccato,' Mormorò Riona in lacrime. 'Non ci avrebbe mai lasciati di proposito.'

'Mamma ci ha lasciati molto tempo fa, con lo spirito.' Ellen strinse la ringhiera, la verità che si rivelava più velocemente del sorgere del sole nel cielo striato di rosa. La Mamma non era caduta. No, nel suo stato mentale, l'aveva fatto volontariamente.

Mentre Riona continuava a cercare, Ellen rimase alla ringhiera, guardando giù verso il mare, come se questo potesse rivelare la risposta di cui aveva bisogno. La Mamma si era davvero buttata fuori bordo durante la notte? Aveva avuto la forza di tirarsi su attraverso le botole, camminare fino alla ringhiera, sollevare prima una gamba e poi l'altra, fino a bilanciarsi precariamente in cima alla ringhiera?

Aveva gridato, quando era caduta?

Aveva lottato, quando era scivolata sott'acqua?

Aveva cercato di rimanere in vita, rimpiangendo la decisione di aver lasciato le sue figlie e i suoi nipoti?

Oppure se n'era andata serena, silenziosamente?

Era calma e rassegnata al suo destino, mentre scivolava sotto l'acqua, verso la morte?

'Non riusciamo a trovarla, Mamma,' Ansimò Austin, avvicinandosi a lei alla ringhiera. 'Dove altro possiamo cercare? Ho guardato ovunque. Sono persino entrato nel salone della prima classe e ho dato un'occhiata in giro.'

'Grazie, tesoro. Scendi a fare colazione. Porta Patrick con te.'

'Ma dov'è la Nonna?'

Un nodo le salì alla gola. Lo abbracciò. 'Deve essere caduta fuori bordo durante la notte.'

Lacrime riempirono i suoi occhi grigio-azzurri. 'Avrà avuto paura.'

'Adesso è con il Nonno, Thomas e Padre Kilcoyne. Sarà felice. Devi pensare solo a questo.' Gli baciò la guancia.

'Mi mancherà.'

'Mancherà a tutti noi, tesoro.' Lo abbracciò di nuovo. 'Scendi. Vengo subito.'

Di nuovo sola, Ellen fissò l'acqua profonda. Cosa si provava a essere inghiottiti dall'acqua fredda e nera, affondando nelle profondità sottostanti, annaspando alla ricerca di aria, annegando, con l'oscurità a chiudersi sopra di te come un sudario?

'Oh, Mamma.' Ellen rabbrividì, tormentata da quei pensieri. Il dolore le spezzava il cuore.

La brezza irrigidì le vele e la nave prese velocità, facendo scivolare i capelli di Ellen fuori dai fermagli che li raccoglievano. Li sistemò dietro le orecchie e guardò intorno al ponte in cerca di Riona, quando il dottor Williams uscì dal salone della prima classe e si diresse verso di lei.

'Signora Kittrick, suo figlio mi ha informato che sua madre è scomparsa?'

Ellen annuì, non fidandosi delle parole che avrebbe potuto pronunciare.

'L'intera nave deve essere scandagliata. Con il suo permesso, informerò il capitano per lei.' Gli occhi di lui si addolcirono dietro gli occhiali, in segno di solidarietà.

'Grazie.'

'Più persone cercano, più velocemente sarà ritrovata.' Annuì una volta e se ne andò.

Ellen sapeva che la ricerca sarebbe stata inutile.

Molto dopo il suono della campana del mezzogiorno, con tutti impegnati nella ricerca sulla nave, fu chiaro che Bridie fosse caduta o si fosse gettata fuori bordo durante la notte.

Il capitano offrì le sue condoglianze a Ellen e Riona e dichiarò che si era trattato di un incidente. Lo avrebbe dichiarato così sul registro di bordo. Le vele furono ammainate e la nave si fermò per una funzione speciale, guidata dal capitano. Con il cuore in frantumi, Riona piangeva, accompagnata da Patrick e Bridget che la tenevano per la vita, piangendo insieme a lei. Ellen stava dritta, stringendo silenziosamente la mano di Austin, lo sguardo fisso verso l'orizzonte dorato.

Con il sole che tramontava a ovest, l'equipaggio e tutti i passeggeri si affollarono sul ponte superiore per ascoltare il capitano parlare o per offrire qualche parola di conforto, e all'unisono, chinarono la testa e pregarono per l'anima di Bridie O'Mara. Tutti tranne Ellen.

Un senso di rabbia le ribolliva nel cuore, impedendole di piangere. Sapeva che la Mamma si era gettata in mare e non era semplicemente caduta, come la maggior parte credeva. Peccato o no, la Mamma aveva voluto unirsi al Papà nella morte, piuttosto che iniziare una nuova vita in un nuovo Paese.

La Mamma aveva perso la volontà di vivere. Non voleva lasciare l'Irlanda e chiaramente, non voleva intraprendere il viaggio verso la colonia. Morire era la sua unica salvezza. La sua vita non aveva più significato per lei. Non voleva vivere per le sue figlie, né per i suoi nipoti. Il cuore e la mente della Mamma erano rimasti nel suo cottage vicino al mare, a un miglio da Louisburgh e nella sua amata terra, l'Irlanda. La Mamma desiderava ardentemente stare in cielo col Papà, i suoi figli morti e Padre Kilcoyne e nessuno era stato in grado di impedirle di raggiungere quell'obiettivo.

Ellen pregò che la Mamma fosse in pace. Che Dio avesse chiuso un occhio e che anche Lui credesse che fosse caduta nell'oceano nero, la notte scorsa. Ma con il cuore danneggiato da così tante tragedie, Ellen sapeva che non avrebbe mai perdonato la sua Mamma per averle lasciate.

* * *

MAN MANO che il capitano conduceva la nave più a sud, la temperatura scendeva e il vento si affilava in una burrasca. Per accelerare il viaggio, i comandanti ora navigavano nell'Oceano Meridionale più giù di quanto non avessero fatto prima, per raggiungere Quaranta Ruggenti, i venti di burrasca che li avrebbero catapultati attraverso la parte inferiore del mondo, verso la costa orientale dell'Australia.

I marinai spiegarono ai passeggeri quanto fosse importante catturare questi venti, per ridurre il tempo in mare, e dopo settimane passate nel ponte umido e angusto sottocoperta, Ellen era ansiosa che la nave raggiungesse i venti che avrebbero abbreviato il viaggio.

Aggrappandosi al letto centrale, mentre la nave veniva sballottata da un lato all'altro, Ellen cercava di spazzolare i capelli di Bridget con una mano sola.

L'equipaggio aveva portato su tutti i bauli, per permettere ai passeggeri di cambiarsi in abiti puliti, in celebrazione del Natale.

Con gratitudine, Ellen si era cambiata in un vestito in lana blu scuro, una camicia e una sottogonna pulita, mentre i ragazzi avevano indossato pantaloni e camicie di flanella, prima di correre dai loro amici. Bridget danzava nel suo nuovo vestito a righe rosa e bianche, che Ellen immaginò subito si sarebbe sporcato entro un giorno. Andando in giro per i negozi di Liverpool, era stata così entusiasta della novità di poter comprare vestiti che, per un po', il suo innato animo pratico era stato sopraffatto dalla pura gioia di acquistare cose nuove ai suoi bambini.

'Mi sento come una principessa, anche se dovremmo indossare nero per il lutto,' disse Riona, lisciandosi la gonna e il corpetto color ruggine scuro con rifiniture nere.

'Non ho comprato vestiti neri.' Ellen legò rapidamente un nastro rosa attorno ai capelli ebano di Bridget e la mandò a giocare con Caroline e Aisling. 'Ero stufa di indossare vestiti neri.'

'Certo, ed è bello indossare abiti nuovi, anche se sanno di mare e umidità.'

'L'odore se ne andrà presto.'

'In Irlanda, non avremmo mai indossato qualcosa di così fine.'

Ellen le rivolse un sorriso ironico. 'In Irlanda indossavamo stracci. Senza la generosità del signor Hamilton, lo faremmo ancora.'

'Non darò mai per scontata la benedizione che ci è stata concessa.' Riona si chinò e rovistò nel baule. 'Oh.' Tirò fuori una gonna di lana marrone. 'I vestiti della Mamma.'

Il cuore di Ellen si indurì a quella vista. 'Li utilizzeremo quando ci saremo sistemati. Potrai stringerli.'

Riona annuì e spinse i capi in fondo al baule. 'Non riesco ancora a credere che se ne sia andata.'

Ellen non rispose. Nelle poche settimane trascorse dall'incidente, aveva stretto i suoi figli e Riona, mentre piangevano per il dolore, ma non era riuscita a condividerlo. Trovava conforto nel leggere i libri che il signor Hamilton le aveva dato e nello scrivergli lettere. Ne aveva già otto pronte per essere spedite.

Raccolse tutti i vestiti sporchi, li mise in una sacca di tela e la infilò nel baule, prima di chiudere il coperchio. 'Abbiamo un altro cambio per lo sbarco. Quando arriveremo, avremo un bel po' di bucato da fare.'

La nave oscillò violentemente su un lato, facendo rotolare tutto e tutti verso sinistra.

I bauli sbattettero contro letti e gambe. Alcune persone furono colte dalla nausea, con il mal di mare che tornava, dopo la navigazione tranquilla attraverso l'equatore.

Riona si aggrappò al tavolo, mentre alcune donne gridavano allarmate, quando la nave si inclinò dall'altro lato. 'Non mi dispiacerà fare il bucato, perché significherà che siamo riusciti a scendere da questa nave.'

'Dove sono i ragazzi?' Ellen guardò intorno al ponte scarsamente illuminato. 'Non li voglio sopra, con la nave che si agita così tanto.'

Insieme, lei e Riona si sporsero oltre la loro area, per vedere se i bambini fossero andati ai letti dei loro amici per chiacchierare. L'odore di vomito colpì Ellen al naso, mentre chiedeva in giro, nella zona dei celibi.

'Alcuni ragazzi sono sul ponte,' Disse Moira, rientrando nello spazio angusto, mentre Ellen si riavvicinava. 'Li ho visti quando sono uscita dalla cambusa. Oggi, il pranzo è carne di manzo salata e riso, amiche mie. Ma solo se il capitano ci concede di tenere accesi i fuochi. Si sta preparando una tempesta, quindi mangeremo a mezzogiorno, invece che all'una. Vi consiglio di mangiare tutto, perché stasera potremmo non avere la cena.'

Ellen si affrettò verso il boccaporto e si diresse sul ponte superiore, mentre la nave oscillava.

Sul ponte, il vento gelido le tolse il respiro e sciolse i capelli dalle forcine, sbattendoglieli sugli occhi e accecandola. 'Austin! Patrick!' Chiamò, ma la sua voce fu spazzata via sul mare agitato.

I suoi ragazzi erano stati in mare con suo padre molte volte e conoscevano i pericoli di una tempesta; non era stata proprio una tempesta a portare via il loro bisnonno, il nonno e il fratellino, solo pochi mesi prima?

La nave si inclinò di nuovo e il forte frastuono delle onde che colpivano lo scafo coprì le grida dei marinai, mentre sistemavano le vele nelle sartie, che oscillavano pericolosamente al vento.

Girando attorno a un mucchio di casse posizionate vicino alla cambusa, Ellen vide un piccolo gruppo di ragazzi che osservavano l'equipaggio arrampicarsi in alto sul primo albero. La nave si sollevò su un'onda, e i ragazzi esultarono. Onde e schiuma spumeggiante inondarono il ponte.

Spaventata dal pericolo in cui si trovavano, Ellen corse ad afferrare Austin e Patrick per le braccia. 'Scendete sottocoperta, sciocchi, prima di essere spazzati via in mare. Non ho già abbastanza a cui pensare, così come stanno le cose?'

'Ma, mam—' Austin cominciò a protestare, ma lei li tirò bruscamente, mentre un'altra onda si infrangeva sulla prua, bagnandoli tutti di acqua marina.

'Austin Kittrick, sai fare meglio che mettere tuo fratello in pericolo. Andiamo ora!' Si rivolse agli altri ragazzi e urlò nel vento. 'Tu, Hamish, scendi sottocoperta. Tua madre ti sta cercando. Non si sente abbastanza bene da venire qui.' Ellen lanciò un'occhiataccia agli altri due ragazzi, che corsero verso il boccaporto.

'È un inferno lassù,' Disse Ellen agli altri, mentre tornava giù.

'Non vi avventurate, a meno che non sia assolutamente necessario.'

Il pasto di mezzogiorno, quando arrivò, era freddo e poco cotto. Il riso era ancora un po' duro e le mezze tazze di tè appena tiepide.

'Non è il migliore dei miei lavori, ma cucinare è stata una vera fatica, con la cambusa che sbatteva da una parte all'altra.' Moira rise, pungolando il suo piatto di carne e riso. 'Potrei giurare che la maggior parte del cibo è sul pavimento della cambusa e che il cuoco sta imprecando e maledicendo fino a scoppiare, mentre pentole e padelle scivolano ovunque.'

'Hai fatto un ottimo lavoro, Moira,' Disse Ellen. 'Te ne siamo grate, davvero.'

La nave sbandò di nuovo e tutti i piatti e le tazze scivolarono e si scontrarono, trattenuti dal bordo rialzato del tavolo. Molte mani afferrarono ciò che potevano, ma non prima che una tazza di tè nero, fortunatamente freddo, si rovesciasse sul grembo di Bridget.

'Il mio vestito!' Gemette lei, come se si fosse scottata.

Ellen e Riona si affrettarono a calmarla e a tamponare il tè con un asciugamano.

'Lo laveremo, tesoro mio,' Cantilenò Riona.

'Voglio lavarlo ora!' Singhiozzò Bridget, allontanando il piatto risentita.

Ellen le diede una sculacciata sulle gambe. 'Smettila subito con questo atteggiamento, signorina. Mangia. Non voglio vederti sprecare cibo. Ricordi che solo pochi mesi fa non ne avevamo affatto? Mangia e smettila di lamentarti del vestito. Lo laveremo presto.'

'Non essere così dura, Ellen,' Intervenne Riona. 'È piccola e adora il suo vestito nuovo, tutto qui.'

Ellen non rispose, mentre la nave si inclinava nuovamente di lato e le grida riempivano l'aria. La donna che sedeva di fronte a

Moira, la signora Mullen, vomitò il suo pasto in un secchio e l'odore acre si diffuse per tutto il tavolo.

Grata del fatto che avesse già finito di mangiare, Ellen ripulì piatti e tazze, riponendoli nel secchio da portare sopracoperta per lavarli, una volta che la tempesta fosse passata.

'Scommetto che le onde ora sono enormi,' Dichiarò Austin a Patrick.

'Più grandi di una casa!' Aggiunse Patrick.

'Assicuratevi solo di non lasciare questo ponte, finché la tempesta non sarà finita, capito?' Ellen puntò loro il dito contro.

Irritati, i ragazzi salirono sul letto a castello più alto, parlando di onde gigantesche e dei loro marinai preferiti tra l'equipaggio.

'Che c'è che non va?' Chiese Riona.

'Niente.'

'Ti arrabbi troppo facilmente di questi tempi, davvero.'

Ellen si girò verso di lei. 'E perché non dovrei, con tutto quello che è successo? I ragazzi erano sul ponte, mentre si preparava una tempesta, senza pensare minimamente a tenere salva la pelle! Avrebbero potuto essere catapultati fuori bordo in un batter d'occhio.'

'Ma non è stato così,' Disse Riona con calma. 'Li hai trovati, e sono al sicuro.'

'Non dobbiamo perderli di vista. Non posso perdere anche loro.' Ellen si voltò e tirò fuori la scatola che il signor Hamilton le aveva dato. Sarebbe stato troppo difficile finire la sua ultima lettera per lui, ma se fosse riuscita a leggere per un'ora, forse sarebbe riuscita a distrarre la mente dalla tempesta.

Arrampicandosi sul letto a castello di mezzo, Ellen aprì Orgoglio e Pregiudizio, il libro che aveva iniziato a leggere qualche giorno prima sul ponte superiore. Tuttavia, l'oscurità nella stiva offriva una luce così scarsa, da permetterle a stento di vedere le parole.

Ripose il libro nella scatola, proprio mentre la nave si inclinava pericolosamente su di un lato. Le urla furono soffocate dai tremolii e gemiti delle travi della nave.

'Moriremo!' La signora Duffy si fece il segno della croce e cadde in ginocchio a pregare.

'Ricomponiti, Honor,' Sbottò Moira, aggrappandosi saldamente alla cuccetta, mentre la nave sbandava dal lato opposto.

Ellen si sporse fuori dalla sua cuccetta e tese la mano ai ragazzi sopra. 'Scendete qui con me sul mio letto. Potreste essere facilmente sbalzati fuori da quello in alto,' Disse ad Austin e Patrick. 'Riona, riesci a gestire Bridget?'

'Sì,' Rispose Riona, salendo nella sua cuccetta inferiore insieme a Bridget. 'Inventeremo una storia per la tua bambola, vero, tesorino?'

'Dobbiamo togliere le nostre cose dal pavimento.' Ellen gettò frettolosamente i loro pochi oggetti di valore nella cuccetta centrale.

'Austin, metti tutto nella scatola e non lasciarla andare!'

La nave sussultò, sbalzata da un'altra onda. Tutto ciò che non era fissato, andò a sbattere dall'altra parte, inclusi i pitali che non erano stati svuotati. Urina e vomito si sparsero sul pavimento in legno, impregnando coperte, cuscini e vestiti. I bauli recentemente portati su dalla stiva andarono a schiantarsi contro le cuccette e addosso a chiunque fosse stato così sciocco dal rimanere in piedi. I passeggeri che non si erano aggrappati saldamente a qualcosa persero l'equilibrio e si schiantarono contro tavoli e cuccette, sbattendo le ginocchia o la testa. I bambini piangevano e urlavano, mentre i genitori spaventati cercavano di calmarli.

L'acqua del mare iniziò a scorrere lungo le pareti e giù per le scale che conducevano ai boccaporti. Le donne nubili si rannicchiarono tutte insieme, piangendo, mentre l'acqua si accumulava intorno ai loro piedi.

Improvvisamente, il ponte si inclinò verticalmente. Gli oggetti caddero all'indietro, schiantandosi lungo il corridoio tra le cuccette e lungo il tavolo. Seamus Duffy tirò Honor per le ginocchia dentro la cuccetta, giusto in tempo, prima che un piccolo baule le si schiantasse contro. Lei singhiozzò sul petto di lui, mentre le figlie si raccoglievano intorno a loro.

Poi, come fosse rimasta sospesa per un momento, la nave ricadde improvvisamente. Il tonfo sordo, mentre atterrava sulla cresta dell'onda, scosse lo scafo. Le travi scricchiolarono in protesta. Urla squarciarono l'aria, unendosi a suoni di conati e preghiere.

'Di questo passo, andremmo a finire in fondo al mare,' Mormorò Moira, sorridendo a Ellen.

Ellen la fissò; la donna sembrava imperturbabile.

Un forte boato le fece sobbalzare e gridare.

'Che diavolo è stato?' Chiese Moira con gli occhi spalancati.

'I boccaporti! Stanno chiudendo i boccaporti!' Urlò Seamus Duffy, mentre i boccaporti venivano chiusi, immergendoli nell'oscurità, interrotta solo dalla debole luce di tre lampade a olio di balena, una per ogni sezione.

Urla di protesta risuonarono tutt'intorno. I pianti si fecero più intensi e forti.

'Chiudono i boccaporti quando arriva una tempesta, Mamma,' Disse Austin. 'Va tutto bene. Un marinaio mi ha detto che è per impedire all'acqua di entrare nella nave.'

'Certo, andrà tutto bene, vedrai.' Ellen guardò l'acqua coprire impetuosamente il pavimento, sperando che quella fosse la verità. 'Presto la tempesta passerà sopra di noi.'

'Magari potessi leggerci una storia, mamma.' Patrick teneva in mano il libro Canto di Natale.

'Se vedessi abbastanza da poter leggere, lo farei, tesoro mio.' Ellen gli baciò la testa.

Le urla e le grida si fecero più forti, mentre la nave si inclinava violentemente, come se fosse scossa dalla mano di un gigante. L'acqua si infiltrava attraverso le fessure dei boccaporti, e l'odore del mare era intenso nel naso di Ellen, che si teneva stretta al palo di legno della cuccetta, mentre la nave oscillava aggressivamente.

Il rumore di qualcosa che si rompeva sopra le loro teste si aggiunse al caos degli oggetti che venivano scagliati tutt'intorno. Lo scafo gemeva e sussultava, e ancora più acqua iniziò a scorrere giù per le scale. Un bambino fu sbalzato dal letto e sbatté la testa sul tavolo. Sua madre pianse e lo trascinò a sé, mentre il sangue colava dalla ferita.

Ancora una volta, la nave si arrampicò su un'onda, spingendo tutti all'indietro, prima di precipitare giù, facendoli volare in avanti.

Caroline cadde dalla sua cuccetta, che era posizionata accanto a quella di Ellen. Seamus si lanciò verso di lei, solo per poi perdere l'equilibrio e cadere, sbattendo la testa sul pavimento.

Ellen saltò giù per aiutare, scivolando e cadendo sul pavimento bagnato. Raccolse Caroline e la guidò tra le braccia della madre, mentre Seamus scuoteva la testa per schiarirsi le idee.

'Grazie mille, signora Kittrick.'

'Dobbiamo legarci ai pali delle cuccette,' Scherzò Ellen, osservando il bernoccolo che si stava formando sulla sua fronte.

'Non moriremo, vero mamma?' Sussurrò Patrick.

'No, amore mio. Non permetterò che ti accada nulla, te lo prometto.' Ellen pregò di poter mantenere quella promessa.

Per dodici ore, rimasero chiusi nella stiva, mentre il mare li scuoteva come dei sassi sulla spiaggia. Ogni volta che Ellen pensava che il peggio fosse passato, un'altra onda li colpiva. Incoraggiava i bambini a dormire, dato che non c'erano né cibo, né bevande in arrivo ed era troppo buio per dedicarsi a qualsiasi attività.

Finalmente, all'alba di un nuovo giorno, la tempesta si placò gradualmente, finché non fu abbastanza calda da permettere l'apertura dei boccaporti. Una luce debole, insieme a un'aria fredda, filtrarono nei loro alloggi.

Ellen si svegliò rigida e intorpidita, le gambe raggomitolate per dare più spazio ad Austin, a Patrick e alla scatola che aveva tenuto accanto a sé per tutta la notte.

Con cautela, si sedette e fece oscillare le gambe su un lato. L'acqua, profonda qualche centimetro, vorticava sul pavimento. Il violento movimento della nave si era calmato abbastanza da rendere meno pericoloso lo stare in piedi.

L'acqua gelida svegliò Ellen del tutto, quando i suoi piedi toccarono il pavimento. Rabbrividì. Sollevando la gonna, si chinò, notando che Riona e Bridget dormivano ancora.

'Dio santo, che disastro,' Mormorò Moira, uscendo dalla sua cuccetta.

Ellen guardò la distruzione intorno a sé. La gente dormiva in letti umidi, e vestiti e oggetti erano sparsi ovunque. I bauli erano rovesciati, il loro contenuto sparso nell'acqua torbida. L'odore di urina e vomito era così forte che sembrava di sentirlo in bocca.

'La nave avrà bisogno di una bella pulita.' Ellen raccolse una camicia da uomo che giaceva bagnata ai suoi piedi. Stancamente, iniziò a riordinare gli oggetti più vicini a lei, mentre Moira faceva lo stesso. Anche la signora Mullen si svegliò, ma era così debole per via del mal di mare da riuscire a malapena ad alzare la testa.

'Vado su in cucina a prendere delle brocche di acqua fresca, se ce n'è.' Moira si fece strada attraverso il caos, fino al boccaporto.

Ellen raccolse un secchio di rifiuti e lo posò accanto alle scale. Diverse donne nubili si stavano svegliando, gemendo alla vista dei loro alloggi.

Mentre Ellen raccoglieva la biancheria fradicia, il dottor Williams scese le scale e si avvicinò a lei, coprendosi il naso con un fazzoletto.

'Puzziamo così tanto?'

'Terribilmente, mia cara. Come avete fatto a sopportarlo? Era già abbastanza brutto lassù.' Indicò il ponte superiore.

'Non avevamo altra scelta che resistere.'

Il dottore si guardò intorno. 'Una buona lezione da imparare.

Tutto deve essere ben fissato in preparazione alla prossima tempesta.'

'Compresi noi.'

'È spiacevole, ma necessario.' Si incamminò con cautela attraverso il settore delle famiglie, fino a quello degli uomini celibi, dove incoraggiò chi poteva a salire per aiutare l'equipaggio a rimediare ai danni subiti dalla nave.

Ellen lavorò per qualche altro minuto, finché l'urgenza di respirare dell'aria fresca si fece troppo forte. Prese due secchi pieni d'acqua sporca e salì sul ponte superiore. Incontrò Moira in cima alle scale.

'Il cuoco ha acceso i fuochi. Presto avremo del cibo caldo,' disse Moira. Piantando i piedi ben larghi per reggersi, porse una tazza di tè a Ellen.

'Fammi prima liberare di questo.' Ellen, barcollando, uscì sul ponte, sorpresa dal vento gelido. La nave si tuffava tra le onde, rendendo difficile camminare.

La temperatura era scesa rispetto al giorno precedente. Intorno a lei c'erano i detriti della tempesta: casse rotte, tele strappate e corde degli alberi penzolanti. Il cielo sembrava ancora arrabbiato e minaccioso, e onde dalla cresta bianca si alzavano sul mare grigio e indomabile. La nave procedeva più velocemente di quanto non avesse fatto per l'intero viaggio. Le vele erano spiegate e si gonfiavano, catturando il vento e fendendo facilmente l'acqua, come i delfini che avevano visto nuotare qualche settimana prima accanto allo scafo.

Ellen barcollò indietro verso Moira e afferrò la tazza di tè con gratitudine. Anche se faceva così tanto freddo che i denti le battevano, stare su era un grande cambiamento, rispetto al fetido e umido ponte inferiore.

'Quindi, tra poche settimane saremo nel nuovo Paese,' Disse Moira, osservando l'equipaggio sul ponte che si affrettava a sistemare e fissare le casse che si erano allentate.

'Cosa farai quando arriveremo?' Chiese Ellen.

'Troverò mio marito e vedrò se ci piacciamo ancora.' Moira sorrise. 'È passato così tanto tempo che non sono sicura di ricordare com'è fatto.'

'Sei emozionata?'

'Sì. E tu?'

Ellen si sistemò i capelli dietro l'orecchio, pensando brevemente a tutto ciò che aveva lasciato in Irlanda, per poi scacciare il pensiero dalla mente. 'Non sarà bellissimo ricominciare da capo?'

'Sì. Spero di trovare lavoro. Non ho voglia di morire di nuovo di fame, davvero.'

'È sicuro che il signor Emmerson ci aiuterà. Il signor Hamilton ha detto che lo farà.'

'Pensi spesso al signor Hamilton, vero?' Sogghignò Moira. 'Ho visto quante lettere gli hai scritto.'

Ellen finì il tè e restituì la tazza a Moira. 'Penserei bene di chiunque mi aiuti a tenere in vita i miei bambini.' Detto ciò, raccolse i secchi e scese con cautela giù nel boccaporto per continuare le pulizie.

Mentre scendeva le scale verso la stiva, il signor Hamilton rimase nella sua mente, concentrata in particolare sul suo affascinante sorriso. Poi, l'odore nauseante la colpì di nuovo, annullando ogni pensiero piacevole. Quante cose aveva da raccontargli nella sua prossima lettera!

CAPITOLO 14

Per le quattro settimane successive, il capitano condusse la nave attraverso altre tempeste e burrasche. Avvistarono iceberg, ma nessun'altra nave. L'equipaggio parlava di come stavano navigando sempre più giù, fino ad almeno cinquanta gradi di latitudine sud, sfruttando la curvatura della Terra per accorciare la distanza del viaggio. Nonostante il ghiaccio ricoprisse la nave come un sottile manto bianco, il capitano mantenne le vele spiegate. La nave navigava più veloce, divorando la distanza.

Ellen aggiungeva strati ai vestiti dei bambini man mano che la temperatura scendeva sotto zero. I passeggeri si ammalavano di raffreddori e febbri, e i loro vestiti si asciugavano a malapena, prima che la tempesta successiva scendesse e allagasse di nuovo la stiva. Tre passeggeri morirono durante l'ultima furiosa burrasca. Un gentiluomo di prima classe morì di infarto e nella zona delle famiglie, una donna morì di parto, insieme al suo bambino. Furono sepolti in mare, senza una cerimonia, mentre le tempeste si abbattevano sulla nave.

Quelle morti abbassarono ulteriormente il morale dei passeggeri. Dopo due mesi e mezzo in mare, erano stufi dei loro alloggi sporchi e affollati, delle tempeste letali e della mancanza di privacy, del cibo mal cucinato, del mal di mare nelle acque tempestose e delle umide condizioni invernali.

Il Natale e l'alba del nuovo anno, il milleottocento cinquanta-due, fecero ben poco per rallegrare gli animi dei passeggeri, mentre cercavano di andare d'accordo, senza avere un posto dove fuggire.

Ellen non pubblicizzò il suo ventinovesimo compleanno, ma Riona lo disse a Moira e alla signora Duffy, che le fecero gli auguri. Riona riuscì a farle un piccolo regalo, un pezzo quadrato di calicò con un bordo su cui erano ricamati dei fiori e la sua data di nascita. Quel regalo commosse Ellen profondamente. Il fatto che Riona avesse fatto tutto ciò, quando erano in condizioni così deprimenti e senza che Ellen si accorgesse di nulla, aveva significato molto.

Navigarono verso est il più velocemente possibile, spinti dai venti freddi, fino a quando, con grande eccitazione di tutti i passeggeri, il capitano Leonards ordinò di cambiare rotta verso nord-est e di risalire verso i Quaranta Ruggenti, dirigendosi finalmente in direzione della costa meridionale dell'Australia.

Più si avvicinava la fine del viaggio, più Ellen si faceva nervosa ed eccitata. Il cielo finalmente si schiarì, permettendole di portare i letti sopracoperta, insieme ai loro vestiti, per farli arieggiare al sole sul ponte superiore. Gli altri passeggeri fecero lo stesso, e ogni anfratto del ponte era ricoperto di cuscini, lenzuola e abiti lavati. I materassi vennero trascinati all'aperto e finalmente poterono asciugarsi. Il ponte della terza classe, svuotato di tutti gli effetti personali, venne spazzato e lavato. Le cuccette rotte vennero riparate dai carpentieri della nave e il lungo tavolo da pranzo fu lucidato, mentre tutti gli oggetti personali furono messi via.

Ellen sedeva su una cassa sul ponte superiore, cucendo uno strappo nel vestito rosa di Bridget e sorridendo, mentre i bambini giocavano a rincorrersi. Vederli giocare di nuovo al sole le regalava un grande senso di soddisfazione, dopo i giorni di terrificante tempesta in cui sospettava che la nave sarebbe andata a fondo. Essere coraggiosa davanti ai bambini era estenuante, ma mantenne quella facciata di tranquillità, raccontando storie di quando era piccola.

'Questo è l'ultimo dei vestiti appesi.' Riona si unì a lei. 'Le mie calze sono impossibili da riparare, credo, e una delle camicie di Patrick ha una macchia che non riesco a togliere.'

'Non appena troverò lavoro, sostituirò subito tutti i vestiti.' Ellen sollevò l'abito e ispezionò il suo operato.

'Sei sicura che ci sarà lavoro?'

'Sì. Era scritto sul giornale, ricordi? Volevano lavoratori. Non lo scriverebbero, se non fosse vero. Il signor Hamilton mi ha detto che la colonia ha bisogno di gente lavoratrice e di buon costume.'

'E se il signor Hamilton si fosse sbagliato? Dopotutto, la sua compagnia si occupa di merci, non di persone.'

'Le due cose vanno insieme.' Ellen guardò sua sorella. 'Certo, è normale tu sia preoccupata, ma non permetterò che nulla ci impedisca di essere felici.' Ellen sorrise. 'Chissà, potresti trovare marito!'

Riona scosse il capo. 'No. Non dopo Lester. Non voglio nessun uomo, né loro vorranno me. Ma tu potresti sposarti di nuovo.'

Scuotendo la testa, Ellen sospirò. 'No, non mi sposerò di nuovo. Una volta è stata più che sufficiente per me. Voglio avere il controllo della mia vita e dei miei bambini. Voglio essere io a prendere le decisioni.' Guardò i suoi figli, ma la sua mente vagò verso il signor Hamilton. Sposare un gentiluomo le avrebbe fatto cambiare idea, perché un uomo ricco avrebbe tenuto lei e i suoi bambini al sicuro. Ma un'ipotesi del genere non si sarebbe mai concretizzata. Il signor Hamilton apparteneva al passato. Ora, il futuro era ciò che le importava. 'Voglio solo che quei tre siano felici e al sicuro e che non vedano mai la fame.'

'Non vedranno più la fame. Non come a casa, e di certo non se ci sarà così tanto lavoro come dici. Ce la faremo.' Riona guardò in su, mentre un marinaio gridava dall'albero maestro. 'Che ha detto?'

Ellen si alzò e fissò il punto indicato dal marinaio. 'C'è qualcosa in acqua.' Si avvicinò alla ringhiera e scrutò l'oceano.

'Ha detto che è uno squalo.' Riona la raggiunse con gli occhi spalancati. 'Riesci a vederlo?'

'Guarda, mamma.' Austin si avvicinò a lei. 'Li vedi gli squali?'

Con stupore, Ellen guardò affascinata, mentre un gruppo di squali dilaniava la forma bianca e rigonfia di una grande balena. Non aveva mai visto una cosa del genere.

'Magnifico, vero?' Chiese il signor Donaldson, avvicinandosi.

'Non ne sono sicura...' Ellen non riusciva a distogliere lo sguardo dagli squali che laceravano la balena. 'Bocche così grandi e denti che strappano la carne con così tanta facilità.'

'Denti affilati come rasoi,' Aggiunse il signor Donaldson. Guardò verso le vele, che si gonfiarono leggermente. 'Il vento sta calando. Per un po', dovremmo modificare la rotta.' Si strofinò le mani e sorrise. 'Ma farò gettare alcune lenze in mare. Potremmo avere pesce fresco per cena!'

'Purché non catturino uno squalo,' Mormorò Riona spaventata.

'No, signora O'Mara, lo squalo è delizioso.' Si allontanò con passo tranquillo.

Ellen diede una gomitata a Riona. 'Sarebbe un buon marito per te, sai?'

Riona arrossì. 'Zitta.'

'È un uomo buono e onesto.'

Il colore svanì dal viso di Riona. 'Ora non sono forse come merce avariata? Nessun uomo mi vorrà?'

'Ma ti senti quando parli?' Ellen fece una smorfia di disapprovazione. 'Sei stata aggredita. Non è stata colpa tua. Non tutti gli uomini sono il diavolo in persona come Lester. Quando incontrerai un uomo buono e onesto, capirà. E se scapperà, vorrà dire che non era quello giusto per te.'

'Lo fai sembrare semplice, ma non lo è. Il signor Donaldson è un marinaio, Ellen. Vive la sua vita tra i pericoli degli oceani. Non sposerò mai un marinaio. Il mare non mi ha forse già tolto abbastanza? Sarò felice di non vedere mai più una barca o il mare!' Riona si allontanò in fretta dalla ringhiera.

Ellen sospirò e guardò verso l'acqua. Gli squali e il cadavere della balena erano ormai alla deriva, dietro la scia della nave. Non poteva criticare Riona per le sue emozioni. Nonostante avessero vissuto vicino al mare per tutta la vita, Ellen era ansiosa di voltargli le spalle. Dopo quel viaggio, non sarebbe mai più salita su una nave. Avrebbe fatto fortuna o avrebbe fallito nella colonia.

* * *

Due settimane dopo, l'urlo 'Terra' echeggiò per la nave.

Ellen, Riona e i bambini si unirono agli altri passeggeri che si affrettarono verso la ringhiera sul lato di tribordo per il loro primo avvistamento della terra. In lontananza, una linea verde smeraldo macchiava l'orizzonte sotto le nuvole pesanti.

'È l'Australia?' Chiese Austin.

Un marinario che passava si fermò e sollevò la bobina di corda sulla spalla.

'No, ragazzo, quella è King Island. Ma a poppa potresti vedere presto la terraferma, se la nebbia non ci coprirà, cosa che credo accadrà.'

'Quindi, saremo presto a Sydney?' Gli chiese Austin.

'No, siamo ancora a un paio di settimane da Sydney, ragazzo.'

Come profetizzato dal marinaio, una fitta nebbia discese, mentre navigavano attraverso lo stretto di Bass. La temperatura scese leggermente, facendo tremare i passeggeri, che restarono comunque sul ponte superiore, sperando che la nebbia si solle-vasse e potessero vedere la terraferma.

189

Tuttavia, con l'avanzare della giornata, la nebbia si fece più densa. Il capitano ordinò di suonare una tromba a intervalli regolari, perché lo Stretto di Bass era il principale punto di navigazione da Melbourne a Sydney e molte navi solcavano quelle acque agitate.

Calò la notte e stancamente, i passeggeri scesero sottocoperta, delusi di non aver avvistato la terra avvicinarsi.

Per i tre giorni successivi, piovve intensamente. La fonte di acqua dolce che riempì secchi e barili sollevò leggermente gli animi. Avrebbero avuto acqua per lavarsi e per pulire anche alcuni dei loro vestiti, prima di arrivare a Sydney entro pochi giorni. I bambini crearono un gioco, raccogliendo l'acqua con dei bicchieri, gareggiando a chi ne prendeva di più, per poi fare a gara a chi la beveva più rapidamente.

I passeggeri furono ispirati dall'equipaggio a iniziare a pulire le loro cabine e sistemare i loro effetti personali. A turni, i bauli vennero portati su e i vestiti sistemati. Sacchi pieni di rifiuti e oggetti non più necessari furono gettati in mare.

'Mi taglieresti i capelli, Riona?' Chiese Ellen una mattina, quando erano a pochi giorni da Sydney. Ellen aveva ricevuto il loro baule quella mattina e stava sistemando i vestiti. Fu sorpresa da quanto i bambini fossero cresciuti durante il viaggio. I pantaloni di Austin e Patrick erano troppo corti di qualche centimetro e Ellen provò un senso di orgoglio nel vedere che i suoi figli crescevano, grazie a delle razioni di cibo regolari, dopo anni passati a sopravvivere con solo pochi bocconi al giorno.

'Tagliarti i capelli? Sei impazzita?' Gli occhi di Riona si spalancarono per lo shock.

'Non tutti,' Sbuffò Ellen. 'Solo le punte. Sono arruffate e disordinate e voglio fare una buona impressione sul signor Emmerson.'

'Santa Vergine e tutti i santi ci salvino! Certo, e i tuoi capelli saranno sotto il cappello, no? Il signor Emmerson non li vedrà. Legali.'

'Li legherò, ma ho bisogno di spuntarli. Oh, va bene, Chiederò a qualcun altro!' Sbottò Ellen.

'Dammi le forbici!' Riona afferrò le forbici dalla mano di Ellen. Gli animi si facevano più tesi, man mano che ci si avvicinava alla fine del viaggio. Per troppo tempo, erano stati rinchiusi senza poter trovare sollievo in un po' di privacy.

'Solo le punte, mi raccomando.' Avvertì Ellen. Era un fascio di nervi per la tensione.

Nel giro di qualche giorno, avrebbe incontrato il signor Emmerson e molto dipendeva dal se lei gli piacesse abbastanza da aiutarla a trovare un lavoro. Il Nuovo Galles del Sud si sarebbe opposto agli irlandesi cattolici? Avrebbe letto cartelli con scritto Non cerchiamo irlandesi?

Dai discorsi dei marinari, sapeva che a New York e Boston c'erano cartelli simili per le strade. Gli irlandesi erano emigrati lì a migliaia, inondando le città con persone che mendicavano per un lavoro e un alloggio. In alcuni posti, vivevano come topi nelle cantine, chiedendo la carità, o dedicandosi ad attività illegali per tirare avanti. Era questo che li aspettava a Sydney? Aveva commesso un errore? Avrebbe dovuto prima cercare lavoro a Dublino? Almeno lì c'erano i suoi connazionali. O avrebbe dovuto restare a Liverpool vicino al signor Hamilton?

Più si avvicinavano a Sydney, più questi pensieri e preoccupazioni le vorticavano nella mente.

Quando il giorno seguente si sparse la voce che era stata avvistata di nuovo la terra, Ellen corse a guardare. Durante la notte, un vento costante proveniente da sud aveva accelerato il viaggio lungo la costa del Nuovo Galles del Sud e ora che l'alba era sorta, un senso di eccitazione riempì l'equipaggio e i passeggeri, mentre la nave navigava abbastanza vicino alla terra da permettere loro di intravedere una sfumatura verde della costa.

Uccelli bianchi volteggiavano sopra gli alberi della nave; i loro richiami non si sentivano da mesi. Urla di gioia riempirono l'aria, le donne piangevano di felicità, gli uomini si stringevano la mano e i bambini correvano tutt'intorno gridando.

'L'Australia, mamma.' Austin guardava a bocca aperta le scogliere frastagliate. 'Ce l'abbiamo fatta. Abbiamo navigato fin qui.'

Le lacrime riempirono la gola di Ellen. 'Ce l'abbiamo fatta, tesoro.'

Lui guardò Ellen con gli occhi pieni di orgoglio. 'Ci hai salvati, mamma.'

Lei lo abbracciò. 'Non c'è niente che non farei per te e i tuoi fratelli.'

Bridget guardava gli uccelli con meraviglia. 'Guarda, mamma, guarda gli uccelli.'

'Li vedo, tesoro.' Osservando gli uccelli, Ellen notò l'equipaggio occupato con il sartiame. Le vele sventolavano e schioccavano al vento.

Riona stava accanto a Ellen, con le lacrime che le rigavano le guance. 'Se solo mamma fosse in vita…'

'Vive in noi,' Mormorò Ellen, non volendo soffermarsi sulla tristezza, non quel giorno. Batté le mani. 'Bene, muovetevi, abbiamo molto da fare.'

Entro sera, il capitano aveva condotto la nave fino allo sbocco del grande porto e lì, attesero a bordo l'arrivo del pilota. Una forte brezza tirava in loro sfavore, così decisero di aspettare in mare e entrare nel porto il giorno successivo.

L'eccitazione a bordo donava alla nave un'atmosfera carnevalesca, coi passeggeri che cantavano e ballavano sul ponte superiore, sapendo che quella sarebbe stata la loro ultima notte a bordo. Il capitano concesse all'equipaggio e ai marinai una doppia razione di rum e di cibo per cena.

'È felice di sbarcare domani, signora Kittrick?' Chiese il signor Donaldson.

'Sì, lo sono davvero.' Lei sorrise, osservando Patrick far

volteggiare Bridget al suono della musica di un violinista e di qualcuno che suonava un fischietto di latta.

Il signor Donaldson prese una boccata da una pipa. 'Il medico salirà a bordo domattina e visiterà tutti. Fortunatamente, siamo in buona salute, grazie al capitano e alla sua scelta di prendere una rotta più veloce. Le morti sono state poche. Ho affrontato viaggi peggiori, mi creda.'

'Siamo stati davvero fortunati, ma sarò felice di scendere da questa nave e mettere piede a terra. Non vedo l'ora di iniziare la mia nuova vita.'

Moira si avvicinò a loro. 'Non vuole ballare con me, signor Donaldson?'

'Come potrei mai rifiutare, signora?' Rise, prendendole la mano e unendosi agli altri che danzavano sul ponte.

La signora Duffy prese il posto di Donaldson sulla cassa accanto a Ellen. 'Domani inizierà la nostra nuova vita, signora Kittrick.'

Ellen guardò la donna, che nel corso delle settimane era diventata quasi un'amica. 'Sì, è così.'

'Grazie alla Vergine Madre per la sua protezione. Devo dire che sei cambiata molto, negli ultimi tre mesi, ma suppongo che tutti lo siamo.'

'Sono cambiata?' Chiese Ellen. 'In che modo?'

'Sei diventata più bella, signora Kittrick. Il tuo corpo si è riempito. Trascorrere le giornate al sole e non sempre con indosso il cappello ha schiarito i tuoi capelli in un tono ramato.'

'Non potevo indossare il cappello perché temevo che il vento lo portasse via.' Ellen sorrise.

'Non hai sofferto il mal di mare come molti di noi, cosa che, dopo anni di fame, ha quasi finito alcuni di noi.'

'Come ti ho detto, mio padre aveva una barca. Sei emozionata di lasciare la nave, signora Duffy?'

'Non proprio. Oh, sarò felice di scendere dalla nave, ma ho paura di quello che accadrà dopo, sì, ho paura. Seamus ha parlato con alcuni membri dell'equipaggio e con degli uomini celibi che hanno dei parenti in questo Paese. Pare che ci sia lavoro a Sydney. La città si sta espandendo, e Seamus potrà lavorare nei nuovi cantieri.'

'Allora puoi certamente mettere da parte tutte le preoccupazioni.'

'Spero di riuscirci. Mi piacerebbe avere una casetta e occuparmi di qualche gallina.'

Ellen sorrise. 'Galline. Che belle creature sono e così utili per una famiglia. Mi mancano quelle che avevo.'

La signora Duffy rise nervosamente. 'So che mi hai detto di voler cercare lavoro, ma non hai paura di non trovarne, essendo una donna?'

'C'è lavoro, se ci si mette in cerca. Non è come a casa. Qui non c'è carestia. Questo è un Paese nuovo.'

'È ancora governato dagli inglesi. Odiano comunque gli irlandesi. Come possiamo farcela con questo peso sulle spalle?'

Ellen fece una pausa e i suoi occhi si velarono dei sogni che le nuotavano nella testa. 'Avrò successo, signora Duffy. Non passerò mai più un giorno a piangere i dolori della fame, o col portafoglio vuoto e i miei figli saranno felici e sani.'

'È il sogno che tutti condividiamo, signora Kittrick, ma non è sempre facile da realizzare.'

Sollevando il mento, Ellen guardò la signora Duffy con un cipiglio. 'Dedicherò la mia vita a realizzarlo.'

La signora Duffy distolse lo sguardo, come se la passione di Ellen la mettesse a disagio. 'Dobbiamo tenerci in contatto, signora Kittrick, perché i bambini hanno legato molto, sì. Vorrei che Caroline e Aisling sposassero persone che la pensano come noi, dei giovani che appartengono alla fede vera, come Austin e Patrick.'

Ellen si irrigidì. Non voleva che i suoi figli sposassero le ragazze Duffy, i cui genitori non avevano ambizioni. Voleva di meglio per Austin, Patrick e Bridget. 'Questa fede vera potrebbe non portarci il conforto che desideriamo, signora Duffy.'

'Perché mai?' La donna aggrottò le sopracciglia.

'Non inizierò la mia nuova vita incatenata a quei frammenti del vecchio Paese che potrebbero ostacolare il mio successo nella colonia.'

La signora Duffy sussultò. 'Rinunciare alla religione?'

'Se dovrò farlo, lo farò, e la mia famiglia non parlerà più l'irlandese.'

La signora Duffy sembrò sul punto di svenire. 'Santa Vergine Madre. Negare ai tuoi figli la loro chiesa e la loro terra natia?'

Ellen si alzò, godendosi la fresca brezza sul viso, mentre il sole tramontava. Il cielo ardeva di arancione, e l'acqua scintillava come fosse cosparsa di migliaia di gioielli. 'Farò qualsiasi cosa per dare ai miei figli il meglio della vita, signora Duffy.'

* * *

Appoggiandosi alla ringhiera, Ellen respirava un profumo sconosciuto, mentre la nave si faceva lentamente strada verso il porto. Il sole splendeva, bruciando tutti con la sua intensità. Erano stati informati che, in quella parte del mondo, era estate. Estate a febbraio! Suonava ridicolo. Ma il caldo non mentiva ed Ellen aveva sostituito il suo vestito di lana con uno di lino a stampe, insistendo che Riona e i bambini si cambiassero in abiti più leggeri.

Guardava ovunque allo stesso tempo, cercando di assorbire i dettagli di questa nuova casa. Rocce di arenaria spuntavano da scogliere alberate che si affacciavano sull'acqua. Alberi di un verde oliva sottile ricoprivano la terra arida, correndo verso piccole baie e spiagge sabbiose. Tutt'intorno, apparivano piccole capanne in legno, sparse per la radura, prima di essere inghiottite dalla foresta.

Grandi navi, simili a quelle su cui avevano navigato, erano

ancorate in vari punti del porto o si dirigevano verso il mare aperto, probabilmente di ritorno verso l'Inghilterra. Barche più piccole restavano vicino alla costa e Ellen poté intravedere uomini che pescavano con le reti, proprio come faceva suo padre. Sopra di loro, uccelli si immergevano nell'acqua e risorgevano, riempiendo l'aria coi loro richiami.

'Che odore è questo?' chiese Riona, tenendo per mano Bridget.

'È eucalipto, signora,' Disse un marinario passando. 'Gli alberi del luogo contengono un olio molto utile. I neri li usano per scopi medicinali.'

'I neri?' Riona sbatté le palpebre confusa.

'Gli aborigeni, i nativi.'

'Non sapevo che ci fossero nativi, Ellen?' Squittì Riona.

'Quelli di città sono abbastanza innocui,' Aggiunse il marinaio. 'Non sono sicuro di quelli nell'entroterra. Dubito che ne vedrete molti.' Si rimise al lavoro, lasciando Ellen a riflettere su quelle informazioni.

'Riona, penso che dobbiamo scoprire come affittare un pezzo di terra,' Disse Ellen.

'Gesù santo, Ellen, non siamo nemmeno arrivati. Non sappiamo neanche se avremo un tetto sopra la testa, stanotte, figuriamoci affittare una terra. Non abbiamo soldi per affittare nulla!'

'Non ora, ma una volta che avremo un lavoro e avremo messo da parte i nostri stipendi, lo faremo. Voglio una fattoria.'

'Lasciaci sistemare, prima di cominciare coi grandi piani.'

Ellen non rispose. Avrebbe chiesto al signor Emmerson. Lui avrebbe saputo come affittare un pezzo di terra. Il suo stomaco si annodò per il nervosismo. Presto, avrebbe incontrato l'uomo che sperava li avrebbe aiutati a ricominciare. E se fosse stato antipatico e sgarbato?

Il pilota guidò la nave più in fondo nel porto ed Ellen fu piacevolmente sorpresa dalla vista degli edifici. Le case erano fatte di mattoni e avevano dei giardini formali. Una carrozza avanzava su una strada stretta che portava a delle vie gremite. Magazzini e palazzi affollavano la costa. Numerose barche e navi di diverse dimensioni riempivano la baia, che sembrava essere il centro dell'industria e del commercio.

Ellen osservò ogni cosa con eccitazione. Ce l'avevano fatta. Erano salvi, dall'altra parte del mondo. Non sapeva cosa aspettarsi, ma la vista della città tentacolare di Sydney era meglio di quanto avesse sperato.

Per il resto della giornata, furono trattenuti in attesa che il medico e il suo assistente salissero a bordo per controllare se i passeggeri o l'equipaggio avessero la febbre o altre malattie. Ellen era orgogliosa che la sua intera famiglia fosse in forma e in salute. La magrezza e la pelle spenta degli anni trascorsi nella fame erano svaniti, e i giorni passati al sole sul ponte superiore avevano dato ai bambini una sana abbronzatura. Vestiti dei loro migliori abiti, Ellen sapeva che non erano mai stati così belli in vita loro.

Una volta ricevuto il certificato di buona salute, il capitano diede ordine di calare la piccola barca a remi in mare per far sbarcare i passeggeri di prima classe. La posta fu raccolta e Ellen aggiunse dieci lettere alla sacca, dando via alcune delle monete risparmiate, per spedirle. Aveva nove lettere per il signor Hamilton e una per il signor Wilton.

Il procedimento di sbarco dei passeggeri fu lento. Nonostante avessero avuto giorni per prepararsi, molti di loro furono lenti nell'organizzazione. La famiglia Duffy era tra questi, perché la signora Duffy continuava a fare e disfare il suo baule, in cerca di oggetti.

Ellen ne approfittò per farsi trovare pronta con il suo bagaglio e la sua famiglia sul ponte superiore.

'Vedo che siete già in attesa di sbarcare, signora Kittrick?' Disse il dottor Williams sorridendo.

'Sì, signore.'

Lui le tese la mano e lei la strinse. 'Le auguro il meglio, signora Kitrrick.'

'Grazie, dottore, altrettanto.'

Mezz'ora dopo, mentre il sole ardente scivolava lentamente verso ovest, il capitano diede ordine che l'ultima barca della giornata si dirigesse verso la terraferma. Gli altri passeggeri sarebbero scesi al mattino, poiché era pericoloso sbarcare al buio.

Ellen si avvicinò al signor Donaldson. 'Possiamo essere noi i prossimi, per favore? Abbiamo aspettato tutto il pomeriggio.'

Il signor Donaldson, con l'aria un po' stanca e stressata, controllò la sua lista e annuì. 'Siete pronti, signora Kittrick? Non c'è più nulla nella stiva?'

'Siamo pronti.'

L'uomo impartì istruzioni ai marinai e nel giro di pochi minuti, Ellen e la sua famiglia vennero aiutati a scendere dalla nave, fino alla piccola barca. Una volta che Moira, un'altra famiglia e tutti i bagagli furono sistemati sull'imbarcazione, i marinai remarono verso la riva.

Illuminati dal bagliore arancione del tramonto, gli edifici imbiancati si avvicinavano, finché, finalmente, Ellen mise piede sul molo di legno.

Terra. Australia.

Le gambe le tremarono e i bambini ridevano, mentre tutti camminavano barcollando come ubriachi verso l'edificio della dogana, non abituati ad avere la terraferma sotto di loro.

Passata la dogana, Ellen guidò la famiglia fuori dall'edificio, fino alla strada. Lei e Riona tenevano i due manici del baule, mentre Austin portava due borse di tela e a Patrick fu detto di non lasciare la mano di Bridget. Numerosi veicoli trainati da cavalli percorrevano su e giù la strada, i magazzinieri spingevano carriole, e i gentiluomini si affrettavano stringendo giornali sotto il braccio.

C'era un gran rumore e l'odore del mare si mescolava alla

puzza di immondizia nei canali di scolo e nel vento. Ellen sentì l'odore di cucinato provenire da una delle locande.

'Dove andiamo, Ellen?' Chiese Riona preoccupata. 'Si sta già facendo buio.'

'Mi aspettavo che il signor Emmerson venisse ad accoglierci.' Ellen si girò, guardando indietro verso l'edificio della dogana. 'Pensi che non l'abbiamo notato lì dentro?'

'È possibile, era così affollato.'

'Gesù, Giuseppe e Maria!' Sbottò Ellen. 'Devo tornare indietro. Restate qui. Sarò veloce.'

'Signora Kittrick!' Moira le fece un cenno con la mano, mentre usciva dall'edificio.

'Moira, hai visto il signor Emmerson?'

'Sì, è qui.' Moira indicò l'interno dell'edificio alle sue spalle. 'Sta solo recuperando gli ultimi ritardatari e poi andremo tutti all'ufficio del governo lungo la strada, dove si trovano i nostri alloggi.'

Ellen si rilassò e tirò un sospiro di sollievo. 'Temevo che stanotte avremmo dormito per strada.'

'No, il signor Emmerson è gentile. Si prenderà cura di noi. Eccolo là.'

Cercando tra la folla degli altri passeggeri, Ellen allungò il collo in cerca di qualcuno di nuovo. 'Gli alloggi sono lontani?'

'No, non credo,' Rispose Moira, sollevando il suo piccolo baule tra le braccia.

'Abbiamo bisogno di un carretto,' Disse Ellen, raccogliendo la borsa di tela di Moira.

'Signore, signore, lasciate che vi aiuti,' Disse una voce alle loro spalle.

'Oh, signor Emmerson, che gentiluomo che è,' Disse Moira con tono affettuoso. 'Ellen, questo è il signor Emmerson. Signor Emmerson, lei è Ellen Kittrick.'

Ellen fissò il volto di un uomo molto più giovane di quanto si aspettasse. Nel suo immaginario, il signor Emmerson era un uomo sulla cinquantina inoltrata, coi baffi grigi e un po' di pancia.

'Alistair Emmerson al suo servizio, signora.' Fece un ampio sorriso, rivelando una fossetta sulla guancia sinistra. I suoi occhi verdi brillavano gioiosi e quando si tolse il cappello, Ellen notò i capelli biondo scuro, dello stesso colore della paglia bagnata.

'Piacere di conoscerla, signor Emmerson.'

'Mi spiace non averla trovata nell'edificio, signora Kittrick. È piuttosto affollato là dentro, vero? Dov'è la sua famiglia?'

'Laggiù.' Indicò il punto vicino alla strada dove stavano tutti.

'Bene, bene. Vi sistemiamo prima che vada via la luce?'

Seguendo un gruppo di persone, Ellen condivise con Riona il peso del baule, tenendo attentamente d'occhio i bambini, che stavano divenendo stanchi e affamati.

A pochi isolati di distanza, il signor Emmerson si fermò e diede loro istruzione di entrare in un edificio in stile deposito, fatto di blocchi di arenaria. All'interno, un delizioso odore di stufato che sobbolliva fece venire a Ellen l'acquolina in bocca.

Il signor Emmerson si posizionò su una piattaforma rialzata a una delle estremità della lunga stanza, che ospitava numerosi tavoli e panche. 'Signore e signori, per favore, ascoltatemi. Innanzitutto, benvenuti a Sydney. Sono molto lieto che siate arrivati. Il signore e la signora Weston, che si trovano laggiù accanto al tavolo dei rinfreschi, sono responsabili di questo posto e vivono qui accanto, quindi potrete rivolgervi a loro in caso di emergenza durante la notte. Questo edificio ha tre livelli. Gli uomini allogge- ranno su questo livello, le coppie sposate e le famiglie su quello centrale e in cima, le donne non accompagnate. Tutti i letti hanno biancheria pulita. I pasti vengono serviti tre volte al giorno, similmente alla routine della nave da cui siete appena sbarcati.' Sorrise, con una mano che stringeva dei fogli. 'Le strutture per il lavaggio sono sul retro, dietro quella porta.'

'Uno spettacolo niente male, vero?' Moira diede una gomitata a Ellen.

Ellen la zittì e continuò ad ascoltare il signor Emmerson.

'Tornerò domattina per discutere con tutti voi dei posti di lavoro e di altre questioni importanti, ma ora è tardi e sarete probabilmente stanchi e affamati. Il signore e la signora Weston vi aiuteranno e vi guideranno nel corso della vostra prima notte. Per favore, mangiate il cibo che è stato preparato. Buonanotte.' Scese dalla piattaforma e attraversò la folla, che cominciò a disperdersi in gruppi.

Ellen disse ai bambini di sedersi al tavolo più vicino e che avrebbe procurato loro del cibo.

'Ti aiuto,' Disse Riona.

Ellen spinse il baule fino all'estremità del tavolo, per fare spazio. 'Penso che dovresti salire e prendere dei letti per noi. Porta con te Austin. Manderò su Patrick, una volta che avrà mangiato, per prendere il tuo posto.'

'Temi che non troveremmo una buona sistemazione al piano di sopra?' Riona si guardò intorno. 'Sembra che a tutti interessi solo mangiare.'

'Bene, allora potremmo prendere i letti migliori, quelli che non sono vicini alla porta.'

'Salgo subito.' Riona afferrò alcune delle borse. 'Cosa pensi del signor Emmerson? Non era come me lo aspettavo.'

'Lo so,' Dichiarò Ellen. 'Pensavo fosse vecchio, grasso e borioso!' Sorrise. 'Dove sono i baffi e il bastone?'

'Ho un bastone, ma ahimè, non i baffi,' Disse una voce divertita alle spalle di Ellen.

Lei si girò, sentendo un calore salirle verso le guance. 'Dio e tutti i santi! Non volevo essere scortese, signore. Mi perdoni.' Ellen si chiese se fosse il caso di inginocchiarsi e chiedere perdono.

'Cerco anche di non ingrassare troppo.' Emmerson le fece l'occhiolino.

'Signor Emmerson, mi dispiace davvero.'

'Capisco la battuta, signora Kittrick.' Il suo sorriso giovanile gli illuminò gli occhi. 'Che vita sarebbe se non potessimo ridere, soprattutto di noi stessi?'

Lei annuì, sperando di non aver rovinato le sue possibilità di godere del suo aiuto.

'Dalle mie note, credevo foste sei,' Disse, guardando i fogli che teneva in mano. 'Ma sulla nave, il dottor Williams mi ha informato che vostra madre è morta durante il viaggio.'

'Sì, è vero.'

Emmerson fece un inchino. 'Le mie più sentite condoglianze, signora Kittrick. Deve essere stato estremamente difficile per lei.'

'Grazie, signore.'

'Spero dormiate bene. Le auguro buonanotte.'

'Che uomo incantevole,' Disse Riona, guardandolo stringere la mano a alcuni uomini vicino alla porta, prima di uscire.

'Andiamo, ora, sistemiamoci.' Ellen lo osservava, chiedendosi quali opportunità si sarebbero presentate lungo la loro strada.

CAPITOLO 15

Rafe lasciò la banca e si diresse lungo London Road verso i moli. La camminata veloce nell'aria frizzante di febbraio lo avrebbe aiutato a schiarirsi le idee, dopo una mattinata di riunioni.

Con il prestito concesso dalla banca, aveva noleggiato un'altra nave a l'aveva riempita di merci. Dal punto di vista finanziario, aveva senso avere due navi operative allo stesso tempo. Mentre una si dirigeva verso l'Australia, l'altra sarebbe tornata indietro. E ora che l'oro era stato trovato nel sud della colonia, il governo chiedeva a gran voce più uomini per sostituire quelli che erano andati nella foresta a scavare il terreno in cerca di fortuna. Avrebbe potuto facilmente riempire una dozzina di navi, ma doveva iniziare a costruire lentamente una solida struttura aziendale. In quel momento, essere incostante e avido sarebbe stato troppo audace, troppo rischioso. Qualcosa che suo padre avrebbe fatto.

Salì rapidamente le scale fino al suo ufficio, imbattendosi in Pollard, che era in cima.

Pollard prese il suo cilindro e il cappotto. 'Signore, ha un visitatore, il signor Milford.'

Rafe si fermò e aprì la porta. 'Milford? Che piacevole sorpresa.'

'Rafe.' Milford strinse la mano di Rafe e gli diede una pacca sulla spalla. 'Da quanto tempo non ci vediamo, amico mio. Ti trovo bene.'

'Sto bene. E tu e la famiglia?' Rafe lo invitò alla sedia di fronte alla sua scrivania, felice di vedere il suo amico di vecchia data. 'Dev'essere passato un anno dall'ultima volta che ci siamo visti al club.'

'Sì, probabilmente sì. Il Mayfair è perso senza di te,' Scherzò Milford.

Rafe grugnì divertito. 'Non credo proprio. Cosa ti porta a Liverpool?'

'Mio padre. Devo prendere il controllo dell'attività di spedizioni a New York, che io lo voglia o meno. Salpo domattina.' Milford scrollò le spalle. 'Ho sempre saputo che prima o poi sarei dovuto andare, ma partire è difficile. Anche la mia signora non è troppo contenta.'

'No, suppongo di no.'

Milford rise. 'Beh, sarò rimpiazzato presto, non temere.'

Pollard bussò e portò un vassoio con del caffè, riponendolo sul tavolino, prima di uscire discretamente.

Mentre Rafe versava il caffè, Milford stava alla finestra, guardando lo spettacolo delle navi. 'Come ti trovi a vivere qui e non a Londra?'

'Apprezzo l'assenza di pettegolezzi.' Rafe prese il caffè e si sedette dietro la scrivania. 'Qui posso semplicemente fare quello che devo fare. Niente incendi da spegnere.'

'Parlando di incendi…' Milford sospirò.

Un brivido di ansia corse lungo la schiena di Rafe. 'Che c'è?'

'Ho incontrato tua sorella due giorni fa.'

'Iris? L'hai vista a Parigi?'

'No, la famiglia è tornata a Londra un mese fa. Ho incontrato

Iris per caso, mentre camminavo lungo Oxford Street.' Milford prese un sorso di caffè.

'Sono tornati in Inghilterra da un mese e io non lo sapevo.'

'Penso che sia stato intenzionale, amico mio.'

'Tanto vale che mi racconti tutto,' Disse Rafe, preparandosi a qualunque cosa stesse per arrivare.

'Iris ha sposato Edgar Porter-Denning due settimane fa.'

'No!' Rafe non riusciva a crederci. 'Porter-Denning è più vecchio di mio padre. Andavano all'università insieme. Perché doveva sposarlo così in fretta? Sono partiti per Parigi solo tre mesi fa. Perché Iris non mi ha scritto? Avrei potuto fare qualcosa.'

Milford alzò le mani. 'Iris mi ha chiesto di dirti che non devi offenderti. Il matrimonio è fatto ormai e non può essere annullato…'

Rafe capì cosa intendesse e imprecò sottovoce. 'Quel bastardo ha approfittato di lei.'

'No, da quanto ho sentito, Iris era consenziente, forse non entusiasta, ma è andata in chiesa volontariamente.'

'Ma perché?' Rafe non riusciva a capire.

'C'è dell'altro…'

'Naturalmente.' Rafe gemette e si passò una mano tra i capelli.

'Drew si è messo nei guai a Parigi. È stato arrestato per aver barato a una partita di carte. Sono fuggiti a Londra. Pare che Poter-Denning li abbia aiutati. Tutto ciò che ha chiesto in cambio è stato sposare Iris, perché ha bisogno di un erede. Lei ha accettato. Il suo nuovo marito li ha fatti trasferire tutti nella sua tenuta vicino a Watfor. Iris ha detto che ti scriverà per spiegarti.'

'Non ci posso credere.' Rafe si lasciò andare sulla sedia. 'La mia famiglia è di nuovo diventata argomento di pettegolezzi nei salotti di Londra.'

Milford bevve un altro sorso di caffè. 'Purtroppo, tuo fratello è instabile e egoista. Fa ciò che vuole, senza preoccuparsi dell'onta che getta sulla tua famiglia. Iris avrà anche fatto un buon matrimonio e ora è al sicuro, ma tuo padre e Drew vedono in ciò una carta bianca per fare quello che vogliono, ancora una volta. Mi dispiace, amico mio.'

'Non ho parole.' Rafe scrollò le spalle sconsolato. 'Quando credo che non possano cadere più in basso di così, ci riescono. Drew arrestato per aver barato… e la mia cara Iris che deve sposare un vecchio per salvare la famiglia…'

'Non è colpa tua, Rafe.'

'Ho provato tante volte ad aiutare. Li ho portati qui, pensando che una nuova città li avrebbe cambiati. Poi, quando sono partiti, ero felice di aver trovato pace, è questa l'onesta verità.'

'Tuo padre e tuo fratello non possono essere domati. Hai cercato di frenare i loro eccessi e non ne è venuto fuori nulla. Sono determinati a rovinarsi, sii solo grato che Iris abbia fatto un buon matrimonio e che sia al sicuro.' Milford posò la tazza sul vassoio. 'Devo andare, amico mio, ho molto da fare, prima di imbarcarmi.'

Rafe gli strinse la mano. 'Abbi cura di te. Goditi New York e tutto ciò che ha da offrire.'

'Eh, preferirei salpare per la colonia e unirmi alla corsa all'oro laggiù.'

'Tu? Scavare nella terra?' Rafe rise. Non aveva mai visto Milford sporco, neanche una volta.

'Beh, forse non io in prima persona, ma pagherei qualcuno per farlo al posto mio. Mi piace l'idea di esplorare terre su cui nessuno ha mai camminato prima.'

L'idea fece riflettere Rafe. Un'esperienza del genere sarebbe stata eccitante.

'Anche se, se non andassi a New York, mio padre mi disederederebbe, e a me piacciono troppo le mie comodità, per permettere che ciò accada.'

Rafe ridacchiò. 'Buon viaggio, amico mio, e grazie per avermi portato notizie della mia famiglia.'

Milford annuì gravemente. 'Scacciali dai tuoi pensieri, Rafe. Trova una bella donna e sposati, cresci dei figli. La vita non può girare tutta attorno al fare soldi, o quantomeno fai entrambe le cose allo stesso tempo. Addio.'

Rafe si avvicinò alla finestra, dopo che Milford se ne fu andato, pensando a Iris, ma anche alla signora Kittrick. Era arrivata sana e salva a Sydney? Cosa stava facendo in quel momento? Sarebbero passati altri tre mesi, prima che potesse ricevere da Emmerson notizia che la Blue Maid era arrivata. La signora Kittrick gli aveva già scritto? Stava pensando a lui, come lui pensava a lei?

Guardava i tanti alberi delle navi, i gabbiani che volavano contro le nuvole grigie che promettevano pioggia. Sotto, sulla strada, un uomo passava spingendo un carretto contenente un baule e alcune borse. Quell'uomo stava per vivere un'avventura, probabilmente, quel giorno, si sarebbe imbarcato su una nave che lo avrebbe portato lontano, attraverso gli oceani, a scoprire nuovi luoghi, incontrare nuove persone, provare cibi e culture diverse.

Improvvisamente, Rafe si sentì confinato, limitato. Aveva viaggiato per le Isole Britanniche e in alcune parti della Francia, ma negli ultimi anni era stato così occupato a salvare la ricchezza della sua famiglia e a ricostruire la loro posizione finanziaria con nuove idee imprenditoriali, che aveva dimenticato cosa significasse il semplice rilassarsi e godersi la vita. Quando era stata l'ultima volta che era andato a caccia con amici, o aveva visto uno spettacolo a teatro?

Aveva trentadue anni e ogni sera lasciava l'ufficio, tornava a casa e lavorava nel suo studio, consumando i suoi pasti su un vassoio alla scrivania. Da quando Iris e sua madre erano partite per Parigi, aveva rinunciato a ogni divertimento. Non aveva una donna, e i pochi uomini d'affari che conosceva a Liverpool non lo intrattenevano socialmente, né lui lo faceva con loro. Si incontravano nei club durante il giorno e discutevano di affari, per poi salutarsi. Era stato così concentrato sul recuperare la reputazione e la ricchezza della famiglia, che aveva dimenticato di vivere davvero.

A quel ritmo, sarebbe morto vecchio e solo.

Tamburellò con le dita, profondamente assorto nei suoi pensieri. Milford aveva ragione. Avrebbe dovuto trovare una donna, sposarsi, crescere dei figli…

La signora Kittrick gli balzò nella mente. Il suo dolce volto e quegli occhi così belli che gli parlavano, quando lei nemmeno se ne rendeva conto.

Ma lei era dall'altra parte del mondo.

Proprio nel posto verso il quale la sua nave stava per imbarcarsi…

* * *

'Ho un aspetto decente?' Chiese Ellen a Riona.

'Ti senti quando parli? Sì, stai bene.'

Ellen si pulì la gonna un'ultima volta, sistemò il pizzo intorno al collo e fece un respiro profondo.

'Augurami buona fortuna.'

'Prego la Santa Madre che tu possa trovare un lavoro.'

'Cosa ti ho detto riguardo al parlare apertamente di religione?'

'Zitta, che male c'è nell'augurarti del bene?' Sbottò Riona.

Ellen strizzò gli occhi per la disperazione. Non importava quante volte glielo ripetesse, Riona si rifiutava di considerare la possibilità di moderare la sua Irlandesità.

Nei tre giorni trascorsi dall'arrivo, Ellen e la sua famiglia avevano camminato per tutta la città, familiarizzando con le strade e col modo di vivere del posto. Aveva inviato due lettere al signor Hamilton, informandolo del loro arrivo e della sistemazione a Sydney. Sperava che sarebbe stato contento di ricevere così tante lettere, e confidava che così fosse.

Camminando per le strade, aveva notato svariati cartelli asserenti che gli irlandesi non dovevano fare domanda di lavoro o di alloggio. Proprio come a Liverpool, gli irlandesi avevano la reputazione di essere pigri e ubriaconi. Ciò rafforzava la determinazione di Ellen nel minimizzare l'uso del loro linguaggio nativo e nascondere gli evidenti segni del cattolicesimo.

'Comportatevi bene, fatelo per zia Riona,' Disse ad Austin e Patrick. 'Guardate vostra sorella.'

Ellen diede un bacio ai bambini, si legò il cappellino sui capelli appena lavati e indossando i guanti, si diresse verso le scale.

'Buona fortuna, Ellen,' Urlò Moira dal suo letto.

'Anche a te, Moira. Spero che oggi tu riceva notizie di tuo marito.' Ellen sorrise e scese le scale, proprio mentre la signora Duffy saliva. 'Buongiorno, signora Duffy.'

'Signora Kittrick.' La signora Duffy annuì freddamente. 'Vedo che stai uscendo?'

'Sì, sto andando di nuovo in cerca di lavoro. Quando ho parlato ieri col signor Emmerson, ha detto che dovrei facilmente riuscire a trovare un posto in uno degli hotel, soprattutto quelli che servono cibo. Se non avrò fortuna lì, mi ha detto di provare in alcune case private lungo la via del porto e fare domanda per una posizione da governante.'

'Che Dio ti conceda tale opportunità.'

'Preferirei dipendere dalle mie capacità, piuttosto che lasciare tutto nelle mani di Dio,' Sbottò Ellen, mentre l'altra donna si voltò freddamente.

Fuori, Ellen si rimproverò per aver indispettito la signora Duffy. Quella povera donna non se lo meritava. Si aggrappava alla sua religione come un bambino alla sua copertina preferita. Era la sua sicurezza e Ellen non aveva il diritto di trattarla con superiorità. Dopotutto, anche sua madre era stata così. Se la sua fede stava svanendo, e così era, doveva comunque essere rispettosa degli altri.

Affrettandosi lungo Cumberland Street, lontano dal porto, Ellen girò un angolo e urtò contro un uomo, il cui giornale si appiattì tra di loro.

'Oh cielo, mi scusi, signora.'

'Mi perdoni!' Parlarono all'unisono.

Ellen sorrise al signor Emmerson. 'Non stavo guardando dove andavo.'

'Neanch'io, signora Kittrick. Stavo leggendo il giornale, cosa per la quale mi meriterei un rimprovero. Potrei farlo comodamente a casa mia. Tuttavia, è un bene che si siamo incontrati, perché stavo proprio venendo a farle visita.'

'A me?'

'Esattamente. Veda, la mia governante mi ha lasciato, signora Kittrick. Ha deciso di sposare un uomo. Il fattorino del macellaio, per essere precisi e sono partiti per i campi d'oro oltre Melbourne. Pare che le tendopoli stiano spuntando ovunque laggiù. Si estendono nell'entroterra inoltrato.'

'Oh.' Ellen non sapeva cosa rispondere. Era a conoscenza della febbre della corsa all'oro che stava prendendo la colonia.

'Così, sono senza una governante e ho pensato a lei.'

Un senso di speranza le sbocciò in petto. 'Grazie.'

'Le farebbe piacere accompagnarmi alla mia dimora? Potrei mostrargliela e potremmo parlare del se sia adatta a lei?'

'Sì, signore, grazie.'

Camminarono insieme, tornando verso il porto.

'Casa mia non è troppo lontana, è situata su Lower Fort Street, vicino alla riva,' Le disse, mentre svoltarono a sinistra e si incamminavano verso ovest, lungo Argyle Street. 'L'ho comprata quando sono arrivato qui tre anni fa. È piccola, ma perfettamente adatta al mio stile di vita attuale qui a Sydney. Naturalmente, desidero costruire una bella casa nella fattoria che possiedo in campagna.'

'Ha anche dei terreni?' Chiese Ellen entusiasta.

'Sì, mi sono stati concessi cinquecento acri l'anno scorso. Ho un grande gregge di bestiame che pascola con un uomo che se ne prende cura.'

'Come si ottiene la concessione dei terreni agricoli, signor Emmerson? È mio desiderio averne un po'.'

'Vent'anni fa, o poco più, le concessioni delle terre venivano date ai coloni liberi e ad alcuni ex detenuti. Ora, nella maggior parte dei casi, si deve aver fatto qualcosa per il governo o essere una persona di buona reputazione, per ricevere tali concessioni. Il resto della terra va comprato.'

'Capisco.' Un senso di delusione la pervase. Le concessioni di terre non erano per persone come lei, ma se fosse riuscita a risparmiare e col tempo, a comprare un pezzo di terra…

'La mia attività di importazione ha avuto successo, e grazie ai miei contatti, sono riuscito a chiedere una concessione qualche tempo fa. Con il signor Hamilton, stiamo conducendo uno schema di emigrazione e intendo estendere i miei possedimenti terrieri. Il governo è piuttosto soddisfatto di me, poiché ho offerto i miei servigi per molte spedizioni nell'entroterra. Se si è utili al governo e si hanno molte amicizie importanti, qui si ha l'opportunità di crescere, e io intendo farlo, signora Kittrick.'

Ellen lo guardò e si rese conto che, sotto quell'aspetto amichevole e giovanile, si nascondeva una mente d'affari molto acuta.

Emmerson si fermò davanti a una staccionata bianca che delimitava una casa a due piani in mattoni rossi. Le tegole del tetto a scandole, le piccole finestre a ghigliottina e un camino fumante completavano il quadro. Un terreno incolto, con un cavallo al pascolo, si estendeva accanto alla casa, fino al confine con l'acqua.

'Millers Point è alla nostra sinistra e Dawes Point è alla nostra destra. Dalle finestre del piano superiore si può vedere il porto.' Emmerson aprì il cancello e la condusse alla porta d'ingresso, che aprì con una chiave.

La casa era in effetti minimale. Un soggiorno quadrato e una sala da pranzo erano sui due lati del corridoio. Aldilà della scala, c'erano una cucina stretta e una dispensa con dei gradini che scendevano fino alla cantina. Una tettoia vicino alla porta sul retro dava spazio a un lavatoio, e in fondo al giardino, c'erano il bagno e una piccola stalla. Al piano superiore, c'erano tre camere da letto e in soffitta c'era spazio per alcuni letti singoli.

'Pensavo che i suoi bambini potrebbero condividere la soffitta, mentre lei e sua sorella potreste avere la camera da letto?' Disse Emmerson, aprendo la porta di una spaziosa camera da letto. 'L'altra è la mia stanza e quella centrale temo sia deputata allo stoccaggio.'

'È deliziosa.' Ellen lo seguì giù per le scale. La casa non era sontuosa come la tenuta Wilton, ma era tre volte più grande del cottage che lei aveva.

'Come governante residente, risparmierà sull'affitto di un alloggio. C'è una buona scuola cristiano-cattolica proprio lungo la strada. Non farei pagare sua sorella per stare qui. Potrebbe aiutarla, e io la pagherei, oppure potrebbe trovare lavoro altrove.'

'Sembra perfetto, signor Emmerson.'

'Sono un uomo estremamente occupato e sono via dalla mattina fino a sera. Pertanto, non vi starei tra i piedi, né avrei bisogno che lei sia a mia disposizione ogni momento della giornata.'

Ellen annuì, pensando velocemente, mentre guardava il soggiorno. 'Vorrei accettare la posizione, grazie.'

Lui rispose con un ampio sorriso. 'Eccellente. Ora ho un appuntamento a King Street, ma ecco le chiavi. Potrà portare qui la sua famiglia e sistemarsi. Tornerò questa sera.'

'Devo prepararle da mangiare?' Chiese Ellen, prendendo la chiave.

'Sarebbe molto gradito. Sarò a casa per le sette.'

Rimasta sola, Ellen si prese un po' di tempo per visitare di nuovo tutte le stanze. Nella camera di Emmerson, notò il letto matrimoniale ordinatamente rifatto, con una coperta a patchwork verde e rossa. Il libro di poesie sul piccolo tavolo accanto al letto. L'armadio conteneva tutti i suoi vestiti e sopra a una cassettiera, c'erano i suoi attrezzi per la rasatura, una bacinella e un catino. Tutto era ordinato e pulito.

Al piano inferiore, in cucina, la credenza conteneva stoviglie in semplice porcellana bianca. Una teiera in terracotta era appoggiata su un piccolo tavolo, adagiato contro la parete. Il focolare, che necessitava di una buona pulizia per rimuovere il nero della stufa, bruciava senza fiamma con tizzoni ardenti ed Ellen vi aggiunse dei pezzi di legna. Se più tardi doveva cucinare, c'era bisogno di fuoco.

Successivamente, aprì la dispensa, prendendo nota delle provviste alimentari: tè, zucchero, avena, melassa, sale e farina. Aprendo la porta della cantina, scese alcuni gradini e vide degli scaffali scarsamente illuminati dalla grata situata nella parete lontana. Un sacco di patate era riposto in fondo alle scale e sopra, appesa a un gancio, c'era una coscia di prosciutto.

La cena era risolta.

Un altro sguardo in giro per la casa diede a Ellen un brivido di eccitazione. Aveva un posto di lavoro retribuito e una casa per i suoi figli e Riona. Avrebbe lavorato fino allo sfinimento per ripagare il signor Emmerson della possibilità che le aveva concesso.

* * *

RAFE ENTRÒ IN CASA, scuotendo la pioggia dal cappello e dal cappotto.

'Buonasera, signore,' Lo salutò la sua governante, prendendo i suoi indumenti bagnati. 'La cena sarà pronta tra mezz'ora, signore. Il fuoco è acceso nello studio.'

'Grazie.' Entrando nello studio, Rafe accolse con piacere il calore della stanza. Fuori, la pioggia si stava trasformando in ghiaccio e un gelido vento soffiava dalla costa.

Ritirando la posta dalla scrivania, Rafe rivolse le spalle al fuoco e sfogliò le lettere, finché non riconobbe la calligrafia di Iris.

. . .

12 FEBBRAIO 1852.

Caro fratello adorato,

immagino che ormai avrai incontrato il tuo buon amico, il signor Milford, e che ti abbia riferito le mie notizie. Ti prego di non scoraggiarti.

Quando ho considerato le mie prospettive, ho capito che le mie possibilità di avere un buon matrimonio erano notevolmente diminuite negli ultimi anni, e ancor più recentemente con l'arresto di Drew a Parigi. È improbabile che sposarmi per amore sia il mio destino. Ho quasi ventisette anni, Rafe. Non sono più una giovinetta con la testa piena di sogni.

Sposare Edgar ha reso felici molte persone.

Inoltre, vorrei diventare madre e avere una casa tutta mia. Sposando Edgar, sono diventata padrona di due case, Cherribank, la tenuta in campagna e la casa di città di Edgar a Londra. E presto, spero, se Dio vorrà, sarò benedetta con un bambino da amare e adorare. Più di tutto, ho stabilità – una merce rara nella nostra famiglia, non credi?

Edgar mi ammira e mi rispetta. A modo suo, mi ama, e io ne sono contenta. Ha bisogno di una moglie che desideri ardentemente un figlio. Se glielo darò, allora la mia vita avrà un senso. Da parte sua, è stato un buon amico per nostro Padre e Drew. Sono di nuovo liberi da debiti. Nostro Padre promette che cambierà. Solo il tempo potrà dirlo.

Drew è stato arruolato nell'esercito. Edgar ha insistito sul punto, quando ha saldato i suoi debiti. Speriamo che questo lo formi. Una volta completato l'addestramento, forse l'esercito manderà Drew lontano da Londra e dall'influenza negativa delle bische. Non possiamo far altro che pregare che accada.

Mamma sta bene, per quanto sia possibile nelle sue fragili condizioni. Fuggire da Parigi l'ha sfinita in tanti modi e temevo che l'avremmo sepolta lungo la strada. Si è ripresa nella tenuta di Edgar, ma sento che il suo tempo è agli sgoccioli. Pertanto, vorrei invitarti a Cherrybank per farci visita. Mamma sarebbe così felice di vederti, così come lo sarei io, e mi piacerebbe che tu trascorressi del tempo con Edgar, che è gentile e premuroso. Forse, allora, ti tranquillizzerai, capendo che non ho preso una decisione terribile.

Con affetto, tua sorella,

IRIS.

RAFE PIEGÒ LA LETTERA. Sua dorella non era una donna sciocca. Avrà valutato la situazione e capito quanto beneficio il matrimonio con Porter-Denning avrebbe apportato. Come poteva biasimarla per volersi sentire al sicuro? Tuttavia, nutriva un certo senso di colpa per non essere riuscito a rendere felice e proteggere lei e la loro madre. Ci aveva provato con tutte le sue forze, ma evidentemente, non era abbastanza. Suo padre aveva vinto.

Serrò i pugni, al pensiero del padre compiaciuto, seduto nel salotto di Cherrybank, senza una preoccupazione al mondo, sapendo che con sua figlia, avrebbe sempre avuto una casa e vissuto nel lusso in cui era nato.

E la mamma... cara dolce mamma. Fragile e logorata dall'ansia di essere sposata con un giocatore d'azzardo, e essersi ritrovata madre di un altro. Doveva vederla di nuovo, prima che fosse troppo tardi e la perdesse per sempre. Sarebbe partito l'indomani. Avrebbe passato un giorno o due con Iris e la mamma e poi avrebbe lasciato l'Inghilterra, come aveva pianificato.

CAPITOLO 16

Appendendo lenzuola e tovaglie bianche, Ellen strizzò gli occhi per il riverbero del sole riflesso sull'acqua. Si era alzata prima dell'alba per evitare il caldo, perché il giorno del bucato era già abbastanza pesante, anche senza le temperature elevate. Strofinare e risciacquare la pila di bucato le avrebbe occupato l'intera mattina, e dopo, aveva tanto altro da fare.

Il signor Emmerson ospitava molte persone ogni settimana e con così tanto da cucinare e pulire, non aveva mai del tempo per sé. Ma la pagava bene, e lei ascoltava e imparava da lui. Lui era ben felice di condividere ciò che sapeva sulla città e sulla vita nella colonia ed Ellen immagazzinava tutto per farne uso in futuro.

Il porto brillava alla luce del sole di marzo, blu e abbagliante. Piccole imbarcazioni veleggiavano da baia a baia, mentre sulla sua sinistra, barche più grandi scaricavano le merci nei magazzini lungo le coste.

Un improvviso colpo di cannone la fece sobbalzare. I soldati stavano sparando verso la batteria situata a est.

'Mi ha spaventato!' Rise Bridget, dal punto vicino alla recinzione dove stava dando da mangiare a Pepper, il cavallo del signor Emmerson.

'Oramai dovremmo averci fatto l'abitudine, no?' Ellen afferrò il cesto vuoto e tornò alla tinozza del bucato.

Altri dieci minuti e il cesto era di nuovo colmo delle camicie bagnate e pulite del signor Emmerson. 'Bridget, lascia in pace Pepper e vieni ad aiutarmi.'

'Quando potrò prendere lezione di equitazione?' Gli occhi di sua figlia brillavano di eccitazione.

'Vedremo. Ora metti tutti i vestiti scuri nella tinozza e agitali col bastone,' La istruì Ellen, portando il cesto alla corda che era tesa tra la stalle e il ripostiglio.

Mentre Ellen stendeva le camicie, pensava all'annuncio di Emmerson della sera prima, quando era entrato in cucina dopo cena. Consumava i suoi pasti da solo nella sala da pranzo, ma quando finiva, veniva sempre in cucina a parlare con Ellen e la sua famiglia.

Inizialmente, Ellen era stata sorpresa dal fatto che volesse trascorrere del tempo con loro, ma presto si rese conto che era una persona sola. Gli piaceva parlare con tutta la famiglia, ascoltare i bambini mentre raccontavano della loro giornata a scuola, o Riona che parlava di quando si era persa andando a comprare le provviste, o lodava Ellen per l'ennesimo pasto gustoso che aveva preparato e per il grado di pulizia che la casa non aveva mai conosciuto prima di allora.

La sera precedente, aveva menzionato le lezioni di equitazione per Bridget. Il suo compleanno sarebbe stato la settimana successiva e quando lui diede l'annuncio, Ellen pensò che sua figlia sarebbe semplicemente svenuta per lo shock. Amava i cavalli e si affezionò teneramente a Pepper.

Eppure, riflettendo, Ellen non poteva fare a meno di chiedersi il perché Emmerson volesse viziare sua figlia. Anche in quel momento, era con i ragazzi. Li aveva portati in città per ispezionare un carico arrivato di recente dall'India, che voleva vendere a vari negozi non solo a Sydney, ma anche al sud, a Melbourne e persino in Nuova Zelanda.

Il fatto che volesse coinvolgere i ragazzi nel suo lavoro le dava qualche preoccupazione. Era felice che i suoi figli ricevessero un trattamento speciale, ma tale gentilezza si estendeva anche a lei. Aveva notato il modo in cui la guardava, il suo entusiasmo nel parlarle. Cosa poteva significare? Lei era la sua governante. Perché era così amichevole?

'Ho visto un annuncio nella vetrina di un negozio stamattina,' Disse Riona, uscendo di casa. 'Corsi serali di cucito.'

'Sai già cucire. La Mamma ci ha insegnato da piccole.'

'Questo è più avanzato, con particolare attenzione alla modisteria.' Il tono entusiasta di Riona fu impossibile da ignorare.

'Vuoi iscriverti al corso?'

'Sì. C'è una piccola tariffa da pagare, ma spendo a stento lo stipendio che mi dà il signor Emmerson. Le lezioni sono nel tardo pomeriggio, quindi dopo aver finito il mio lavoro qui per la giornata.'

'Se è ciò che vuoi.' Ellen sorrise.

'Lo è e incontrerò nuove persone. Sarebbe bello avere un amico o due, davvero.'

'Sì, lo sarebbe.'

'La prima lezione è stasera.'

'Allora divertiti.'

'Non vieni?'

'No. Di sera sono troppo stanca.' Ellen iniziò a strofinare i pantaloni. 'Poi potresti insegnare a Bridget?'

'Sì, le insegnerò quel che so.'

'Voglio le lezioni di equitazione!' Bridget rivolse loro uno sguardo di sfida.

'Tu, ragazza mia, imparerai anche a cucire.' Ellen la guardò con severità. 'Alla tua età io e tua zia sapevamo cucire molto bene.'

'Vieni Bridget.' Riona le tese la mano. 'Puoi aiutarmi a svuotare i miei cesti. Metteremo il bollitore sul fuoco per preparare un po' di tè e scalderemo i ferri, perché con questo caldo, le lenzuola e i vestiti si asciugheranno in un attimo.'

Dopo un'altra ora di lavaggio, risciacquo e stesura, la schiena di Ellen sembrava sul punto di spezzarsi in due. Si asciugò con l'avambraccio il sudore della fronte, rovesciò il catino e lasciò che l'acqua fosse assorbita dal terreno duro e secco.

'Signora Kittrick.' Emmerson uscì dalla casa, accigliato. 'Sembra davvero esausta. Tutto questo lavare è troppo per lei. Dalla prossima settimana, assumerò qualcuno che lo faccia per noi. Che ne dice?'

Stanca, Ellen annuì. 'Dico che è la migliore notizia che abbia sentito in tutta la giornata, signor Emmerson.'

Lui era raggiante. 'Eccellente. Austin e Patrick hanno incontrato alcuni ragazzi che hanno conosciuto a scuola e ora sono qui davanti con loro.'

'Si sono comportati bene?'

'Assolutamente. Splendidamente. Un vero vanto, signora. Austin è estremamente interessato agli affari e ha fatto molte domande.'

'Potrebbe diventare suo apprendista, col tempo?' Ellen ripose il catino in un angolo della stalla.

Emmerson si sfregò le mani. 'Assolutamente. Cenerò fuori stasera, con degli amici. Quindi, non ci sarà bisogno di preparare un posto per me questa sera.'

'Capito, signor Emmerson.'

Lui esitò per un momento. 'Mi chiedevo, signora Kittrick, se fosse interessata ad accompagnarmi a visitare la mia terra nel sud? So che è molto interessata alle proprietà in campagna.'

Gli occhi di Ellen si spalancarono per la sorpresa. 'Vuole che vada con lei a visitare la sua terra?'

'Sì. Potrei mostrarle com'è, se è d'accordo. Potremmo portare anche Austin, se lo desidera.' La sua espressione era speranzosa.

'Non c'è nulla che potrebbe rendermi più felice, signor Emmerson.'

Le sue spalle si rilassarono per il sollievo. 'Favoloso! Il compleanno di Bridget è martedì. Quindi, partiremo mercoledì. Inizierò a occuparmi dei preparativi. Noleggerò una carrozza e un autista per il viaggio. Il tempo è stato secco per settimane, quindi non ci impantaneremo nel fango. Le strade sono semplici sentieri e dunque, notoriamente scomode. Per esperienza, suggerisco di sederci su dei cuscini. Buona giornata, signora Kittrick!' Se ne andò fischiettando una melodia allegra.

Dentro la cucina, Ellen si sedette senza parole al tavolo.

'Guarda in che stato sei,' Disse Riona, tagliando le verdure per il pasto di mezzogiorno. 'Hai il viso rosso e tutto sudato. Fa troppo caldo là fuori per poter fare il bucato.'

'Oramai ho finito.'

'Bridget è andata fuori dai ragazzi.' Riona le versò un bicchiere d'acqua. 'Cosa voleva il signor Emmerson?'

'Ha detto che sta assumendo una donna per venire a fare il bucato. Ho già abbastanza da fare.'

'Che uomo buono e gentile che è.' Riona sospirò. 'Com'è possibile che un uomo così non sia sposato?'

'Mi ha chiesto di accompagnarlo in campagna mercoledì prossimo.'

'Tu?' Riona la fissò. 'Perché?'

'Sa quanto sono interessata alla campagna.'

'Non abbiamo soldi per acquistare della terra.'

'No, ma con i contatti del signor Emmerson, potremmo ottenerne un po', situata a molti giorni di viaggio di distanza, nell'entroterra. Ho letto sul giornale che vogliono espandere i terreni fino alle zone più remote del Paese.'

'Ma vuoi avere un minimo di buon senso? Non darebbero mai della terra agli irlandesi senza un soldo, non lo farebbero!'

'Ma potrebbero, Riona, potrebbero!' Ellen si alzò e iniziò a camminare avanti e indietro nella cucina angusta. 'E se lo faranno, ho bisogno di capire come muovermi. Questa non è l'Irlanda, dove puoi piantare delle patate nel terreno e mesi dopo avere un raccolto. No, questo Paese è diverso. È così caldo e secco, e saranno bovini e pecore a farci guadagnare soldi.'

'Bovini e pecore. Hai perso il senno?' Riona rise. 'Certo, ma non possiamo permetterci di comprare una mucca o una pecora coi pochi scellini che abbiamo. Quindi, cosa faremmo mai con questa terra che ci daranno?'

'Santa Madre di Dio, devi sempre discutere con me su questa faccenda?'

'Perché stai vivendo di sogni, Ellen.' Riona sbatté il coltello sul tavolo. 'Perché non puoi essere grata per quello che hai? Guarda quanto siamo state fortunate, da quando abbiamo lasciato casa. Il signor Wilton, il signor Hamilton e ora il signor Emmerson. Nessuno ha tutta questa fortuna.' Si fece rapidamente il segno della croce. 'Lavori per un uomo buono e gentile. Abbiamo un tetto sopra la testa e cibo nello stomaco. Volevi venire in questo Paese per avere una vita migliore e ora ce l'abbiamo. Perché andare a cercare qualcosa che non avrai mai?'

'E chi dice che non posso sognare? Perché dovrei lavorare per un uomo, quando posso avere un posto tutto mio? Pensa solo che potremmo avere una casa tutta nostra, Riona, nostra. Nessun padrone. Nessuno che ci butta fuori quando gli prende il ghiribizzo. La nostra terra. La nostra casa. Perché non dovrei volerlo?' Arrabbiata, Ellen uscì furiosa dalla cucina. Non volendo che i bambini la vedessero, si diresse verso la terra deserta, fino al bordo dell'acqua.

Un sentiero lungo la costa permetteva di camminare tra Millers Point e Dawes Point. Ellen girò a sinistra verso Millers Point e, una volta superati i numerosi magazzini, trovò un posto su un terreno erboso tra due moli e si mise a guardare le barche sull'acqua.

Sentì la rabbia scemare leggermente, anche se era ancora infastidita dai commenti di Riona. Era poi così terribile che volesse avere il controllo della propria vita?

'Mamma!'

Ellen si voltò e, schermandosi gli occhi, vide Austin correre lungo il sentiero. Si lasciò cadere sull'erba accanto a lei.

'Qualcosa non va?' Si accigliò lei, preoccupata.

'No. Ti ho vista camminare e volevo venire con te.'

'Avevo bisogno di un minuto di pace, tesoro.'

Austin si sdraiò sulla schiena e chiuse gli occhi. 'Sono felice che il signor Emmerson ci abbia portati con lui stamattina.'

Lei sorrise, capendo che non avesse colto il suo suggerimento di andarsene. 'È un brav'uomo.'

'Il migliore.'

'Vuole che tu e io andiamo con lui in campagna la prossima settimana.'

Austin si alzò di scatto, gli occhi spalancati. 'Davvero? In campagna?'

'Sì.'

'Sarà fantastico, vero?' Sembrava così adulto. Il prossimo compleanno sarebbe stato il tredicesimo. Non era più un bambino.

Ellen guardò di nuovo l'acqua. 'Un giorno potremmo avere la nostra terra.'

'Lo spero, mamma, so che lo desideri, ma io vorrei una grande casa qui a Sydney.'

'Davvero?' Fu colta di sorpresa. 'Preferiresti rimanere in città?'

'Sì. Voglio essere un ricco signore come il signor Emmerson, con la mia carrozza e la servitù. Potresti vivere con me, mamma. Mi prenderei cura di te. Potremmo mangiare dolci e andare agli spettacoli.'

Non poteva ridere dei suoi sogni, perché erano solo suoi, esattamente come lei aveva i propri.

* * *

'STRINGI LE REDINI DELICATAMENTE, BRIDGET,' La istruì il signor Emmerson. 'Non devi strattonarle.'

Con il cuore in gola, Ellen osservava il signor Emmerson dare la sua prima lezione di equitazione a Bridget sul terreno vuoto accanto alla casa.

Iniziò lui, cavalcando Pepper da solo e spiegando a Bridget tutte le sezioni della bardatura usata su un cavallo. Poi, l'aveva sollevata per farla sedere davanti a lui e avevano girato in cerchio, con tutta la famiglia che guardava.

Successivamente, era sceso da cavallo e aveva lasciato che Bridget rimanesse sulla sella, mentre lui teneva Pepper legato a una corda da addestramento attaccata alla briglia.

Ellen non aveva mai visto Bridget così felice. Ora, con una buona alimentazione, la sua bambina stava crescendo. I suoi capelli ebano scivolavano spessi e setosi lungo la schiena. Senza essere di parte, Ellen sapeva che sua figlia era incredibilmente bella.

'Voglio andare più veloce!' Gridò Bridget, per niente spaventata.

'No. Devi imparare a cavalcare correttamente.'

'So cavalcare bene.' Un'ostinata inclinazione del mento di Bridget infastidì Ellen.

'Ascolta il signor Emmerson, ragazza mia, o scenderai. Compleanno o no, farai come ti viene detto.'

'Forse una tazza di tè sarebbe gradita, signora Kittrick?' Suggerì il signor Emmerson dal centro del campo.

'Vai. La guarderò io,' Disse Riona a Ellen, che era appoggiata alla recinzione accanto a lei. 'Il signor Emmerson andrà piano con lei, questo è sicuro.'

'È troppo testarda.'

Riona sorrise. 'Sì, certo, e da chi pensi abbia preso?'

'Posso imparare a cavalcare, mamma?' Chiese Patrick.

'Certo che puoi.' Ellen si voltò verso il signor Emmerson. 'Potrebbero Patrick e Austin fare un giro, signor Emmerson?'

'Certamente,' Rispose lui felicemente.

'No. Loro no, solo io!' Ordinò Bridget.

Ellen serrò la mascella. 'Quella lì si beccherà uno schiaffo tra un minuto.'

'Vai a preparare un po' di tè, Ellen. Lasciala stare.' Riona sospirò. 'È il suo compleanno e di certo non ha mai avuto un giorno speciale prima d'ora, no? È cresciuta conoscendo solo la fame e la povertà. Lascia che abbia la sua giornata.'

Più tardi, il signor Emmerson insistette affinché usassero il tavolo da pranzo per mangiare i dolci che Ellen e Riona avevano preparato per il compleanno. Insalate, carni affettate, gelatine e torte riempivano la tavola.

'È troppo cibo.' Riona si acciglò, guardando il tavolo, mentre i bambini mangiavano e ridevano col signor Emmerson.

'Sì, forse sì,' Concordò Ellen. 'Ma guarda come sono contenti. Questo è ciò che mi ero ripromessa di fare per loro. Voglio cancellare i ricordi del nostro vecchio cottage umido e buio e degli scaffali vuoti al suo interno. Voglio far sì che si dimentichino di aver mai dovuto mangiare ortiche bollite o alghe.'

'Solo sei mesi fa eravamo senza casa e senza speranza. Chi avrebbe mai pensato che saremmo stati qui, in un altro paese, a riempirci la pancia fino a quasi scoppiare?' Riona scosse la testa con stupore.

'Io l'ho pensato.' Ellen sorseggiò il suo tè. 'E questo è solo l'inizio. Tutti i nostri compleanni saranno delle celebrazioni. Aspetta e vedrai.'

Il giorno successivo, l'alba stava appena spuntando, quando Ellen consegnò la sua borsa al conducente della carrozza a noleggio, che la sistemò sul retro insieme al piccolo baule del signor Emmerson. Austin, colmo di eccitazione, accarezzava i cavalli.

Dopo una colazione veloce, Ellen salutò con un bacio Riona,

Patrick e Bridget. 'State attenti. Comportatevi bene con vostra zia,' Disse, ansiosa di partire.

Il signor Emmerson uscì per ultimo dalla casa e anche lui salutò tutti con un ampio sorriso.

Bridget, d'impulso, abbracciò la sua gamba. 'Mi mancherai, signor Emmerson.'

Dalla sua prima lezione di equitazione con Pepper il pomeriggio precedente, Bridget era stata felice come una Pasqua.

'Prenditi cura di Pepper per me, ragazza mia.' Le accarezzò la testa. 'Siamo pronti, signora Kittrick?'

'Siamo pronti, signor Emmerson.'

'Allora andiamo.' Le porse la mano per aiutarla a salire in carrozza e poi fece lo stesso con Austin, prima di montare lui stesso.

Procedettero a ritmo costante uscendo dalla città, dirigendosi a sud-ovest verso Ashfield. Man mano che gli edifici e le strade trafficate lasciavano spazio a campi aperti, fattorie e strade strette, Ellen si rilassava sempre di più. Per una settimana, non avrebbe dovuto lavorare. Le piaceva quel pensiero.

'Se ce la facciamo coi tempi, stasera dovremmo dormire in una locanda sulla strada per Glenfield,' Disse il signor Emmerson. 'Abbiamo molta strada da fare e non voglio affaticare troppo i cavalli. La mia proprietà è situata in una zona montuosa e alcune parti della strada sono decisamente ripide. I cavalli avranno un bel da fare.'

'Può dirmi qualcosa di più sulla sua terra, signor Emmerson?'

'I miei cinquecento acri sono situati nel distretto di Camden Sud, vicino al villaggio di Berrima. Sono molto fortunato, perché ho una fornitura d'acqua che la attraversa e un eccellente pascolo. Il terreno è fertile e ho in piano di arare alcuni campi.'

'Ma non c'è ancora una casa?' Chiese Ellen.

'No. Il motivo di questa visita è quello di tracciare il progetto della casa che ho commissionato poche settimane fa. Intendo ingaggiare dei costruttori locali, se possibile, per iniziare a costruire al più presto. Sono molto entusiasta al riguardo.' Il signor Emmerson guardò fuori dal finestrino situato sul suo lato e Ellen fece lo stesso dalla sua parte, osservando la miriade di fattorie che si susseguivano.

Austin fece delle domande al signor Emmerson su ciò che stavano vedendo e Ellen ascoltò le risposte con la stessa curiosità del figlio.

Trascorsero la notte nella locanda di Glenfield, prima di ripartire all'alba del giorno successivo, diretti verso la piccola città di Campbelltown. Qui, dopo una pausa per mangiare e bere qualcosa e nutrire i cavalli, si diressero verso ovest in direzione di Camden, dove passarono un'altra notte in una locanda.

La mattina successiva, partirono di nuovo, passando per Cawdor e salendo lungo i lati pericolosamente ripidi del Razorback Range.

Due giorni in carrozza col signor Emmerson diedero a Ellen una comprensione più chiara di quell'uomo. Era molto colto e avventuroso. Riempì le ore di viaggio coi racconti delle sue spedizioni alla scoperta di foreste sconosciute, condotte insieme ai membri delle squadre di esplorazione del governo.

Il signor Emmerson intrattenne Ellen e Austin con descrizioni di valli e gole, animali unici e fauna avicola. Raccontò dei suoi genitori in Inghilterra, con ammirazione e una punta di nostalgia.

'Verranno a trovarla qui?' Chiese Ellen.

'No, mia madre è troppo malata e mio padre, beh, era già anziano quando sono nato. Ora ha settant'anni ed è piuttosto abitudinario. Un viaggio dall'altra parte del mondo sarebbe troppo per loro.'

'E lei è figlio unico?'

'Sì, sono figlio unico. Sono arrivato tardi nella vita dei miei genitori, quando pensavano che ormai non avrebbero mai avuto figli,' Disse malinconico. 'Mi adorano e io adoro loro.'

'Saranno tristi che lei non sia con loro.'

'Infatti. Ma mio padre mi ha incoraggiato a viaggiare e a fare qualcosa di me stesso. Lui è il quarto figlio e non ha mai potuto offrirmi un'eredità, come l'hanno avuta i miei cugini. Ho frequentato Harrow e poi Oxford e pensavo che sarei diventato un insegnante o di unirmi all'esercito. Purtroppo, non ho fatto nulla di tutto ciò, perché durante il mio tour, dopo aver finito a Oxford, ho incontrato Rafe Hamilton a Parigi e abbiamo viaggiato insieme per alcuni mesi. Ci siamo separati a Lione. Io sono andato ad Atene, mentre Rafe è tornato a casa in Inghilterra, a causa di alcuni problemi familiari, ma abbiamo mantenuto i contatti, per poi decidere di avviare un'attività insieme. Mio cugino Robin si mise in viaggio verso la colonia e mi chiese di unirmi a lui. L'ho fatto e con Rafe decidemmo che l'import-export tra la colonia e l'Inghilterra avrebbe funzionato bene.'

'Robin è ancora nella colonia?'

'Sì. Ha viaggiato verso sud fino a Melbourne l'anno scorso. Sono fortunato ad avere un contatto per gli affari anche lì.'

Austin si agitava sul sedile. Dopo due giorni in carrozza, iniziava ad annoiarsi.

'Dicci di più delle tue spedizioni nel deserto, signor Emmerson.'

Emmerson sorrise. 'Cielo, ragazzo, pensavo di averle raccontate tutte.'

La carrozza rallentò e il conducente, il signor Higgins, li chiamò.

Accigliato, Emmerson si sporse dal finestrino. 'Che succede, Higgins?'

'Un carro di buoi si è rovesciato davanti a noi, signore. Non sono sicuro che riusciremo a passare.'

'Accidenti.' Emmerson scese dalla carrozza.

Ellen e Austin lo seguirono, interessati ad assistere alla confusione.

Davanti a loro, a metà del primo pendio della catena montuosa, un carro di buoi giaceva riverso sulla strada sterrata. Il conducente imprecava, mentre scaricava il carico ripieno di articoli per la casa.

'Possiamo aiutarlo?' Ellen approcciò la zona dell'incidente insieme a Emmerson e Higgins.

'Ci ritarderà di alcune ore.' Emmerson chiamò il conducente dei buoi. 'Buon uomo, siete in un bel pasticcio.'

'Sì, signore. L'asse si è rotto in una buca e il carro si è rovesciato.' Parlava tra i denti stretti attorno a una pipa in terracotta. Si grattò la testa. 'Non so cosa fare. Non posso lasciare il carico sul ciglio della strada e andare a cercare aiuto. Sarebbe rubato da qualche ladro, prima che faccia ritorno.'

'Se riusciamo a passare, potremo andare al villaggio più vicino e inviarle aiuto,' Disse Emmerson, camminando attorno a mobili, bauli e casse sparsi ovunque.

'Aiutiamolo a spostare tutto da una parte,' Suggerì Ellen. 'Austin, prendi quella borsa laggiù.

'Grazie, signora,' Disse il conducente del carro.

Si adoperarono per liberare la strada, mentre il caldo aumentava. Ellen notò i beni di valore che trasportava e si chiese chi fosse la famiglia che li possedeva.

Dietro di loro, un altro carro saliva lungo la strada. Il conducente si fermò e si mise ad aiutarli. Con gli uomini che lavoravano tutti insieme, riuscirono a spostare il retro del carro, per permettere il passaggio del traffico. Il conducente sciolse i buoi e una volta liberi, li lasciò pascolare nella piana erbosa in fondo alla collina.

'Vi ringrazio molto.' Il conducente strinse la mano a tutti. Quando arrivò a Ellen, si tolse il cappello. 'Molto gentile da parte vostra, signora.'

'Buona fortuna. Le invieremo qualcuno.'

'Signore,' Higgins si avvicinò a Emmerson. 'Penso che sia meglio alleggerire il carico, dato che i cavalli devono salire il pendio. È molto ripido e il caldo potrebbe affaticarli.'

'Infatti. Cammineremo.' Emmerson guardò Ellen. 'Ammenoché lei non voglia rimanere in carrozza?'

'No. I cavalli sono importanti. Possiamo camminare.' Sollevando la gonna, Ellen si incamminò sulla strada tortuosa.

Con il sole caldo che bruciava sopra di loro, procedettero in fila indiana lungo il bordo della strada, cercando di mantenersi sotto gli alberi sporgenti. I cavalli faticavano a salire la pendenza ripida, sul cui lato si trovavano dirupi a strapiombo.

Attraverso le aperture tra gli alberi, Ellen poté intravedere il villaggio di Cawdor e le fattorie che si insediavano fin dentro le foreste.

In cima alla montagna, si fermarono a riposare. Ellen, che indossava un leggero abito in cotone ricamato, si sedette sotto un albero di eucalipto, mentre Emmerson le portava una borraccia di tè freddo. Una lucertola sfrecciò nell'erba alta, facendola sobbalzare. Rise imbarazzata.

'Se l'è cavata benissimo, signora Kittrick,' Disse Emmerson.

Lei gli rivolse un sorriso esausto e si sventolò il viso con un piccolo ramo coperto di foglie che Austin le aveva dato. 'Sono contenta che sia finita.'

'Guarda, mamma, i canguri!' Austin indicò la collina accanto, dove un gruppo di cinque o più canguri riposava all'ombra di un albero.

'Non sono meravigliosi?' Ellen scrutò gli animali locali. 'Non sembrano avere paura di noi.'

'Non da questa distanza. Ma se ci avvicinassimo, scapperebbero via,' Disse Emmerson.

'Mamma, posso sedere sopra con Higgins, per favore?' Chiese Austin.

'Non ne sono sicura.'

'Andrà tutto bene, signora Kittrick, purché si tenga stretto.' Higgins sorrise.

Una volta ripartiti, Emmerson guardò Ellen. 'Non deve preoccuparsi per Austin. Higgins lo terrà d'occhio.'

'Certo, ma non sono preoccupata per Austin. È abbastanza giudizioso da sapere di doversi tenere stretto. Si godrà senza dubbio ogni minuto.' Si maledisse per essere tornata all'uso del suo accento. Da quando era arrivata, aveva fatto del suo meglio per usarlo il meno possibile.

Come se se ne fosse accorto, Emmerson sorrise. 'Le manca casa?'

'No. Non proprio. Mi mancano le persone che erano lì. Mio figlio Thomas, Mamma, Papà e Padre Kilcoyne e tutti gli altri che hanno lasciato questa terra.'

'Non suo marito.'

Si fermò a riflettere per un momento, rendendosi conto che non pensava a lui da un po'. 'No. Malachy cambiò molto, quando fummo colpiti dalla peronospora. Non che fosse colpa sua. Si sentiva oppresso dal non poter provvedere alla sua famiglia. Si diede al bere...'

'Ah. Una maledizione malefica che affligge molti.'

Quando la carrozza accelerò in discesa, Ellen fu sballottata sul sedile. Si aggrappò alla parete della carrozza, ma fu comunque scossa con violenza. 'Santa Vergine!' Gridò quando, a un certo punto, le ruote della carrozza slittarono in una buca, quasi ribaltandoli.

Fuori dai finestrini, la vista di gole e alberi correva veloce. Sentì Higgins stabilizzare i cavalli, e il freno stridere duramente. Ellen pregò che Austin si stesse tenendo stretto.

Finalmente, alla base della montagna, tirò un sospiro di sollievo.

'Ce l'abbiamo fatta, signora Kittrick.' Anche Emmerson sembrava un po' scosso. 'Ci fermeremo a Picton e riposeremo un'ora, prima di proseguire per Myrtle Creek.'

Giunti alla tranquilla cittadina di Picton, si fermarono lungo la strada principale. Emmerson riferì a un agente di polizia dell'incidente del conducente del carro di buoi, mentre Ellen e Austin si rinfrescarono alla locanda George

IV e mangiarono un pasto frugale a base di stufato di montone.

'Myrtle Creek non è lontana, otto miglia circa. Ci fermeremo lì questa sera,' Disse Emmerson, bevendo una birra. 'Domani continueremo verso sud e dovremmo arrivare fino al confine della regione di Argyle, e Berrima stessa.'

'Posso sedere di nuovo con Higgins?' Chiese Austin, mangiando con appetito il suo stufato.

'Se Higgins è d'accordo,' Rispose Ellen.

'Non si sta pentendo della sua decisione di accompagnarmi, signora Kittrick?'

Ellen gli rivolse un sorriso caloroso. 'No, signore Emmerson. Sono più che felice di essere qui.'

I suoi occhi verdi si scurirono un po'. 'Anch'io sono molto contento che lei sia qui.'

Lasciando svanire il sorriso, Ellen tornò al suo pasto. Aveva intravisto del desiderio nei suoi occhi. Quel pensiero la scioccò leggermente. Emmerson la desiderava? Non poteva essere, giusto? Non la sua governante. Non se era uno degli scapoli più agognati di Sydney. Ammenoché non volesse un'amante? Erano diventati amici, è vero, ma l'interesse di lei forse lo confondeva? Voleva di più? O era lei che stava rimuginando troppo?

La testa le pulsava per il mal di testa, mentre risalivano in carrozza. Chiuse gli occhi e fu grata che Emmerson non stesse parlando durante il viaggio verso la locanda successiva.

Delle nuvole minacciose li accolsero il mattino successivo. La temperatura era scesa, rispetto al caldo del giorno precedente ed Ellen ne fu grata. Il mal di testa aveva persistito per tutta la sera, ed era andata a letto presto, trascorrendo una notte agitata.

'Sembra pallida, signora Kittrick,' Osservò Emmerson, mentre lasciavano Myrtle Creek.

'Il mal di testa non mi è passato per tutta la notte. Penso che sia stato per aver camminato sui monti sotto il sole, ieri.'

'Mi dispiace molto. Non avrei dovuto proporglielo.'

Emmerson sembrava afflitto. 'Non avrei mai voluto creare disagio. Mi perdoni.'

'Sto bene, signor Emmerson. La colazione mi ha rinvigorita.'

'Domani ci riposeremo tutto il giorno, lo prometto.'

'Sono più forte di quanto sembri, signor Emmerson. Ho passato di peggio, mi creda.'

'Infatti, lei è la donna più forte che conosca.' Ancora una volta, i suoi occhi erano pieni di ammirazione.

Ellen osservava gli arbusti e la macchia susseguirsi, non sapendo cosa pensare. L'insediamento di Barco non era nient'altro che un agglomerato di semplici capanne in legno e fattorie. Non si fermarono lì. Le foreste fitte presto sostituirono gli aperti terreni agricoli, e il sentiero si strinse in alcuni punti. La densità della foresta, o la boscaglia, come la chiamavano i locali, ombreggiava il sentiero che, unita alle nuvole sopra le loro teste, offrì un sentiero debolmente illuminato, interrotto solo da ponti in legno grezzo o torrenti con letti di pietra, che attraversarono facilmente.

Con la monotona vista di alberi e cespugli e il dondolio della carrozza, Ellen si addormentò presto. La notte inquieta le era pesata molto, e si lasciò andare a un sonno accogliente.

Improvvisamente, fu spinta in avanti così bruscamente che finì in grembo al signor Emmerson. 'Madre di Dio!'

'Signora Kittrick, sta bene?'

'Signor Emmerson, mi dispiace tanto.' Si rimise in fretta al suo posto.

'Higgins! Che diavolo stai facendo!' Emmerson urlò fuori dal finestrino. 'Perdoni il mio linguaggio, signora Kittrick.'

Sfregandosi le ginocchia contuse, Ellen sbirciò fuori dal finestrino, verso gli alberi e la macchia.

Apparve un cavaliere, il volto coperto da un fazzoletto rosso. 'Scendete dalla carrozza!'

Soffocando un urlo, Ellen si coprì la bocca con le mani.

'Rimanga qui,' Sussurrò Emmerson, prima di aprire la porta e scendere. 'Che significa tutto questo?'

'È una rapina, mio caro.' Il cavaliere agitò una pistola verso Emmerson. 'Chi c'è lì dentro? Tutti devono scendere. Ora.'

'Cosa volete? Denaro? Ho del denaro.' Emmerson infilò la mano nella tasca del panciotto.

'Aspetta. Fermo!' Il cavaliere avanzò a cavallo verso Emmerson. 'Tieni le mani dove posso vederle.' Notò anche Ellen. 'Tu, donna, scendi!'

Lentamente, con le gambe tremanti e le mani alzate, Ellen scese il gradino. Aveva sentito da Emmerson le storie sui bushranger e di quanto fossero terrificanti quei banditi, ma non le aveva mai prese sul serio, pensando che non ne avrebbe mai visto uno.

Una volta lontana dalla carrozza, contò altri tre uomini, tutti a cavallo e con pistole e fucili puntati su di loro. Ognuno portava una lunga barba e un fazzoletto in viso.

Guardò Austin, che sembrava terrorizzato, seduto accanto a Higgins. Doveva essere coraggiosa per Austin. Nulla doveva succedere ad Austin.

'Bene, Danny, amico mio, vediamo di cosa possiamo alleggerire questa gente.' Il capo si rivolse al cavaliere dietro la carrozza, che scese rapidamente da cavallo e aprì i bagagli.

Ellen osservò ciascun uomo a turno, memorizzando dettagli che sperava avrebbe ricordato più tardi per i poliziotti. Non aveva nulla di valore nella sua borsa di stoffa, solo un cambio di vestiti e articoli da toletta. Avrebbero potuto cercare tutto il giorno e non avrebbero comunque trovato niente. Ma conservava un borsellino nascosto nella manica, contenente qualche scellino del suo ultimo salario.

Emmerson le sorrise rassicurante; la sua espressione era ansiosa, ma non troppo preoccupata. 'Stia calma.'

'Smettila di parlare!' Il capo alzò la pistola direttamente alla testa di Emmerson.

Con le gambe tremanti, Ellen mantenne lo sguardo su Austin, sperando che non facesse nulla di stupido.

'Non c'è molto qui, Eddie.' L'altro bushranger, Dan, si avvicinò a Emmerson, prendendo il suo orologio da tasca e il portafoglio in pelle. 'Ci sono delle banconote nel portafoglio.' Lo passò a Eddie, poi si fermò davanti a Ellen. 'Dammi ciò che hai, signora.'

'Non ho niente.' Ellen lo guardò negli occhi, notando il suo accento irlandese. Alzò lo sguardo verso il capo, Eddie, cercando di non mostrare il suo nervosismo. 'Certo, sono solo una governante, così è.' Parlò col suo accento, quello di cui aveva cercato di liberarsi, per non essere etichettata dalla società.

'Ah, una ragazza della vecchia patria.' Eddie si poggiò la pistola sulla coscia. 'Di dove sei, signora?'

'Mayo, e tu?'

'Connemara. Dove a Mayo?'

'Louisburgh.'

'Ah, non ci credo! Sono stato a Louisburgh.' Si appoggiò alla sella. 'Certo, e io sono di Tully. Dan è di Galway. Siamo venuti in catene vent'anni fa, da ragazzi e da allora stiamo scontando una pena, in un modo o nell'altro.'

'Che la Santa Madre vi protegga.' Ellen si fece rapidamente il segno della croce.

Eddie la osservò e indicò Emmerson. 'Lui è il tuo padrone?'

'Sì.'

'Ti tratta bene?'

'Sì. Ha accolto me e la mia famiglia. Ci ha dato lavoro e ci paga decentemente.' Ellen deglutì. 'È un brav'uomo.'

'Per essere un inglese?' Eddie grugnì.

'Sì. Non ti mentirei.'

'Potresti unirti a noi. Essere la mia donna?'

Un brivido di paura le percorse la schiena. 'Quello lassù è mio figlio e ne ho altri due a Sydney. Hanno bisogno di me.'

Eddie sembrò valutare la situazione e Ellen si chiese se l'avrebbe semplicemente presa con sé. Quattro uomini insieme potevano facilmente rapirla. Emmerson e Higgins non portavano armi e non potevano fermarli. Nessuno l'avrebbe più ritrovata.

'Ti tratterei bene.'

Ellen sentì la bocca seccarsi. 'Preferirei che ci lasciassi andare. Sono una madre e hanno già sofferto abbastanza, senza doverci aggiungere anche la mia perdita, ora che siamo riusciti ad arrivare vivi in questo Paese. Ci lascerai andare?'

Eddie fece una pausa. 'Certo, lo farò, ma abbiamo bisogno di soldi, ragazza. Siamo affamati.'

Ellen estrasse il borsellino dalla manica e glielo lanciò. 'Ci sono tre scellini e sei penny in tutto. Non è molto, lo so, ma è tutto tuo. Hai anche il portafoglio. Vai all'osteria che abbiamo appena passato a Bargo e compra del cibo.'

'Beh, guarda un po'! Qualcuno che ci tratta bene. È una cosa rara per noi.' Eddie mise il sacchetto in tasca. 'Dove siete diretti?'

'A sud, al confine del paese di Argyle.'

'Qual è il tuo nome?'

'Ellen.'

Eddie toccò il bordo del cappello con la punta della pistola. 'Buon viaggio, dolce Ellen.'

In pochi secondi, si lanciarono al galoppo lungo il sentiero, lasciandosi dietro solo una nuvola di polvere.

Barcollando un po', Ellen raggiunse la carrozza, prima che le gambe le cedessero.

'Mamma!' Austin saltò giù dal sedile e le avvolse le braccia intorno alla vita.

'Zitto, bambino. Sto bene.' Lo tenne stretto a sé.

'Signora Kittrick, il suo coraggio è straordinario.' Emmerson la aiutò a salire nella carrozza, tenendole la mano più a lungo del necessario. Sembrava volesse dire di più, ma si trattenne, mentre Austin si sedeva accanto a lei, stringendole il braccio.

'Bushranger, Mamma,' Disse Austin con stupore. 'Patrick non ci crederà.'

Lei gli baciò il capo. 'No, non ci crederà. Sono felice che

Bridget non fosse con noi, altrimenti gliene avrebbe sicuramente dette quattro.' Cercò di scherzare, per alleggerire l'atmosfera e calmare l'espressione ansiosa di suo figlio.

Con i bagagli di nuovo assicurati, ripresero il viaggio, senza parlare, ancora scioccati per essere stati derubati.

Ellen si fissava le mani serrate, respirando a fondo. L'incidente continuava a ripetersi nella sua mente. Quanto facilmente la situazione avrebbe potuto prendere un'altra evoluzione. Quegli uomini avrebbero potuto sparargli, lasciandoli morti lungo la strada?

Viaggiando nel caldo e nella polvere, con la boscaglia come unica visuale, Austin si addormentò appoggiato alla spalla di Ellen.

'Lei è la donna più coraggiosa che conosca, signora Kittrick,' Disse il signor Emmerson dolcemente, con tono rispettoso. 'Non so cosa sarebbe successo, se lei non fosse riuscita a parlare con loro in modo ragionevole.'

'Avevo mio figlio da proteggere, signore. Le madri farebbero qualsiasi cosa per i propri figli.'

'Che madre straordinaria è lei, signora Kittrick. Sono onorato di averla conosciuta. Inoltre, considerarla un'amica è qualcosa che apprezzo molto.'

Grazie, signor Emmerson. È gentile da parte sua.' Le sue parole la toccarono.

'Che notizie che avrò da raccontare a Rafe e ai miei genitori. Che audacia, aver fatto amicizia con dei bushranger. Che caso fortuito che sia loro che lei foste irlandesi. È sorprendente.'

Ellen si girò e chiuse gli occhi. Nella sua mente, pensò a Rafe e si chiese come avrebbe reagito lui ai bushranger. Pensava che, in qualche modo, avrebbe opposto resistenza più di quando non avesse fatto Emmerson.

CAPITOLO 17

Il giorno successivo, la pioggia li costrinse al chiuso, e Ellen ne fu grata. Essendo irlandese, la pioggia non la infastidiva, ma ascoltò con un mezzo sorriso i residenti della locanda lamentarsi di essere rimasti bloccati lungo la strada o di non riuscire ad asciugare i vestiti. Tuttavia, aveva bisogno di una scusa per prendersi una pausa da Emmerson e la pioggia le diede l'opportunità perfetta per restare nella sua stanza per qualche ora, tenendosi occupata scrivendo una lettera a Riona e lavando la biancheria sua e di Austin nella bacinella riposta sul tavolo. La gentile locandiera le aveva gentilmente fornito del sapone fatto in casa e aveva acceso il fuoco. Ellen aveva appeso il bucato ad asciugare sullo stendino davanti alle fiamme. Austin andava e veniva, passando tra le stalle con Higgins e chiacchierando con Emmerson al piano di sotto, nella sala pubblica.

Da quello che aveva visto fino a quel momento, Ellen gradì il piccolo villaggio di Berrima, situato tra le montagne, molto più in alto rispetto a Sydney. Il più elevato numero di precipitazioni e gli inverni più freschi in quella zona erano paragonabili a quelli delle contee britanniche, piuttosto che a una città portuale e alle coste.

Dalla finestra aperta della sua camera, Ellen guardava la spaziosa area verde situata nel mezzo del villaggio e osservava le persone affrettarsi, cercando di non calpestare la fanghiglia lasciata dagli acquazzoni. La strada principale era ampia e un gran traffico passava attraverso il villaggio.

Una squadra di buoi passò lentamente trainando un carro carico. Ellen sperò che l'uomo che avevano incontrato sui monti fosse stato salvato. Pensò fugacemente ai bushranger, ma li scacciò rapidamente dalla mente.

Una brezza leggera sollevò le tende e il sole sbucò tra le nuvole soffici, come se la stesse invitando a lasciare la stanza.

Invece, si sedette al tavolo vicino alla finestra e iniziò a scrivere una lettera per il signor Hamilton.

Caro Signor Hamilton,

Spero che questa lettera la trovi in buona salute.

Le scrivo dal Victoria Inn a Berrima – un grazioso paesino a diversi giorni di viaggio da Sydney. Il signor Emmerson ha invitato me e Austin a viaggiare con lui, poiché desiderava visitare la sua proprietà in questa parte del Paese. È a conoscenza del mio interesse per la terra.

A poche miglia a nord di qui, a Mittagong, ci sono le ferriere, che penso sarebbe utile menzionare ai futuri passeggeri perché possano trovare lavoro.

La campagna qui è molto produttiva e le fattorie prosperano grazie al buon terreno e alle piogge. Questo mi è stato raccontato ieri sera a cena da un uomo del posto che vive nelle vicinanze e che era venuto alla locanda per bere una birra. Lui e il signor Emmerson hanno parlato di molte cose che potrebbero essere d'aiuto a un nuovo arrivato. Questa zona sta diventando più popolata di anno in anno e sarebbe quindi un'altra area che potrebbe menzionare ai suoi passeggeri. Senza dubbio, il signor Emmerson le parlerà di ciò nelle sue lettere e non c'è bisogno che io lo ripeta, non essendo esperta quanto lui su queste questioni.

Spero non passi ancora molto prima che le mie lettere precedenti le vengano consegnate. Come sarà sorpreso, quando riceverà una lettera che dice che sto lavorando come governante per il signor Emmerson. Spedirò questa lettera domani, poiché la diligenza postale parte da questa zona due volte alla settimana e la prossima partenza sarà domattina.

I bambini e mia sorella sono tutti in buona salute. Bridget ha iniziato le lezioni di equitazione col signor Emmerson e lui dice che ha delle doti naturali.

Credo che le piacerebbe questo Paese…

La porta si aprì e Austin entrò pieno di energia e buonumore. 'Mamma, stiamo andando alla terra del signor Emmerson.'

'Quando?'

'Ora. Ha incaricato Higgins di preparare i cavalli. Mi ha detto di venire a chiederti se vuoi andare o se stai ancora riposando.'

'Voglio andare, sì.' Ellen indossò il suo cappellino e legò il nastro. 'Riposando!' Ellen grugnì indispettita. 'Sono proprio una gran signora che ha bisogno di riposare, vero?'

Austin rise. 'Ho detto al signor Emmerson che stavi sistemando i vestiti e scrivendo una lettera alla zia Riona.'

Al piano di sotto, Ellen rivolse un sorriso al signor Emmerson. 'Sono ansiosa di vedere la sua terra, signor Emmerson.'

'Ho ordinato la carrozza, anche se temo che dovremo percorrere un po' di strada a piedi, signora Kittrick. È un peccato che non sappia cavalcare, perché in campagna è un'abilità molto apprezzata e utile.'

'Ho camminato ovunque per tutta la mia vita, signor Emmerson. Sono sicura che ce la farò.'

Imboccarono la strada a nord fuori da Berrima, la stessa che avevano percorso due giorni prima, ma una volta in cima alla collina all'inizio del villaggio, Emmerson ordinò a Higgins di svoltare a destra su un sentiero appena visibile.

'Dirigiti a est, Higgins, per favore,' Chiamò Emmerson, con la testa fuori dal finestrino per vedere i segni del confine.

'I nativi sono un problema qui, signor Emmerson?' Chiese Ellen.

'No. Quelli che erano in questa zona sono stati spinti più a ovest anni fa, una volta che i coloni sono arrivati e hanno iniziato a coltivare. I pochi che si vedono sono abbastanza amichevoli, ma si tengono a distanza e non causano problemi a nessuno.'

Lungo il sentiero, c'erano delle fattorie, che si diradarono rapidamente, fino a scomparire del tutto in una cintura di alberi locali.

'Da questo punto in poi, dobbiamo camminare, signora Kittrick, Austin.' Emmerson prese una borsa di cuoio e aprì la strada tra gli alberi. 'Più a est e giù per la collina si trova l'area chiamata Bong Bong, appartenente a un certo signor Oxley. Per raggiungerla, bisogna scendere una collina piuttosto ripida. Il confine orientale della mia terra si ferma poco prima di quella zona.'

Giunti su una lieve altura, Emmerson svoltò a destra davanti a un albero marcato. Attraversando un fitto sottobosco e alberi, si fermò e guardò dritto davanti a sé. Ellen si fermò accanto a lui e trattenne il respiro. Davanti a lei, si estendevano ondulate terre da pascolo, con erba alta fino alle ginocchia. In alcuni punti, sbucavano degli alberi, ma era una terra eccellente per il bestiame.

'Questo è solo l'inizio della mia terra, signora Kittrick.'

'È bellissima…'

'E non è neanche la parte migliore. Venga.' Lui proseguì verso sud attraverso l'erba e loro lo seguirono, ansiosi di vedere dove li stesse conducendo.

Dopo diverse centinaia di metri, il paesaggio si aprì davanti a loro. Ellen temette che il suo cuore si sarebbe fermato. Davanti a lei si estendeva una valle e, in fondo, un ampio fiume serpeggiava come un nastro grigio attraverso le terre da pascolo. Vicino alle rive, un grande gregge di bovini dalle lunghe corna si muoveva lentamente. Una tenda bianca di tela era piantata lì vicino.

'Quello è il fiume Wingecarribee. È il confine meridionale della mia terra. Possiedo l'area che va dalla strada fino al fiume. L'uomo che ho assunto per sorvegliare il mio bestiame vive nella tenda che vede laggiù, ma credo che la posizione migliore per la mia casa sarebbe proprio qui, sul bordo di questo promontorio. Cosa ne pensa, signora Kittrick?'

Ellen ci pensò su e fece qualche passo, valutando la vista e la posizione. 'Penso, signor Emmerson, che questo sia il punto migliore per costruire una magnifica casa.'

Lui sorrise raggiante in risposta. 'Eccellente. Le piacerebbe vedere un disegno del progetto?'

Austin ed Ellen si avvicinarono a lui, mentre estraeva dalla borsa un foglio arrotolato. Quando lo dispiegò, rivelò una casa dagli ambienti squadrati, con un piccolo cortile al centro e delle verande che circondavano la parte esterna. Ellen notò le sei camere da letto – tre su ciascun lato, complete di cabine armadio. La sala da pranzo e il salotto formale erano sul retro della casa, che avrebbe avuto la vista sulla valle. Davanti c'era una sala per la colazione, l'ampio ingresso e uno studio. Sul lato della casa, attraverso un passaggio tra le due camere da letto, c'era un'estensione per le stanze di servizio, compresa la cucina, la dispensa e una piccola sala da pranzo per il personale. Ogni camera era dotata di un caminetto e di grandi finestre.

Ellen sapeva che sarebbe stata felice di lavorare in una casa così bella. 'Sarà splendida, signor Emmerson.'

'Sono entusiasta che le piaccia, signora Kittrick.' Si rivolse ad Austin. 'Dovremmo delimitare il terreno?'

Mentre Austin e Emmerson prendevano le misure e piantavano i picchetti nel terreno, Ellen si sedette sull'erba ad apprezzare il panorama. Possedere un pezzo di terra così magnifico sarebbe stata la materializzazione dei suoi sogni. Certo, non avrebbe mai goduto di un sito così prestigioso, ma se un giorno avesse potuto avere alcuni acri da qualche parte, sarebbe stato comunque un grande traguardo, insieme all'essere riuscita a crescere i suoi figli in una terra devastata dalla carestia.

Quando vide il guardiano sellare il suo cavallo e avvicinarsi a loro, Ellen avvisò il signor Emmerson.

'Ah, Thwaite. Sì, è un brav'uomo, signora Kittrick. Un ex detenuto, ma intelligente e di buon senso. Davvero sprecato come mandriano. Sa leggere e scrivere. Un giorno, vorrei farlo diventare il responsabile qui, se rimarrà.' Quando l'uomo smontò da cavallo, il signor Emmerson gli strinse la mano. 'Signora Kittrick, mi permetta di presentarle il signor Thwaite, il mio guardiano.' Il signor Emmerson fece le presentazioni.

'Crede che qui sia meglio avere bovini che pecore, signor Thwaite?' Chiese Ellen.

'Entrambi prosperano bene, signora Kittrick, ma i bovini sono più facili da gestire, quando il padrone del fondo non è presente.'

'Il fondo?' Chiese lei.

'Un fondo, o stazione, è come chiamano qui una grande proprietà in campagna,' Spiegò il signor Emmerson.

'Oh, capisco.' Guardò la mandria in lontananza. 'In Irlanda non avevamo bovini con le corna così grandi. Sembrano dei begli animali.'

Il petto del signor Thwaite si gonfiò d'orgoglio. 'Mi prendo cura di loro con molta premura. Il pascolo qui non è secondo a nessuno.'

'Ne abbiamo persi dalla sua ultima lettera?' Chiese il signor Emmerson.

'No, signore. Abbiamo perso uno dei vitelli un mese fa, come sa, ma gli altri stanno crescendo bene.'

'I costruttori arriveranno entro pochi giorni, signor Thwaite, per iniziare la casa.' Il signor Emmerson gli mostrò la pianta. 'La pagherò extra, se può tenerli d'occhio.'

'Certamente, signore.' Thwaite annuì. 'Verrò ogni sera a controllare i progressi. In caso di problemi, le farò sapere.'

'Eccellente. Avrò qualcuno che gestirà i lavori finché non potrò tornare, ma avere un altro uomo di cui posso fidarmi è una scelta saggia. Ho sentito dire che alcuni uomini delle squadre di scalpelli sono molto pigri. Ho ordinato che la pietra venga consegnata dalla cava di Joadja. Dovrebbe arrivare entro una settimana circa.'

'Controllerò tutto, signore.'

'Se farà un buon lavoro nel prendersi cura del posto, Thwaite, la nominerò responsabile.'

'Molto bene, signore. Può contare su di me.'

Ellen li lasciò da soli a parlare del bestiame e dei piani futuri e si avvicinò a Austin, che sedeva sul bordo del promontorio che dava sulla valle.

'È bello qui, Mamma.' Austin masticava uno stelo d'erba.

Si sedette accanto a lui. 'Sì, non posso dissentire. È bellissimo.'

'Non è casa, ma è quasi altrettanto bello.'

'L'Irlanda è nel passato, tesoro. Dobbiamo pensare al futuro.'

'Mi piace qui, sì.' Austin strappò un altro lungo stelo d'erba. 'Voglio essere come il signor Emmerson un giorno, costruire una casa su una collina, avere mandrie di animali e una carrozza e una casa a Sydney. Allora sarò ricco.'

'E lo farai. Ne sono sicura.'

'Lo pensi davvero?'

'Sì, se lavorerai sodo e agirai con buon senso. Un uomo stupido non può fare fortuna, Austin, solo gli uomini intelligenti possono farlo.'

'Come il signor Emmerson.'

'Sì, e il signor Hamilton, e altri.'

'Ma non mio padre.'

Ellen sospirò. 'Sì, lo era, a modo suo. Tuo padre era un uomo semplice con dei bisogni semplici. Il cottage e il nostro appezzamento di terra erano tutto ciò che desiderava.'

Austin strizzò gli occhi rivolgendosi verso il sole. 'Se mai avrò della terra, non permetterò che mi venga tolta.'

Lei gli prese la mano e la strinse. 'Neanche io, figlio mio, neanche io.'

* * *

UNA VOLTA TORNATA A SYDNEY, Ellen si sentiva un po' irrequieta. Lavorava sodo, prendendosi cura del signor Emmerson e della sua casa, ma era convinta che qualcosa fosse cambiato. Quando era a casa, il signor Emmerson passava molto tempo a parlare con lei della tenuta in campagna.

Spesso, la invitava di sera a sedere con lui nel salotto, insieme a Riona che lavorava a maglia o cuciva, seduta all'angolo della stanza. Anche se era felice si essere invitata a prendere parte a tali discussioni sulla tenuta, ciò scatenava in Ellen un senso di insoddisfazione. Voleva pianificare il proprio futuro, la propria terra. Chiese a Emmerson se potesse informarsi per lei riguardo all'ottenimento di una concessione. Lui disse che l'avrebbe fatto. Tuttavia, fino a quel momento, non ne era venuto fuori nulla.

Mentre il mese di marzo scivolava in aprile e poi in maggio, il caldo estivo lasciava spazio a fresche giornate autunnali. Le stagioni che cambiavano fecero sentire Ellen un po' scoraggiata. Non aveva ricevuto lettere dal signor Hamilton e decise di smettere di scrivergli. Era stata una sciocca a pensare che un gentiluomo come lui volesse continuare a ricevere lettere da lei? Gliene aveva spedite così tante, raccontando delle sue impressioni sul viaggio, dell'arrivo e della vita a Sydney. Ne aveva inviate troppo? Dopotutto, riceveva già quelle del signor Emmerson. Forse, quando le aveva chiesto di scrivergli, si aspettava che avrebbe raccontato solo del viaggio e della nave. A parte ciò, non avrebbe avuto motivo di voler ascoltare i suoi pensieri o essere partecipe delle sue esperienze. Lei non significava nulla per lui. Aveva forse immaginato del tutto i sentimenti che pensava lui provasse per lei?

L'attrazione che provava per lui doveva morire, e col tempo sarebbe successo, ne era sicura.

Salì nella sua stanza e mise via gli articoli di cancelleria che lui le aveva comprato il giorno che aveva lasciato Liverpool. Nella scatola mise anche i libri, un po' malandati e consumati dalle continue letture sulla nave.

Chiudendo il coperchio, fece scivolare la scatola sotto il letto. Un profondo senso di perdita la pervase. Il signor Hamilton le era piaciuto troppo. Pensare che potesse mai diventare qualcosa di più per lei era stato solo un sogno a occhi aperti.

Al piano di sotto, sentì i bambini rientrare da scuola. Riona li accolse in cucina.

Ellen si alzò e sospirò profondamente. I bambini erano gli unici di cui doveva preoccuparsi. Finché loro erano felici, lei sarebbe stata felice.

Unendosi agli altri in cucina, iniziò a preparare il pasto serale, ascoltando Austin parlare della matematica che stava imparando, mentre Patrick descriveva il disegno che aveva dato al suo insegnante del porto, prima che Bridget pretendesse che tutti ascoltassero la sua storia di come una ragazza più grande l'avesse spinta facendole sbucciare le ginocchia.

Tanto era il rumore e la distrazione, che Ellen non sentì il signor Emmerson entrare in cucina, finché non si voltò, distogliendo lo sguardo dal piano cottura e vedendolo in piedi sulla soglia.

'Oh, signor Emmerson.'

'Perdoni l'interruzione, signora Kittrick, ma posso parlarle, per favore?' Sembrava teso, in una postura particolarmente rigida.

'Sì, certo.' Ellen si tolse il grembiule e lanciò uno sguardo a Riona. 'Tienili tranquilli. Sembra arrabbiato,' Sussurrò.

Sorpresa, Riona annuì, tenendo Bridget vicino a sé, mentre la bambina continuava a parlare di come avesse spinto di rimando la ragazza più grande.

Temendo di aver fatto qualcosa di sbagliato, Ellen entrò nella stanza antistante, con le mani dietro la schiena, pregando in silenzio di non essere in procinto di venire licenziata e mandata via.

Emmerson fissava un quadro sul muro. 'Chiuda la porta, per favore.'

Lei obbedì e si mise di fronte a lui, con lo stomaco che si contorceva.

Lui si girò e vedendo l'espressione preoccupata che Ellen indossava, si addolcì immediatamente. 'Signora Kittrick, per favore, non sembri così inquieta.'

'Ho fatto qualcosa di sbagliato?'

'No—'

'O i bambini? Sono troppo rumorosi? Li terrò tranquilli. Lo prometto! Non li sentirà più.'

Lui fece un passo verso di lei. 'Non sono i bambini. Si sieda.'

Lei gemette. Sedersi? Era una cattiva notizia, se lo sentiva.

'Prego.' Lui indicò il divano.

Ellen si sedette sul bordo, tenendosi pronta.

'Ora,' Emmerson si grattò la fronte come se non sapesse da dove cominciare. 'Veda, ho capito qualcosa di molto importante...' Si sedette sulla sedia vicino al camino e le lanciò un rapido sguardo, prima di alzarsi di nuovo. 'La questione è...'

Ellen serrò le mani in grembo.

'Signora Kittrick, ho deciso che mi piacerebbe molto sposarmi.' Il suo sorriso sforzato combaciava con i suoi movimenti nervosi. 'Sono giunto alla conclusione che senza una moglie e dei figli, la mia vita è piuttosto incompleta, soprattutto con i piani che ho. Qual è il senso di costruire una grande tenuta, solo per me?'

Ellen tirò un sospiro di sollievo. Voleva che sapesse che

avrebbe presto dovuto lavorare per la sua nuova moglie. Ammenoché fosse la nuova moglie a non volere lei e la sua famiglia? Ovviamente, non li avrebbe voluti. Quale giovane moglie vorrebbe mai iniziare la sua vita coniugale vivendo sotto lo stesso tetto con una grande famiglia irlandese? Il panico la pervase. Avrebbe dovuto trovare un altro posto di lavoro.

'Che ne pensa, signora Kittrick?'

Sorpresa, si rese conto che lui stava parlando, ma lei non stava ascoltando. 'Di cosa, signore?'

'Del matrimonio.'

'Oh, beh, certo, sarebbe meraviglioso, davvero. Una vera benedizione.' Sopraffatta dall'agitazione, il suo accento suonava marcato e provinciale.

Lui sorrise radioso. 'Proprio ciò che pensavo anch'io.'

Improvvisamente, si trovò davanti a lei in ginocchio.

Lei lo fissò, mentre lui le prendeva le mani nelle sue.

'Vorrebbe farmi il grandissimo onore di sposarmi, signora Kittrick?'

'Io?' Ellen strillò come una gallina in trappola.

Emmerson sbatté le palpebre. 'Sì, lei. È lei che desidero sposare.'

'Io?' Non riusciva a credere a ciò che stava sentendo. 'Io?'

'Sì, lei mia cara. Lei. La donna più straordinaria che conosca.' Sembrava sincero.

Eppure, Ellen, non riusciva a crederci. 'Ma sono la sua governante, signore.'

'Sì, e importa davvero?'

'Non a me, ma potrebbe importare a lei, alla sua famiglia e agli amici. Sono irlandese, di una classe inferiore.'

'Lei è più intelligente di molte donne della mia classe sociale che conosco. Non è una menzogna.'

'Non mi accetteranno mai.' La testa le girava vorticosamente.

'Lo faranno, se si comporterà da donna e moglie fidata, cosa di cui sono assolutamente certo.'

Ellen fissò i suoi occhi verdi, vedendolo per la prima volta come un uomo e non come il suo datore di lavoro. Alistair Emmerson. Uno degli uomini più importanti di Sydney. Un uomo d'affari di successo. Un uomo che aveva frequentato Oxford e aveva amici al governo. Voleva lei come sua moglie – non come sua amante – come sua moglie!

'Ne è sicuro?' Sbottò lei.

Lui sorrise, lasciando apparire una fossetta. 'Ne sono assolutamente certo. È stato nei miei pensieri da quando l'ho incontrata per la prima volta. Una donna forte, intelligente, una che sa ciò che vuole dalla vita, che è una cosa rara nel mio ambiente. Sono stato immediatamente attratto dalla fiamma che le brucia dentro. La determinazione, la voglia di farcela. Come può un uomo ignorare una donna così?'

'Ma ho dei figli…'

'Sì. Bambini della cui compagnia godo genuinamente e a cui credo di piacere a mia volta.'

'Sì, a loro piace.'

'E a lei? A lei piaccio?' Implorò lui.

Ellen si coprì il viso con le mani, sentendosi accaldata e agitata.

'Non prova lo stesso,' Disse lui piano.

Lei alzò lo sguardo. 'No, non è questo… io…'

'L'ho colta di sorpresa.'

'Sì, è così. Non mi aspettavo una proposta del genere."

'Ma non è del tutto sgradita?'

Lei sorrise teneramente, cercando di riordinare i pensieri. Quel brav'uomo voleva sposarla. 'No, signor Emmerson, non è sgradita.'

Lui portò le sue mani alle labbra e le baciò. 'Capisco che non mi ami. Tuttavia, forse col tempo, potrebbe maturare dei sentimenti per me?'

'Lei è un gentiluomo cortese e rispettabile. Qualcuno su cui posso fare affidamento perché tratti bene i miei figli.'

'Oh, lo farei,' La interruppe lui. 'I suoi figli diventeranno i miei figli e saranno trattati di conseguenza.' Aggrottò la fronte. 'Capisco che questa sia una decisione enorme da considerare. Tuttavia, credo che diventare mia moglie potrebbe portarle grandi vantaggi. Sarà padrona di tutte le mie proprietà. I suoi figli saranno cresciuti con un tenore di vita che supera di gran lunga qualsiasi cosa potrebbe immaginare. Per ottenere tutto ciò, le chiedo solo di diventare per me una moglie onesta e prodiga. Chiedo troppo?'

Ellen si prese il suo tempo per considerare ciò che lui aveva detto. Sarebbe stata sua moglie, con tutto ciò che avrebbe comportato, comprese le attività in camera da letto. Poteva giacere con quest'uomo? Lasciare che le sue mani la toccassero e quant'altro? Non lo amava. L'avrebbe amato col tempo?

In quanto signora Emmerson, sarebbe stata responsabile di quella casa e della tenuta in campagna a Berrima e avrebbe avuto una posizione nell'alta società. Austin e Patrick sarebbero cresciuti come gentiluomini, Bridget come una signora. Non avrebbero più conosciuto il pericolo di essere buttati in strada, senza un tetto sopra la testa. Non sarebbero mai rimasti senza stivali e i loro vestiti sarebbero sempre stati della misura giusta, non troppo corti o pieni di buchi.

Facendo ciò, accettando di essere la moglie di quell'uomo, i suoi figli non avrebbero più patito la fame.

Sarebbe stata la moglie di un proprietario terriero…

Lo fissò, studiando il suo volto. Sapeva che fosse gentile e, a modo suo, anche bello. Pensò brevemente al signor Hamilton, ma lo scacciò presto dalla mente. Non era mai stato suo e ora apparteneva al passato, proprio come Malachy.

'Signor Emmerson…' Inspirò profondamente, perché la stanza le apparve terribilmente soffocante. 'Signor Emmerson, sarei onorata di diventare sua moglie.'

Il suo grido di gioia la sorprese. La strinse a sé, poi la baciò sulla bocca.

'Ti renderò felice, Ellen, te lo prometto, fino alla fine dei miei giorni.'

Lei sorrise per il suo atteggiamento teatrale. 'Spero di renderla felice anch'io, signor Emmerson.'

'Devi chiamarmi Alistair. Andrò subito a incontrare il reverendo.' Fece una pausa. 'Puoi sposarti in una chiesa anglicana?'

Ellen si irrigidì. Lei era cattolica. Importava in quale chiesa si sarebbero sposati? Desiderava avere sicurezza e per lei, la religione non aveva importanza. Sarebbe potuta finire all'inferno per una cosa simile, ma in terra avrebbe fatto qualsiasi cosa per proteggere i suoi figli e dare loro la migliore vita possibile.

'Sarei felice di sposarti in qualsiasi chiesa, Alistair. Sono sicura che Dio non mi giudicherà troppo severamente. Magari potremmo far venire alla cerimonia Padre Joyce dalla scuola dei bambini, per darci la sua benedizione?' Sarebbe stato sufficiente per alleviare il senso di colpa che avrebbe provato quel giorno?

'Me ne occuperò, cara. Andrò direttamente da lui e chiederò un incontro per spiegargli la situazione.' La baciò nuovamente, fermandosi per fissarla negli occhi. 'Mi hai reso incredibilmente felice, Ellen. Sono un uomo fortunato.'

Quando lui uscì di casa, lei tornò in cucina. I bambini erano usciti a giocare.

Riona era seduta a pelare le patate. 'Allora? Cattive notizie? Sei stata via un bel po'. Ho mandato i bambini fuori a badare a Pepper.'

Ellen si sedette al tavolo, ancora scioccata dagli eventi recenti. Ma ora sapeva che dare la notizia a Riona sarebbe stato molto più difficile di quanto non lo fosse stato il dire sì al signor Emmerson. 'È stata una conversazione inaspettata.'

'Non ci sta cacciando, vero?'

'No… anzi, il signor Emmerson mi ha chiesto di sposarlo.'

La bocca di Riona si spalancò. 'Stai scherzando.'

'No.'

'Santa Vergine Madre!' Riona sussultò. 'Non è possibile.'

'Vuole che diventi sua moglie e prendersi cura dei bambini come se fossero suoi.'

'Ma è Protestante! Non puoi sposarlo. È un'idea ridicola!'

Irrequieta, Ellen saltò dalla sedia e si avvicinò al piano cottura. 'Ricordi il secondo inverno della malattia delle patate? Di quanto tutti noi abbiamo sofferto quando nel villaggio c'era solo una mensa dei poveri che distribuiva cibo solo a chi accettava di diventare protestante? Ricordi di come Mamma e Padre Kilcoyne ce ne hanno fatto tenere alla larga?'

'Sì…'

'Tu e mamma mi avete detto di non andare alle mense dei poveri protestanti, quando i miei bambini erano affamati. Io non ci sono andata. Allora, non ho abbandonato la mia fede, quando vedevo i miei bambini soffrire. Ma quale madre nega ai propri bambini del pane e un po' di zuppa? Mi sono ripromessa che non l'avrei fatto mai più. Non avrei mai più messo la religione davanti al benessere dei miei bambini. Quindi, sono andata a lavorare per il signor Wilton, un uomo inglese e protestante, e quando la malattia delle patate è peggiorata e la fame continuava a protrarsi, all'improvviso, non era più così male accettare gli avanzi di cibo del signor Wilton, giusto?'

'Potevamo rimanere cattolici anche mangiando il cibo del signor Wilton. Non ti ha chiesto di convertirti,' Si difese Riona.

'Il principio è lo stesso.' Frustrata, desiderò che sua sorella potesse comprendere i suoi sentimenti su quella faccenda.

'È una questione importante, Ellen. Siamo cattolici.'

'E tu credi che io non lo sappia! Ma come ci ha salvati la religione, quando le nostre genti stavano morendo in migliaia, senza alcuna colpa? Perché Dio ha portato con sé così tanti innocenti, rispondimi?'

'Non puoi parlare in questo modo, è un sacrilegio!' Riona la fissò.

'Io parlo come mi pare, sorella.'

'Devi andare subito in chiesa a pregare e chiedere perdono.

Devi confessarti!' Riona si tolse il grembiule. 'Andiamo da Padre Joyce. Lui saprà cosa fare. Dobbiamo pregare con lui.'

Ellen incrociò le braccia al petto. 'Pregare? Pregare? A che serve pregare? Ho pregato tutta la vita, eppure i miei fratelli mi sono stati portati via, poi il mio amato Thomas, Papà e Nonno, la mia casa e l'uomo che ho sposato. Le mie preghiere non sono mai state ascoltate. Quindi, non sprecherò il mio fiato con le preghiere.'

Riona si fece rapidamente il segno della croce. 'Il Signore ci ha aiutati a superare la malattia delle patate, la fame. Ci ha salvati attraverso il suo figlio benedetto, Gesù.'

'Io ci ho salvati.'

'No… oh Santa Vergine Madre, proteggici dai peccati di mia sorella.' Riona frugò nella tasca del grembiule e ne tirò fuori il suo rosario.

Il cuore di Ellen si indurì, di fronte all'afflizione di sua sorella. 'Mi convertirò al protestantesimo e i bambini faranno altrettanto.'

'Non puoi!' Riona sembrò sul punto di svenire.

'È sempre lo stesso Dio.'

'Stai voltando le spalle a tutto ciò in cui crediamo e per cosa? Un uomo?'

'No, non semplicemente per un uomo, ma per il prezzo di poter condurre una vita agiata. Se diventare protestante significa che i miei figli non soffriranno più la fame, allora lo farò.'

'Non devi sposarlo per avere ciò. Abbiamo un buon posto di lavoro e guadagniamo uno stipendio. I bambini stanno bene.'

'Mi stai chiedendo di negare loro la possibilità di vivere una vita senza dover lottare? Come figli di Emmerson, non gli mancherà nulla.'

'Eccetto la vera fede.'

'Se lo vorranno, quando saranno più grandi, potranno fare ciò che vogliono, ma per ora, apprezzeranno più un'educazione e una bella casa.'

'Stai vendendo la tua anima!' Piangendo, Riona corse fuori di casa.

Sospirando, Ellen si sedette di nuovo e chinò la testa. Si vergognava di litigato con Riona e aver detto certe cose. Era una pessima cattolica, ma le circostanze l'avevano costretta. Un tempo, era devota come il resto della sua famiglia, ma non più. Il troppo dolore l'aveva allontanata dalla sua chiesa, da Dio, da tutto, tranne che dalla fede in sé stessa.

CAPITOLO 18

*L*e fresche giornate autunnali di maggio confusero Ellen e il resto della famiglia. In Irlanda, maggio significava primavera, quando il clima diventava più caldo, le giornate più lunghe e la terra si apriva alla rinascita. A Sydney, maggio voleva dire giornate più corte, serate più fredde e frequenti acquazzoni, che portavano sollievo dopo la calura estiva.

Ellen strinse il braccio di Alistair, dopo aver finito di firmare il registro, avviandosi insieme giù per il corridoio, tra i sorrisi degli amici di lui che riempivano la graziosa chiesa in arenaria di Garrison, situata all'angolo di Argyle Street.

Uscendo dalla chiesa, furono accolti dal sole e altri benauguranti lanciarono petali di rosa sugli sposi. Mentre la gente usciva dalla chiesa, stringendo la mano prima al reverendo e poi a Alistair e Ellen, lei sorrideva e chiacchierava, sollevata che fosse finita.

L'ultimo mese le aveva portato molti momenti di ansia, mentre ripensava alla sua decisione di sposare Alistair. I bambini avevano accettato di buon grado l'idea del matrimonio. Lui piaceva a loro e loro piacevano a lui e lei sapeva che i bambini si sarebbero adattati presto alla loro nuova vita. Riona, d'altra parte, si stava rivelando una spina nel fianco. Per una settimana dopo la comunicazione che avrebbe sposato Alistair, Riona non le parlò ed era rimasta in silenzio per tutte le settimane dei preparativi al matrimonio.

Alistair diede a Ellen un generoso fondo per acquistare tutto ciò di cui aveva bisogno. Lei e i bambini vennero vestiti con abiti nuovi. Riona rifiutò, respingendo del tutto la generosità di Alistair.

Nella sua nuova posizione di fidanzata di Alistair, Ellen iniziò un giro di eventi sociali, incontrando gli amici che lui aveva in città. Un compito che l'aveva all'inizio spaventata, al pensiero del se l'avrebbero accettata nella loro società elitaria, ma ben presto divenne evidente che la maggior parte degli amici di Alistair la ammiravano, incoraggiando le loro mogli a comportarsi bene con lei, soprattutto quelli che avevano bisogno di entrare in affari con lui.

La sua preoccupazione di riuscire a essere accolta la disturbava ancora un po'. Non veniva inondata di inviti agli appuntamenti del tè dalle mogli della città, ma Alistair le aveva detto che si sarebbero presto abituate ad averla nella loro cerchia. Dopotutto, non erano pochi i membri di prima classe della colonia che avevano scheletri nell'armadio. Le discendenze di sangue non erano tutte di razza pura e molti di loro avevano antenati giunti lì in catene, anche se non ne facevano menzione in pubblico.

Sentendo ciò, Ellen si acquietò un po'. Sarà pur stata una povera donna appartenente alla classe operaia, ma quantomeno non era arrivata in catene. Tuttavia, sapeva che la strada per essere accettata nella cerchia di persone con cui Alistair si intratteneva sarebbe stata lunga e, sebbene quelle persone avessero accettato l'invito al matrimonio, Ellen percepì che, per la maggior parte, erano venuti per curiosità, piuttosto che per un sincero interesse nel vederli felicemente uniti in matrimonio.

Ellen assunse una cuoca e una cameriera, il che le diede un po' di tempo per prepararsi all'enorme salto del diventare la moglie di un uomo di affari di successo. Le prove degli abiti nuovi, l'acquisto di nuovi stivali, cappelli, guanti, biancheria intima per sé e per i bambini richiedevano ore ogni settimana. Poi, Alistair insistette affinché partecipassero a cene e feste in giardino, serate a teatro e concerti. La domenica, dopo la chiesa, li portava tutti in crociera sul porto o a passeggiare nel parco intorno al Palazzo del Governo. Voleva che l'alta società li vedesse come una famiglia e li accettasse.

I bambini prosperavano in quella nuova vita, ben nutriti, ben vestiti e godendo di tanti tipi di intrattenimento. Fiorivano e ridevano, ed Ellen capì di aver preso la decisione giusta sposando Alistair, quando li vide saltare per la gioia nel ricevere i doni che lui elargiva a cadenza regolare.

'Stai bene, mia cara?' Le chiese Alistair, mentre i loro ospiti si dirigevano verso le carrozze.

'Sì, sono perfettamente appagata.' Poter rispondere onestamente a quella domanda la fece sentire bene. In quanto sua moglie, lei e i bambini erano ora al sicuro dalla povertà.

'Il ricevimento di nozze si terrà alla Sala da Tè di Houghton,' Disse Alistair a uno dei suoi amici, il cui nome Ellen aveva dimenticato. 'Vi incontreremo lì.'

Ellen cercò Riona tra la folla che si diradava, ma non la vide. Sperava che sarebbe venuta al ricevimento, ma l'umore di sua sorella era così altalenante che Ellen non poteva mai essere sicura di cosa stesse pensando.

'Andiamo?' Alistair prese il braccio di Ellen e la mano di Bridget, che sembrava così grande ora, nel suo vestito bianco svolazzante, completato da una fascia in raso blu.

'Non so dove sia Riona.' Ellen si guardò intorno.

Alistair sospirò con aria mesta. 'Vorrei che fosse felice per te nel nostro giorno speciale.'

'Lo so, ma le è molto difficile. Ho sposato un protestante e non me lo perdonerà mai.' Ellen credette di averla vista camminare giù dalla collina verso la loro casa. 'Eccola. Andrò a parlarle.'

'Tesoro, abbiamo ospiti che ci aspettano alla sala da tè.'

'Precedimi e porta con te i bambini. Manda indietro la carrozza a prendermi. Devo parlarle, Alistair, altrimenti non mi godrò la giornata.'

Lui le diede un bacio sulla guancia. 'Sii più veloce che puoi, per favore. Voglio mostrare a tutti la mia bellissima sposa.'

'Lo farò.' Sorrise, apprezzando i complimenti che lui le riservava ogni giorno.

Lui chiamò i bambini e entrarono in carrozza. Ellen li salutò con la mano e poi si avviò giù per la collina, verso casa. Non sapeva come avrebbe convinto Riona a venire al ricevimento. Entrambe potevano essere davvero testarde, a volte.

Davanti casa c'era una carrozza; il cavallo scuoteva la testa, mentre le mosche lo circondavano. Lì accanto, Riona parlava con un uomo alto, che indossava un abito grigio peltro e un cilindro.

Ellen aggrottò la fronte. Un ospite si era forse smarrito? Forse credevano che il ricevimento fosse a casa? Alzò il passo, sollevando l'orlo della gonna blu cereo. Il suo abito da sposa era il più bello che avesse mai posseduto. Non aveva mai indossato una tonalità di blu così delicata e chiara, né il pizzo delicato che faceva da bordo al colletto e alle maniche. I suoi capelli erano ornati con dei nastri blu coordinati e acconciati in delle morbide onde. Aveva rinunciato al velo, cosa che senza dubbio le altre mogli avrebbero commentato, ma quel giorno voleva sentirsi di nuovo giovane e non una ventinovenne, madre di tre figli. Portare i capelli in quello stile, impreziositi da boccioli di rosa e nastri le dava esattamente quella sensazione.

Ellen si avvicinò a sua sorella e all'uomo, riparandosi gli occhi dal sole

'Ellen...' La chiamò la voce di Riona, ma Ellen continuò a fissare l'uomo.

Non era possibile.

Sbatté le palpebre un'altra volta. Lo stava immaginando?

Un altro passo lo confermò. Rafe Hamilton stava parlando con Riona.

Lui la osservò avvicinarsi, i suoi occhi la fissavano, mentre lei fissava lui. In quello sguardo, si sentì spogliata da ogni emozione e pensiero. In un respiro sospeso, si sentì come se non avesse peso, né alcun punto di ancoraggio. L'unica persona che non si sarebbe mai aspettata di rivedere era proprio davanti a lei, bello come sempre.

Aveva viaggiato fino a lì!

Non avrebbe mai immaginato che potesse fare una cosa simile.

'Credo che delle congratulazioni siano d'obbligo?' Si limitò a dire. Il suo viso si chiuse, imperscrutabile.

'Sì...' Il cuore le batteva forte nel petto per la sua vicinanza. Aveva pensato a lui così tante volte, sognando il suo sorriso affascinante, sperando che le scrivesse. Eppure, non era arrivata nessuna lettera. Non aveva mai ricevuto sue notizie. E sarebbe davvero importato se le avesse scritto? Era un uomo d'affari. Qualcuno che aveva aiutato la sua famiglia. Per lui, non era altro che una passeggera sulla sua nave.

Raddrizzando le spalle, Ellen raccolse le forze. 'Che sorpresa vederla qui, signor Hamilton.'

'È stata una decisione impulsiva, signora Kitt... Emmerson...' Una pulsazione si intravide all'altezza della mandibola.

Era la prima persona a chiamarla signora Emmerson e le suonava strano.

'Alistair sarà incredibilmente felice che è arrivato.' Le sue parole suonarono piatte.

'Spero di sì. È un lungo viaggio da affrontare.'

Riona guardò entrambi. 'Perché non sei alla sala del tè, Ellen?'

'Sono venuta a vedere perché non fossi in carrozza,' Ellen rispose con tono rigido.

'Ho strappato la cucitura di uno dei miei guanti. Sono tornata a cercare l'altro paio.'

'Avresti dovuto lasciare che te ne comprassi uno nuovo.' Ellen non riusciva a guardare il signor Hamilton. Si concentrava su Riona, implorando silenziosamente la sorella di aiutarla in qualche modo. Come potesse farlo, Ellen non lo sapeva. Tutto ciò che sapeva era il suo cuore era gravato dall'inconcepibile rimpianto di non essere più libera.

'Posso portarvi entrambe con la mia carrozza.' Il signor Hamilton indicò il veicolo a noleggio.

Ellen invocò le sue buone maniere. 'Deve unirsi a noi, signor Hamilton. Alistair ne sarà contento.'

In quel momento, la carrozza degli Emmerson arrivò cigolando lungo la strada.

'Oh, ecco la carrozza.' Ellen si voltò, ansiosa di salirvi. 'È il benvenuto a viaggiare con noi e congedare la sua carrozza a noleggio.' Salì e si sedette, senza guardare altro che le sue mani e l'anello nuziale scintillante su quella sinistra.

Riona e il signor Hamilton si unirono presto a lei, e si diressero in silenzio verso la città, fino alla sala del tè.

In qualche modo, Ellen riuscì ad affrontare la giornata. Alistair monopolizzò il signor Hamilton, presentandolo a tutti i suoi amici, mentre Ellen chiacchierava con le loro mogli, occupandosi dei bambini, finché Bridget non si stancò.

'La porterò a casa io,' Disse Riona, stringendo la mano di Bridget.

'Vengo con te.' Ellen cercò con lo sguardo Austin e Patrick.

'No, tu rimani col tuo nuovo marito,' Il tono tagliente di Riona comunicò a Ellen che non era ancora stata perdonata.

Tutto ciò che Ellen desiderava era tornare a casa e sdraiarsi. Era sfiancata da tutto quel sorridere e essere socievole, mentre per tutto il tempo sentiva lo sguardo del signor Hamilton su di sé.

'Cara,' Alistair le si avvicinò, 'Penso che sia ora di tornare a casa. Gli ospiti se ne stanno andando. Ho invitato Rafe a cena e lui ha accettato.'

Sorpresa, Ellen guardò il signor Hamilton oltre le spalle di Alistair. 'Che meraviglia,' Mentì.

'Non ha accettato un no come risposta,' Aggiunse il signor Hamilton. 'Ho detto ad Alistair che avrebbe potuto aspettare fino a domani.'

'Che assurdità!' Alistair era raggiante. 'Non ti vedo da anni e abbiamo molto di cui discutere.'

'Può aspettare, amico mio.' Il signor Hamilton forzò una risata.

Furono interrotti nella loro conversazione, quando gli altri ospiti vennero a porgere i saluti.

Appena Ellen finì i suoi congedi, notò Bridget in piedi accanto al signor Hamilton.

'Tu mi hai dato la Bambola,' Disse Bridget, sorridendo al signor Hamilton.

'Ce l'hai ancora?'

'Sì. Dorme nel mio letto.'

'Sono contento che ti dia conforto.'

'Sto imparando a cavalcare.'

'Davvero? Beh, è un'abilità preziosa da acquisire. Ogni signorina dovrebbe sapere come cavalcare.'

'Cavalcherai con me un giorno?'

'Nulla mi darebbe più piacere, signorina Bridget.'

Bridget poggiò la mano su quella del signor Hamilton, mentre Ellen si avvicinava a lei. 'Io e il signor Hamilton andiamo a cavalcare.'

'Non credo tu abbia ancora abbastanza esperienza, tesoro mio.' Ellen spostò una ciocca di capelli scuri dal viso della figlia.

'Ce l'ho!' Bridget si accigliò.

'Adesso fai silenzio. Comportati bene.' Gli occhi di Ellen incontrarono quelli del signor Hamilton. 'Si fa prendere la mano.'

'Sa cosa vuole, come sua madre.'

Bridget corse via per raggiungere i suoi fratelli vicino alla porta.

'Sono felice che vi siate sistemati bene nella colonia,' Disse il signor Hamilton.

'Siamo stati fortunati. Il signor Emmerson è stato un vero amico.'

'E ora suo marito.'

Ellen sbatté rapidamente le palpebre. 'Disapprova?'

'Non sono affari miei.'

'Vero.'

'Ma spero che la decisione non sia stata presa troppo in fretta, per il bene di entrambi.' Fece un piccolo inchino e girò i tacchi.

Rimasta sola, Ellen sentì il petto stringersi. Non sapeva se arrabbiarsi o cedere alle lacrime che le bruciavano negli occhi.

Una volta usciti dalla sala del tè situata in un rinomato hotel, i pensieri le turbinavano selvaggiamente nella testa, lasciandola a meditare sulla serata che avrebbe seguito.

Una volta a casa, incoraggiò Alistair a portare il signor Hamilton a fare una passeggiata lungo il porto, mentre informava la cuoca che un ospite si sarebbe fermato per cena.

Austin e Patrick fecero visita ai loro amici nella via lì vicino, mentre Bridget si sedette al tavolo della cucina a giocare serenamente con la sua bambola.

Nel salotto, Ellen camminava avanti e indietro, i pensieri in subbuglio, fino a quando Riona rientrò. Guardò sua sorella sedersi vicino alla finestra e prendere il suo servizio da cucito. 'Possiamo non farci la guerra, Riona, per favore?'

Il silenzio si estese tra loro, finché Riona non mise giù il suo servizio da cucito. 'Non so se potrò mai perdonarti, Ellen. Sei andata contro la vera fede. Come posso convivere con una cosa simile?'

'Questo spetta a te decidere, no? Puoi accettarlo oppure non avere più una famiglia.'

'Certo, e non ho scelta,' Sussurrò dolorosamente. 'Non riuscirei a vivere senza di voi, quindi non posso.'

'Mi dispiace averti ferita.'

'Sono le anime tue e dei bambini a preoccuparmi, non i miei sentimenti. Ho pregato mattina e sera la Santa Madre, affinché tu ritrovassi la ragione, ma le mie preghiere non sono state esaudite.' Riona sospirò e poi guardò Ellen. 'Ma oggi ho capito che anche se non avessi sposato il signor Emmerson, avresti comunque sposato il signor Hamilton, un altro protestante, se te l'avesse chiesto.'

Ellen rimase a bocca aperta. 'Cosa?'

'Sono tua sorella. Ti conosco meglio di quanto pensi. So quanto tieni a Rafe Hamilton. Oh, certo, e lo hai nascosto abbastanza bene anche a te stessa, senza dubbio. Ma vedendo il tuo volto quando lo hai riconosciuto dopo il matrimonio, beh… sembravi sconvolta e anche lui.'

'Io… io…'

'Cristo e tutti i suoi angeli, non provare a negarlo. Sei innamorata di lui dal giorno in cui l'hai incontrato alla tenuta Wilton e lui lo è di te.'

'Non è vero.'

'Certo che è così. Lo vedrebbe anche un cieco. Il signor Hamilton tiene molto a te. Perché altrimenti un gentiluomo offrirebbe il suo tempo e la sua carrozza per portare la domestica di un amico a visitare suo marito morto all'obitorio? Rispondimi. Perché avrebbe comprato una scatola di meravigliosi oggetti per il viaggio a noi e a nessun'altro?' Riona scosse la testa. 'Non ne saprò molto di questioni d'amore, ma lo riconosco quando lo vedo.'

Ellen si sedette bruscamente; le gambe troppo deboli per sostenerla.

Riona la guardò con tristezza. 'Lo ami davvero, giusto?'

'Credo di sì.'

'Allora non avresti mai dovuto sposare il signor Emmerson.'

'Alistair sa che non lo amo. Non ho mai pensato che il signor Hamilton sarebbe venuto qui. Non ha mai risposto alle mie lettere...'

'Come avrebbe potuto, se è stato tre mesi su una nave? Dev'essere partito da Liverpool solo poche settimane dopo di noi.'

'Non lo sapevo, no?' Ellen si alzò di scatto e cominciò a camminare per la stanza, la mente e il cuore in tumulto.

'Quando stamattina gli ho detto che ti eri sposata, il suo viso ha perso il colore. Pover'uomo. È venuto fin qui a cercarti, per poi scoprire che tu e il signor Emmerson siete sposati.'

'Non sappiamo per certo che provi un qualsiasi tipo di affezione per me.' Ellen si sentì male. Il signor Hamilton provava qualcosa per lei, come lei la provava per lui? Sicuramente no... ma se così fosse stato...

'Zitta,' Scattò Riona. 'Ce li hai gli occhi, vero? Alla sala del tè non riusciva a trattenersi dal guardarti.'

'Pensi che Alistair se ne sia accorto?'

'Alistair?' Riona la guardò con rabbia. 'Alistair? Dio del cielo! Quell'uomo non vede niente al di fuori di te. È innamorato perso, e tu non ricambi i suoi sentimenti, vero? Sei innamorata di Rafe Hamilton.'

Ellen guardava fuori dalla finestra, osservando i ragazzi che scendevano dalla collina. 'Il signor Hamilton tornerà presto in Inghilterra e uscirà dalla mia vita. Alistair ci darà tutto ciò di cui abbiamo bisogno.'

'E tutto questa sarà sufficiente a riempire il tuo cuore?'

'Il mio cuore non è una priorità, i miei figli lo sono. È per loro che ho sposato Alistair.'

Voci maschili si sentirono in lontananza, e Ellen guardò i ragazzi correre e unirsi ad Alistair e al signor Hamilton, che attraversavano il campo vuoto. Il suo cuore sciocco si strinse alla vista dei quattro maschi: i suoi figli che adorava, l'uomo che aveva sposato e quello che amava.

Riona si alzò e si avvicinò a Ellen. 'Sei mia sorella. Non condivido quello che hai fatto, non che ora abbia più importanza, ma ti starò vicino. Ho pregato tanto ogni giorno e ho parlato con Padre Joyce, per cercare di placare la mia mente riguardo questo enorme cambiamento delle nostre vite. Non è stato facile per me, no, non lo è stato.'

'Mi dispiace, Riona. Non avrei mai voluto ferirti.'

'So che non volevi. Ma sei troppo testarda, Ellen. La mamma lo ha sempre detto.' Sorrise tristemente. 'Non posso allontanarmi da te e dai bambini. Siete la mia famiglia e tutto ciò che ho in questo mondo. Non sono sempre d'accordo con quello che fai o pensi, ma ti starò vicino.'

Ellen la abbracciò, con le lacrime agli occhi, non osando lasciarle scorrere per paura di non riuscire più a fermarle. Quella giornata era stata carica di troppe emozioni, che stava a malapena gestendo.

'Mi prenderò per sempre cura di te,' Disse Ellen con voce roca, mentre si separavano.

Quando gli altri entrarono, Ellen indossò un sorriso e fece gli onori di casa.

Durante la cena, a cui parteciparono anche i bambini, come Alistar aveva istruito, sapendo quanto fossero abituati a mangiare con Ellen e Riona, l'atmosfera era allegra e gioviale. I bambini vennero incoraggiati dagli adulti a parlare con loro, e Austin aveva un talento speciale per l'intrattenimento, con tutte le storie sui suoi amici o su ciò che aveva notato nella zona.

Dopo cena, Riona mise i bambini a letto al piano di sopra, dando ad Alistair e al signor Hamilton un po' di tempo per bere del porto, mentre Ellen visitò la cucina per ringraziare la signora Lawson, la cuoca, e Dilly, la domestica, per i loro sforzi.

Ellen si trattenne in cucina più del necessario, per poi uscire a fare una passeggiata e prendere un po' d'aria fresca serale, non volendo fare ritorno in salotto, dove c'era il signor Hamilton. Il su arrivo aveva alterato i suoi pensieri, prima diligentemente controllati. Come doveva comportarsi con lui presente? Come poteva non rivelare i suoi sentimenti? Meno tempo passava in sua presenza, meglio sarebbe stato per la sua tranquillità mentale e per il suo matrimonio.

Alla fine, non potendo più indugiare, entrò in salotto, proprio mentre il signor Hamilton stava prendendo il suo cappello.

'Cara, Rafe sta andando via,' Disse Alistair. 'È stata una giornata stancante per tutti noi.'

Ellen si fermò in piedi, poco dietro Alistair. 'Sono contenta che abbia fatto buon viaggio da Liverpool, signor Hamilton. È una traversata pericolosa.'

'Mi è sembrato saggio sperimentarla personalmente, così da poter essere di maggiore aiuto a coloro che imbarcheremo sulle nostre navi.'

'Resterà a Sydney a lungo?'

I suoi occhi affondarono in quelli di lei. 'No. Non credo. Ho intenzione di viaggiare verso Melbourne. La corsa all'oro in quella regione sta causando un'esplosione demografica, e Alistair e io dovremmo espandere gli affari anche in quella città in crescita.'

Alistair prese la mano di Ellen. 'Potrebbe presentarsi l'evenienza che debba viaggiare con Rafe a Melbourne la prossima settimana, o giù di lì. Sarebbe troppo sconveniente per me, in quanto uomo appena sposato?'

Lei sorrise con aria rassicurante. 'Capisco perfettamente! Ho abbastanza da fare qui per tenermi occupata.'

'Non sono forse l'uomo più fortunato del mondo, Rafe, ad avere una donna così al mio fianco?' Alistair sorrise.

Una pulsazione si intravide all'altezza della mandibola di Rafe. 'Infatti. L'invidia della maggior parte degli uomini. Buonanotte.' Fece un inchino e uscì di casa.

'Che giornata è stata.' Alistair prese Ellen tra le braccia. 'Andiamo a letto, moglie?'

Il petto le si strinse. 'Certo.'

'Tu vai su, io chiuderò casa.'

Giunta in camera da letto, Ellen si spogliò e si lavò alla luce della lampada. Immergendo il panno nell'acqua calda che Dilly aveva precedentemente portato su, Ellen cercò di non riflettere su ciò che sarebbe successo. Quando ci aveva pensato, in preparazione al matrimonio, non se n'era preoccupata. L'atto sessuale non era una novità per lei, e Alistair le piaceva, convinta dunque che avrebbe potuto facilmente donargli il suo corpo. Forse, non sarebbe stato quell'abbandono selvaggio che aveva provato con Malachy, quando erano giovani e innamorati, ma non aveva dubbi che con Alistair sarebbe stato abbastanza piacevole...

Tuttavia, questo era ciò che pensava prima dell'arrivo di Rafe.

Stendendosi sul letto, aspettò Alistair e quando lui aprì la porta, lei sorrise. 'Tutto a posto?' Chiese lei.

'Sì, la signora Lawson e Dilly sono andate a casa.'

Alistair si spogliò rapidamente e spense la lampada. Nella sottile oscurità, la prese tra le braccia. 'Ti amo, Ellen. Non c'è bisogno che tu mi risponda, perché capisco che tu non sia pronta a farlo.'

'Ci tengo a te, Alistair.'

'Per ora, sarà sufficiente.' La baciò profondamente e Ellen ricambiò.

Lui la spinse delicatamente sulla schiena e baciò il suo corpo. La passione di Ellen aumentò e chiuse gli occhi. Era passato tanto tempo dall'ultima volta che era stata amata da un uomo.

Alistar si fece sempre più impaziente, sollevandole la camicia da notte, col respiro corto e pesante. Le baciava i seni, con un'eccitazione crescente.

Ellen voleva che rallentasse, ma lui era perso nei suoi bisogni e la penetrò rapidamente. Con gli occhi chiusi, Ellen si mosse a ritmo dei suoi colpi, ma per lei era troppo strano. Lui era troppo strano.

Alistair non era Malachy, l'unico uomo che l'avesse mai eccitata, e Alistair non era Rafe, l'unico uomo di cui desiderava il tocco.

In pochi secondi, tutto finì e Alistair si stese accanto a lei, ansimante. 'Grazie, cara. Mi hai reso incredibilmente felice.'

'Sono contenta, Alistair.' Sussurrò.

Mentre lui dormiva, lei si alzò dal letto e si lavò.

Seduta accanto alla finestra, lasciò le lacrime scorrere.

CAPITOLO 19

'Credo che la signora Gardner-Hill sia estremamente interessata a conoscerti, cara,' Le disse Alistair una settimana dopo, mentre erano seduti nella carrozza diretta alla villa dei Gardner-Hill dall'altra parte di Sydney.

'Non vedo l'ora di conoscerla anch'io,' Rispose Ellen, sistemandosi i guanti di seta. Il vestito di raso grigio argento che indossava era il più costoso che avesse mai posseduto, perché Alistair voleva che apparisse al meglio quella sera, per la prima comparsa in società a cui partecipavano come marito e moglie.

'È coinvolta in tanti comitati che si occupano di varie opere di beneficenza in città e sono abbastanza certo che vorrà tu diventi membro di molti di essi.'

Lei guardò Alistair attraverso la luce che filtrava da una taverna ben illuminata. 'Sarò ben felice di prendere parte ad alcune opere di beneficenza, ma ho i bambini che mi tengono occupata, la casa e la tenuta a Berrima.'

'Certo. Ma presto Austin e Patrick andranno a studiare alla King's School di Parramatta, lasciando solo Bridget a casa. Avrai parecchio tempo libero, finché non avremo dei figli nostri.' Sorrise.

Ellen fissò la strada buia. Il pensiero di avere altri figli le suscitava sentimenti contrastanti. Dare ad Alistair un figlio tutto suo sarebbe stato meraviglioso, dopo quello che lui aveva fatto per lei. Tuttavia, l'idea di rimanere di nuovo incinta e partorire la faceva rabbrividire. Aveva ventinove anni. Ne erano passati sette dalla nascita di Bridget ed era ancora una bambina quando la malattia delle patate aveva colpito. I ricordi di Ellen degli anni da neonata di Bridget erano pieni di sofferenza e inquietudine.

Certo, affrontare una gravidanza mentre era sposata con Alistair sarebbe stato diverso ed era certa che lui avrebbe fatto qualsiasi cosa per lei, ma sapeva, in ogni caso, che c'era tanto altro che voleva realizzare, come incoraggiare Alistair a espandere le sue proprietà.

Inoltre, non aveva alcun desiderio di trascorrere le sue giornate a bere tè con le benestanti mogli di Sydney. Il solo pensiero la irritava. Quanto si sarebbe annoiata a far visita a donne che non conosceva, giorno dopo giorno?

Nel corso della settimana trascorsa da quando aveva sposato Alistair, avevano partecipato a due cene e aveva a sua volta ricevuto a casa quattro mogli in quattro diverse occasioni. Sapeva che essere amica delle mogli degli amici di Alistair faceva parte del suo ruolo, in quanto moglie lei stessa, ma sedersi a fare conversazione ogni giorno non era il modo in cui voleva trascorrere la sua vita. Era abituata a tenersi occupata. Ora si sentiva oziosa e indulgente. Aveva una cuoca e una e una cameriera che si occupavano della casa e con i ragazzi che sarebbero presto andati via per la scuola, avrebbe avuto solo Bridget da accudire e in questo, Riona faceva molto più del dovuto.

Ciò che desiderava era andare nella proprietà di Berrima a sovrintendere la costruzione della loro nuova casa, preparare il terreno per i giardini e piantare un frutteto e degli orti. Voleva vedere grassi animali pascolare, ogni volta che guardava la terra, una terra che ora era sua.

'Sei silenziosa, mia cara.' Alistair le strinse la mano.

'Stavo solo pensando. Ho sentito che il Soprintendente Generale Thomas Mitchel sarà qui stasera,' Disse Ellen. 'Penso che dovremmo parlargli del rilevamento dell'altra parte del tuo confine a Berrima. Dovremmo comprarla prima che qualcun altro lo faccia. Ho letto sul giornale che ci sono lotti di terra in corso di rilevamento nella contea di Argyle, per attrarre più popolazione. Dobbiamo agire rapidamente.'

'Ne abbiamo tutto il tempo. Il signor Thomas sta per partire per l'Inghilterra. Rilevare lotti non sarà la sua priorità.'

'Allora dovremmo parlare col suo assistente. Ammenoché tu non possa ottenere un'udienza col governatore FitzRoy?'

'Cara, te l'ho detto. Le concessioni di terra non vengono semplicemente distribuite come scarti di cibo ai polli. C'è un procedimento. In molti chiedono che il sistema delle concessioni finisca e che la terra sia d'ora in poi acquistata, indipendentemente da chi tu sia.'

'Allora compriamone un po'.'

Lui sorrise indulgentemente. 'Abbiamo abbastanza terra.'

'La terra non è mai abbastanza, Alistair.' Trattenne la collera, anche se ogni volta che menzionava l'acquisto della terra, lui la interrompeva, come se non fosse importante.

'Ho altri progetti che necessitano del mio capitale.' Le baciò la mano.' La costruzione della casa a Berrima è iniziata. Nel frattempo, aumenterò i miei affari commerciali qui a Sydney e Melbourne. Acquistare locali a Sydney ha un rendimento maggiore rispetto a dei terreni in mezzo al nulla. Le fattorie per le pecore richiedono un capitale enorme. Preferirei acquistare proprietà o terreni a Sydney e costruire case da affittare o vendere.'

'Ma —'

'Eccoci qui.' Alistair aprì la porta, mentre la carrozza si fermava nel vialetto circondato da aiuole che, nonostante il buio, Ellen notò essere ampie e ben curate.

All'esterno, Ellen si preparò a ricevere le innumerevoli domande che le venivano poste a qualsiasi evento. Era stanca di parlare della carestia e della sua vita in Irlanda. Tutto ciò la faceva sentire aliena rispetto alle altre donne, come se non appartenesse a quel mondo, cosa che sapeva essere vera. Quelle donne non avevano mai patito la fame, la povertà o la disperazione. Come potevano capire? Lei non apparteneva alla loro società e ogni volta che parlava col suo accento irlandese, non faceva altro che rafforzare quella consapevolezza.

Dentro alla grande sala da ballo, i facoltosi cittadini di Sydney erano riuniti in gruppi, parlando a bassa voce e sorseggiando i loro drink. Tutte le teste si voltarono verso Alistair ed Ellen, ma lei tenne la schiena dritta e sorrise con una forzata calorosità. Lo stava facendo per Alistair, per i suoi figli, che un giorno sarebbero entrati in quella società, così diversa dalla sua vita precedente.

'Alistair, signora Emmerson. Che delizia che siate venuti alla mia piccola festa da ballo,' Esclamò la signora Gardner-Hill ad alta voce, attirando l'attenzione più di quanto Ellen volesse. 'E il suo vestito, signora Emmerson, è bellissimo. Chi ha creato una tale meraviglia? La signora Franklin a Pitt Street che si prende cura di me?'

'No, non la signora Franklin. È stata la signora Haggerty a Cumberland Street.' Ellen sorrise cordialmente, ben consapevole che sia la padrona di casa che le altre donne dell'alta società lì presenti non avrebbero mai sognato di avventurarsi nel lato malfamato di Sydney. Ma era lì che Ellen aveva trovato una bravissima sarta, un'altra donna irlandese. Il suo vestito era lo splendido risultato del lavoro della signora Haggerty, l'ex detenuta di Dublino.

'Beh...' La signora Gardner-Hill sembrò un po' scioccata. 'Dovrebbe chiamare la signora Franklin e testare le sue abilità. È la migliore della colonia, gliel'assicuro.'

'Grazie, ma continuerò con la signora Haggerty. Ha più

bisogno di clienti della signora Franklin. È una vedova con un figlio cieco.'

Il disgusto sul volto dell'anziana donna ne imbruttì i tratti. 'Davvero? Mi scusi, sono arrivati ospiti.'

'Cara—'

Ellen sospirò. 'Mi dispiace, Alistair, ma lei non può controllarmi.'

'No, ma lei adora pensare di controllare tutte le donne della società locale.'

'Non sono particolarmente brava a comportarmi la leziosa,' Sussurrò Ellen.

Alistair sorrise. 'Per carità!'

Dopo una serie di tediose presentazioni, Ellen si diresse al tavolo dei rinfreschi, mentre Alistair parlava con alcuni conoscenti d'affari. Le guance le dolevano per il troppo sorridere e la gola era arsa dal costante chiacchierare raffinato a cui aveva dovuto dedicarsi per un'ora, cercando sempre di non suonare troppo irlandese o di non dire qualcosa che potesse mettere in imbarazzo lei o Alistair.

'Signor Emmerson.' Un uomo si avvicinò a lei con un sorriso educato. Basso, con la fronte stempiata, fece un cenno al cameriere perché portasse due bicchieri di vino rosso, per poi porne uno a Ellen. 'Sono lieto di conoscerla, signora.'

'Mi dispiace, ma non ci siamo presentati.' Ellen scandagliò la sua memoria per ricordare se si fossero già incontrati.

'Jonas Paynter.' Fece un inchino. 'Suo marito e io siamo in affari insieme. In effetti, spero di concluderne di più. Ha appena menzionato in una conversazione che lei è interessata ad acquistare più terra.'

Aveva attirato il suo interesse. 'Lo sono, signor Paynter.'

'Sto vendendo la mia proprietà e farò ritorno in Inghilterra. Ho offerto a Emmerson l'opportunità di avanzare un'offerta, prima di incaricare un agente immobiliare di venderla per me.'

'Capisco, e dove si trova la sua terra, signore?'

'A Balmain. Possiedo cinque acri sul lato nord, con vista su Goat Island.'

'Oh, a Sydney?' Non riuscì a nascondere prontamente il suo disappunto. Lui aggrottò la fronte.

'Non le piace Balmain?'

'Non è quello. Mi perdoni. Avevo supposto si trattasse di un terreno in campagna, tutto qui.'

'Purtroppo no. Il mio piano era costruire case a schiera lungo Nicholson Street. Se non fossi stato chiamato in Inghilterra per via della morte di mio fratello maggiore, avrei continuato.'

'Non tornerà nella colonia?'

'No, non tornerò. Allora, cosa ne pensa di comprare i miei cinque acri?'

La guardò negli occhi. 'Cos'ha detto Alistair?'

'Ha detto che se noi, lei e io, possiamo trovare un accordo, allora lui accetterà di acquistare.'

'Noi dobbiamo trovare un accordo?' Ellen si alzò sulle punte per cercare Alistair. Lo vide in un angolo della stanza. Lui la guardò e sorrise. Alzò il bicchiere verso di lei, dandole il cenno di approvazione di cui necessitava.

L'emozione le salì dentro come bolle in acqua. Ellen alzò il mento e fissò dritto il signor Paytner. 'Bene, discutiamo di affari e vediamo se possiamo rendere questa serata memorabile.'

Lui rise forte, attirando l'attenzione delle persone vicine.

Mezz'ora dopo, Ellen si sentiva euforica e stanca. Dopo molte trattative, offerte e controfferte, Ellen possedeva ora cinque acri a Balmain. Sperava che Alistair fosse soddisfatto del prezzo che aveva ottenuto.

'È incantevole stasera, signora Emmerson,' Mormorò il signor Hamilton alle sue spalle.

Ellen si girò di scatto, il cuore che faceva le capriole contro il corsetto. 'Alistair non ha menzionato che sarebbe venuto stasera.'

'Gli avevo detto che non sarei venuto.'

'Ma ha cambiato idea.' Era ancora compiaciuta della sua trattativa col signor Paynter e non poté fare a meno di sorridere ampiamente nel vedere il signor Hamilton lì. Quella si stava rivelando una serata meravigliosa.

'Sì.' Sembrava addolorato, lo sguardo fisso su di lei.

La musica iniziò a suonare e lui le tese la mano. 'Posso?'

Ellen fu presa dal panico e fece un passo indietro, quasi rovesciando il suo drink.

Hamilton aggrottò la fronte. 'Danzare con me non le è di gradimento?'

'No, no, non è questo.'

'Allora cosa?'

Il calore le salì alle guance. 'Non so ballare, almeno non questo tipo di ballo.'

Lui guardò dietro di sé le coppie che scivolavano serenamente sulla pista. Poi annuì, consapevole delle sue origini. 'Certo. Venga, facciamo una passeggiata allora. Ci saranno sicuramente dei sentieri in giardino.'

Uscirono insieme attraverso le porte francesi e si diressero verso una larga veranda illuminata dalle lanterne.

In lontananza, il suono delle onde che si infrangevano sulla riva della piccola baia riecheggiava nella quiete della notte.

'Immagino che questo stile di vita non le sia molto familiare,' Disse, mentre si dirigevano oltre alcuni ospiti in piedi vicino alla ringhiera della veranda.

'A volte, credo che sia solo un sogno e che, in qualsiasi momento, mi risveglierò sul materasso di paglia umido nel mio cottage, circondata dal puzzo marcio delle patate andate a male,' Disse dolcemente.

'Ha fatto molta strada da allora, e in così poco tempo. Ora è sposata con un prominente uomo della colonia…'

'È vero, Alistair era uno degli scapoli più ambiti della città.'

'Il che lo ha reso il partner commerciale ideale per me.' Hamilton alzò lo sguardo verso il cielo stellato. 'Era adorato dalle madri ansiose di vedere le loro figlie sposarsi con lui, e anche dai padri, consapevoli che avesse un buon fiuto per gli affari.'

'Eppure, è stata una contadina irlandese a conquistarlo.' Ellen non osò guardare Hamilton. 'Quanto devono odiarmi.'

'Nessuno potrebbe mai odiarla. Gli uomini la ammirano. Li ho visti guardarla, prima del matrimonio e poco fa nella sala da ballo. Gli uomini sono intrigati da lei. Le donne la invidiano. Come ha fatto una bella donna irlandese ad accalappiare Alistair Emmerson?'

'Accalappiare?' Ridacchiò. 'Non mi piace come suona. Mi sa di coniglio preso in trappola. Non ho accalappiato Alistair.'

'No, e questo rende le persone ancora più interessate. Vogliono sapere cosa c'è di così affascinante in lei.'

Lei sollevò le spalle. 'Non c'è niente di affascinante in me.'

'Non è vero. Dal primo momento in cui l'ho incontrata, ho visto qualcosa in lei. Una lotta, una determinazione, un coraggio che non potevano essere ignorati. E una sensualità celata sotto i suoi istinti protettivi. Una combinazione tale può far girare la testa a un uomo.'

E a lui aveva fatto girare la testa? Avrebbe voluto disperatamente chiederglielo.

Ellen assorbì le sue parole, mentre insieme scendevano lungo i gradini in arenaria, fino a un sentiero ghiaioso. Una coppia camminava davanti a loro. Un uccello cantava da un albero e il persistente suono delle onde basse che si infrangevano sulla sabbia riempiva l'aria.

Passeggiare accanto a Hamilton le dava una sensazione di allerta. I suoi nervi erano tesi, il suo stomaco si annodava per qualcosa che non riusciva a definire. L'uomo che aveva sognato per tanti mesi le stava accanto in quel momento e lei era ora una sua pari, non più una semplice domestica. Era una sensazione inebriante.

Si schiarì la gola, con le labbra ancora secche. 'Non mi aspettavo che sarebbe venuto qui.'

'Quando l'ho incontrata per la prima volta alla tenuta Wilton, nemmeno io mi sarei aspettato di viaggiare fin qui. Forse, un giorno sarebbe potuto accadere, ma non era nei miei piani di breve termine.'

'Allora, perché l'ha fatto?'

'Perché la mia famiglia mi stava facendo impazzire. Mia sorella ha sposato un uomo molto più anziano di lei, per una questione di stabilità, per proteggersi dalla povertà, per avere una vita migliore di quella che conduceva con mio padre, un vero irresponsabile, che era a capo di tutto. Improvvisamente, non servivo più né a lei, né a mia madre. Erano al sicuro e ben accudite. Mi sentivo privo di obiettivi...'

Si fermarono entrambi su una piattaforma panoramica con vista sul porto.

Hamilton guardò fisso dritto davanti a sé. 'Ho anche capito che mancava qualcosa nella mia vita, un vuoto che gli affari non potevano colmare.'

'E cosa sarebbe?'

'Una donna.'

Lei osservò una barca attraversare l'acqua, ma senza vederla davvero. Un'onda di scoraggiamento la travolse, come la marea sulla sabbia sottostante.

'Pensavo che quella donna fosse lei.' Mormorò.

Lei lo guardò di scatto, scioccata e incredula.

Altri ospiti passarono accanto a loro e alcuni si fermarono per godersi la vista.

Ellen tornò sul sentiero, la testa che le girava e il cuore che si scioglieva alle sue parole.

'Signora Emmerson.' Hamilton la seguì in fretta. 'Mi perdoni, non avrei dovuto dir niente.'

Lei si fermò e fissò la luce fioca. 'Mi desiderava?'

'Sì. Credo di averlo fatto dal primo momento in cui l'ho incontrata.' Si passò una mano tra i capelli scuri.

'Come amante?' Lo accusò.

'No! Come mia moglie.'

'Una contadina? Una contadina irlandese che le serviva il tè?' Non riusciva a credergli.

'Ho guardato oltre. Ho visto una donna forte, piena di determinazione e di forza. Una persona che ammiravo per il suo coraggio e la sua saggezza.'

Le sue parole la fecero vacillare. 'Non lo sapevo.'

'Avrei dovuto chiarire le mie intenzioni, ma all'epoca non ero sicuro di cosa provassi.'

'Se lo avessi saputo… se mi avesse dato un cenno o mi avesse scritto…' L'angoscia le strinse il cuore.

'Lei prova lo stesso?' Sembrò sorpreso.

'Sì, che Dio mi aiuti.'

Dalla veranda giunsero delle risate.

Ellen chiuse gli occhi in un'angoscia dolceamara.

'Avrei voluto dirle qualcosa prima che salpasse,' Disse Hamilton, 'Poi ho semplicemente pensato di partire appena avessi riordinato i miei affari. Volevo sorprenderla. Non mi aspettavo che si sarebbe sposata nel giro di pochi mesi dal suo arrivo. Ingenuo da parte mia, suppongo. Lei è così bella è qualsiasi uomo la vorrebbe.'

'La consideravo ormai perso… un sogno… qualcosa che non avrei potuto avere… non avrei mai pensato che lei mi desiderasse.' Avrebbe voluto piangere, ma trattenne quelle emozioni laceranti. 'Ho sposato Alistair per avere stabilità…'

'Lo capisco, davvero. Non la biasimo per aver voluto migliorare la sua condizione, dopo tutto quello che ha passato. Anche mia sorella ha fatto la stessa cosa. Capisco.'

'Alistair è un brav'uomo e si prende cura dei miei figli…' Ellen non riusciva a stare ferma. Se l'avesse fatto, gli avrebbe teso la mano e non poteva permetterselo.

'Che disastro.' Lui sospirò, mentre tornavano verso la casa, con la musica che ne discendeva fino a raggiugerli.

'Come avrebbe fatto a trovarmi?' Chiese Ellen sottovoce. 'Avrei potuto essere ovunque nella colonia.'

'Avevo scommesso tutto sul fatto che Alistair avesse informazioni su dove i passeggeri fossero andati dopo l'arrivo. L'avrei rintracciata, in qualche modo.'

'Tutte le lettere che le ho scritto…' Era colmata da un senso di disperazione. 'Non le ha mai ricevute.'

'Io e le lettere ci siamo incrociati in mare aperto. Saranno nel mio ufficio a Liverpool, ormai.' Sembrava triste quanto lei. Il suo volto affascinante appariva pieno di sconforto e desiderio.

'Come faremo?' Sussurrò lei, vedendo altri ospiti radunarsi sulla veranda e temendo di non poter più parlare con lui in privato.

'Lei è sposata con uno dei miei buoni amici, un uomo che rispetto. Non c'è niente che possiamo fare. Tornerò in Inghilterra e ci dimenticheremo l'uno dell'altra.' Il suo tono trasmetteva un dolore che anche lei stava provando.

Lei annuì. Aveva ragione. Non c'era niente da fare.

Rafe raddrizzò le spalle e fece un passo indietro. 'Entriamo?'

'Sì.' Camminò davanti a lui, nel petto il dolore soffocante che le rendeva difficile il respiro.

Giunti alla veranda, si voltò verso un'altra porta, lasciandolo, lasciando l'uomo che non avrebbe mai potuto avere.

* * *

'Guarda, Mamma!' Gridò Bridget, mentre rimbalzava su e giù sul pony bianco, Princess, mentre faceva il giro del campo accanto alla casa.

'Stai andando benissimo, tesoro mio.' Ellen applaudì.

'Esercitati come ti ho mostrato, Bridget,' Istruì Alistair. 'Sollevati spingendo sulla gamba destra. Guarda. Esatto.'

'Galopperà come una furia in men che non si dica, vedrai,' Borbottò Riona.

Alistair sorrise. 'Sarà la migliore cavallerizza della colonia, vedrai.'

'Ha la stessa determinazione della madre,' Disse Rafe, guardando Bridget.

Ellen rimase in silenzio. Dalla loro dichiarazione al ballo dei Gardner-Hill la settimana precedente, si sentiva ancora fiacca e a disagio. Anche l'acquisto del terreno a Balmain non le dava l'entusiasmo che avrebbe dovuto. Si teneva occupata preparando Austin e Patrick per l'inizio della scuola a Parramatta di pochi giorni dopo. Insieme a Alistair e ai ragazzi, aveva visitato l'edificio scolastico e incontrato il maestro, comprato loro abiti nuovi e libri. L'eccitazione dei ragazzi copriva la disperazione interiore dell'amare un uomo di cui poteva essere solo amica e che presto sarebbe salpato, per non tornare mai più.

'Adesso basta, bambina mia,' Alistair chiamò Bridget. 'Dobbiamo salutare.'

Ellen fece un passo indietro, mentre Bridget fermava il pony vicino a loro, e Alistair la sollevava per scendere dalla sella. 'Vai a lavarti le mani, tesoro,' Le ordinò.

'Austin, puoi portare Princess nel campo con Pepper, per favore?' Alistair consegnò le redini del pony ad Austin.

'Dai, Patrick, puoi aiutare.'

Patrick mise il broncio. 'Voglio il mio turno.'

Austin lo accarezzò sulla spala. 'Il signor Emmerson… papà ci ha promesso lezioni di equitazione a Parramatta nel pomeriggio, quando avremo finito di studiare. Cavalcheremo cavalli veri, non pony come questo.'

Ellen guardò i suoi ragazzi, che stavano crescendo così in fretta, portare via Princess. Le sarebbero mancati, una volta partiti, ma la loro istruzione era importante. Austin si comportava già come se fosse nato nella stessa classe sociale di Alistair. Notò che ne imitava i modi e il linguaggio.

'Dovremmo partire a breve, Rafe,' Disse Alistair, mentre

tornava in casa. 'Il capitano ha detto che vuole tutti a bordo della nave per le tre.'

'Tutto è stato impacchettato e caricato sulla carrozza.' Rafe guardò Ellen di sottecchi.

Le si strinse lo stomaco, al pensiero che stesse per salpare quel giorno stesso. 'Hai tutto, Alistair?' Si sforzò di agire spensierata, mentre dentro di sé provava l'opposto.

'Salgo solo un attimo a controllare di nuovo.' Li lasciò e salì su per le scale.

Riona si fermò sulla soglia del salotto anteriore. 'Vado a prendere Bridget e i ragazzi perché porgano i loro saluti.'

Rimasta sola con Rafe, Ellen riuscì solo a fissarlo. Mancavano solo pochi minuti al momento in cui sarebbe uscito dalla sua vita. Come avrebbe potuto sopportarlo?

'Ti auguro ogni bene, Ellen.' Rafe le prese le mani e le baciò entrambe.

Un debole gemito le sfuggì dalle labbra. 'Non andare,' Sussurrò.

'Non posso restare a guardarti essere la moglie di un altro uomo.' La voce gli si spezzò in gola.

Lei gli strinse le mani, desiderando disperatamente di essere tra le sue braccia, di avere le labbra di lui sulle sue.

'Arrivederci, signora Lawson, Dilly.' Alistair era nel corridoio.

Ellen si allontanò di scatto da Rafe, cercando di ricomporsi.

'Siamo pronti?' Disse Alistair dalla soglia.

Ellen uscì al sole, precedendoli. Higgins era seduto sul sedile della carrozza, chiacchierando con Riona e i bambini.

Mentre Rafe diceva i suoi addii, Alistair abbracciò Ellen. 'Dovrei tornare entro un mese, a seconda di come io e Rafe condurremo i nostri affari a Melbourne. Se riusciremo a garantirci i giusti contatti, dovremmo aprire conti bancari e così via.'

'Capisco. Non preoccuparti per noi, staremo bene. Io e Riona porteremo i ragazzi a Parramatta e ti scriverò per informarti su come si ambientano, una volta che mi avrai mandato l'indirizzo della tua sistemazione.'

'Scrivimi e raccontami tutto sui costruttori che ingaggerai per il terreno a Balmain. Se sentirai che è troppo per te, allora sospendi i lavori fino al mio ritorno.'

'Me la caverò,' Mormorò lei, sorridendo per alleviare la sua preoccupazione.

'Lo so che ce la farai. Non ho forse sposato la donna più assennata di Sydney?'

Alistar la baciò rapidamente e poi si rivolse ai bambini, che abbracciò e baciò, creando un gran clamore.

Rafe le si avvicinò, ma senza toccarla. 'Addio, Ellen.'

Una singola lacrima le scivolò dalle ciglia. La asciugò in fretta. 'Buon viaggio,' Sussurrò, guardando, con la vista offuscata, quel volto tanto amato.

I bambini gridarono i loro addii, mentre Alistair e Rafe salivano in carrozza.

Riona si mise accanto a Ellen. 'Sono sicura che Alistair ami quei bambini come se fosse il loro vero padre.' Sorrise affettuosamente. 'Credo che ti abbia sposato solo per diventare loro padre, davvero.'

Riona guardò Ellen e sospirò. 'Stavo scherzando. È meraviglioso che li ami così tanto.' Infilando un braccio sotto quello di Ellen, Riona sbuffò. 'Smettila di piangere per il signor Hamilton,' Sussurrò. 'È finita, chiuso, dimenticalo.'

Soffocando un singhiozzo, Ellen annuì. Il suo cuore era spezzato, ma nessuno lo avrebbe mai saputo. Raddrizzò le spalle e rientrò in casa.

CAPITOLO 20

*I*n una fresca giornata di giugno, col vento proveniente dal porto che le scompigliava i capelli fuori dal cappello, Ellen camminava intorno al terreno di Balmain con il signor Delahunt, il costruttore che aveva assunto.

'Questi piani sono dettagliati, signora Emmerson.' Delahunt picchiettava le piantine arrotolate contro la sua mano. 'Avremo le fondamenta ultimate entro la fine della prossima settimana.'

'Molto bene, signor Delahunt.' Ellen si fermò a guardare la squadra di lavoratori che scavavano le fondamenta per le casette a schiera. Aveva incaricato l'architetto di disegnare una fila di cinque case su ciascun lato di Nicholson Street. Ogni casa aveva due stanze al piano inferiore e tre camere da letto sopra, con una cucina e una lavanderia attaccate a un bagno privato ciascuna.

'Con l'arrivo dell'inverno, potrebbero esserci dei ritardi dovuti al maltempo, naturalmente.' Lui la aiutò a oltrepassare un canale di scolo.

'Per Natale vorrei già vedere degli inquilini vivere qui.'

'Natale?' Si sfregò la testa col cappello. 'È fattibile, suppongo.'

'Faccia in modo che succeda, signor Delahunt, e le verrà elargito un bonus. Ma voglio che le case siano costruire solidamente, per durare cento anni o più. Non ho il tempo di ascoltare le lamentele degli inquilini sui tetti che perdono o cose simili.'

'Metterò in gioco la mia reputazione su queste case. Dureranno cento e più anni e senza perdite, signora Emmerson.'

'Bene. Perché questa non sarà l'ultima proprietà che io... voglio dire, mio marito e io costruiremo.' Tornò verso la carrozza. 'Passerò di nuovo la prossima settimana col pagamento, signor Delahunt. Se ha qualsiasi problema, venga a trovarmi a casa.'

'Lo farò, signora Emmerson. Ci vediamo la prossima settimana.'

'George Street, per favore, Higgins.' Ellen salì in carrozza e prese il fascicolo di documenti sul sedile. Quel giorno aveva incontri con la banca, con un agente immobiliare e con l'avvocato di Alistair, un tè pomeridiano con la signora Gardner-Hill e le sue amiche, che Ellen non stava attendendo con ansia, poi un appuntamento per la prova di un vestito con la signora Haggerty e doveva spedire una lettera ad Alistair, che era ancora a Melbourne per affari.

Le lettere di Alistair arrivavano ogni pochi giorni, e le raccontavano di quanto gli mancassero i bambini. Scriveva anche dell'attività frenetica a Melbourne. La corsa all'oro aveva portato migliaia di persone da tutto il mondo nella città neonata, rendendola una metropoli in pochissimo tempo. Gli edifici crescevano a ritmo sostenuto. L'entusiasmo di Alistair per la crescita del suo business brillava in ogni pagina che scriveva. Lui e Rafe avevano affittato un ufficio e stavano intervistando un potenziale direttore per supervisionare le importazioni che Rafe avrebbe invitato, una volta tornato in Inghilterra. Si stavano anche assicurando materie prime, come lana, da esportare in Inghilterra.

Nell'ultima lettera, Alistair aveva scritto che sperava di recarsi di persona nell'entroterra, per assistere di persona a quella frenesia che si era impossessata degli uomini. Apparentemente,

Rafe non era troppo entusiasta all'idea di tornare in Inghilterra prima del previsto…

Mentre Higgins guidava attraverso le strade della città, Ellen tirò fuori dalla sua borsetta la lettera che aveva ricevuto due settimane prima da Rafe. L'aveva letta così tante volte da conoscerne a memoria le parole.

MIA CARA ELLEN,

Questa è l'unica lettera che ti scriverò.

Mi concedo questo unico atto egoistico per mettere su carta i miei sentimenti e poi non sentirai più parlare di me.

Ti amo.

Sarai per sempre il mio vero amore, colei che desidero sopra ogni altra.

Non possiamo stare insieme, lo accetto, ma il mio cuore è tuo fino a quando smetterà di battere.

Rafe

COME L'UOMO STESSO, la lettera era di poche parole e non ricolma di dramma. Aveva scritto ciò che serbava nel cuore, senza la fiorita prosa del poeta, ma quelle semplici parole erano sufficienti. Avrebbe potuto vivere anche solo avendo quella lettera.

La carrozza rallentò ed Ellen mise di nuovo via la lettera. Raccolse le sue cose e scese il gradino della carrozza con l'aiuto del portiere della banca.

'Starò via un'ora, Higgins.' Fece un cenno di ringraziamento al portiere ed era in procinto di entrare nella banca, quando sentì chiamare il suo nome.

Cercando tra la strada affollata, non riuscì a trovare chi l'avesse chiamata, finché un carro non si spostò e dall'altro lato della larga via vide Moira O'Rourke, la donna della nave. Le fece un cenno e la guardò allarmata, mentre Moira attraversava la strada facendosi strada tra i veicoli in movimento, per raggiungerla.

'Moira!'

'Non ti avevo riconosciuta all'inizio.' Moira rise. 'Guardati, sei una signora elegante.' Fece un passo indietro per ammirare il vestito a righe in blu navy e bianche di Ellen. 'Sei un incanto, davvero.'

'Come stai?' Chiese Ellen, notando i capelli grigi di Moira, insieme all'espressione pallida sul suo viso smagrito. La sua gonna marrone recava una grossa macchia e indossava uno scialle sdrucito. Sembrava trasandata proprio come la prima volta che l'aveva vista sulla nave.

'Non sto bene come te, a quanto pare!' Moira rise.

'Abiti qui vicino?'

Un'espressione stanca le attraversò il volto. 'Ultimamente sì, per volontà di Sua Maestà.'

Lo stupore dilatò gli occhi di Ellen. 'In prigione?'

'Sì, certo, e non è la vita che mi aspettavo.'

'Cos'è successo?'

'Quanto tempo hai?' Moira ridacchiò.

'Vieni, c'è una sala da tè lungo la strada. Andiamo lì.'

Poco dopo, erano sedute al tavolo e vennero serviti loro del tè e delle fette di torta al limone.

Ellen aspettò che Moira finisse la sua fetta di torta, per poi darle quella che lei non aveva mangiato.

'Non la vuoi?'

'No. Ho appena mangiato,' Ellen mentì, osservando Moira mangiare affamata. Versò dell'altro tè, appena Moira finì la sua prima tazza. 'Perché sei finita in prigione?'

Moira si lasciò andare sullo schienale della sedia e inghiottì il boccone che stava masticando.

'Prostituzione.'

Ellen rimase a bocca aperta. 'Perché? Dov'è tuo marito?'

'Morto.'

'Morto? Oh, Moira.'

'Era malato, quando sono arrivata. Abbiamo trascorso alcuni mesi insieme, ma…'

Moira fissò la tazza di tè. 'No era lo stesso. Come poteva esserlo, dopo tutti quegli anni trascorsi separati?'

'Mi dispiace tanto.'

'Ah beh, è la vita, no?' Bevve il suo tè e poi sorrise a Ellen. 'È meraviglioso vederti, davvero. Come stanno i bambini e Riona?'

'Tutti bene. I ragazzi crescono come l'erba e Bridget è una vera signorina.'

'E sei sposata?' Moira indicò la fede nuziale che Ellen indossava. 'Santa Madre, non perdi tempo, vero?'

'Ho sposato Alistair Emmerson."

'Emmerson, il biondo degli alloggi?'

'Sì.'

'Gesù, Giuseppe e Maria. Chi l'avrebbe mai detto? È un bell'uomo, davvero. Tutti sapevamo che gli piacevi, altrimenti perché ti avrebbe chiesto di essere la sua governante?' Moira sorrise.

'Vedi ancora qualcuno della nave?'

'No. Nessuno. Ho lasciato gli alloggi poco dopo la tua partenza. Ho trovato mio marito chiedendo in giro e visitando il suo vecchio indirizzo. Si era semplicemente trasferito nella strada accanto, ecco dov'era.'

'Mi dispiace tanto che sia morto, Moira. Deve essere stato difficile per te.'

'L'ho superato.'

'Cosa farai ora?'

'Cercherò di trovare un posto di lavoro da qualche parte. Ho chiesto in ogni locanda se avessero bisogno di una cuoca o di una cameriera. Certo, è un incubo cercare lavoro in questa città. La gente dice di andare di andare nella foresta e trovare un conta-dino solitario che ha bisogno di moglie. Ci sto pensando.'

'Dove stai alloggiando?'

Moira si guardò le mani sporche. 'Dove trovo un posto per la notte.'

'Oh, Moira.'

'Certo, e troverò presto un lavoro.'

'Bene, finché non lo troverai, starai con noi.'

'No,' Disse con aria offesa. 'Il signor Emmerson sicuramente non mi vorrà in giro.'

'Lui non c'è. Puoi dormire in mansarda. I ragazzi sono al collegio.'

'Collegio?' Chi occhi di Moira si spalancarono. 'Guarda un po'! Stai vivendo alla grande, vero? Non che mi sorprenda, intendiamoci. Tra tutti quelli della nave, eri quella che pensavamo se la sarebbe cavata bene nella colonia.'

'Ho appena iniziato, Moira.' Ellen rise. 'Mi piacerebbe se venissi a casa con me. Riona e Bridget saranno felici di vederti. Sono così occupata ora che Riona si sente un po' sola, e tu saresti un'ottima compagnia per lei. Vuoi restare con noi, finché non ti rimetterai in sesto?'

'Lavorerò, tienilo a mente. Non sono un'opera di carità.'

'Ho già una cuoca e una cameriera, ma avrei bisogno di un'amica.' Ellen sorrise.

'Certo, e con me non ne avrai una per la vita?' Le lacrime brillavano negli occhi di Moira. 'Sei una brava donna, Ellen, anche se hai sposato un protestante e sembri diversa da com'eri.' Rise.

* * *

Pochi giorni più tardi, Ellen sedeva nel salotto di una grande casa a Elizabeth Bay, sorseggiando tè e ascoltando le noiose conversazioni intorno a lei. Era stata invitata dalla signora Percival, la moglie di un giudice, per un tè con alcune signore dell'alta società. Ellen fu riluttante all'idea di andare, ma doveva stare al gioco. Aveva portato Bridget con sé, perché sua figlia doveva imparare come le giovani signore si comportano nelle case altrui.

Ellen fu sorpresa dal vedere Bridget adattarsi al suo nuovo ruolo di figlia di un gentiluomo. Giocava con gli altri bambini nel giardino, situato appena oltre le finestre del salotto e teneva testa alle ragazze più grandi, quando prendevano tutte le decisioni riguardo ai giochi da fare.

Ellen teneva d'occhio Bridget, pronta a intervenire in caso facesse i capricci. Sedeva vicino alla portafinestra che dava sul giardino, ascoltando i toni esigenti di Bridget che diceva a Cynthia Percival di non poter essere di nuovo la principessa, dato che aveva già avuto due turni.

In procinto di alzarsi e intervenire, Ellen posò la tazza di tè, ma fu interpella dalla signora Percival, una donna minuta e dall'intelletto altrettanto ristretto.

'Signora Emmerson, qual è la sua posizione su questo argomento?

'Quale argomento?' Disse Ellen. 'Mi scusi, stavo ascoltando i bambini.' Rivolse la sua attenzione alle signore.'

'I servi galeotti.'

'Ne so poco.'

'I galeotti con buona condotta ricevono un permesso per uscire e possono ottenere un impiego. Abbiamo assunto almeno dieci di queste persone nel coso degli anni, ma ora chiedono salari più alti.'

'Non ho servitori in permesso per buona condotta, signora Percival, quindi non ho questo problema.'

'Ne sia grata. Sono degli irriconoscenti.' La signora Percival sbuffò. 'Perché dovrebbero, loro, la feccia della società, ricevere più denaro? Fino a poco tempo fa, erano in catene e lavoravano gratuitamente. Era già abbastanza fastidioso dover da mangiare a quei furfanti.'

Ellen si irrigidì, percependo il torno di superiorità della donna. 'Sicuramente, se ora sono persone libere, meritano un salario dignitoso per una giornata di onesto lavoro?'

'Una giornata di onesto lavoro? È proprio questo il punto, signora Emmerson, loro non lavorano. Ladri pigri e oziosi.'

Le altre donne annuirono in segno di accordo.

'Dubito che siano tutti ladri e oziosi,' Mormorò Ellen, notando Bridget che, con le guance rosse, agitava il dito in faccia a Cynthia Percival.

'Ma lo sono, signora Emmerson. Non li assuma. Impari da me.' La signora Percival annuì con aria sapiente. 'La deruberanno mentre dorme.'

'L'hanno derubata?' Ellen si alzò, lo sguardo su Bridget.

'Sono sicura che l'hanno fatto, in tanti modi, non lavorando sodo o prendendo più cibo di quello che era stato loro concesso. Simpatizza con quei furfanti?'

Un'altra donna sussultò e quella seduta accanto alla signora Hinch sussurrò qualcosa.

Ellen aggrottò la fronte. 'Cos'ha detto, signora Hinch?'

'Niente.'

'Sì, invece.'

La signora Hinch impallidì. 'Io… beh, io—'

'Ha detto che potrebbe simpatizzare coi detenuti, considerate sue origini.' Gli occhi della signora Percival si strinsero in un disprezzo a malapena celato.

'Le mie origini?' La rabbia di Ellen aumentò, proprio mentre quella di sua figlia stava scemando. 'Sarò pur irlandese, signora Percival, ma né io, né la mia famiglia siamo arrivati qui in catene.'

'Forse sono stati impiccati in Irlanda,' Un'altra donna di nome signora Pole sghignazzò.

Una risata generale invase la stanza.

In quell'istante, Ellen capì che non sarebbe mai stata accettata nell'alta società. Essere sposata con Alistair copriva solo superficialmente le crepe della differenza di classe.

Bridget urlò e diede uno schiaffo a Cynthia. Ellen corse fuori e afferrò sua figlia, tirandola via.

'La faccia scusare,' La signora Percival scattò verso Ellen. 'Non ha maniere, ma non sorprende, vero?'

Una rabbia glaciale riempì Ellen. 'Maniere? Badi alla sua bambina egoista, prima di scagliare pietre contro la mia, lei, donna maleducata, arrogante e dalla mentalità ristretta! Sarò pur irlandese e sarò pur stata povera, prima del matrimonio, ma preferisco essere chi sono, piuttosto che una di voi, snob, codarde, idiote!'

Ellen trascinò Bridget a sé, mentre attraversava la casa e si dirigeva verso la carrozza.

'A casa, Higgins!' Ordinò, spingendo Bridget nella carrozza.

Piangendo, Bridget si strinse le mani in grembo. 'Mi dispiace, mamma.'

Prendendo un respiro profondo, Ellen cercò di calmarsi. 'Non è tutta colpa tua. Cynthia è una bambina cattiva.'

Bridget si asciugò gli occhi. 'Mi ha tirato i capelli e ha detto che sono una popolana. Cos'è una popolana?'

'È una persona povera, come noi eravamo in Irlanda.'

'Ma non siamo più poveri.' Bridget aggrottò la fronte e guardò Ellen. 'Abbiamo cibo, vestiti e io ho un pony.'

'No, non siamo più poveri. Ma ci saranno sempre delle persone a cui non piaceremo, perché un tempo eravamo poveri irlandesi.'

'Beh, a me loro non piacciono.'

'Non devono piacerti, tesoro mio, devi solo fingere che sia così.'

'Perché?'

Ellen si fermò a pensare. 'Perché un giorno vorrai sposare un uomo che appartiene a quella società. Un uomo con denaro e una buona posizione. Voglio che tu abbia un buon matrimonio, Bridget, così non dovrai mai lavorare o vedere i tuoi bambini infreddoliti o affamati. È per questo che fingiamo che quelle persone ci piacciano.' Mentre parlava, Ellen si chiese se avesse appena rovinato le possibilità di Bridget di avere un buon matrimonio, quando sarebbe arrivato il momento. La signora Percival e il suo gruppo di corvi avrebbero sparso pettegolezzi per tutta Sydney riguardo al suo sfogo. Aveva fatto un danno troppo grande?

Doveva scrivere e scusarsi con la signora Percival? Il suo cuore diceva di no, ma la sua testa diceva sì. Doveva riparare i ponti che aveva distrutto quella mattina. Se non per il suo bene, quantomeno per quello dei bambini. L'alta società di Sydney era piccola e dalla memoria lunga. Aveva sposato Alistair per il futuro dei bambini. Aveva appena rovinato tutto?

Sospirando, appoggiò la testa sul sedile, irritata con sé stessa per non essere stata al gioco. Doveva imparare a tenere le sue opinioni per sé. Poi, improvvisamente, scacciò quei pensieri. Perché sarebbe dovuta cambiare per quelle stupide donne, nessuna delle quali sembrava essere in grado di partorire un pensiero sensato?

No, non si sarebbe piegata ai loro capricci. I suoi figli avrebbero avuto la loro ascesa in quella società e non aveva bisogno dell'aiuto di persone come la signora Percival. No, avrebbe fatto tutto da sola.

Il denaro era ciò che faceva impettire le persone, ciò che le faceva accorgere di te. Il denaro portava prestigio. Il denaro portava rispetto. Denaro. Terreni. Quando avrebbe avuto più denaro e terreno di quanta non fosse la stima che la signora Percival nutriva nei suoi confronti, allora non avrebbero più guardato dall'alto in basso lei o la sua famiglia.

Ellen prese la mano di Bridget e le diede un bacio sulla testa. 'Andrà tutto bene, colombella mia. La tua mamma farà in modo che sia così.'

CAPITOLO 21

'Guarda un po'!' Moira ridacchiò. 'Beata Vergine Madre, siete proprio due bei giovani.' Abbracciò Austin e Patrick.

Ellen osservava sorridendo. Austin e Patrick erano tornati dal collegio di Paramatta per una settimana, per via di un'epidemia di scarlattina scoppiata nella scuola. Erano andati via solo da quattro settimane, ma lei fu sorpresa dal vedere quanto fossero cresciuti.

'È bello vederti, Moira,' Disse Austin.

'Sì, tua madre è stata grandiosa a offrirmi un posto dove stare.'

'Mangiamo?' Ellen li condusse verso il tavolo da pranzo, mentre Dilly portava le terrine di verdure.'

'Vado ad aiutare la signora Lawson.' Moira li lasciò e tornò in cucina, dov'era felicissima. Lei e la signora Dawson andavano d'accordo e si dividevano i compiti.

Riona sedeva tra i ragazzi, guardandoli affettuosamente. 'Mi siete mancati tanto. Raccontatemi tutto quello che non avete scritto nelle lettere.'

Mentre mangiavano l'arrosto di montone e ascoltavano i racconti dei ragazzi sulla scuola, i loro insegnanti e i compagni, la pioggia batteva contro le finestre. Austin si alzò per aggiungere legna al fuoco, regalando alla stanza un calore accogliente. 'Le lezioni di equitazione sono il mio momento preferito. Andiamo due volte alla settimana si sera e per qualche ora di sabato.' Guardò Patrick. 'È così bravo, mamma. Dovresti vederlo.'

'Lo farò. Verremo tutti a trovarvi, appena Alistair tornerà a casa.' Ellen aggiunse altra salsa al suo piatto.

'Possiamo prendere una barca in qualsiasi momento,' Aggiunse Riona. 'Il viaggio via fiume per Parramatta non è lungo. Dovremo farlo, così vedremo più spesso i ragazzi.'

Ellen prese un sorso d'acqua. 'I ragazzi sono in classe durante la settimana, ma magari un sabato? Mi piacerebbe vedere Parramatta. Ne ho sentito parlare molto. Ci sono lotti di terreno che saranno presto messi in vendita lì vicino.'

Quando Riona stava per rispondere, sentirono un forte trambusto alla porta d'ingresso.

'Che cos'è?' Ellen si alzò e lasciò la stanza.

Nel corridoio, fissò Rafe che entrava, trascinando Alistair. Lo shock di vedere di nuovo Rafe fu presto superato dalla preoccupazione per il terribile aspetto di Alistair.

'Santa Madre di Dio. Cos'è successo?'

'Chiamate un dottore.' Rafe portò Alistair nel salotto, mentre l'intera famiglia si affollava dietro Ellen.

'Me ne occupo io.' Riona portò i bambini fuori dalla stanza e chiamò Dilly.

Ellen corse a inginocchiarsi accanto ad Alistair, che appariva arrossato e sonnolento. Fissò le stecche sulla sua gamba sinistra.

'Alistair?'

'Non risponderà. È quasi incosciente. Aiutami a portarlo di sopra.'

Insieme, con un braccio ciascuno stretto attorno ad Alistair, lo tirarono su per le scale e lo misero a letto. Moira arrivò con una borsa dell'acqua calda e li aiutò a spogliarlo per metterlo comodo.

'Vado a prendere del tè.' Moira si chiuse la porta alle spalle.

'Cos'è successo?' Chiese Ellen a Rafe, mentre si prendeva cura di Alistair, che gemeva.

Rafe si tolse il cappello e il soprabito bagnato. 'Due settimane fa eravamo a caccia con alcuni nuovi soci d'affari. Un canguro è saltato fuori dagli alberi e ha colpito il cavallo di Alistair, facendolo cadere. Il cavallo e atterrato su Alistair e gli ha rotto la gamba, lasciando l'osso esposto.'

'Perché non mi ha scritto per dirmelo?'

'Non ce n'era motivo. Alistair voleva tornare a casa. Ero pronto a salpare per l'Inghilterra, ma la mattina in cui Alistair doveva partire per Sydney, ha avuto la febbre. Si è rifiutato di posticipare il viaggio. Sapevo che avrei dovuto cancellare i miei piani e andare con lui, perché peggiorava di ora in ora. Eravamo in mare da poche ore, quando la febbre è diventata incontrollabile.' L'espressione tesa di Rafe ne rivelava l'angoscia. 'La scorsa notte ho pensato che l'avremmo perso.'

Ellen ansimò. 'Dio mio.'

'Il medico gli aveva detto di non viaggiare, ma lui era determinato a guarire a casa.' Rafe si passò una mano tra i capelli. 'Non mi aspettavo che peggiorasse così tanto durante il viaggio di ritorno.'

'Sarebbe dovuto restare a Melbourne e non rischiare il viaggio verso casa. Perché gli ha permesso di imbarcarsi sulla nave in tali condizioni?'

'Ho cercato di dirglielo, ma è testardo…'

Ellen sentì la stanchezza nella voce di Rafe. 'Non è colpa sua. Sembra esausto.'

'Non ho dormito negli ultimi tre giorni. Non c'era nessuno sulla nave che potesse prendersi cura di lui, tranne me, perché non sapevamo di che tipo di febbre si trattasse e se avrebbe contagiato gli altri. Sono riuscito a tenerlo in vita e poi, appena siamo attraccati, ho infranto le regole e l'ho portato subito via, per venire qui. Se le autorità fossero salite a bordo, lo avrebbero messo in quarantena. Tuttavia, non credo che la sua febbre sia contagiosa, sembra si tratti di un'infezione.'

'Grazie per averlo portato a casa.'

'È mio amico. Non potevo lasciarlo e salpare, senza sapere quale sarebbe stato il suo destino. Dovevo riportarlo da lei.'

Avrebbe voluto abbracciarlo, confortarlo, perché sembrava pronto a crollare. 'Deve riposare.'

'Cercherò un alloggio, non appena il medico sarà arrivato.'

Qualche ora dopo, Ellen sedeva su una sedia accanto a Alistair, asciugandogli la fronte calda e sudata. La casa era silenziosa. Era sceso il crepuscolo. Riona era al piano di sotto che leggeva tranquillamente ai bambini.

Il medico aveva dichiarato che Alistair aveva una grave febbre del sangue e aveva bisogno di riposo. La sua gamba rotta era infetta, era stata incisa e vi era stato applicato un impiastro di senape. Per ora, tutto ciò che potevano fare era curarlo con spugne fredde, acqua e riposo.

Risciacquando il panno nella ciotola, Ellen lo posò sulla fronte di Alistair. 'Dormi, ora,' Mormorò, nonostante non si fosse risvegliato da quando era arrivato.

Si poggiò alla sedia e lo osservò. Sembrava più magro, rispetto a quando era partito. Gli strinse la mano, sperando che aprisse gli occhi e le sorridesse.

La porta si aprì e Moira entrò con una tazza di tè e delle fette di pane imburrato.

'La cena,' Sussurrò.

'Grazie. Giù stanno tutti bene?'

'Sì. Bridget è un po' preoccupata. Non si stacca da Riona. Il signor Hamilton è andato via e ha detto che tornerà domattina.'

Ellen annuì. Rivedere Rafe, dopo essersi preparata ad accettare che fosse uscito dalla sua vita, aveva riaperto una ferita appena guarita.

'Come sta?'

'Non si è ancora svegliato.'

Ebbene, possa il signore benedetto vegliare su di lui e regalargli un sonno guaritore.' Si fece il segno della croce in petto.

Ellen guardò l'adorato volto di Alistair. 'Adesso è a casa. Possiamo prenderci cura di lui.'

Dopo una faticosa notte in cui Alistair si agitò, gemendo nel sonno, Ellen finalmente si assopì poco prima dell'alba, quando Alistair fu finalmente liberato dalla febbre e smise di bruciare e sudare.

Mentre le cornacchie e le gazze annunciavano un nuovo giorno, Ellen cambiò con premura le lenzuola di Alistair con l'aiuto di Moira, per poi cadere in un sonno sereno. La sua gamba, sebbene ancora rossa e gonfia, non era più così ardente e l'area che il medico aveva inciso non trasudava più di pus.

Ellen dormì fino a tardi, scoprendo, una volta sveglia, che Riona aveva portato i bambini a vedere Padre Joyce e pregare per la pronta guarigione di Alistair. Moira era andata a fare la spessa e Dilly salì con una bacinella di acqua calda perché Ellen potesse lavarsi. Lei si lavò accuratamente e indossò degli abiti puliti.

Si stava spazzolando i capelli, quando notò nel riflesso dello specchio che Alistair la stava guardando.

Gli prese la mano. 'Sei sveglio.'

'Sono a casa?'

'Sì. Rafe ti ha riportato a casa. Sei stato molto malato per via della febbre causata da un'infezione alla gamba.' 'Ora che sono con la mia famiglia, starò meglio.'

'I ragazzi sono tornati da scuola. Sono ansiosi di raccontarti com'è andata.'

'Falli entrare…' Gracchiò lui.

'Non ancora. Saranno presto di ritorno. Riona li ha portati fuori. Volevamo che la casa fosse silenziosa, in modo che tu potessi dormire.'

Lui chiuse gli occhi. 'Mi dispiace averti dato preoccupazioni.'

'Ora riposa. Voglio che torni presto a essere il te stesso di sempre.' Gli baciò la fronte fredda, nel punto in cui fino a poche ore prima era rovente. 'Vado in cucina a prepararti del tè e devi anche prendere un po' del tonico che il dottore ha lasciato. La signora Lawson ti ha preparato del brodo di manzo.'

Poco dopo, il dottore arrivò è fu molto sollevato nel constatare che la febbre di Alistair fosse scesa. Rifece i bendaggi alla gamba e riaggiustò le stecche. Lasciò una bottiglia di laudano per alleviare il dolore.

Il piccolo orologio in salotto suonò due volte, mentre Ellen accompagnava il dottore alla porta, una volta terminata la visita. Poi risalì al piano di sopra per trascorrere del tempo con Alistair. 'Ora, hai sentito il dottore. Non ti alzare. La gamba deve guarire e non può farlo, se non starai a riposo. Devi recuperare le forze.'

'Sì, cara.' Alistair le prese la mano. 'Rafe non ha chiamato?'

'No. Ha detto che sarebbe venuto questa mattina.'

Il sopracciglio di Alistair si sollevò. 'Questa mattina? E ancora non è venuto?'

'No.'

'Potrebbe avere la mia stessa febbre, Ellen.' Alistair si sforzò di alzarsi.

'Stenditi, santo cielo. Dove pensi di andare?'

'Dobbiamo controllare che non si sia ammalato, Ellen.'

Lo stomaco le si contrasse. 'Sicuramente no. La tua febbre era dovuta solo all'infezione.'

'Se ha detto che sarebbe venuto questa mattina e non l'ha ancora fatto ora che è pomeriggio, allora forse è malato e non ha nessuno che si prenda cura di lui.' Alistair sembrava preoccupato.

'Va bene, calmati. Sembrava esausto, quando ti ha riportato a casa.'

'Vai a trovarlo, Ellen. Mi ha salvato la vita. Senza di lui, non sarei sopravvissuto al viaggio di ritorno. Ora potrebbe essere lui quello malato.'

'Ma dove alloggia?'

'Dovrebbe stare allo stesso hotel della scorsa volta. Ne aveva avuto una buona impressione.'

'Lo Star Inn?'

'Sì. Vai lì e controlla che stia bene. Non potrei mai perdonarmi se gli fosse successo qualcosa. A quest'ora, doveva già essere sulla via del ritorno verso l'Inghilterra.'

'Ci andrò. Ma promettimi che non lascerai questo letto.'

'Lo prometto.' Chiuse gli occhi, stanco e indebolito dalla conversazione.

Ellen indossò rapidamente cappotto, guanti e cappello. Al piano di sotto, si fermò in cucina per comunicare alla signora Lawson che stava per uscire.

Una volta in strada, vide una carrozza fermarsi e pensò che fosse finalmente Rafe, ma Moira ne discese con dei cesti della spesa.

'Torno presto,' Le disse Ellen, salendo in carrozza.

Lungo il viaggio, il cuore di Ellen batteva all'impazzata. E se Rafe fosse stato malato come Alistair? Non avrebbe potuto far fronte a una situazione simile.

Una volta giunti a Pitt Street, il vetturino si fermò ed Ellen lo pagò. Lo Star Inn era un albergo di lusso, frequentato spesso dall'alta società.

Avvicinandosi al banco della reception, sorrise con aria serena al giovane uomo in abito elegante che si alzò, mentre lei si avvicinava. Usò il suo tono più cordiale. 'Buon pomeriggio. Vorrei sapere se mi è concesso chiedere di uno dei vostri ospiti, il signor Rafe Hamilton?'

'Sì, il signor Hamilton è nostro ospite, signora.'

'È un caro amico di mio marito, Alistair Emmerson. Mio marito è attualmente malato. Siamo preoccupati che anche il signor Hamilton possa esserlo, dato che non è venuto a trovarci, come aveva detto.'

'Oh, capisco.' Il giovane aggrottò la fronte. 'Non ho visto il signor Hamilton tutto il giorno.'

'Posso salire a vedere come sta?'

'Certamente, signora. Non vorremmo di certo che uno dei nostri ospiti stia male e necessiti di assistenza.'

'Grazie. Tornerò subito, qualora dovessi avere bisogno del suo aiuto.'

'Camera tre, signora. La prima a destra, in cima alle scale.'

'Grazie.' Ellen si allontanò in fretta, prima di poter cambiare idea o di essere notata da qualcuno che la conosceva. I pettegolezzi si sarebbero diffusi rapidamente, se la gente avesse saputo che stava entrando nella stanza di un uomo.

* * *

RAFE AGGROTTÒ LA FRONTE, mentre si svegliava. I colpi alla porta continuarono, facendolo destare del tutto. Imprecò e si girò dall'altra parte. Il bussare si fece più insistente.

Gettò indietro il lenzuolo che lo copriva e si alzò barcollando. La testa era annebbiata dal sonno. La stanza era buia, con le tende chiuse. Inciampò nei suoi stivali e sbattette contro il baule.

Afferrò una camicia e se la infilò. Senza pensare al suo stato di semi-nudità, aprì la porta di uno spiraglio.

La sorpresa lo lasciò senza parole. Ellen? Si strofinò gli occhi per schiarirsi la vista. 'Ellen?'

Ellen scivolò dentro la stanza e chiuse la porta. 'Sei malato?' Gli toccò la fronte, il panico scritto sul suo volto. 'Hai la febbre? Non sembri caldo. Come ti senti? Stai male? Chiamo un dottore.'

'No... cosa? Ellen...' Si strofinò il viso, cercando di schiarirsi la mente dal sonno profondo di poco prima. 'Non sono malato.'

'Ne sei sicuro?'

'Sì, credo di sì.' Non si sentiva malato.

'Allora perché non sei venuto a casa stamattina, come avevi detto?' Il bellissimo viso di lei lo fissava. 'Ho aspettato tutto il giorno!'

'Perdonami. Sembra che abbia dormito tutta la notte e tutto il giorno.'

Ellen lo scrutò, come se stesse mentendo. 'Quindi, non sei febbricitante?'

'Per niente. Ero semplicemente esausto.'

'Grazie alla Santa Madre.' Si afflosciò leggermente, un'espressione di sollievo sul suo bel viso.

'Stai bene?' Lui la resse per il gomito per mantenerla in equilibrio.

'Sì. Sì, sto bene. Ho pensato che fossi malato, quando non ti ho visto arrivare. Alistair mi ha messo in ansia per te.'

'Come sta?' Improvvisamente, si ricordò del suo amico.

'Si è svegliato. La febbre è passata e la gamba sembra migliorare.'

'Eccellente.' Un'ondata di sollievo lo pervase. Sorrise, vedendo il colore tornare sul viso di Ellen. 'Sembri avere bisogno di un goccio di qualcosa.' Si accorse della camicia aperta e dei pantaloni sbottonati in cui aveva dormito. Lo sguardo di Ellen si posò sul suo petto. Il desiderio gli serrò l'inguine.

L'anelito le oscurava gli occhi, mentre il suo sguardo si posava sul suo volto di lui, prima di scendere nuovamente sul petto. Lo desiderava tanto quanto lui desiderava lei, e quella consapevolezza gli diede un brivido che non riusciva a nascondere.

In un attimo, la strinse tra le braccia, baciandola con una passione che non poteva e non voleva controllare. Per così tanto tempo, aveva pensato a quella straordinaria donna. Troppo a lungo, aveva desiderato stringerla tra le braccia. La amava con ogni fibra del suo essere.

'Ellen…' Sospirò lui, prendendo fiato, poi la sollevò tra le braccia e la portò a letto.

Sapeva che lei avrebbe dovuto fermarlo, ma non poteva, non voleva. Nulla e nessuno contava in quel momento, se non l'intensità del suo amore, mentre le sfilava i vestiti, finché non giacque nuda davanti a lui.

Lui chiuse la porta a chiave, poi, riavvicinandosi, si spogliò lentamente, senza mai distogliere lo sguardo da quel magnifico corpo che aveva tanto sognato. 'Sei bellissima. Sapevo che lo saresti stata.'

Lei si sollevò verso di lui. 'Fammi dimenticare tutto.'

Non aveva bisogno di ulteriori incoraggiamenti. L'avrebbe resa completamente sua. La sua donna. Il suo amore.

Ore dopo, il tramonto gettò ombra nella stanza. Rafe la baciò. Ellen giaceva sul suo corpo, mentre restavano quieti, esausti e assonnati. Avevano entrambi chiuso la mente a qualsiasi cosa fosse al fuori da quella stanza, aldilà di quel letto.

Tra le sue braccia, lei si era abbandonata al suo amore, al suo desiderio, alle sue silenziose suppliche di poterlo toccare, assaporare, guarire. E lo fece. Insieme, erano una persona sola che aveva gli stessi pensieri e provava le stesse emozioni.

Tuttavia, tutto ciò stava per giungere alla fine, e quella realizzazione lo colpì come un pugno al petto. Lei era stata via da casa per tre ore. E per quanto la amasse, sapeva che doveva fare ritorno.

Lentamente, come se fossero giunti alla stessa conclusione nel medesimo istante, si abbracciarono strettamente, consapevoli che quella fosse la fine.

'Ti amo con tutto il cuore,' Sussurrò lei.

'Come io amo te.' La baciò profondamente, col suo corpo che la desiderava ancora e per sempre.

Tremante, con le lacrime che le scorrevano silenziose lungo le guance, Ellen si vestì.

'Verrò a casa a salutare,' Riuscì a mormorare Rafe, con la voce graffiata da un dolore che non aveva mai provato prima. La guardò prepararsi ad affrontare di nuovo il mondo, desiderando di poter catturare per sempre quel momento nella sua mente.

Con un ultimo struggente sguardo, Ellen gli rivolse un sorriso bagnato di lacrime e uscì dalla stanza.

Quando arrivò a casa un'ora dopo per visitare Alistair, Rafe aveva con sé un bagaglio. Era riuscito a comprare un biglietto per una nave che sarebbe salpata per l'Inghilterra con la marea della sera. La nave che apparteneva a lui, piena di un carico di lana e lino, era partita da Sydney appena due settimane dopo il suo arrivo. Stavolta, avrebbe navigato su un veliero più veloce, che lo avrebbe portato a Liverpool entro la fine dell'estate inglese.

Dilly gli aprì la porta e lui entrò in salotto, preparato ad affrontare Ellen, ma vi trovò solo Riona.

'Signor Hamilton.' Riona si alzò con un sorriso.

'Sono venuto a trovare Alistair, se e sveglio?'

'È sveglio. Ha ascoltato i racconti dei ragazzi sulla scuola. Vada pure di sopra, io preparerò del tè.'

'Non mi fermerò a lungo. Sono stato fortunato a trovare un biglietto per una nave che salpa stasera.'

'Oh. Beh, ci mancherà, davvero.'

'Grazie.' Avrebbe voluto chiedere dove fosse Ellen, ma sapeva di non potere.

'Temo che mia sorella sia fuori. Le piace guardare il tramonto sulle colline distanti.' Lo sguardo vigile di Riona comunicava più delle parole. Ellen non sarebbe venuta a salutarlo.

Lui annuì rigidamente e salì le scale. In camera da letto, fu accolto calorosamente dai bambini. I ragazzi di Ellen erano cresciuti, e il suo cuore soffriva al pensiero che non li avrebbe visti diventare uomini.

Bridget gli venne subito incontro. 'Mi guarderai cavalcare domani?'

'No, mia dolce bambina.' La sua voce si spezzò e tossì nella mano. 'Partirò per l'Inghilterra stasera.'

'Stasera?' Alistair gracchiò dal letto. 'Così presto?'

'Sì.' Un'ondata di colpa lo travolse. Aveva disonorato il suo buon amico e si sentiva un codardo. Avrebbe voluto essere un uomo migliore, ma non lo era, quando si trattava di Ellen. La amava, ma avrebbe dovuto essere più forte e trattenersi dal toccarla. Solo lavorando sodo per il successo della loro attività sarebbe riuscito a fare ammenda.

'Un veliero americano salperà per Londra questa sera. Nei

miei alloggi, ho sentito che un uomo non avrebbe potuto imbarcarsi e mi ha offerto il suo posto. Inoltre, ho molto da sbrigare per l'azienda, amico mio. Abbiamo fatto tanti piani a Melbourne, non è vero?' Rafe si avvicinò al letto. 'Prima tornerò a casa, prima potrò mettere tutto in azione.'

'Tornerà, signor Hamilton?' Chiese Austin.

Rafe sentì il cuore battergli forte nel petto, mentre, guardando Austin, lottava contro l'emozione che gli cresceva in gola. 'Non presto.'

'Mi scriverai?' Bridget infilò la mano nella sua e lo guardò con lo stesso dolce viso della madre.

'Lo farò.' Deglutì e si voltò velocemente verso Alistair. 'Stammi bene. Scriverò una volta tornato a Liverpool.'

'Addio, amico mio.' Alistair gli strinse la mano. 'Buon viaggio e chissà, potrei portare questa banda indisciplinata in Inghilterra un giorno, negli anni a venire.' Sorrise con aria serena.

Rafe non riuscì a parlare. Sentì una porta chiudersi da qualche parte al piano inferiore e il suo respiro si fermò. Ellen era tornata a casa?

'La accompagno fuori, signor Hamilton,' Disse Austin.

Uscendo, diretto verso la carrozza a noleggio, Rafe era teso, desiderando disperatamente di imbattersi in Ellen, di vederla un'ultima volta. Muovere un altro passo e lasciarla gli fu estremamente difficile.

Strinse la mano di Austin. 'Prenditi cura di tua madre.'

'Lo farò, signore. Addio.'

Con un ultimo sguardo alla costa che scuriva, Rafe ignorò tutti i suoi istinti di correre a cercarla. Invece, col cuore spezzato, salì in carrozza. Il cavallo si mise in cammino e lui chiuse gli occhi.

CAPITOLO 22

'Mi piace il motivo coi fiorellini bianchi,' Disse Riona, tenendo in mano un rotolo di stoffa nella bottega della signora Haggerty.

Ellen si voltò, distogliendo l'attenzione dai guanti in pelle che stava esaminando. 'Sì, è carino per l'estate.'

Camminando per il negozio, Ellen cercò di concentrarsi su cosa scegliere, ma la sua mente era occupata da questioni più importanti di vestiti e guanti. Aveva trascorso l'intera settimana dopo la partenza di Rafe assistendo Alistair in ogni sua necessità, cercando di compensare per il senso di colpa di averlo tradito.

Ma la settimana successiva, temette che avrebbe perso del tutto la testa, se non fosse uscita a fare qualcosa. Allora ebbe un'idea. Poiché la gamba rotta di Alistair gli impediva di andare in ufficio, avrebbe preso lei il suo posto, per occuparsi di tutte le scartoffie e avrebbe allestito un ufficio temporaneo nella camera da letto.

Inizialmente, Alistair fu contrario. Poi, una volta resosi conto di quanto Ellen fosse utile e del suo talento per gli affari, la coinvolse presto in ogni aspetto delle sue trattative.

Nelle ultime sette settimane, Ellen aveva visitato i soci in affari di Alistair e i vari magazzini dei produttori, da cui lui era solito acquistare beni da mandare in Inghilterra. Raccoglieva informazioni e riportava tutto sui registri. Incontrò i costruttori diverse volte alla settimana, ora che le case a schiera stavano prendendo forma. Si presentava ai capitani delle navi che attraccavano al porto, che avrebbero potuto potenzialmente trasportare merci da e verso la colonia.

Si teneva così occupata che dormiva solo poche ore a notte, di solito sulla stessa sedia su cui sedeva mentre lavorava. Più era impegnata, meno pensava a Rafe e al suo cuore spezzato, e più soldi guadagnava per la famiglia.

Alistair era orgoglioso della sua intelligenza e del suo senso per gli affari. La guidava e le dava chiarimenti, il che le forniva la conoscenza necessaria per interfacciarsi coi gentiluomini della città. La pazienza e l'incoraggiamento di Alistair le facevano desiderare di compiacerlo, di renderlo fiero di lei.

La porta del negozio si aprì e le signore Percival e Gardner-Hill entrarono. I loro volti divennero il ritratto della sorpresa, quando si accorsero di essere state scoperte nel quartiere più malfamato della città.

'Oh, signora Gardner-Hill, non sapevo foste cliente qui,' Disse Ellen inclinando la testa con aria interrogativa.

'Abbiamo pensato di provare il lavoro della signora Haggerty,' Rispose la signora Gardner-Hill. 'Dopo aver visto il suo vestito al mio ballo, ho deciso di venire qui personalmente per giudicare la qualità, sebbene questa zona della città sia terribilmente pericolosa e ho temuto per la mia vita non appena abbiamo imboccato Cumberland Street.'

'Non lasciate che la zona vi distragga dalle ottime abilità della signora Haggerty.' Ellen fece un cenno alla sarta, che era uscita dalla stanza sul retro, dopo aver preso le misure di un'altra cliente. Ellen fece le presentazioni.

'Buongiorno, signore.' La signora Haggerty, una donna corpulenta di un'età indeterminata, andò dietro al bancone per scrivere nel suo registro.

La signora Percival teneva un fazzoletto al naso. 'Si sente l'odore delle fogne.' Guardò Ellen con aria schiva. 'Si sentirà a suo agio in questo quartiere, signora Emmerson?'

Ellen sbottò in una piccola risata sarcastica. 'Sì, mi ci sento. Stare tra gli onesti lavorati che si aiutano a vicenda mi ricorda casa.' La fissò con uno sguardo truce, sapendo che aveva sparso pettegolezzi su di lei in giro per i salotti di Sydney. Gi inviti ai tè pomeridiani erano finiti e il giorno precedente, Ellen aveva visto due conoscenti attraversare la strada per evitarla. Aveva perso quei cosiddetti amici a causa del suo sfogo e forse anche compromesso il futuro dei suoi figli perché potessero mai essere accolti nell'alta società, ma essendo il suo umore così abbattuto dalla partenza di Rafe, non sembrava preoccuparsene tanto quanto avrebbe dovuto.

'Chi posso servire prima?' La signora Haggerty spezzò la tensione nell'aria.

'Mia sorella e io torneremo domani, signora Haggerty,' Disse Ellen improvvisamente. 'Si occupi della signora Gardner-Hill e della signora Percival, è indubbio che abbiano più bisogno della sua esperienza di quanto ne abbiamo noi in questo momento, dato che i nostri guardaroba già contengono le sue raffinate lavorazioni. Buona giornata.'

Fuori dal negozio, Riona iniziò a ridere. 'Sei stata cattiva, Ellen.'

'Oh, se lo meritavano, soprattutto la signora Percival, quella strega prepotente. Mi guarda dall'alto in basso, ma rimpiangerà il giorno in cui mi ha fatto la guerra, perché verrà il momento in cui mostrerò a tutte loro quanto valgo.'

'Sei stata tu a voler entrare a far parte della loro cerchia,' Disse Riona, mentre camminavano verso casa.

'Voglio il meglio per i miei figli. Ciò che quelle donne pensano di me non mi tange.'

'È la stessa cosa, Ellen, e lo sai.' Riona schivò un mucchio di rifiuti fuori da una locanda. Due uomini oziosi appoggiati al muro fischiarono, mentre loro due passavano.

Ellen afferrò il braccio di Riona, consapevole che sua sorella reagisse male in tali situazioni, dopo l'aggressione subita da Lester. 'Continua a camminare.'

Si fermarono alla fine della strada, per permettere a un pastore di condurre il suo gregge di pecore verso il porto. Il letame delle pecore sporcò i ciottoli e, con il vento, un distintivo odore di urina fu trasportato dalla conceria a poche strade di distanza.

'Santa Madre Maria. Questa città è ripugnante.' Riona sollevò la gonna per evitare di macchiarla a contatto con la strada sporca. 'Nelle strade di campagna, non dovevamo sopportare tutto questo.'

Ellen rimase in silenzio, cercando di trattenere la colazione in corpo.

'Sabato, dovremmo andare a Paramatta a visitare i ragazzi. Potremmo prendere la barca per attraversare il fiume, dovremmo farlo.' Riona saltò oltre un canale di scolo che fungeva anche da bagno per le case vicine.

'Che ne pensi?' Chiese Riona, quando Ellen non rispose.

L'odore della fogna a cielo aperto si fece eccessivo, Ellen si voltò e vomitò nei cespugli davanti a una piccola capanna.

'Santa Vergine, Ellen.' Riona le accarezzò la schiena.

Ellen vomitò e fu sul punto di piangere, per quanto si stesse sentendo male.

Riona le porse un fazzoletto. 'Gesù, Giuseppe e Maria, stai bene?'

Raddrizzandosi, Ellen si pulì la bocca. 'Scusa.'

'È stato l'odore o qualcosa che hai mangiato?'

Ellen si incamminò lungo la strada, lottando contro l'urgenza di vomitare nuovamente.

Riona le prese il braccio. 'Ti sentirai meglio, una volta lontana dalla puzza. Non c'è da meravigliarsi che la signora Gardner-Hill storca il naso in questa zona. Non è bella. Suppongo che noi lo sopportiamo più facilmente di loro.'

Mentre Riona discorreva dei vantaggi del vivere in campagna rispetto alla città, tutto ciò a cui Ellen riusciva a pensare era che non aveva avuto il suo ciclo mensile. Non da quel glorioso momento nel letto di Rafe.

Erano passate poco più di nove settimane, da quando era partito. Aveva contato ogni giorno.

Nove settimane di desiderio di lui.

Nove settimane di vita senza di lui.

Se era incinta, il bambino sarebbe stato suo. Quel pensiero la entusiasmava e la terrorizzava allo stesso tempo. Aveva avuto il ciclo quando Alistair era a Melbourne, quindi il bambino non poteva essere di suo marito. Con la gamba rotta di Alistair e le sue condizioni debilitate dopo la febbre, non avevano dormito nello stesso letto dal suo ritorno. Ellen aveva invece condiviso il letto con Riona.

Un sudore freddo le bagnò la fronte, nonostante le temperature basse della giornata invernale.

Il bambino di Rafe.

Una volta tornata a casa, andò al piano di sopra a lavarsi il viso e versarsi un bicchiere d'acqua dalla brocca.

Si guardò nello specchio a figura intera, ma al di sotto del corsetto, del busto e delle ampie gonne non sembrava notarsi nulla. Tuttavia, sapeva che non avrebbe potuto nasconderlo per sempre.

'Eccoti qua, mia cara.' Alistair entrò nella stanza zoppicando, aiutandosi col bastone. Il medico aveva rimosso le stecche una settimana prima e lui stava iniziando ad abituarsi a camminare di nuovo. 'Hai fatto la prova del vestito?'

'No. Le signore Percival e Gardner-Hill sono arrivate e abbiamo lasciato che fossero servite prima di noi.' Ellen giocherellava coi suoi articoli da toletta poggiati sul tavolo da trucco.

'È molto gentile da parte tua. Anche se sono sorpreso che abbiano osato avventurarsi a Cumberland Street. È una zona povera.'

'Le abilità della signora Haggerty compensano quel disagio.' Si girò e lo guardò.

La febbre gli aveva fatto perdere peso, ma lo stava lentamente riprendendo. La signora Lawson gli preparava ogni giorno tutte le pietanze che lui amava di più. Aveva indosso un abito e la sera precedente aveva permesso a Moira di tagliargli i capelli e nel durante, Ellen li aveva sentiti ridere tutto il tempo.

'Mi stai fissando.' Lui interruppe i suoi pensieri. 'Sembro patetico con questo bastone?' Quando sorrise, la sua distintiva fossetta gli apparve in volto.

'No, per niente.' Impulsivamente, gli andò incontro e gli avvolse le braccia intorno alla vita. Era la prima volta che faceva una cosa del genere.

'E questo cos'è?' Ridacchiò, ma la tenne stretta.

Lei sollevò la bocca verso la sua e lo baciò. 'È ora che faccia ritorno in questa stanza, nel nostro letto.'

La baciò. 'Non c'è niente che desideri di più.'

'E ho un favore da chiederti.'

'Oh, e quale sarebbe?' Le riempì il collo di baci.

'Voglio che ci trasferiamo a Berrima.'

Lui si ritrasse sorpreso. 'In campagna?'

'Sì. Sono stanca della città. Ho bisogno di respirare aria fresca e farebbe bene anche a te.'

'Ti ho visto pallida negli ultimi due mesi. Ero preoccupato che fosse troppo per te, prenderti cura dei miei affari e di me, mentre ero costretto a letto.'

'Occuparmi degli affari è stato un piacere. Mi sono divertita molto, ma ora stai meglio e vorrai prendere in mano di nuovo tutto e io voglio vedere la casa a Berrima durante la costruzione.'

'Non posso stare lontano dalla città troppo a lungo, cara. Ora che sto meglio, devo riprendere le redini, per così dire.'

'Puoi tornare in città e io posso rimanere in campagna.'

'Per quanto tempo? Non voglio stare senza di te. Ho bisogno di te qui come mia moglie, la mia padrona di casa.'

'Vorrei che Berrima diventasse la mia casa permanente.' Ora che l'aveva detto ad alta voce, le sembrava perfettamente sensato. Aveva bisogno di stare lontana da Sydney, dai ricordi di Rafe e dai pettegolezzi delle donne dell'alta società. 'Qui non riesco a respirare. Io sono una ragazza di campagna.'

'Sei così infelice in città?'

'Sì.'

'Ma non con me?' Sembrava ansioso di sentire la risposta.

'Con te? No, per niente. Ma le cene e le feste in giardino, i tè pomeridiani… non fanno per me. Voglio camminare in giro per la nostra terra, vedere gli animali al pascolo, piantare ortaggi…'

'Una semplice contadina?' Sembrava incredulo all'idea. 'Ma tu sei mia moglie e in quanto tale, ci sono tanti eventi a cui devi prendere parte. È previsto che mi accompagni a cene e balli, a teatro e così via.'

'Non c'è niente che desideri di più dello stare in campagna. So che vuoi che io stia qui, ma non posso farlo, non permanentemente. Voglio una vita semplice in campagna.'

'Dubito che sarai una semplice contadina, mia cara.'

'No, forse no. E mi unirò volentieri alla comunità in campagna, sperando che abbiano i miei stessi interessi e che anche i bambini ne beneficino. Imparerò persino a cavalcare.'

Lui sorrise di nuovo. 'Allora potremmo andare a cavallo insieme?'

'Sì!' Rispose lei entusiasta. 'Per favore, possiamo andare?'

Lui la baciò. 'Se ti renderà felice, allora andremo.'

Ellen lo abbracciò. 'Farò della nostra proprietà a Berrima la migliore della contea.'

'Su questo non ho dubbi. Ma prima, vorrei che mi promettessi una cosa.'

'Sì?'

'Che dividerai il tuo tempo tra Berrima e Sydney, così che possa averti qui per portarti a cene e balli.'

Lei ci pensò un attimo e poi annuì. 'Trascorrerò tre mesi all'anno qui a Sydney, va bene?'

Lui la baciò. 'Avrei preferito sei mesi, ma so bene che non si discute con mia moglie!' Lui sorrise. 'Vieni, Bridget vuole mostrarci il suo disegno. È una bambina intelligentissima. Deve aver preso dalla sua mamma.'

Lei lo interruppe. 'Grazie per l'amore che dai ai miei bambini.'

'Come potrei non farlo, quando sono una parte di te, la donna che mi rende così felice?'

'Cercherò di far sì che sia per sempre così, Alistair.' Gli accarezzò la guancia. 'Non sono perfetta, ma cercherò di essere la miglior moglie possibile.'

'Come potrebbe mai chiedersi di meglio?' Le baciò la mano e insieme uscirono dalla stanza.

LA STORIA di Ellen continua nel sequel, *Oltre le Colline Distanti*.

POSTFAZIONE

Scrivere un romanzo ambientato in Irlanda nel periodo della carestia è stato un progetto che volevo realizzare da molto tempo. Mia nonna Mary è originaria della zona di Louisburgh, nella contea di Mayo, Irlanda. Il padre di Mary, Patrick Kittrick, nacque nella fattoria di suo padre, situata vicino a Louisburgh, proprio come suo padre, Michael. Infatti, Michael Kittrick, il mio bisnonno, è nato nel 1845 e deve essere stato un bambino davvero fortunato, perché è riuscito a sopravvivere la carestia. Suo padre era affittuario di alcune terre che appartenevano al Marchese di Sligo e molti dei suoi parenti emigrarono in terre lontane. Mio nonno Patrick lasciò l'Irlanda da giovane, nel 1900 e andò nello Yorkshire, in Inghilterra.

I miei antenati erano cattolici e sapevano parlare e scrivere sia in irlandese che in inglese. Io non sono cattolica e ho dovuto fare molte ricerche sulla religione. Tuttavia, pur non volendo appesantire la storia con eccessive descrizioni di preghiere, messe, cerimonie e quant'altro, spero di aver inserito comunque dettagli a sufficienza affinché il lettore possa comprendere la forza della loro fede e l'approccio di Ellen riguardo al convertirsi, quando sposa Alistair. Non potevo includere le descrizioni di tutte le visite in chiesa, così anche come i dettagli sui giorni di festa, perché il romanzo sarebbe diventato eccessivamente lungo.

Miller's Point, Dawes' Point e Elizabeth Bay erano i nomi originali di quei luoghi lungo il porto di Sydney, ma ho rimosso la 's' per una questione di modernizzazione linguistica.

I passaggi del manuale letti da Patrick sulla nave sono stati estratti da un vero manoscritto del 1850, realizzato per aiutare i passeggeri a prepararsi per il viaggio verso l'Australia. L'annuncio sul giornale che Ellen legge è anche preso da veri estratti dell'epoca.

Come sempre, vorrei sinceramente ringraziare i miei lettori per il continuo supporto che danno alle mie storie. Adoro ogni gioioso messaggio che mi scrivono. Lo apprezzo davvero molto e le loro magnifiche recensioni rendono gratificanti i mesi di duro lavoro.

I miei ringraziamenti vanno anche a Deborah Smith per il suo supporto sui gruppi Facebook e per aver creato la pagina Facebook dei fan di AnneMarie Brear.

Sono molto fortunata ad avere il supporto della mia famiglia. Non potrei farcela senza di loro – beh, potrei, ma preferisco averli accanto a me, pronti ad ascoltarmi quando sono sotto pressione per le scadenze e le copertine!

Grazie.

AnneMarie
Southern Highlands, NSW, Australia.

L'AUTORE

AnneMarie Brear è nata in una piccola città del Nuovo Galles del Sud da genitori inglesi originari dello Yorkshire ed è la più giovane di cinque figli. Fin da piccola, amava leggere, partendo dalle storie di Enid Blyton, prima di spostarsi sui romanzi di Catherine Cookson, da adolescente.

Avendo vissuto in Inghilterra negli anni '80 e poi di nuovo negli anni 2010, AnneMarie ha sviluppato una passione per la storia, visitando le vecchie case inglesi, alimentando così una fascinazione per ciò che poteva essere accaduto dentro quelle mura, nel corso della loro lunga esistenza. La sua passione per il visitare vecchie tenute di campagna e castelli durante i suoi viaggi, insieme al suo interesse per la genealogia e per la ricerca del suo albero di famiglia, sono stati messi a frutto fornendo contesti e nomi per i suoi romanzi storici, ambientati principalmente nello Yorkshire o in Australia tra il periodo vittoriano e la Seconda Guerra Mondiale.

Un lungo e tortuoso percorso ha portato alla pubblicazione del suo primo romanzo nel 2006. Ora ha pubblicato oltre ventisei romanzi, diventando un'autrice bestseller su Amazon UK, grazie al suo romanzo *Kitty McKenzie* e altri. Il suo romanzo *L'Angelo dei Bassifondi* ha vinto una medaglia d'oro ai Reader's Favourite International Awards ed è stato nominato per un RWA Ruby Award.

AnneMarie vive ora nelle Southern Highlands del Nuovo Galles del Sud e quando non scrive, trascorre il suo tempo leggendo, viaggiando, stando con la famiglia e mangiando cioccolato – non sempre in quest'ordine!

Per scoprire di più su AnneMarie e i suoi libri, visita il suo sito web, dove potrai anche iscriverti alla newsletter: www.anne-mariebrear.com.

www.ingramcontent.com/pod-product-compliance
Lightning Source LLC
Chambersburg PA
CBHW030801210726
48290CB00002B/367